浙江省哲学社会科学规划课题研究成果
浙江省民族宗教事务委员会民族研究成果后期资助项目
中国（丽水）两山研究院研究成果

鲁迅、赵树理、高晓声
"三农"小说比较研究

陈 俊 ◎ 著

中国大百科全书出版社

图书在版编目（CIP）数据

鲁迅、赵树理、高晓声"三农"小说比较研究 / 陈俊著. -- 北京：中国大百科全书出版社，2024.1
ISBN 978-7-5202-1437-7

Ⅰ.①鲁… Ⅱ.①陈… Ⅲ.①鲁迅小说－小说研究 ②赵树理（1906-1970）－小说研究 ③高晓声（1928-1999）－小说研究 Ⅳ.①I210.97 ②I207.42

中国国家版本馆CIP数据核字(2023)第194005号

鲁迅、赵树理、高晓声"三农"小说比较研究
陈 俊 著

出 版 人	姜钦云
责任编辑	吴永星
责任印制	李宝丰
出版发行	中国大百科全书出版社
地　　址	北京市西城区阜成门北大街17号
邮　　编	100037
网　　址	http://www.ecph.com.cn
电　　话	010-88390739
印　　刷	北京建宏印刷有限公司
开　　本	710毫米×1000毫米　1/16
字　　数	251千字
印　　张	15.25
版　　次	2024年1月第1版
印　　次	2024年1月第1次印刷
书　　号	978-7-5202-1437-7
定　　价	98.00元

版权所有　翻印必究

序

  "三农"小说是中国现代文学的重镇,鲁迅、赵树理、高晓声都是现代文学史上创作"三农"小说的杰出作家,也是文学研究的热门对象。从现有的研究成果看,对鲁迅、赵树理、高晓声"三农"小说的单独研究,或者对他们进行两两比较研究的成果比较多,像陈俊这样将鲁迅、赵树理、高晓声三位作家的"三农"小说放在一起进行比较研究的学术专著则属凤毛麟角。读罢陈俊的专著,有如下一些强烈的印象:

  一、比较宽广的学术视野。如专著的第一章,首先从中国古代"三农"文学的创作落笔,着重描绘了"三农"文学在中国古代文学中的版图,并深入分析了"三农"文学在中国古代文学中不繁荣的原因。生活是创作的源泉,民以食为天,"食"者与"三农"休戚相关。因此,就理论推演而言,"三农"文学理应成为文学审美观照的宠儿。作者关于"三农"文学在古代不发达的成因辨析可谓切中肯綮。次而详尽论述"三农"文学在中国现代文学场域中异军突起的时代机遇,具体阐明"三农"文学所呈现的新气象及不同年代的新特点。最后,对鲁迅、赵树理、高晓声"三农"小说创作情况进行简要论述。由远而近,从宏观至微观,反映出作者较为开阔的学术视野。作者广泛涉猎相关文献,在分析论证时,旁征博引,娓娓道来,为我所用,从而做到持之有故,言之成理,成一家之言。

  二、不溢美不讳饰的严谨之风。在阐述观点时,作者不偏不倚,力求客观公允。例如,对鲁迅"三农"小说的评价,既充分肯定鲁迅是中国文学史上"自觉"聚焦"三农"题材的第一人,打破了长达一千多年的中国小说史中没有一部真正以农民为描写对象的历史,开创了"乡土小说"之先河,又通过详细分析鲁迅小说存在消解故事、摒弃传奇、抽空共识域、喜设"空白"、偏好悲剧等特点，毫不讳饰其作品与中国广大民众之审美的期待视野存在差距的残酷现实，做到不神化鲁迅。再如对赵树理的评价，作者肯定赵树理"三农"小说走出"欧化"的魔咒，在民族化方面所首先取得的成功，从而实现了新文学自开创之日起孜孜以求的"大众化"愿景，对文学创作"赵树理方向"的时代价值也予以相应的正面评价；但作者在总体肯定赵树理的同时，又直言不讳地指出其创作上确实存在因"头重脚轻"而带来的结构性缺憾，以及衍生的一定程度的情节失真现象，断言就艺术水平而论，赵树理要入列文学大师、其作品要被奉为经典，实非易事。关于高晓声的评价，作者认为，尽管高晓声没能获得"鲁迅方向""赵树理方向"那样的不世殊荣，但高晓声凭借其为文坛贡献的陈奂生、李顺大、李兴大、江坤大、周汉生等一系列经典形象，以及别具一格的"陈奂生系列"小说追踪式审美观照时代，足以成为独树一帜的个性化作家并铭刻在文学史上，持论中正，令人首肯。

三、富有逻辑性的思辨色彩。 专著之中，面对有争议的问题，作者不回避，而是通过富有逻辑性的思辨，条分缕析，亮明自己的观点。例如，相当一部分人认为，关于"赵树理方向"的确立，更多的是政治性的因素而非文学自身的因素，主要是当年解放区主流政治大力倡导的结果。对此，一方面，作者从教育农民投身革命的需要、文艺创作服务抗战大局的需要、树立践行《在延安文艺座谈会上的讲话》（以下简称《讲话》）精神之典范的需要三个方面，详尽论述了"赵树理方向"的时代价值；另一方面，作者又从民族化大众化是严重"欧化"的新文学之必由之路、赵树理早在《讲话》发表之前就已咬定"大众化"不放松、《小二黑结婚》创作发表于《讲话》之前等方面，阐明大众化是赵树理早已确定的"自觉"追求，也是新文学本身发展之必然趋势。《讲话》有力地催生了"赵树理方向"的早产，没有《讲话》，也许不会有"赵树理方向"，但随着时间的推移，最终必定会出现另一个标志着文艺大众化得以实现的周树理或者王树理。因为，从本质上说，艺术属于人民，人民的需要是文艺存在的根本，不被广大民众所接受的文艺终究行之不远，肇始于"西化"的新文学实现民族化、融入大众是其必然结果。细品全书，不难发现，这种富有严密逻辑性的思辨并非个例。

四、不从众，有学术新见。 本书不论是研究视角还是观点结论，都非人云亦云，有一定的学术创新，闪耀着作者的一得之见。如"心理创伤体验制约下的鲁迅小说"一节，研究视角就很是新颖，观点结论也令人耳目一新。鲁迅一生确实遭遇了刻骨铭心的爱之痛、情之伤、国之病，为此留下了难以磨灭的心理创伤，而这些铭心刻骨的心理创伤体验，又实实在在地影响着鲁迅的小说创作。作者提出："爱之痛"使得鲁迅对封建制度"吃人"的本质有了切身体会，其小说创作的反封建母题油然而生；"情之伤"则顺势引发了鲁迅小说创作的人际关系批判母题；而"国之病"又水到渠成地孕育出了鲁迅小说创作的国民性批判母题。"爱之痛""情之伤""国之病"心理创伤体验相互交织，综合作用于鲁迅之小说创作，造就了深深镌刻着鲁迅独特印记的不朽文学，独一无二的心理创伤体验正是鲁迅小说鲜明个性的强烈定型剂。鲁迅的小说，既深烙着时代的印记，亦是其生命体验的结晶；既是鲁迅内心痛苦的表达，也是其心理创伤的升华。

本著作还有进一步提升的空间，比如对鲁迅、赵树理的论述比较丰厚，对高晓声的研究则有待深化。有的章节写得充实，有的章节则略显单薄，但瑕不掩瑜。

高玉

2022 年 12 月 17 日

于浙江师范大学

目 录 Contents

第一章 绪 论 ··(001)
 第一节 中国古代"三农"文学创作简述 ······················(001)
 第二节 中国现代"三农"文学创作简述 ······················(013)
 第三节 鲁迅、赵树理、高晓声"三农"小说创作简述 ···········(026)
 第四节 鲁迅、赵树理、高晓声"三农"小说比较研究基本框架········
                     (042)

第二章 鲁迅、赵树理、高晓声"三农"小说的独特贡献 ·············(048)
 第一节 鲁迅"三农"小说的独特贡献 ·························(048)
 第二节 赵树理"三农"小说的独特贡献 ·······················(069)
 第三节 高晓声"三农"小说的独特贡献 ·······················(092)

第三章 鲁迅、赵树理、高晓声"三农"小说的文学史地位 ···········(109)
 第一节 鲁迅"三农"小说之文学史地位 ·······················(111)
 第二节 赵树理"三农"小说之文学史地位 ·····················(122)
 第三节 高晓声"三农"小说之文学史地位 ·····················(150)

第四章 鲁迅、赵树理、高晓声"三农"小说之传承与新变 ···········(162)
 第一节 赵树理对鲁迅"三农"小说的传承与新变 ···············(162)
 第二节 高晓声对鲁迅、赵树理"三农"小说的传承与新变 ·······(179)

第五章 鲁迅、赵树理、高晓声"三农"小说专题研究 ……………(186)
第一节 鲁迅、赵树理、高晓声"三农"小说与中国传统文学之关系 …
……………………………………………………………………(186)
第二节 鲁迅、赵树理、高晓声"三农"小说中的婆媳关系 ……(193)

第六章 鲁迅、赵树理、高晓声"三农"小说作品解读 ……………(199)
第一节 心理创伤体验制约下的鲁迅小说 ……………………(199)
第二节 经典文本《小二黑结婚》面面观 ……………………(218)
第三节 赵树理、高晓声农村题材小说之异趣 ………………(225)

主要参考书目 ………………………………………………………(233)
后　记 ………………………………………………………………(235)

第一章 绪 论

第一节 中国古代"三农"文学创作简述

民以食为天。粮食问题既是经济问题,更是政治问题。因为粮食是一种"特殊"而非一般的商品,是不可或缺的生活必需品,属于刚性需求。一般商品供不应求时,其自然演变的结果往往是涨价;而粮食与其他商品不同,一旦短缺至一定程度,就会饿死人,就会引发激烈的社会动荡,甚至江山易主。放眼中国古代,农民揭竿而起无不起始于苛捐杂税所致的饥寒交迫。可以说,粮食生产历来都是安天下、稳民心的战略产业,习近平总书记一语中的:"解决好吃饭问题始终是治国理政的头等大事。"正因如此,粮食安全与能源安全、金融安全一道,被称为当今世界的三大经济安全。民者,以食为天;食者,产自于农。农之重要,怎么强调都不为过。西汉史学家司马迁《史记·孝文本纪》有言:"农,天下之本,务莫大焉。"北魏农学家贾思勰《齐民要术·杂说》则曰:"五谷者,万民之命,国之重宝。"没有农业,就没有人类的一切。农业是人类的"母亲产业",是人类的衣食之源、生存之本。农业不仅是人类吃、穿等赖以维持生命的最基本的生活资料来源,也是社会分工和其他一切行业存在和发展的基础。为此,世界上没有一个国家、一个政权不重视农业。20 世纪 70 年代,基辛格在负责起草《国家安全研究备忘录第 200 号:世界人口增长对美国的安全及海外利益的意涵》时深刻指出:"谁控制了石油,谁就控制了所有国家;谁控制了粮食,谁就控制了所有的人。"中华人民共和国自成立以来,就高度重视"三农"工作,尤其是改革开放以来,更是把农业工作视为"重中之重":具有特殊地位的中共中央一号文件,在1982年至1986年,连续五年以农业、农村和农民为主题,对"三农"做出具体部署。时隔十八年之后,于2004年开始,至2023年,中共中央一号文件连续二十年聚焦"三农"主题,突出"三农"工作在一切工作中毋庸置疑的重镇地位,显示了党中央狠抓"三农"的坚定意志和果断决策。

有别于古希腊、古罗马帝国等靠海的国家以商业为经济基础,华夏文明发祥于黄河流域、长江流域等内陆,崇尚"农业立国",以农业为经济基础。于是,重农抑商一度成为中国封建王朝的治国之策。多数学者认为,直至明中叶,在苏杭一带的纺织业及广东佛山一带的冶铁业中,方见带有资本主义性质的手工作坊。中国农业发生于新石器时代,中国是世界上最早种植水稻、高粱、小麦、大豆等农作物的国家,所以,黄河流域、长江流域是世界农业的重要起源地之一。源远流长的农业文明铸就了辉煌的中国"三农"史。文学是人学,生活是创作的唯一源泉,关于文学起源的观点之一便是被鲁迅先生所称的"杭育杭育派"劳动说①。

得益于中国是世界上历史悠久的农业大国,"三农"成为中国文学所要观照的重要领域。中国的"三农"文学可谓由来已久。神话传说是世所公认的人类文学之先河,在中国的神话传说中,有不少是关于神农氏的。而在神农氏的诸多传说当中,最为人们所称道的便是他在农业和医药方面的创举。据传,神农部落是中华民族中第一个由渔猎转入农耕的氏族部落,其首领神农氏发明制作了木耒、木耜,教会了子民种植五谷,从而为华夏先民由原始游牧生活向农耕生活转变创造了条件,有力地催生了中国的农业文化。神农氏还遍尝百草,发现了药材,教会先民医治疾病。

"自《诗经》始,中国文学素有'兴农''乐农''悯农'的传统。"② 通览中国第一部诗歌总集《诗经》,不难发现,"农事诗"乃是其中的重要组成部分。《诗经》中的农事诗,一是形象生动地展现周朝的农业生产及农人日常生

---

① 鲁迅:《门外文谈》,《鲁迅全集》第6卷,人民文学出版社,2005年,第96页。
② 秦弓:《从中国文学史的背景看赵树理的"三农"文学》,《北京师范大学学报》(社会科学版)2008年第3期。

活情景。如《国风·载芟》，全诗共三十一句，不但具体状写了一众男女老幼其乐融融，在田间铲草砍木、碎土耕作之热烈壮观的劳动场面，还对庄稼的生长、丰收情况以及酿酒祭祖等仪式进行了概略描述，对后人研究周朝的农业生产情况及风俗人情有重要的史料价值。再如《国风·七月》，全诗总计八章，每章十一句，是《国风》之中篇幅最长的一首叙事长诗。全诗采用赋、比、兴三种表现手法中质朴无华之"赋"的手法，"敷陈其事"，从七月开始，以农事活动之先后为顺序，逐月展开，娓娓道来，较为完整地展现了一年四季的农事生活，涉及衣食住行各个方面，对周代早期农业生产状况及农民的日常生活情景进行了全景式描绘，气势恢宏。有论者指出，《七月》一诗具有周代民族农业史诗的性质，既再现了周代民族农业生产活动的历史全景，还承担着传承民族历史知识，即普及农业知识、教民稼穑的重要功能。[1]姚际恒《诗经通论》则誉其为："无体不备，有美必臻，晋唐后陶、谢、王、孟、韦、柳田家诸诗，从未臻此境界，洵天下之至文也。"二是诗意地书写农事祭礼活动。如《周颂·丰年》，虽仅有短短七句，却是既庆祝丰年——"丰年多黍多稌，亦有高廪，万亿及秭"；又祭祀求福——"为酒为醴，烝畀祖妣。以洽百礼，降福孔皆"。再如《甫田》，全诗共四章，每章十句，状写农人庆祝丰收并祭祀祝祷更见详细，先写农人辛勤劳作得丰收，次写农人备齐牺牲奏乐祭神求福，再写"曾孙"携眷巡看"千仓万箱"之丰收果实，最后以祈神赐予福寿而作结。三是无意识地展示尖锐的阶级对立关系。如《国风·硕鼠》，全诗共三章，每章八句，以"硕鼠"比喻欲壑难填的剥削者，以"无食我黍""无食我麦""无食我苗"的叠咏章法发出愤怒呼声，并以"适彼乐土""适彼乐国""适彼乐郊"的决绝姿态无限向往平等、安乐的理想社会。再如《国风·伐檀》，全诗总共三章，每章九句，以章章复沓的手法，对不稼不穑、不狩不猎却能禾仓有粮、庭有悬兽的尸位素餐之徒进行了无情嘲讽与愤怒诅咒，猛烈抨击了当时的社会不公。

在中国的传统文学中，长期以来，均以诗、文为正宗，但细察之下，文

---

[1]张应斌：《〈七月〉：周族的农业史诗》，《首都师范大学学报》（社会科学版）1997年第6期。

言散文很少以"三农"为题材,即便是捎带涉及"三农"的,也属凤毛麟角。如被誉为唐宋散文八大家之一的柳宗元,其散文名篇《捕蛇者说》,从宽泛的意义上说,事关"三农"——苛政猛于虎,"赋毒"有甚于"蛇毒","民"不聊生兮(毫无疑义,唐朝是农业国家,农民占绝大多数,一定程度上说,"民"即是"农民")。古代散文中真正能聚焦"三农"的,多属朝野人士为治国安邦而写的一些奏疏、谏书。如汉代名臣贾谊之《论积贮疏》、晁错之《论贵粟疏》,其行文之真正目的,不在"言农",而在"议政"。反观诗歌,自《诗经》以降,"三农"便成为古代诗歌一个不可或缺的歌咏对象,历代都不乏文人墨客涉笔其间,并形成了不同的类别。

若以诗人创作情感为标准,可将吟咏"三农"的中国古代诗歌划分为三类,一是"悯农诗",如:

悯农(其一)

[唐]李绅

春种一粒粟,秋收万颗子。
四海无闲田,农夫犹饿死。

恰如马克思所言:"劳动替富者生产了惊人作品(奇迹),然而,劳动替劳动者生产了赤贫。劳动生产了宫殿,但是替劳动者生产了洞窟。劳动生产了美,但是给劳动者生产了畸形。"农人勤劳,农时不误,良田不荒,粮食丰收,但结果却是农人两手空空,惨遭饿死!此诗不著一字,尽得风流。面对不公,诗人的怜悯之情、恻隐之心可谓是力透纸背。

二是"乐农诗",如:

归园田居(其三)

[东晋]陶渊明

种豆南山下,草盛豆苗稀。
晨兴理荒秽,带月荷锄归。

道狭草木长，夕露沾我衣。

衣沾不足惜，但使愿无违。

"长恨此身非我有，何时忘却营营。"此诗书写不为五斗米折腰的陶渊明决然告别官场樊笼，返归家园，躬耕垄亩，怡然自得，身心两安。

三是"劝农诗"，如：

道场山劝农
〔宋〕虞俦

粤在千峰顶，重来二月天。
雨红晴尚湿，波碧远相连。
旌旆行云里，楼台落照边。
一犁农事起，胡不早归田。

人误地一时，地误人一年。春回大地万物苏，春耕备耕正当时。诗人告诫农人，为了丰收，千万莫误了农时。

若以诗歌表现对象为标准，可将吟咏"三农"的中国古代诗歌划分为四类，一是展现农人劳作情况的"农事诗"，如：

插秧歌
〔宋〕杨万里

田夫抛秧田妇接，小儿拔秧大儿插。
笠是兜鍪蓑是甲，雨从头上湿到胛。
唤渠朝餐歇半霎，低头折腰只不答。
秧根未牢莳未匝，照管鹅儿与雏鸭。

寥寥数语，一家人冒雨插秧、分工合作、亲善友爱的劳动情景跃然纸上。

二是书写到农家访友情景的"交游诗"，如：

过故人庄

[唐]孟浩然

故人具鸡黍,邀我至田家。
绿树村边合,青山郭外斜。
开轩面场圃,把酒话桑麻。
待到重阳日,还来就菊花。

田园清新自然的景物、农家闲适富足的生活、朋友真挚深厚的情谊,通过在一个普通农庄里一回鸡黍饭的普通款待,被表现得淋漓尽致。

三是歌咏村野美景、民风的"田园诗",如:

渭川田家

[唐]王维

斜阳照墟落,穷巷牛羊归。
野老念牧童,倚杖候荆扉。
雉雊麦苗秀,蚕眠桑叶稀。
田夫荷锄至,相见语依依。
即此羡闲逸,怅然吟式微。

全诗以白描手法,描绘了一幅祥和恬静的农家暮归图。

四是旨在抒发诗人悯农劝农之情的"爱民诗",如:

悯农

[宋]杨万里

稻云不雨不多黄,
荞麦空花早着霜。
已分忍饥度残岁,

更堪岁里闰添长。

是年，杨万里因父亲病重而回乡探望，路见农田遭灾、民不聊生，深感忧虑，即时而作。农人本已料到要忍饥挨饿过年关，偏又遇上个闰年，徒添挨饿时光，这真是屋漏偏逢连夜雨，船迟又遇打头风。杨万里对农人的疾苦体察入微，在字里行间流露出同情劳动人民的一片赤诚之心。

中国的戏剧主要包括戏曲和话剧两种。戏曲是中国土生土长的传统戏剧，堪称国粹；话剧则是舶来品，是20世纪初才从西方引进的一种戏剧形式。中国戏曲的源头之一，可以远溯到古代的优人表演。据记载，早在春秋时期，各诸侯国的宫廷里就有了优人。优人除了表演歌舞之外，还可以通过滑稽表演在博人一笑的同时来劝谏君王。司马迁的《史记》就专门设立有《滑稽列传》，其中就讲述过一个《优孟衣冠》的故事。中国戏曲的另一个源头是古代的巫术表演。巫术表演中有大量的歌舞，以此来取悦神灵。所谓巫术，是指"巫师使用的法术"[①]，即巫师通过一定的仪式表演，使用某种被认为赋有巫术魔力的实物、咒语与神鬼沟通，企图借助超自然的神秘力量对特定的人事横加干涉或实现掌控，从而达到某种目的。例如，遭逢旱灾，巫师往往会施展"求雨"法术，祈求龙王爷普降甘霖，解除旱情。从时间上说，巫术表演的出现要比优人表演早出许多。从本质上说，巫文化其实是上古人类为了生存而创造的一种顺应自然、改造自然的原始文化，是人们崇拜万物有灵的产物。可以说，自从有了原始宗教活动，便有了巫术。从"巫术"一词的由来，便可以想见巫术出现之早：据传，舜的儿子做了巫咸国的酋长，他带领巫咸国人民利用卤土生产食盐。在制盐的整个过程中，还伴随着巫咸国人所举行的一定的祭祀活动，时人称这种用土变盐的方术为"巫术"。

尽管中国"戏曲成熟的标志是南宋的南戏和金代的北曲杂剧"[②]，但从中国戏曲的两大源头可见，中国戏曲的历史颇为悠久。从文体的角度论，作为一种文学样式，小说在中国古代文学诸体式中是属于晚起的，但从时间而论，

[①] 中国社会科学院语言研究所词典编辑室编：《现代汉语词典》第7版，商务印书馆，2016年，第1380页。

[②] 麻国钧，沈亢，胡薇编著：《剧种·种目·剧人》，大众文艺出版社，2000年，第8页。

其历史同样源远流长。"一般认为,在先秦时期的神话传说、诸子散文与史传中,小说的因素最为明显。"① "昔者初民,见天地万物,变异不常,其诸现象,又出于人力所能以上,则自造众说以解释之:凡所解释,今谓之神话。"② 无论是神话,还是传说,都是在远古时代生产力欠发达、人类认识水平低下的情况下,先民们解释自然并渴望征服自然、提高生存能力的产物——先民们对各种自然现象、社会存在无法做出科学的解释,只能借助幻想,把自然力和客观世界拟人化,赋予其人的特点和超自然的能力。只不过神话偏重于万物初始的来历,如盘古开天、女娲造人,而传说则偏重于英雄故事,如后羿射日、神农尝百草。神话传说"已具备了一定的情节和简单可见的形象,而且这一切又都是经由虚构想象而成……它确实隐含着小说的因素,为小说的产生准备了条件"。"倘若我们以不太严格的标准去看待神话,把它看作古代最早出现的简单小说,或者说是小说的片断,也未尝不可。"③ 尽管时至魏晋,其志怪志人仍是"非有意为小说",及至唐代传奇乃"始有意为小说"④,至明清时期,才迎来了中国小说的繁荣昌盛,但从源头和萌芽来说,中国小说的历史不可谓不悠远绵长。

综上可知,无论是戏剧,抑或小说,其历史都十分悠久。在这绵绵不绝的历史长河中,其作品可谓是汗牛充栋。令人遗憾的是,如同古代散文一般,古代文学之戏剧、小说两个门类,对"三农"的审美观照也是聊胜于无。在古代文学中,没有专门以"三农"为题材的戏剧,仅有个别戏剧在某个环节中偶尔涉及了"三农"。如明朝最杰出的剧作家汤显祖的扛鼎之作《牡丹亭》,其第八出题为《劝农》,借南安府太守杜宝之视角,通过清乐乡中田夫、牧童、采桑女、采茶女等各色农人之"唱""念""做",展现了一幅生机盎然的田园农忙风光画。古代小说之中,最有可能与"三农"沾边的,当数跻身四大名著行列的《水浒传》。在20世纪六七十年代,《水浒传》曾一度被解读为一本描写"农民起义"的小说。《水浒传》中,"黑旋风"李逵、"立地太岁"

---

① 孟昭连,宁宗一:《中国小说艺术史》,浙江古籍出版社,2003年,第1页。
② 鲁迅:《中国小说史略》,《鲁迅全集》第9卷,人民文学出版社,2005年,第19页。
③ 同①,第7页。
④ 同②,第73页。

阮小二、"短命二郎"阮小五、"活阎罗"阮小七、"两条蛇"解珍、"两尾蝎"解宝确实都出身于农民，但他们早已离开农村，告别了农人生活。无论是生活方式，还是思想意识、经济地位，他们都同本色的农民有着根本性区别。比如李逵，甫一出现于作品之中，就是个流落江湖的狱卒，尔后也一直没有回归农民生活。在作品中，作者并未把这些人当作农民来刻画，而是基于起义者的形象来塑造。此外，《水浒传》真正的创作目的并不是为农民立传，毕竟一百零八将中出身于农民的很少，主要人物如"及时雨"宋江、"豹子头"林冲、"小旋风"柴进、"花和尚"鲁智深、"行者"武松等都不是农民，多数来自市民阶层。而且，《水浒传》中出身于农民的都不是贯穿作品始终的主要人物。如李逵就是作为宋江的陪衬而出现的，到了第三十八回才露面。有鉴于此，《水浒传》也入不了"三农"题材文学作品的框。因为，真正意义上的"三农"文学，一要聚焦"三农"题材，二要以农民为主人公，三要作者有意为之。此三点，《水浒传》全不沾边。①

　　作为叙事文学，古代的戏剧、小说，其取材是相当集中的。鲁迅对此曾有过极精辟的论述："古之小说，主角是勇将策士，侠盗赃官，妖怪神仙，佳人才子，后来则有妓女嫖客，无赖奴才之流。"② 鲁迅之概括，虽不能做到穷尽，但已涵盖了绝大多数情形。总之，中国古之小说、戏剧所要表现的，绝不是普通人、寻常事，而是多多少少都带有点"传奇"色彩的特殊人、非常事，由此产生了三个基本的题材序列：一是"才子佳人"序列，二是"帝王将相"序列，三是"神仙鬼怪"序列，而且逐渐形成了各自的叙事范式。

　　"才子佳人"序列的故事，其套路一般是"终身私定后花园，奉旨完婚大团圆"——门当户对的甲乙两家定下了娃娃亲后，男方这家突遭变故，双亲离世，家道一落千丈。于是，孤苦无依的毛脚女婿只得前去投奔女方；但是，女方父母嫌贫爱富，悔婚不认亲，赶走了毛脚女婿。幸而女方忠贞不渝，私会郎君定终身。郎君金榜题名，衣锦还乡，将势利眼的岳父母奚落一场，捐弃前嫌，有情人终成眷属。当然，为避免千篇一律，范式会被小小调整，如

---

① 朱正红：《论中国现代小说中农民形象系列的独特地位》，《广东社会科学》1991年第3期。
② 鲁迅：《〈总退却〉序》，《鲁迅全集》第4卷，人民文学出版社，2005年，第638页。

结为娃娃亲的两家，有的原本就是世交，有的原本就是姑表亲，有的则是意气相投的同僚，如此等等；再如，男方一家所遇的变故，有的是遭受了火灾，有的是遭受了水灾，有的是生意破了产，有的是官场遇了难，不一而足；还如，郎情妾意私订终身，既可以是女方父母悔婚而贞女私会郎君盟百年之好，也可以是元宵观灯彼此一见钟情成白首之约，还可以是赶考书生途中遇难，得千金小姐援手相救，遂结人间一段美好姻缘，举不胜举。总之，这些故事尽管有基本范式，但也千变万化。

"帝王将相"序列的故事，最常见的是"英雄传奇""忠奸对决""清官断案"等三类。"英雄传奇"故事的基本模式是，展示众英雄无人能敌之高强武艺及保境安民之丰功伟绩。如熊大木的《杨家将传》、纪振伦的《杨家府演义》等话本、戏剧，就讲述了杨家几代人个个武艺过人、戍守北疆、精忠报国的动人事迹。"忠奸对决"故事的基本模式是，忠臣遭陷害全家蒙难，孤儿为义士所救练成一身好功夫，获真情孤儿申冤，奸臣罪有应得。如纪君祥的元杂剧《赵氏孤儿》，比较完美地体现了此一模式：春秋时晋国上卿赵盾遭到大将军屠岸贾的诬陷，全家三百余口被杀。赵家门客程婴与老臣公孙杵臼定计，救出赵氏孤儿赵武。二十年后，赵武尽知冤情，禀明国君，最终屠岸贾被处以极刑。"清官断案"故事的基本模式由呈线性发展的"苦主蒙难—清官审案—沉冤昭雪"三个单元构成。如钱塘散人安遇时编纂的《包龙图判百家公案》，第五十二回《重义气代友伸冤》便体现了这样一种结构：包拯为开封府尹时，城内住有富翁吴十二。吴十二好交友，韩满气宇轩昂，乃其知交，两人来往甚密。吴十二之妻谢氏，容貌秀丽，但为人轻佻，数次勾引风度翩翩的韩满不果。韩满为避嫌，不再造访吴十二家，不久便去苏州帮舅舅料理生意。谢氏与男佣汪吉勾搭成奸，并欲谋害吴十二。汪吉趁吴十二带他外出收账之机，在船上将吴十二灌醉并推入江中淹死。吴十二的鬼魂托梦韩满，告知汪吉谋杀一事，并求其为自己申冤。韩满将冤情诉至开封府尹包拯。几经周折，包拯最终查明真相，斩了谢氏、汪吉二人，为死者雪恨。

"神仙鬼怪"序列的故事，最突出的特点就是"传奇性"，主要有"神鬼故事""奇事异物"两大类。"神鬼故事"所叙的是发生在神鬼及古代英雄身上的故事，"神话传说"即是最经典的样式，盘古开天、女娲造人、夸父逐日、精卫填海、嫦娥奔月等都是国人家喻户晓、耳熟能详的神话传说。"奇事异物"所叙的则是奇人奇事、奇珍异宝之类的传奇故事，如牛郎织女、愚公移山、北冥鲲鹏、千年应龙等。"神仙鬼怪"序列故事的流行，主要契合了人类与生俱来的好奇心，同时也一定程度上寄寓了人们内心某种美好的愿望。

综上所论，农业一脉攸关江山之稳固、社稷之安危，中国古代历朝君王无不以农业立国。身处世界四大文明古国之一，勤劳、坚韧、聪慧的中国农民战天斗地，创造了足以傲然于世的农业文明。中国古代文学之星空，堪称星光灿烂、灼灼其华，诸子散文、汉赋、唐诗、宋词、元曲、明清小说……无不令人击节称赞，叹为观止。文学即人学，生活是文艺创作之源泉，所以，"三农"理应成为文学审美观照的重镇，"三农"文学理应是文学星空中格外耀眼闪亮的北斗星。但出人意料的是，在中国古代文学诸门类之中，除诗歌具有一定数量的以"三农"为表现对象的作品之外，无论是散文，还是戏剧、小说，都很难找出直接或主要以"三农"为审美对象的作品。究其原因，大约有三：一是文化水平的制约。中国古代的农民虽然占全国总人口的绝大多数，但文化程度普遍较为低下，文盲居多。他们即使有强烈的创作欲望和丰富的生活积累，终因没有识文断字的能力，如同茶壶里煮饺子——肚里有，嘴里吐不出。二是生活经验的制约。中国古代的读书人虽有文化，但缺乏丰富的"三农"体验，即使想写，也无处下手，正所谓巧妇难为无米之炊。范成大著有《四时田园杂兴》，分为春日、晚春、夏日、秋日、冬日五组，每组十二首诗，共计六十首，描写了农村春、夏、秋、冬四个季节的景色和农民的生活，也反映了农民遭受的剥削以及生活的困苦，艺术成就极高，被钱锺书的《宋诗选注》誉为"算得中国古代田园诗的集大成"。范成大之所以能创作出如此大型的"三农"组诗，一个重要原因在于他有长达十年辞官不仕、隐居石湖的归隐时光。陶渊明之所以能写就别具一格的《归田园居》等"三农"诗作，也是因为他有"晨兴理荒秽，带月荷锄归"的亲身实践。三是封建等级观念的制约。尽管早在战国时期，有"亚圣"之称的孟子就旗帜鲜明地提出了"民贵君轻"之卓见，但现实之中，这一光辉思想很少被历代封建帝王奉为圭臬，至多是为个别开明君主在励精图治的某个阶段所遵循。"天之道，损有余而补不足。人之道则不然，损不足以奉有余。"（《老子》）就整体而非个别论,封建王朝统治者作为利益既得者,千方百计维护的是统治集团自身的利益,恨不能全天下的好处尽归自己所有。对此,明末清初思想家黄宗羲曾做过深刻揭露:

> 古者以天下为主,君为客,凡君之所毕世而经营者,为天下也。今也以君为主,天下为客,凡天下之无地而得安宁者,为君也。是以其未得之也,荼毒天下之肝脑,离散天下之子女,以博我一人之产业,曾不惨然!曰:"我固为子孙创业也。"其既得之也,敲剥天下之骨髓,离散天下之子女,以奉我一人之淫乐,视为当然,曰:"此我产业之花息也。"(《原君》)

一旦跻身统治集团,便可从中渔利,中饱私囊,享尽荣华富贵,因此,世人莫不趋之若鹜。万般皆下品,唯有读书高,其原因就在于可以"学而优则仕"。在这样一种社情之下,农民作为生活于底层的被压迫者和被剥削者,农业生产作为一种脸朝黄土背朝天的"低贱"劳动,是很难被社会关注的,自然也不在文人下笔的兴趣之中。

第二节 中国现代"三农"文学创作简述

1917年1月,胡适在《新青年》上刊出《文学改良刍议》,首举文学革命之大旗。为响应胡适,同年2月,陈独秀在《新青年》上发表宏文《文学革命论》,以更激进决绝的姿态倡导文学革命。胡适、陈独秀在文坛的发难,拉开了中国现代文学的帷幕。中国文学从此走上了现代化之路,实现了与世界文学的接轨,整个文学风貌焕然一新。

1918年12月,周作人在《新青年》上发表《人的文学》,明确提出新文学必须是"用这人道主义为本,对于人生诸问题,加以记录研究的文字"。时隔不久,1919年1月,周作人发表《平民文学》一文,提出:"平民文学应以普通的文体,记普遍的思想与事情。我们不必记英雄豪杰的事业,才子佳人的幸福,只应记载世间普通男女的悲欢成败。这是两篇推动文学革命向纵深发展的重要理论文章。周作人突出强调了两点:一是新文学必须记录研究"人生诸问题",二是新文学必须"记载世间普通男女的悲欢成败",因为普通男女才是"大多数"。这就为"三农"进入新文学的表现天地扫清了思想障碍:在中国,农民是绝对的"大多数",农民是有"母亲产业"之誉的农业的从业者,农业不保则天下不安,农民的人生问题就是最大的人生问题。如此,文学还有什么理由把"三农"弃之一旁呢?

五四时期的"劳工神圣"思潮,是"三农"进入新文学表现天地的强烈催化剂。中国古代"三农"文学之所以不发达,一个重要原因就在于作者缺乏必要的此类生活体验,无处下笔,如果非要霸王硬上弓,也只能是无病呻吟,"为赋新词强说愁"。1918年11月16日,北京大学在天安门举行庆祝协约国胜利的讲演会,校长蔡元培发表了题为《劳工神圣》的著名讲演:"凡用自己的劳力作成有益他人的事业,不管他用的是体力,是脑力,都是劳工。""我们不要羡慕那凭借遗产的纨绔儿!不要羡慕那卖国营私的官吏!不要羡慕那克扣军饷的军官!不要羡慕那操纵票价的商人!不要羡慕那领干修的顾问咨议！不要羡慕那出售选票的议员！他们虽然奢侈点，但是良心上不及我们的平安多了！我们要认清我们的价值！劳工神圣！"这篇讲演稿很快就被《北京大学日刊》《新青年》《每周评论》《新潮》等刊物全文刊载。"劳工神圣"也被附以图画、诗歌、文字用于不同目的，一时传播甚广。

"劳心者治人，劳力者治于人"，这是中国长达数千年之久的封建历史之真相。蔡元培在此之所以充满激情地对身为"劳力者"的劳工赞赏有加，是有着非同一般的时代背景的。1918年11月11日，第一次世界大战告终，中国作为战胜国，曾派遣十五万名左右的中国劳工赴欧洲战场以工代兵，修工事、抬担架、送弹药、修道路……积极为协约国军队做好后勤服务，为取得战争的最终胜利做出了特殊贡献。华工在欧洲战场的出色表现赢得了国内各界人士的尊重。更为值得一书的是，华工在欧战中的卓越表现，还刷新了西方列强认为中国人是"东亚病夫"的刻板印象，赢得了世人的尊敬。《远东评论》(*The Far Eastern Review*)甚至刊文说："毫无疑问，华工赴欧援战将对世界历史产生深远的影响，也许将成为这次欧洲大战史上最重要的一方面。"正是有赖于十五万名左右华工的忘我劳作，中国也得以跻身于战胜国之列。自1840年鸦片战争以降，近代中国可谓是多灾多难，屡屡割地赔款，濒临亡国灭种之境。在第一次世界大战中，中国以战胜国的身份出现于世人面前，一雪前耻，着实令国人扬眉吐气。而这一切，竟然是得益于昔日名不见经传的华工！这不能不令蔡元培对劳工刮目相看。与蔡元培有感于劳工在一战中的表现不同，中国最早的马克思主义传播者、中国共产主义运动的先驱李大钊对劳工的高度赞肯则来自俄国十月革命的辉煌胜利。在刊于《新青年》五卷五号的《庶民的胜利》一文中，李大钊指出，第一次世界大战有两个结果：一个是政治的，一个是社会的。政治的结果是民主主义战胜，"大……主义"（专制的隐语）失败。民主主义战胜，就是庶民的胜利。社会的结果是资本主义失败，劳工主义战胜。民主主义、劳工主义既然取得胜利，那么，在今后的世界里，人人都成了庶民。对于这等世界的新潮流，人们应该去适应而不是去抵抗。在第一次世界大战中，俄国十月革命胜利后，诞生了世界上第一个社会主义国家。对此，李大钊深刻地洞见到这必将对世界历史产生划时代的影响。他大胆预言："一九一七年的俄国革命，是二十世纪中世界革命的先声","须知今后的世界,变成劳工的世界"。"庶民"者,平民也。劳工乃是庶民中的绝大多数,庶民的胜利,一定意义上说,也就是劳工的胜利。无论是蔡元培疾呼"劳工神圣",还是李大钊高喊"庶民的胜利",其本质是一致的,即改变世人眼光,关注平民、肯定平民。

其实,早在蔡元培喊出"劳工神圣"之前,崇尚劳动、肯定劳工的思想已经在社会上有所传播。19世纪末,伴随着洋务运动中的"西学东渐",无政府主义被引进到中国。五四时期,无政府主义因其反对强权、倡导自由、追求平等,契合了反封建的时代主题,从而受到一部分国人的狂热追捧和信奉。例如,巴金就曾在《答诬我者书》中畅言自己对"安那其主义"的信奉:"安那其主义是我的生活,是我的全部。如果我在自己的生活中还有内心的平静,我把它归功于我敬爱的安那其主义……自从民国八年我就成为安那其主义者。"并且以决绝的语气表示:"过去不可能,现在不可能,将来直至我死也不可能有一瞬间不是一个安那其主义者。"无政府主义者在中国首次明确宣扬"劳动为人生之天职"的思想,重视劳动的生产意义。1918年3月,吴稚晖等人在上海创办《劳动》月刊,这是中国第一个以"劳动"命名的杂志,其宗旨为:尊重劳动;提倡劳动主义;维持正当之劳动,排除不正当之劳动①。

1920年5月1日,中国首次开展纪念"五一国际劳动节"的活动。这一天,在校长蔡元培的支持下,李大钊于北京大学召开了有200多名校工和学生参加的纪念会,会议目的是把全世界人人纪念的五一节当作我们一盏引路的明灯。我们本着劳工神圣的信条,跟着这个明灯走向光明的地方去。"会后,北京大学平民教育讲演团的学生何孟雄等八人,拉着写有"劳工神圣"的横幅,高呼"劳工万岁",分乘两辆汽车在城内游行。在上海,陈独秀为了庆祝五一劳动节,发表《劳动者底觉悟》《上海厚生纱厂湖南女工问题》等文章,并在上海船务栈房工界联合会做了《劳动者底觉悟》的演说,宣传"劳动创造世界""做工的人最有用最贵重"的观点。这一天,北京、上海等城市的工人、群众,纷纷举行了集会游行。

星星之火,可以燎原。自蔡元培高呼"劳工神圣"后,劳工就成了一个

---

① 熊秋良:《五四知识分子对"劳工神圣"的认知与实践》,《马克思主义研究》2019年第4期。

社会热点话题,"劳工神圣"很快演变为一次声势浩大的社会思潮。五四知识分子创办了《劳动者》《劳动音》《劳动界》等一系列刊物,讴歌劳动伟大、劳工神圣。《新青年》《每周评论》《实业杂志》等还专门开设了"劳动问题""社会调查"等专栏。如"在一九一九年到一九二一年两年多的时间里,《新青年》曾发表一百四十多篇政论、报导和通信,来报导中国劳动人民的生活实况和探讨如何动员他们参加中国民主革命的问题"①。"劳工神圣"思潮折射出五四文人对民间力量的重新认识和定位。

1944年元旦,由当年中央党校杨绍萱、齐燕铭编导的平剧(京剧)《逼上梁山》正式公演,获得巨大成功。艾思奇在《解放日报》上著文,称赞该剧是"平剧改革中的一大成绩"。1944年1月9日晚,毛泽东看过此剧后,连夜致信杨绍萱、齐燕铭,表示肯定和祝贺:"历史是人民创造的,但在旧戏舞台上(在一切离开人民的旧文学旧艺术上)人民却成了渣滓,由老爷太太少爷小姐们统治着舞台……这种历史的颠倒,现在由你们再颠倒过来,恢复了历史的面目,从此旧剧开了新生面。"②毛泽东当年之所以抑制不住内心的激动,连夜致信表扬,就在于他觉得经过改编的平剧《逼上梁山》,把被旧戏颠倒的历史再颠倒了过来,恢复了历史的面目——统治着舞台的不再是老爷太太少爷小姐们,而是人民群众;出现在舞台上的人民群众也不再是渣滓,而是创造历史的英雄。一言以蔽之,即塑造了新形象,创造了新的主人公!如果说"五四运动的最大成功,第一要算'个人'的发见。从前的人,是为君而存在,为道而存在的,现在的人才晓得为自我而存在了"③,那么,也可以说,五四时期"劳工神圣"思潮的最大功绩,就是对劳工的发现、对民间力量的发现!这一发现,深刻地改变了五四知识分子的思想和行动,从而也在一定程度上深刻地影响着中国文学的发展,带来了中国文学的新气象,开辟了中国"三农"文学的新天地——在整个20世纪,随着时间的不断推移,农民不

---

① 王强:《"劳工神圣"与五四新文学》,《上海师范大学学报》(哲学社会科学版)1985年第2期。
② 毛泽东:《给杨绍萱、齐燕铭的信》,《毛泽东文集》第3卷,人民出版社,1996年,第88页。
③ 郁达夫:《〈散文二集〉导言》,鲁迅等著,刘云峰编:《中国新文学大系导言集(1917—1927)》,天津人民出版社,2009年,第132页。

仅成为文学言说的对象，有幸坐上作品主人公的席位，而且，越来越有"舍我其谁"的气势。其最终结果是，在20世纪中后期的中国文学中，"三农"题材的文学颇有几分独占鳌头、一枝独秀的气势！

在"劳工神圣"思潮的呼啸之下，劳工自然而然进入文学的视野，成为各类文学的"新宠"。农民作为劳工中的一类，在中国劳工中数量最为壮观，理所当然被文学所观照。相较于中国古代的"三农"文学门类单一、数量不多之萧条景象，五四"三农"文学有了显著变化。

一是"三农"文学的门类增多。古代的"三农"文学，除了诗歌一脉有较多的作品之外，在别的文学类别中微乎其微，几乎可以忽略不计。五四的"三农"文学，除了诗歌和小说，散文、戏剧也都有意识、自觉地关注到了"三农"。如：朱自清的散文《阿河》，叙述了20世纪20年代一个叫阿河的江南乡村普通妇女坎坷、悲哀的生活境遇——失去了母亲的阿河，十六岁时被迫嫁给一个满脸是疱、土头土脑、极爱赌钱的三十多岁的男人。阿河在十八岁时终于被男人"放了"，但条件是需要出八十块大洋作为补偿。为了这八十块大洋，阿河的爹到处给她找买主。最终，阿河"自愿"去做了个老板娘。朱自清通过对阿河苦难命运的叙述，表达了对下层妇女非人生活的同情，并对当时的社会风化予以痛斥。田汉的独幕剧《南归》，讲述的是忠实勤劳的农村少年李正明、热烈勇敢的农村少女春姑娘、漂泊不定的流浪诗人辛先生三人之间的情感纠葛，暴露了社会黑暗，表现了现实与理想的冲突，抒发了人生不知何处是归途的感伤情绪。

二是"三农"诗歌由古代的悯农、劝农、乐农窄化为五四时期的只书写苦难的"悯农"。在中国古代，一些士大夫厌恶了官场的卑躬屈膝、尔虞我诈，向往下层人民知足常乐的平和心态、真诚淳朴的人际关系，于是归隐山野，躬耕陇亩，写下了不少脍炙人口的"乐农"诗。如范成大《四时田园杂兴》60首中的《夏日》："昼出耘田夜绩麻，村庄儿女各当家。童孙未解供耕织，也傍桑阴学种瓜。"全诗状写农家辛勤劳作的情景，亲切淳朴，怡然自得，令人神往。古之品德高洁之士，"居庙堂之高则忧其民，处江湖之远则忧其君"，面对人类赖以生存的农业生产，无论是在朝还是在野，都心心念念，故而写下了不少"劝农"诗。如陶渊明《劝农》其四："气节易过，和泽难久。冀缺携俪,沮溺结耦。相彼贤达,犹勤陇亩。矧兹众庶,曳裾拱手!"全诗以古之贤达之人尚且勤作于农田之中,勉励今之众人万不可游手好闲。中国古代文学总体上缺乏悲剧精神,有一种"团圆的迷信"。这在五四时期遭到了文学革命倡导者的猛烈抨击:"做书的人明知世上的真事都是不如意的居大部分……他闭着眼不肯看天下的悲剧惨剧,不肯老老实实写天公的颠倒惨酷,他只图说一个纸上的大快人心。这便是说谎的文学。"[①] 出于思想革命之需要,五四文学彻底摒弃了古代文学"大团圆"的模式,悲剧成为当时文学最流行的格调,诗歌也不例外。其"三农"诗歌聚焦于对农人苦难的展示,如:

卖布谣

刘大白

一

嫂嫂织布,
哥哥卖布。
卖布买米,
有饭落肚。
嫂嫂织布,
哥哥卖布。
弟弟裤破,
没布补裤。
嫂嫂织布,
哥哥卖布。
是谁买布,
前村财主。
土布粗,
洋布细。

洋布便宜,
财主欢喜。
土布没人要,
饿倒哥哥嫂嫂!

二

布机轧轧,
雄鸡哑哑。
布长夜短,
心乱如麻。
四更落机,
五更赶路。
空肚出门,
上城卖布。
上城卖布,
城门难过。

[①] 胡适:《文学进化观念与戏剧改良》,《胡适文存》第1卷,北京大学出版社,1998年,第122页。

放过洋货，夺布犹可，
捺住土货。押人太凶！
没钱完捐，"饶我饶我！"
夺布充公。"拘留所里坐坐！"

1920年5月31日在杭州

此诗以写实手法，具象地反映了农村小手工业生产者的苦难生活：织布人家日夜勤劳却缺衣少食，加之官府支持洋货、打压土货，使织布者最终落了个布被充公人坐牢的悲惨结局。

三是小说成为"三农"文学的重镇。在中国古代的"三农"文学中，诗歌绝对是独领风骚的存在。不过，到了五四时期，尽管也出现了数量不少、诗艺尚且不错的"三农"诗歌，如刘大白的《田主来》《卖布谣》，康白情的《草儿》，刘半农的《稻棚》《一个小农家的暮》《山歌》《秧歌》等，但毋庸置疑，"三农"小说占尽天时，异军突起，一举取代了诗歌在"三农"文学中的地位。

始于1840年的第一次鸦片战争揭开了中国近代史的序幕，战败后的清政府于1842年签订了中国历史上第一个不平等条约——中英《南京条约》，中国被迫割地赔款，开放五口通商，承认英国拥有协定关税权、领事裁判权、片面最惠国待遇等一系列特权。这一切严重损害了中国的独立主权和领土完整，中国开始沦为半殖民地半封建社会。此后，腐败无能的清政府又屡屡战败，不断割地赔款，使亡国灭种之危机不断加深。爱国志士苦苦寻求救国之道，但洋务运动、戊戌变法、辛亥革命，都难以扭转衰败之国运。最终，国人才认识到，唯有思想革命以新民、改变国民性，才能挽狂澜于既倒，扶大厦之将倾，"此后最要紧的是改革国民性，否则，无论是专制，是共和，是什么什么，招牌虽换，货色照旧，全不行的"。[①] 实现思想革命之最佳利器者何？陶曾佑《论小说之势力及其影响》云："小说！小说！诚文学界中之占最上乘

---

① 鲁迅：《两地书》，《鲁迅全集》第11卷，人民文学出版社，2005年，第31—32页。

者也。其感人也易，其入人也深，其化人也神，其及人也广。"① "一榻之上，一灯之下，茶具前陈，杯酒未罄，而天地间之君子、小人鬼神、花鸟杂沓而过吾之目，真可谓取之不费，用之不匮者矣。故画有所穷者也；史平直者也；科学颇新奇，而非尽人所解者也；经文皆忧患之言，谋乐更无取焉者也；而小说之为人所乐，遂可与饮食、男女鼎足而三。"② 正是出于思想革命启蒙之需要，昔日"言不齿于缙绅，名不列于四部"③的小说，凭借其为广大民众所喜闻乐见的优越性，成功取代诗歌，成为文学之正宗。1918年冬天，北京大学的傅斯年、罗家伦、顾颉刚等在蔡元培、陈独秀、胡适等人的支持下，成立了北京大学第一个学生社团——新潮社，出版刊物《新潮》，"对《新青年》所提倡的文学革命进行了积极的鼓吹"④。《新潮》贡献了中国现代文学史上最早一批"三农"小说，如杨振声的《渔家》，叶绍钧的《这也是一个人》，汪敬熙的《砍柴的女儿》，潘垂统的《贵生与他的牛》。

1921年，鲁迅创作了短篇小说《故乡》，以叙事主人公"我"回乡迁居的经历为线索，通过"我"重返故乡之所见所闻，反映了辛亥革命前后农村破产、农民生活困苦的现实，揭露了封建传统观念对劳苦大众造成的精神创伤和当时社会人性的扭曲，表达了作者改造旧社会、创造新生活的强烈愿望。鲁迅之《故乡》乃中国现代乡土文学的开山之作，正是在他的示范引领之下，"五四"新文学诞生了一个将"乡间的死生、泥土的气息，移在纸上"⑤，具有鲜明的地方色彩的小说创作流派——"乡土小说"派；20世纪20年代，一批寓居北京、上海的作家，在鲁迅"改造国民性"思想的启迪下，以故乡风土人情为题材创作小说，旨在揭示宗法制乡村的愚昧落后，并借以抒发自己的乡愁。其代表作有朴园的《两孝子》、王思玷的《偏枯》、鲁彦的《黄金》、许

---

① 陶曾佑：《论小说之势力及其影响》，郭绍虞：《中国历代文论选》第四册，上海古籍出版社，1980年，第221页。
② 夏曾佑：《小说原理》，郭绍虞：《中国历代文论选》第四册，上海古籍出版社，1980年，第243页。
③ 黄摩西：《小说林发刊词》，《小说林》1907年第1期。
④ 赵遐秋，曾庆瑞：《中国现代小说史》上册，中国人民大学出版社，1985年，第283页。
⑤ 鲁迅：《〈中国新文学大系〉小说二集序》，《鲁迅全集》第6卷，人民文学出版社，2005年，第263页。

杰的《惨雾》、彭家煌的《怂恿》、王任叔的《疲惫者》、许钦文的《疯妇》、台静农的《拜堂》、蹇先艾的《水葬》等。这些"三农"小说，"在中国文学史上第一次最广泛地展现了中国农村封建宗法社会特征和乡村的风俗民情……作品描绘出一幅幅农村愚昧、落后、无知、野蛮的陋习恶俗的画面，揭示出半封建半殖民地中国的黑暗现实，反映了广大劳苦农民的悲哀和痛苦"①。总之，"这个阶段文学中农民形象被揭示的基本主题有两个：一是哀其不幸的'苦难'，二是怒其不争的'麻木'"②。

1927年的"四一二"反革命政变，导致国共合作破裂。历经挫折，中国共产党终于走上了一条以农村包围城市、武装夺取政权的革命胜利之路。"农民问题乃国民革命的中心问题，农民不起来参加并拥护国民革命，国民革命不会成功。"③ "国民革命便是农民革命，农民得到了解放才算国民革命成功。"④ 这场由中国共产党领导的新民主主义革命要取得胜利，就必须充分依靠农民这一最广大的同盟军，农民的重要性得到了前所未有的充分认识。如果说"五四"新文学笔下都是愚昧、不觉悟、过着非人生活的老一代农民，如闰土、祥林嫂、赌徒吉顺、鼻涕阿二、驼背运秧等，那么，在20世纪30年代中国现代文学笔下，除了愚昧落后的老一代农民形象如老通宝、云普叔、大堰河外，还出现了相当数量的具有朴素反抗意识、正在走向觉醒的农民形象，如：茅盾《春蚕》中的多多头、叶紫《丰收》中的立秋、王统照《山雨》中的奚大有、王鲁彦《野火》中的华生，等等。总之，"到三十年代，随着革命文学的兴起，作家对那些觉醒着并为明天的幸福而斗争的农民，给予了充分的展现。由哀哀戚戚地同情，到表现他们自觉的斗争，农民形象的内涵发生了质的变化"⑤。

1931年9月18日夜，日军发动蓄谋已久的侵华战争，进攻东北军驻地北

---

① 王嘉良：《中国现代文学史》，天津人民出版社，2001年，第77—78页。
② 熊峰：《谈谈我国现代文学中农民形象变化的"轨迹"》，《九江师专学报》（哲学社会科学版）1999年第2—3期。
③ 毛泽东：《国民革命与农民运动——〈农民问题丛刊〉序》，《毛泽东文集》第1卷，人民出版社，1993年，第37页。
④ 恽代英：《恽代英文集》下卷，人民出版社，1984年，第919页。
⑤ 同②。

大营,炮轰沈阳城,"九一八事变"爆发;1937年7月7日,日军炮轰宛平城,进攻卢沟桥,挑起"七七事变",中日战争全面爆发;1945年8月15日,日本向反法西斯同盟国无条件投降,中国人民艰苦卓绝的十四年抗战终于取得了最后胜利。这是自鸦片战争以降一百多年来中国人民第一次取得反对帝国主义侵略战争的完全胜利。抗日战争是一场攸关国家生死存亡的大决战,积贫积弱的中国必须众志成城、举全国之力奋起抗争才能取得胜利。

当日本侵华战争步步紧逼之际,中国共产党驻共产国际代表团于1935年8月1日草拟了《八一宣言》,于同年10月1日以中华苏维埃共和国中央政府和中国共产党中央委员会的名义,在法国巴黎出版的《救国报》上发表,呼吁全国各界人民团结起来,停止内战,抗日救国。1935年12月,中共中央在陕北瓦窑堡召开政治局扩大会议,通过了《中共中央关于目前政治形势与党的任务决议》,确定了建立最广泛的抗日民族统一战线的策略方针。1936年,在中国共产党的努力下,"西安事变"和平解决,这标志着抗日民族统一战线初步形成。如何才能取得抗战之胜利?毛泽东在《论持久战》中有两句名言:"兵民是胜利之本。""战争之伟力最深厚的基础存在于人民群众之中。"[①] 其时的中国,作为一个农业大国,农民占全国总人口的80%以上,所谓的"民"、所谓的"人民群众",主要指农民。在抗战这一特殊时期,农民重要性的凸显程度是史无前例的,能否争取到农民的支持和拥护成为抗战能否胜利、革命能否成功的关键。农民形象进一步正面化,反映到文学创作中,农民不再是五四文学笔下愚昧、麻木的"看客"或"示众"的材料,而是实现了从愚昧走向觉醒的华丽蝶变,成为被肯定、被歌颂的对象。代表性的作品有萧军的《八月的乡村》、姚雪垠的《差半车麦秸》《牛德全与红萝卜》、端木蕻良的《大地的海》《大江》、田涛的《地层》、程造之的《地下》、艾芜的《春天的原野》《受难者》、吴组缃的《鸭嘴涝》等。

20世纪30年代中后期,在中国国内出现了一股知识分子奔赴延安的热潮。至20世纪40年代初期,延安形成了约四万人规模的知识分子群体。随着大批知识分子的涌入,"集中出现了一股体现知识分子的批判精神,主张文

[①] 毛泽东:《论持久战》,《毛泽东选集》第2卷,人民出版社,1991年,第439—518页。

学的真实性与独立性,对革命队伍内部存在的问题和群众的落后意识进行暴露和批评的文艺潮流"①,小说方面如丁玲的《我在霞村的时候》《在医院中》;杂文方面如王实味的《野百合花》《政治家·艺术家》;美术方面如张谔、华君武、蔡若虹的讽刺画;戏剧方面如青年艺术剧院演出的暴露延安日常生活中的缺陷与病象的短剧《延安生活素描》。这些文艺活动和创作,与生死存亡的抗战形势是极不协调的,不利于积极动员一切抗日力量以取得民族战争的辉煌胜利。另外,大批知识分子虽然怀抱理想、克服种种困难来到延安,但与抗日的主体力量——工农兵群众,没能很好地打成一片。如周立波多年后在谈到延安生活时,曾如是说:"我们和农民可以说是比邻而居,喝的是同一井里的泉水,住的是同一格式的窑洞,但我们却'老死不相往来'。整整的四年之久,我没有到农民的窑洞里去过一回。"② 知识分子与工农兵大众的这种隔膜状态,于抗战大局也是十分有害的。"在抗战这场如此紧迫、艰苦、你死我活的民族大搏斗中,它要求于文学和作家的不是自由、民主等启蒙宣言,也不会鼓励个人自由、人格尊严等思想在话语空间里发展,相反,它突出强调的是一切服从抗战,一切服从民族救亡的集体力量。"③

鉴此种种,有了1942年的延安文艺座谈会,产生了影响深远的《在延安文艺座谈会上的讲话》(以下简称《讲话》)。从此,抗日根据地和之后的解放区文学沿着《讲话》所指引的"文艺为工农兵服务"的方向一路高歌猛进,"五四以来主导文坛的暗淡无光、惨不忍睹的乡土表象自此为之一变"④,"随着日本侵略者在中国的军事进攻目标由国统区向共产党抗日根据地的转移,农民成了抗日的主要力量源泉。凝聚根据地农民的战斗力成为当时的一项重要工作,根据地知识分子的笔大多由对农民身上封建余孽的挖掘、批判转为对农民身上表现出来的革命因素的激赏和对他们胜利前景的描绘"⑤,"革命"

---

① 朱栋霖,朱晓进,吴义勤:《中国现代文学史(1917—2013)》上册,高等教育出版社,2014年,第226页。
② 周立波:《周立波选集》,人民文学出版社,1959年,第300页。
③ 刘忠:《思想史视野中的中国现当代文学》,上海人民出版社,2006年,第106页。
④ 孟悦:《〈白毛女〉演变的启示——兼论延安文艺的历史多质性》,王晓明:《二十世纪中国文学史论》,东方出版中心,2003年,第201页。
⑤ 王文胜:《论赵树理小说中残缺的现实主义》,《江海学刊》2000年第4期。

成为"三农"小说最耀眼的色彩,"革命唤醒着农民,农民推动着革命不断走向深入"①,"反映党领导下农民翻身解放的新生活和革命武装军事斗争,是解放区小说的两大题材,由此也分别形成'新农村故事'与'新英雄传奇'两种基本的小说写作模式"②。具有代表性的小说有赵树理的《小二黑结婚》《李有才板话》《李家庄的变迁》、康濯的《我的两家房东》、丁玲的《太阳照在桑干河上》、周立波的《暴风骤雨》、孙犁的《荷花淀》《嘱咐》《藏》、马烽和西戎合著的《吕梁英雄传》、孔厥和袁静合著的《新儿女英雄传》、王林的《腹地》、于黑丁的《母子》、华山的《鸡毛信》、邵子南的《地雷阵》,等等;诗歌有李季的《王贵与李香香》、阮章竞的《漳河水》、张志民的《王九诉苦》、李冰的《赵巧儿》、艾青的《雪里钻》、田间的《赶车传》,等等;戏剧有《兄妹开荒》《白毛女》《刘胡兰》,等等。这些文学作品,满腔热忱地"展示农民的历史主动精神,他们的高贵品质和掌握自己命运之后的生命活力"③,这与五四时期"三农"文学笔下之衰败凋敝的农村及愚昧麻木的农民,与20世纪二三十年代"三农"文学笔下之飘摇动荡的农村及初步觉醒的农民相比,确实是充满生机和活力的"别一世界"!

综上所述,中国现代的"三农"文学,其起点是为农民而写作(启蒙),终点也是为农民而写作(革命),即由写农民的落后愚昧到写农民的革命自觉。与此相适应,作者与农民的关系也发生了根本性的变化,即由起初的知识分子启导农民觉醒(知识分子是农民的导师),到20世纪40年代知识分子被要求同农民群众打成一片、向农民学习(知识分子是农民的学生)。具体地说,在20世纪20年代,"三农"文学的中心主题是启蒙,故农民的形象被定格在麻木、保守、落后的被启蒙者的位置上。到了20世纪30年代,"三农"文学的主题是革命,农民形象因而被定格在两种类型上:老一代农民因循守旧,新一代农民敢于反抗。到20世纪40年代,"三农"文学的主题是解放,

---

① 杨利娟:《时代诉求与革命规限下的乡村言说——解放区农村题材小说研究(1937—1949年)》,新华出版社,2016年,第42页。
② 朱栋霖、朱晓进、吴义勤:《中国现代文学史(1917—2013)》上册,高等教育出版社,2014年,第226页。
③ 杨义:《中国现代小说史》第三卷,人民文学出版社,1986年,第521页。

老一代农民从麻木落后中觉醒,改变着自己的精神面貌;新一代农民不仅敢于斗争,而且有理想、有热情,成为英雄主义理念的体现者。这种三段论式的发展模式成为现代"三农"文学刻画农民形象的经典叙事[①]。

---

① 谭桂林:《农民写作中心的省察与突破》,《社会科学辑刊》2000 年第 3 期。

第三节　鲁迅、赵树理、高晓声"三农"小说创作简述

在中外文学发展史上，小说是一种相对晚出的文学体裁，但因受众面广、社会影响大而后来居上，逐渐占据了文学的中心位置。在欧洲，小说脱胎于骑士传奇。古希腊的史诗、戏剧，中世纪的骑士传奇以及城市故事等叙事性文学，为小说的发展与繁荣提供了丰富的借鉴。在文艺复兴这场思想解放运动中，小说家们以人文主义思想为指导，通过自己的创作，积极倡导人权，反对神权；崇尚自由，反对专制；张扬平等，反对特权。如欧洲文学史上第一部现实主义短篇小说集——薄伽丘的《十日谈》，通过一百个故事，热烈赞美爱情，歌颂世俗生活，谴责禁欲主义，讽刺封建贵族的堕落和天主教会的荒淫无耻，洋溢着人文主义的光辉。在文艺复兴时期，《十日谈》可与但丁的《神曲》相媲美，有"人曲"之美誉。这一时期，人们呼唤民主、科学，渴望以知识武装自己，读小说成了全社会的时髦之事，文学不再是少数贵族的专利，城墙上国王与城墙下农夫读《堂吉诃德》而共同乐不可支的情形，成为欧洲文学史上的一段佳话。在启蒙运动时期，启蒙文学家们更是把小说当作启蒙广大民众的工具，产生了众多有影响的启蒙小说，如笛福的《鲁滨逊漂流记》，斯威夫特的《格列佛游记》，菲尔丁的《汤姆·琼斯》，孟德斯鸠的《波斯人信札》，伏尔泰的《查第格》，狄德罗的《拉摩的侄儿》，等等。正因为小说自觉地为社会进步、政治文明服务，不断强化自身的社会政治功利性，小说终于在19世纪的欧洲文坛空前繁荣并自此占据了文学的主导地位。在中国，小说向来被封建统治阶级及正统文人目为雕虫小技。东汉史学家、文学家班固据西汉刘歆《七略·诸子略》之说，在《汉书·艺文志》中，把先秦诸子思想归纳为儒、道、阴阳、法、名、墨、纵横、杂、农、小说十家，小说家位列十家之末。然"小说家者流，盖出于稗官，街谈巷语，道听途说者之所造也……是以'君子弗为也'"。去掉"小说家"，剩下的九家被称为"九流"。是故，小说家虽位列"十家"，但不入"九流"，"诸子十家，其可观

者九家而已"。小说之地位，由此可见一斑。刘勰的《文心雕龙》对各类文体都作了专篇论述，唯独将小说排除在外。及至宋元时期，虽已出现了"有意识的作小说"的唐代传奇以及艺术更为成熟的宋元话本小说，但史官们对小说仍然"敬而远之"，不敢稍下片言只语，以免被人耻笑。如明代的文献学家王圻，只不过在《续文献统考》中记下了《水浒》等的目录而已，便招致同僚"罗列不伦，何以垂远"之攻讦。更有甚者，吴敬梓因作《儒林外史》，竟惹得友人陈晋芳在悼念他时大发感慨："吾为斯人悲，竟以稗说传。"① 雍正年间（1723—1735）的官吏郎坤，因在奏章中有"名如诸葛亮，尚误用马谡"之语，便被扣以"援用小说陈奏"的罪名，受到革职、枷号三个月和鞭一百发落的严厉处置。这就造成了"昔之于小说也，博弈视之，俳优视之，甚且鸩毒视之，妖孽视之；言不齿于缙绅，名不列于四部。私衷酷好，而阅必背人；下笔误征，则群加嗤鄙"② 之局面。这就不难理解人们可以为生活远在春秋战国时期的孔子、屈原等人写出较为翔实的传记，却难以判定生活近在明清时代的罗贯中、曹雪芹等小说家的生卒年之怪现象了。因为，小说家"不入流"，其生平事迹无人记载，故而也就无从查考。真正消除对小说的偏见、发现小说之重要作用，始于中国的资产阶级改良派。面对鸦片战争败北后日趋衰败的国运，近代颇具影响力的资产阶级启蒙思想家、翻译家、教育家严复提出了著名的"三民"学说："今日要政，统于三端：一曰，鼓民力；二曰，开民智；三曰，新民德。"③ 何以实现"三民"呢？不少有识之士将目光转向了小说。严复、夏曾佑在《国闻报》所刊发的《本馆付印说部缘起》④ 一文中斩钉截铁地提出："夫说部之兴，其入人之深，行世之远，几几出于经史上，而天下之人心风俗，遂不免为说部之所持。"⑤ 梁启超则更是振聋发聩：

---

① 程晋芳：《怀人诗（十八首之十六）》，李汉秋：《儒林外史研究资料》，上海古籍出版社，1984年，第9页。
② 陈平原，夏晓虹：《二十世纪中国小说理论资料》第一卷，北京大学出版社，1997年，第253—254页。
③ 严复：《原强》，周振甫选注：《严复选集》，人民文学出版社，2004年，第29页。
④ 《本馆付印说部缘起》"是晚清改良主义运动中为小说争地位的第一声呼唤"。王先霈，周伟民：《明清小说理论批评史》，花城出版社，1985年，第680页。
⑤ 同②，第27页。

"欲新一国之民，不可不先新一国之小说。故欲新道德，必新小说；欲新宗教，必新小说；欲新政治，必新小说；欲新风俗，必新小说；欲新学艺，必新小说；乃至欲新人心，欲新人格，必新小说。何以故？小说有不可思议之力支配人道故。"① 在梁启超看来，小说具有"熏、浸、刺、提"四种支配人道之力。狄楚卿的《论文学上小说的位置》、陶曾佑的《论小说之势力及其影响》、金松岑的《论写情小说与新社会之关系》等文从不同角度深化了梁启超的观点。除了理论上的大声呼吁倡导之外，小说刊物也乘势而起，主要有《绣像小说》《新小说》《月月小说》《小说林》晚清四大期刊。晚清的"'小说界革命'，从根本上改变了以往鄙薄小说的传统观念，确立了小说作为文学领域中的正宗地位"②。

20世纪的中国文学，可谓作家如云，作品汗牛充栋。在"世纪文学60家"的评选活动中，鲁迅、赵树理、高晓声分别以第1名、第31名、第58名当选，其创作成就与影响之大，不言自明。鲁迅、赵树理、高晓声的"三农"文学创作主要集中在小说领域，笔者试作简要论述。

1918年5月，《狂人日记》见刊于《新青年》，即以"表现的深切和格式的特别"③ 而震撼文坛。自此，鲁迅的小说创作便一发而不可收，《孔乙己》《药》《明天》《一件小事》《头发的故事》等相继问世。1923年由新潮出版社出版的鲁迅的第一本小说集《呐喊》，共收录其创作于1918—1922年的十四篇短篇小说。1926年，北新书局出版了其第二本小说集《彷徨》，共收集《祝福》《在酒楼上》《幸福的家庭》《肥皂》《长明灯》等创作于1924—1925年的十一篇短篇小说。《呐喊》《彷徨》收录的小说，从题材看，主要分为两大类：一类是描写知识分子的，如《孔乙己》《幸福的家庭》《在酒楼上》《孤独者》《伤逝》等；一类是描写农民农村的，如《风波》《故乡》《阿Q正传》《祝福》等。

---

①梁启超：《论小说与群治之关系》，洪治纲：《梁启超经典文存》，上海大学出版社，2003年，第77页。

②程凯华，李婷：《中国现代农村题材小说史（1917—1949）》，中国文史出版社，2015年，第14页。

③鲁迅：《〈中国新文学大系〉小说二集序》，《鲁迅全集》第6卷，人民文学出版社，2005年，第246页。

"从小说渊源的上古时代一直到小说空前繁荣的近代,在长达一千多年的中国古代小说史上,没有一部真正描写农村生活的作品,农民形象始终未能堂堂正正地登上小说这一艺术殿堂"①,但鲁迅的出现,实现了中国文学史上"三农"小说"零"的突破。1920年9月,《风波》发表于《新青年》杂志第8卷第1号。这是鲁迅创作的第一部农村题材小说,以张勋复辟为背景,通过描写发生于江南某水乡的一场由辫子引起的风波,成功塑造了七斤、七斤嫂、九斤老太等农民形象,具象地反映了辛亥革命严重脱离广大群众之现实,也展示了农村的闭塞落后和农民的愚昧麻木,意在说明没有广大农民的觉悟,就不会有民主革命的成功。1921年5月,《故乡》发表于《新青年》杂志第9卷第1号。《故乡》以作者1919年回乡的真实经历为背景,按照"回故乡—在故乡—离故乡"的情节安排,通过描写二十年来"我"和闰土之间人际关系的巨大变化,塑造了闰土、杨二嫂等农民形象,深刻而沉痛地展现了辛亥革命前后农村日趋凋敝、农民生活痛苦悲惨的景象,表达了作者对现实的愤恨和创造新生活的希冀。除上述作品外,鲁迅以农民、农村为题材的作品,主要还有《明天》《阿Q正传》《长明灯》《祝福》《社戏》《离婚》等。总之,"在中国现代文学史上,鲁迅第一次大批量而非偶尔为之地把农民群众引进现代小说领域,真诚而严肃地为他们画像立传"②。

鲁迅"三农"小说的特点,一言以蔽之,就是"表现的深切和格式的特别"。所谓"表现的深切",即是指,在思想内容方面,当年的中国是传统的农业大国,农民占全国总人口的80%以上,是中国国民性最主要的承载者。鲁迅的"三农"小说,从"启蒙"处入手,以艺术之笔,创造出阿Q、七斤、闰土、祥林嫂等不朽的农民形象,通过揭示封建思想对农民的毒化、解剖农民身上的国民性弱点来达到启蒙和改造国民性的目的,从而实现立人救国之宏愿。所谓"格式的特别",即是指,在艺术形式方面,鲁迅的小说突破了中国传统小说以经营完整故事为中心任务、以故事行进时间的先后为顺序、以全知全能的第三人称为叙事方式、以大团圆为结局、刻画人物重言行表现轻

---

① 朱正红:《论中国现代小说中农民形象系列的独特地位》,《广东社会科学》1991年第3期。
② 朱庆华:《中国现代文学作家作品论稿》,中国戏剧出版社,2009年,第27页。

心理挖掘等惯式，师法外国小说之构思技艺，成功创作出与中国传统小说判然有别的新型小说，推动了中国小说走上现代化之路，实现了中国文学与世界文学的成功接轨。鲁迅的"三农"小说的影响是巨大而深远的，就近而论，正是在"启蒙"这一五四时代精神和鲁迅乡土小说的感召之下，20世纪20年代出现了一批同样以农村和农民为主要描写对象，以启蒙、改造国民性为旨归的乡土小说。就远而论，在思想内容方面，自鲁迅第一个有意识地、自觉地将农民引进小说世界，成功开辟出农村题材这片崭新天地之后，农民就成了中国小说常说常新的人物形象，而农村题材则似乎成了小说永不言弃的表现对象；在艺术形式方面，鲁迅"破天荒"的小说创作艺术，给同时代及后来的小说创作者开创了一个变幻莫测的艺术迷宫，令人神往，不少同道人在这里"拜师学艺"，扬帆起航，恰如当年茅盾评论《呐喊》所言："在中国文坛上，鲁迅君是创造新形式的先锋。《呐喊》里的十多篇小说，几乎一篇有一篇的新形式，而这些新形式又莫不给青年作者以极大的影响，必然有多数人跟上去试验。"[①]

"在中国现代文学史上，如果说鲁迅是第一个成功地描写旧式农民的伟大作家，那么赵树理则是第一个成功地描写新式农民的杰出作家。"[②] 赵树理出身于贫农家庭，生于农村，长于农村，自小就干过农活，通晓农业生产和北方农村的生活习俗，过着被压迫、被剥削的苦难生活。赵树理从小就接受民间艺术的熏陶并迷恋民间艺术，熟悉农民的文化风尚和艺术爱好，是晋东南一带农民自乐班"八音会"的一把好手，十多岁便能摆弄各种乐器。所有这一切，都为赵树理日后成为一位个性鲜明的作家打下了坚实的基础。对此，作为赵树理良师益友的王春有过客观的评论："这个家庭和他生长的农村环境，给赵树理同志带来了三件宝，保证他一辈子使用不尽：头一宝是他懂得农民的痛苦……第二宝是他熟悉农村各方面的知识、习惯、人情等等……第

---

① 雁冰：《读〈呐喊〉》，严家炎：《二十世纪中国小说理论资料》第2卷，北京大学出版社，1997年，第324页。
② 陈继会：《新文学史上农村题材的两位开拓者——略论赵树理与鲁迅》，《郑州大学学报》（哲学社会科学版）1983年第3期。

三宝是他通晓农民的艺术，特别是关于音乐戏剧这一方面的。"[1] 1925 年，赵树理进入长治省立第四师范学习，通过文学研究会、创造社等创办的刊物，阅读到了鲁迅、郭沫若等人的作品，接受了"五四"新文学的影响，开始学写新诗、新小说。1929 年，赵树理发表短篇小说《悔》，这是他创作的第一篇小说，有浓厚的"欧化"色彩。之后，赵树理又陆续创作了《白马的故事》《有个人》《金字》等小说。受 1932 年上海文艺界开展的"文艺大众化"讨论的影响，1934 年，赵树理萌生了搞大众化的想法，创作于 1935 年的小说《盘龙峪》已初具大众化的风格。1943 年，《小二黑结婚》发表，标志着赵树理在文学创作方面真正走出了一条民族化、大众化之路。《小二黑结婚》甫一发表，便风靡整个抗日根据地，"半年间发行四万册，创下新文学作品在农村畅销流行的新纪录"[2]，并很快被改编成快书、弹词、评剧、鼓词、话剧、川剧、粤剧、眉户剧、歌剧、豫剧、电影剧本等，图书也被多家出版社出版或再版，一时间洛阳纸贵。之后，赵树理又创作了《李有才板话》《李家庄的变迁》等特色鲜明、俗中见雅的小说，在根据地刮起了一股富有清新本色的民族风，很快赢得了周扬等文艺界领导人物以及国统区郭沫若、茅盾等文学大咖的青睐，并得到了他们的热情推介。"在 20 世纪 40 年代的抗日根据地，主流政治需要借助与下层民众有着天然亲和性关系的民间文化形式来进行有效的政治宣传和政治动员，而赵树理的文学观、作家立场和作品所体现出的审美趣味在相当程度上契合了主流政治对于文学的预设标准"，所以，赵树理的小说很快"被视为解放区文学的一面旗帜，被当作一个时代文学的榜样和范式被肯定、被推崇"[3]。赵树理的"三农"小说，主要有《小二黑结婚》《李有才板话》《李家庄的变迁》《孟祥英翻身》《地板》《福贵》《小经理》《邪不压正》《传家宝》《锻炼锻炼》《田寡妇看瓜》《登记》《求雨》《三里湾》《灵泉洞》《老定额》《实干家潘永福》《套不住的手》《杨老太爷》《互作鉴定》《卖烟

---

[1] 王春：《赵树理怎样成为作家的?》，黄修己：《中国文学史资料全编（现代卷）29 赵树理研究资料》，知识产权出版社，2010 年，第 8—9 页。

[2] 钱理群，温儒敏，吴福辉：《中国现代文学三十年》，北京大学出版社，1998 年，第 478 页。

[3] 万国庆：《论赵树理创作的文化代表性》，《嘉兴学院学报》2006 年第 1 期。

叶》，如此等等，都是极为个性化的创作，深深地烙刻着他鲜明的特色：

其一，始终为农民画像立传。赵树理一生，心无旁骛，专心致志地只写农民，为农民立传，这种偏爱，几至"偏执"的程度。1949 年，党的七届二中全会召开之前，《人民日报》发表了工人的一封来信，说工人们都非常喜欢看赵树理的小说《邪不压正》，可惜这不是写工人题材的，作品中甚至连"工人"两个字都没提及，很希望作者也能写一写工人①。面对工人阶级的深切要求，赵树理积极响应，迅速行动。为了兼顾工作与创作，赵树理特地选择了北京近郊的一家喷雾气厂作为生活体验的基地。他认认真真地下厂深入工人生活一个来月，可就是不能与工人融为一体，不能像与农民兄弟在一起那样亲密无间，心心相印，达到灵魂的交融。赵树理劳而无功，始终找不到创作的灵感，心有余而力不足，最终只好辜负了工人兄弟的殷切期望。离开了他那帮情投意合的农民兄弟，赵树理犹如虎落平阳、龙游浅滩。

其二，聚焦"问题"的创作路向。"我在做群众工作的过程中，遇到了非解决不可而又不是轻易解决的了的问题，往往就变成我要写的主题"②，"感到那个问题不解决会妨碍我们工作的进展，应该把它提出来"③。可见，在实际工作中发现重要问题，再将问题通过小说这种艺术形式予以具象的反映，以达引起上级重视或者展现经验教训等目的，是赵树理小说创作的基本套路。所以，才有论者如此评论赵树理的创作："他是把他的小说创作，当成参与实际斗争解决实际问题的一种途径和方式，对他来说，几乎每一次重要的创作实践，都有着切近现实、解决现实问题的实用功利性目的。"④ 如创作小说《地板》就具有很强的针对性。在抗日战争时期，凡中华民族之子孙，地不分东西南北，人不分男女老幼，皆有抗战守土之责，打败日本侵略者就是全民族最紧迫且最重要的任务。因此，昔日你死我活的阶级矛盾已降格为"兄弟阋于墙"的社会内部矛盾，中日之间的民族矛盾才是社会主要矛盾。当时积

---

① 董大中：《赵树理评传》，百花文艺出版社，1986 年，第 241 页。
② 赵树理：《也算经验》，《赵树理文集》第 4 册，中国工人出版社，2000 年，第 1592 页。
③ 赵树理：《当前创作中的几个问题》，《赵树理文集》第 4 册，中国工人出版社，2000 年，第 1882 页。
④ 万国庆：《论赵树理创作的文化代表性》，《嘉兴学院学报》2006 年第 1 期。

贫积弱的中国要战胜强大的日本帝国，必须结成最广泛的统一战线，举全民族之力方能夺取最终顺利。"减租减息"正是中国共产党领导的抗日根据地为动员农民和地主这两个对立的阶级都积极投身抗日大业所做出的英明决策。因此，"减租减息"政策能否得到正确而顺利的贯彻执行，其实是攸关抗日战争之成败的。在当时，社会上还相当程度地流传着"出租土地也不纯是剥削"的错误观点。"按法令减租，我没有什么话说；要我说理，我是不赞成你们说那理的。他拿劳力换，叫他把我的地板缴回来，他们到空中生产去！你们是提倡思想自由的，我这么想是我的自由，一千年也不能跟你们思想打通！"① 小说中地主王老四的思想是颇有典型性的，要减租是迫于法令的压力，是人在屋檐下不得不低头的无奈之举，从内心来说，是极不情愿的！这样一种不情愿的思想情绪和糊涂观点如果得不到及时有效的疏导和纠正，就会极严重地减退地主阶级的抗日积极性，滋生抗日的"离心力"，从而危及抗日大局！赵树理及时创作了这篇小说，通过曾经也是地主的王老三的现身说法，形象地说明土地本身不能产生价值，只有劳动才能创造价值的深刻道理，揭露了封建土地所有制的剥削实质，澄清了"出租土地算不算剥削"这一人们迫切关心的大问题，起到了良好的宣传教育效果。正因如此，《地板》在当年成了畅销书，有些地方甚至把它当成文件来学习。

其三，夺取封建小唱本阵地的启蒙之作。"我不想上文坛，不想做文坛文学家。我只想上'文摊'，写些小本子夹在卖小唱本的摊子里去赶庙会，三两个铜板可以买一本，这样一步一步地去夺取那些封建小唱本的阵地，做这样一个文摊文学家，就是我的志愿。"② 思想是行动的指南，国民是国家的建设者，没有健康强大的国民，就没有充满活力的国家和社会。正因为如此，有识之士上穷碧落下黄泉，在苦苦探寻救国之良策时，最终尘埃落定于国民的思想改造上："自西洋文明输入吾国，最初促吾人之觉悟者为学术，相形见绌，举国所知矣，其次为政治，年来政象所证明，已有不克守缺抱残之势。继今以往，国人所怀疑莫决者，当为伦理问题。此而不能觉悟，则前之所谓

---

① 赵树理：《地板》，《赵树理文集》第4册，中国工人出版社，2000年，第61页。
② 李普：《中国文学史资料全编（现代卷）29 赵树理印象记》，黄修己：《中国文学史资料全编（现代卷）29 赵树理研究资料》，知识产权出版社，2010年，第15页。

觉悟者，非彻底之觉悟，盖犹在恍惚迷离之境。吾敢断言曰：伦理的觉悟，为吾人最后觉悟之最后觉悟。"① 赵树理深感占据农村文化的是充斥着封建伦理道德的小唱本，《太阳经》《玉匣记》《老母家书》之类满是封建意识的读物，几乎家家都有，甚至革命队伍中的一些勤务员手上拿的也是这类小唱本。被封建思想所统治的不觉悟的广大农民，只能是"默默的生长，萎黄，枯死了，像压在大石底下的草一样"②。深受充满民主、自由思想光辉的"五四"新文学熏陶、业已投身革命浪潮的赵树理对此是无法坐视不管的！早在1925年长治省立第四师范学校读书之时，赵树理就满腔热情地向他的那些农民兄弟推送新文学作品，希望他们也能早早觉悟起来，勇敢地去追求"人"的生活。走"五四"新文学那样的启蒙之路，这正是赵树理所梦寐以求的。事实上，赵树理也正是这样做的。赵树理矢志不渝，以其一系列通俗易懂的作品，形象生动、不厌其烦地向广大民众宣传民主、科学、自由、平等、自主等现代思想，帮助他们尽快成长为顶天立地的大写的"人"。如小说《求雨》，就是一部脍炙人口的反对封建迷信、倡导科学精神的佳作。小说讲的是某年夏天，金斗坪遇上了旱灾，村长和党支部书记积极组织大伙开渠引水抗击旱情，村中的八个老头却相约到龙王庙去求雨。眼看着开渠工程马上就要完工，引水抗旱已是指日可待，在庙里求雨的八个人，起先跑了三个，后来又跑走了几个，结果只剩下了最为顽固的于天佑。到最后，连于天佑也取水浇地去了。小说形象地告诉人们，面对旱情，求雨这种迷信活动根本没有用，要解除旱情，只有靠自己！

其四，民族化、大众化的艺术品格。五四时期的文学革命"在否定传统时，就往往否定一切，而在学习西方新思潮时，又容易肯定一切"③。新文学差不多是在全盘接受西方文学范式的情况下破茧成蝶的，"从中国古代文学方

---

① 陈独秀：《吾人最后之觉悟》，《陈独秀文章选编（上）》，生活·读书·新知三联书店，1984年，第108页。
② 鲁迅：《俄文译本〈阿Q正传〉序及著者自叙传略》，《鲁迅全集》第7卷，人民文学出版社，2005年，第84页。
③ 黄修己：《中国现代文学发展史》，中国青年出版社，1997年，第42页。

面，几乎一点遗产也没摄取"①。这使得新文学自诞生起就带有严重的"西化"倾向，与占全国总人口百分之八九十的农民群众绝缘。在赵树理看来，新文学尽管满蕴着科学、民主、自由、平等等先进思想，但"圈子狭小得可怜"，"只不过是在极少数的人中间转来转去，从文坛来到文坛去罢了"②，在本质上，这只是知识分子间的一种"交换"文学而已，这个文坛太高了，群众是攀不上去的。为此，赵树理改弦易辙，决心师法中国传统文学，去糟粕而取精华，古为今用，写出具有中国风但又传播新思想的新通俗文学。他成功地"对中国以说唱文学为基础的传统小说的结构方式、叙述方式、表现手段进行了扬弃与改造，创造了一种评书体的现代小说形式"③。如中篇小说《小二黑结婚》，之所以能产生轰动效应，让被知识分子所轻视的乡巴佬赵树理一举成名，一个极重要的原因，即是小说在艺术性方面走了"才子佳人"路线。小说讲述的故事为，三仙姑是当年刘家峧最漂亮的女人，而她的女儿小芹则比年轻时的三仙姑还要好看得多。尽管身边有着不少的仰慕者，但小芹只对小二黑一人好。在抗战这一特殊时期，谁是英雄？当然是勇敢地抗击日寇侵略之人。小二黑"有一次反'扫荡'打死过两个敌人，曾得到特等射手的奖励。说到他的漂亮，那不只在刘家峧有名，每年正月扮故事，不论去到哪一村，妇女们的眼睛都跟着他转"④。小二黑与小芹是美女爱英雄、英雄惜美女，两人始于相悦、终成眷属，完全是一曲古典"才子佳人故事"的现代版。《小二黑结婚》与中国广大老百姓的审美习惯及期待视野高度一致，因而广受欢迎。

高晓声，1928年7月8日出生于江苏省武进县（今武进区）丰东乡后董墅村的一个耕读之家，父亲高崖清受过私塾教育，母亲王桂英识字不多。高晓声自小酷爱文学，尤受古典名著熏陶，既读过《红楼梦》《水浒传》那样的文学名著，也看过《济公传》《四才子》那样的通俗读物，对蒲松龄的《聊斋

---

① 鲁迅：《"中国杰作小说"小引》，《鲁迅全集》第8卷，人民文学出版社，2005年，第445页。

② 李普：《赵树理印象记》，黄修己：《中国文学史资料全编（现代卷）29 赵树理研究资料》，知识产权出版社，2010年，第15页。

③ 钱理群，温儒敏，吴福辉：《中国现代文学三十年》，北京大学出版社，1998年，第485页。

④ 赵树理：《小二黑结婚》，《赵树理文集》第1册，中国工人出版社，2000年，第5页。

志异》特别喜欢，其中的许多篇章能熟读成诵。高晓声孩提时，高家尚有九亩多地、三间瓦房，在"十亩三间，天下难拣"的年代，家境照理还算殷实，但因父亲是个书生，每每失业，母亲也不善农事，且家中子女又多，所以家中经济并不宽裕，常常捉襟见肘。一为减轻家庭负担，二为方便在镇上读书，高晓声五岁时就被寄养在郑陆镇上的外公家。"在郑陆桥小学读书时，他总喜欢跟外公讨两个铜板，放学后到书店或小书摊上去租连环画，坐在门槛上看，一直看到天黑才回去，脑子里装满了各式各样的历史故事和民间传说。"① 寒暑假回到乡下家里，高晓声便向小伙伴讲述这些故事，当有些地方忘记时，就自己临时编造，讲得娓娓动听，显示出了不俗的文学天赋。高晓声十四岁那年，年仅三十八岁的母亲病重而逝，父亲用一亩田换来一口棺材埋葬了母亲。这悲痛的当口，正上初三的高晓声在语文课本中读到了郑板桥的《哭母》诗："我生三岁我母无，叮咛难割褓中孤；登床索乳抱母卧，不知母殁还相呼……"高晓声产生了强烈的情感共鸣，"第一次深刻认识到文学的感人力量。也许就是这一首诗发动了我决心去做一名作家"②。因喜爱文学，高晓声于1947年赴南京报考中央大学文科，因英语差而名落孙山。父命难违，他于1948年考入上海法学院经济系。1949年，为追求政治进步、圆心中之文学梦，他弃上海法学院而入苏南新闻专科学校。此乃一所抗大式的红色革命学校，由原设在淮阴的范长江等人创办的华中新闻专科学校移址无锡更名而成。办学初衷有为接收台湾而培养干部一说，入学即入伍，戴八角帽，着灰色干部服，穿军用球鞋，享受供给制待遇。高晓声在此结识了林斤澜、陈椿年等日后的一些文化名流。1950年毕业后，高晓声先后在苏南文联、江苏省文化局从事群众文化工作。1951年，他以笔名"凡丁"在《文汇报》副刊上发表平生第一篇小说《收田财》。同年，出版平生第一本书，即具有农村民间通俗歌谣性质的新诗集《"王善人"》，以诗记史，反映中华人民共和国成立前后苏南农村的变化。1953年，高晓声与叶至诚共同创作反映农村合作化的剧本《走上新路》。同年，锡剧《走上新路》参加在上海举行的华东地区首届戏曲

---

① 朱净之：《高晓声的文学世界》，江苏凤凰文艺出版社，2015年，第5页。
② 高晓声：《为密西根大学的二年级学生讲他们看过的几篇小说》，李怀中：《高晓声自述》，江苏凤凰文艺出版社，2016年，第289—290页。

观摩演出，一举获得剧本创作一等奖等六个一等奖，轰动一时。1954年，高晓声以新的婚姻法为背景的小说《解约》刊于《文艺月报》并获江苏文学一等奖。小说通过描述农村青年张翠兰、陈宝祥、李根良之间的情感纠葛，形象地反映了新一代农民在恋爱婚姻问题上的新风尚。1957年5月，高晓声入职江苏省文联创作组，成为一名专业作家。为积极响应毛泽东于1956年4月在中央政治局扩大会议上提出的"百花齐放，百家争鸣"之方针，1957年6月，高晓声主笔起草《"探索者"文学月刊启事》，倡导"运用文学这一战斗武器，打破教条束缚，大胆干预生活，严肃探讨人生，促进社会主义"，认为"自愿结合来办杂志，和用行政方式办杂志比较起来有很多优越之处"[①]。为此，高晓声与方之、陆文夫、叶至诚等爱好文艺的江苏青年发起"探索者"文学社团，创办同人刊物《探求者》，旨在破局文艺刊物千刊一面、文艺作品万部一腔。随后，高晓声发表了体现"探求"精神、"干预生活"的探索小说《不幸》。小说刻画了一个革命内部满口革命原则、灵魂卑劣不堪的新官僚刘志进的伪君子形象，大胆揭露生活中的阴暗面，并提出知识女性同样面临着妇女解放的问题。在不久后开展的"反右"运动中，《不幸》成了攻击党员干部的"毒草"，"探求者"被定性为"反党小集团"。1957年12月，高晓声被划成"右派"，于"1958年3月10日押送回乡劳改的，到1979年3月底，经过了整整二十一年之后"[②]，于1979年4月错案平反，回到江苏省作家协会从事专业创作和文学活动。

高晓声以深沉的思考、温和幽默的笔调，塑造丰满的中国农民形象，描写农村的风云变幻，一度被称为"当代小说家中写中国农民最好的"[③]作家。其"三农"小说的特点是：

第一，书写苦难。1957年6月，因"探求者"一案，高晓声被打成"反党小集团"成员。同年12月，高晓声又被划成"右派分子"，发回原籍劳动改造。1959年，结婚一年余的妻子因病去世。此后，高晓声因肺病做手术，

[①] 朱净之：《高晓声的文学世界》，江苏凤凰文艺出版社，2015年，第32—33页。
[②] 高晓声：《我的创作道路》，李怀中：《高晓声自述》，江苏凤凰文艺出版社，2016年，第233页。
[③] 魏华莹：《摆渡人的系心带——高晓声与新时期文学》，《文艺争鸣》2020年第12期。

拿掉肋骨四根、切除一叶肺片，成了"半残"之人，只能干些轻活。如此在农村一待就是二十余年，直至1979年获得平反才重返文坛。二十余年的农村生涯，对于一个连遭厄运的人来说，那究竟要经历怎样的艰辛、遭受多少的苦难呢？心理学研究表明："作家的独特的经历、阅历、学识、文化教养、家庭环境等等，对创作风格的形成也具有十分深刻的意义。"① 说"文学作品，都是作家的自叙传"②，未免失之绝对，但也不是全无道理。一切文艺作品，无不多多少少与作者的人生阅历有着或紧或疏的关联，诚如鲁迅所言："天才们无论怎样说大话，归根结蒂，还是不能凭空创造。描神画鬼，毫无对证，本可以专靠了神思，所谓'天马行空'似的挥写了。然而他们写出来的，也不过是三只眼，长颈子，就是在常见的人体上，增加了眼睛一只，增长了颈子二三尺而已。"③ 对苦难予以审美呈现，可以说是高晓声小说一个信手拈来的内容。这苦难，既是与他朝夕相处的农民的，也是他自己的，因为"农民生活中涉及的每一个角落，都有我的印记"。④ "他要替农民'叹苦经'，他要揭示几十年间农民所受的苦难。"⑤ 且不说《李顺大造屋》《"漏斗户"主》《周华英求职》等作品中的苦难令人不胜唏嘘，即便是《水东流》中刘兴大这般不顾一切钻进钱眼的行为，在作者冷峻批判的背后，又潜蕴着作者几多的理解与几多的同情呢？一文钱难倒英雄汉，透过刘兴大对"钱"的癖好，所能见的不正是昔日生活的"苦难"在他身上积淀而成的心理创伤吗？这样的苦难，不更撼人心魄吗？

第二，针砭灵魂。"当代中国要有大量作家花大力气去为八亿农民做文学的启蒙工作。我敬佩农民的长处，也痛感他们的弱点，我不能让农民的弱点长期存在下去。"⑥ "我希望我的作品，能够面对着人的灵魂，面对着自己的灵

---

① 王克俭：《文学创作心理学》，四川人民出版社，1997年，第118页。
② 郁达夫：《五六年来创作生活的回顾——〈过去集〉代序》，赵李红：《郁达夫自叙》，团结出版社，1996年，第70页。
③ 鲁迅：《叶紫作〈丰收〉序》，《鲁迅全集》第6卷，人民文学出版社，2005年，第227页。
④ 高晓声：《作品总在表现作家》，李怀中：《高晓声自述》，江苏凤凰文艺出版社，2016年，第235页。
⑤ 王彬彬：《高晓声的真实与虚假——〈李顺大造屋〉新解》，《文艺报》2015年3月26日。
⑥ 同④，第236页。

魂。我认为我的工作，无论如何只能是人类灵魂的工作。我的任务，就是要把人的灵魂塑造得更美丽。"① 正是抱着这种强烈而鲜明的创作目的，高晓声赓续了鲁迅的启蒙精神，以"含泪的微笑"这样一种温和的方式，对当代农民身上所潜藏的种种消极国民性予以揭露与针砭，从而赋予作品浓厚的"启蒙"色彩。如《李顺大造屋》，李顺大以惊人的毅力、常人难以忍受的省吃俭用积累原始资本的方式，一次次积攒造屋的资金、材料，持之以恒三十余载，历经三起两落，才最终造起三间普普通通的房屋，其间所经受的艰难困苦是不难想见。李顺大总是以无休止的忍耐、信上唯上的谅解与自我宽慰换取日复一日"平心静气"的生活，乃至被公社造反派打得遍体鳞伤，好不容易筹集起来的造房资本也被敲诈勒索殆尽，他非但没有任何反抗，反而为自己的身体不知不觉间变得如此娇嫩、经不住这点皮肉之苦而十分自责，并生怕自己一觉醒来背了黑锅变了"修"。在敬仰李顺大勤劳坚韧、淳朴善良的美好品德并为其苦难遭遇歌与哭的同时，作者对李顺大缺乏主人意识甘做"跟跟派"、逆来顺受、不思反抗的奴性予以了温和但旗帜鲜明的批判和否定。高晓声清醒地认识到："他们的弱点确实是可怕的，他们的弱点不改变，中国还是会出皇帝的。"②

第三，苏南印记。"地域文化的自然景观山川景物、四时美景与人文景观民风民俗、方言土语、传说掌故是民族化、大众化的一个重要标志，是文学作品赋有文化氛围、超越时代局限的一个重要因素。"③ 凡人既有好奇之心，也有恋旧之情，无论是好奇抑或是恋旧，都是与生俱来的情愫。文学作品中浓郁的地域文化契合了不同读者的阅读期待，能够有效地激活他们的阅读兴趣，赢得他们的喜爱：本地域的读者，面对作品中的风土人情，如身临其境，倍觉亲切，有强烈的融入感、归属感；异域的读者，面对作品中他乡的风土人情，则是大开眼界，充满了新奇感以及获得新知的满足感。高晓声的"三农"小说聚焦于苏南的农村生活，作者有意识地将苏南地区的民情风俗诉诸

---

① 高晓声：《且说陈奂生》，李怀中：《高晓声自述》，江苏凤凰文艺出版社，2016年，第305页。
② 同①，第261页。
③ 樊星：《当代文学与地域文化》，华中师范大学出版社，1997年，第15页。

笔端:"我一定要写具有苏南特点的风景,否则,我就不写。"① "我的小说凡是能够同它连接起来的,我就一定去寻找并抓住它的连接点。"② 高晓声进军文坛的第一篇小说是《收田财》。"'收田财'是我家乡农村里的一种老风俗(苏南农村好些地方都有)。每年到了农历十二月廿四晚上,农民就用稻草扎成火把,点着了,在自家的(那时土地私有)田埂游转一圈,据说这样做了,第二年就能丰收,所以叫做'收田财'。"③ 依托这一风俗,高晓声写成了这篇描写一个农村干部利用当地风俗开展工作的小说。祭祀是中国一种普遍而古老的民俗——信仰活动,源于先民对自然界以及祖先的崇拜。天地信仰和祖先信仰是人类最原始的两种信仰,由此产生了各种祭祀活动,祭祀的对象是天界神灵、地界神灵、人界神灵。人界神灵种类繁多,主要有祖先神、圣贤神、行业神、起居器物神等,直接与人们的日常生活密切相关,因而享受了最多的祭品。"祭"侧重于向神明奏报所作所为,"祀"侧重于祈求神明降福免灾。因民族不同、地域不同,世界各地形成了各具风格的祭祀文化。在小说《老清阿叔》中,高晓声对苏南的祭祀民俗做了十分详细的描写:"我们家有个惯例,每逢过年、清明和七月十五,都要用两张八仙桌并起来祭祖先。祭祖也有一套程式……那两张并起祭祖的八仙桌摆着十六副盅筷,表明祭十六位祖先。每人一个座位,最老的祖宗坐在首位,但是如果阳间又有子孙跟到阴间来了,那坐首位的祖宗就该撤走,让次座升上首座,用不到选举,其余跟着提升一座,空出末位让新鬼去坐。长江后浪推前浪,这倒不是流水无情,只有这样才有出路,才能运转。新陈代谢的道理,大概阴间也是通行的。为了完成交接班,新鬼来后的第一次祭奠,首座还是不换祖宗的,只是在末位以后加上第十七副盅筷,表示新客来了。那盅子倒盖着,表示新客还没有座位,站在那儿恭候老祖宗引退。到第二次祭奠时,就恢复原状,表示该退

---

① 高晓声:《生活·思考·创作》,上海文艺出版社,1986年,第81页。
② 高晓声:《我的小说同民间文学的关系》,李怀中:《高晓声自述》,江苏凤凰文艺出版社,2016年,第354页。
③ 高晓声:《我的第一篇小说》,李怀中:《高晓声自述》,江苏凤凰文艺出版社,2016年,第294页。

的已退,该升的已升,该就座的已就座了。"① 总之,在高晓声的小说中,有着丰富的苏南别具一格的生产民俗、生活民俗、祭祀民俗等的描写,致使他的小说镌刻着鲜明的苏南印记。

第四,现实主义。早在步入文坛之初,高晓声就认定了现实主义创作方法:"我们认为现实主义在目前仍旧是比较好的创作方法。不断地学习马克思、列宁主义,在辩证唯物主义世界观的指导下,运用现实主义的方法进行创作,就是我们的主张。"② 自1978年5月再次开始写作、1979年3月重返文坛,高晓声依然坚持现实主义不动摇。高晓声不厌其烦地书写农民的吃、住、婚姻、生产劳动等问题,甚至不惜将真人真事稍作变形就几乎原生态地移植到小说之中。如《"漏斗户"主》中的陈奂生,并非全赖于作者神来之笔的虚构,而是有现实生活中的原型的——高焕生。高焕生与高晓声依邻而居,是高晓声的本家亲戚,与高晓声同辈排名(高晓声本来叫高孝生)。《"漏斗户"主》中陈奂生身上所发生的事情,几乎全都是高焕生的经历,基本没有加工,没有到别人身上找材料,就是他,他的老婆,他的儿女,可以说是他一家的真实记录。"我写的只是我所熟悉和感动的人和事……丢开了自己的生活基础,到处乱找,这是不行的"③,这已成为高晓声进行文学创作的一条底线。

---

① 高晓声:《老清阿叔》,《高晓声小说精选》,四川人民出版社,1999年,第305—306页。
② 朱净之:《高晓声的文学世界》,江苏凤凰文艺出版社,2015年,第32—33页。
③ 高晓声:《生活、目的和技巧》,李怀中:《高晓声自述》,江苏凤凰文艺出版社,2016年,第253页。

第四节　鲁迅、赵树理、高晓声"三农"小说比较研究基本框架

在中国现代文学"三农"小说的百花园中，鲁迅、赵树理、高晓声各自开出了格外灿烂绚丽的艺术之花，并由此吸引了众多的研究者。

鲁迅是中国现代文学研究中最热门的话题，从作家到作品、从思想内容到艺术形式、从文学研究到文化研究、从宏观研究到微观研究等，不断向纵深处掘进，研究成果堪称汗牛充栋。如王嘉良《两浙文化传统——鲁迅文化人格形成的内源性因素》、张梦阳《论阿Q的精神反思意义》、谭桂林《乡土与寻根——论鲁迅对乡村的发现》、李国华《革命与反讽——鲁迅〈在酒楼上〉释读》、孙海军《鲁迅与"S城"意义的建构》、孙伟《文化重建的起点——论鲁迅笔下的故乡》、张直心《论鲁迅对少数民族文学潜在基质的唤醒》、王家平《20世纪八九十年代鲁迅研究的生态系统》、邱焕星《再造故乡：鲁迅小说启蒙叙事研究》、孙淑芳《论鲁迅小说对疾病的书写》等均是颇有见地的研究性文章。研究性专著也时有出版，如林非《鲁迅和中国文化》、钱理群《心灵的探寻》、王晓初《鲁迅：从越文化视野透视》、叶世祥《鲁迅小说的形式意义》、王元忠《鲁迅的写作与中国文化》、曹禧修《鲁迅小说诗学结构引论》、彭定安《鲁迅学导论》、王富仁《突破盲点——世纪末社会思潮与鲁迅》、张铁荣《比较文化研究中的鲁迅》、袁盛勇《鲁迅：从复古走向启蒙》、张福贵《"活着"的鲁迅：鲁迅文化选择的当代意义》、严家炎《论鲁迅的复调小说》、谭德晶《鲁迅小说与国民性问题探索》、许祖华《鲁迅小说的跨艺术研究》。总之，鲁迅学已成公认的文艺批评界中的显学。

关于赵树理的研究，20世纪四五十年代很是抢眼，而后却一度沉寂，20世纪70年代末开始步入正常的学术研究阶段。鉴于其对中国现代文学的独特贡献，在中国现代文学诸作家中，关于赵树理的研究现今仍是较为热闹的，研究成果屡有出现。如范家进《赵树理对新文学的两重"修正"》、赵勇《讲

故事的人或形式的政治——本雅明视角下的赵树理》、惠雁冰《从〈三里湾〉看赵树理的"新变"与"固守"》、郭冰茹《赵树理的话本实践与"民族形式"探索》、袁盛勇和刘飞《论赵树理小说叙事形式的传承与创造》、萨支山《赵树理小说的农村想象》等都是有相当分量的研究性文章。研究性专著也不少，如朱庆华《赵树理小说新论》、席扬《多维整合与雅俗同构——赵树理和"山药蛋派"新论》、白春香《民俗化叙事：赵树理小说的叙事本质》、张霖《赵树理与通俗文艺改造运动：1930—1955》、高明《赵树理小说中的乡村变革》、李国华《农民说理的世界：赵树理小说的形式与政治》、贺桂梅《赵树理文学与乡土中国现代性》、袁栋洋《一个作家与一个阶层：赵树理农民文学研究》等。总之，关于赵树理的研究，也堪称成果颇丰。

随着李顺大特别是陈奂生人物形象塑造的巨大成功，高晓声轰动了文坛，被誉为继鲁迅、赵树理之后又一描写农民的"圣手"，相关的研究迅即走红。研究高晓声的专著不多，重要的有王彬彬《八论高晓声》、张春红《"摆渡"人的"船艄梦"：现代性视阈中的高晓声小说研究》、朱净之《高晓声的文学世界》等。虽然专著不多，但以高晓声为研究对象的论文还是众多的，如范伯群《高晓声论》、杨联芬《不一样的乡土情怀——兼论高晓声小说的"国民性"问题》、时汉人《高晓声和"鲁迅风"》、钱钟文《〈青天在上〉与高晓声文体》、段崇轩《在精英、农民与智者之间——高晓声小说创作论》、许廷顺《高晓声的"糊涂话"》、刘大先《三农问题与"社会分析小说"的得失——公私之间的高晓声》、王彬彬《细读高晓声》等，都是有相当深度的研究成果。

从现有的研究成果看，对鲁迅、赵树理、高晓声"三农"小说的比较研究，主要集中在对他们进行两两比较，如朱庆华《赵树理小说中的鲁迅因子》、黄高锋《鲁迅与赵树理小说中的"旧人"形象对比》、李拉莉《时空转变中的农民想象——赵树理、鲁迅的诗学比较研究》、马玉娟《浅谈鲁迅与赵树理的乡土小说》、陈非《以鲁迅为参照看赵树理民间表达的特征与缺失》、李明《殊途同归的民族魂——对鲁迅与赵树理创作的一种比较考察》、郭文元《从历史预设的精神启蒙到现实关涉的"实"利守护——论鲁迅与赵树理关于大众化的异同》、崔志远《吴越的精警——论高晓声的"鲁迅风"》、金红

《论高晓声与鲁迅"国民性"思想的内在联系》、董燕《鲁迅和高晓声对农民心理探求的比较研究》、王吉鹏等《鲁迅、高晓声对农民心路探寻的比较》、时汉人《高晓声和"鲁迅风"》、陈俊等《赵树理、高晓声农村题材小说之异趣》、栾梅健《高晓声与赵树理的比较研究》、谢廷秋《描写农村生活的两位圣手——赵树理、高晓声之比较》、金燕玉《赵树理与高晓声：两个交融又相异的世界》、白福祥《论赵树理和高晓声的小说创作》。在同文中对鲁迅、赵树理、高晓声三位作家进行比较研究的学术文章，则属凤毛麟角。通过大数据搜索，仅见曾丽洁《精彩纷呈 各树一帜——鲁迅、赵树理、高晓声农村题材作品特征评析》、肖佩华《解读"农民意识"——鲁迅、赵树理、高晓声笔下农民形象的比较分析》等一两篇文章而已。可以说，以20世纪中国文学发展为背景，把这三位作家集中在一起进行比较的成果几近于零。

  本书突破现有成果多为鲁迅、赵树理、高晓声之间两两比较研究之局限，以20世纪中国文学为背景，联系他们的创作动机、身世阅历、才识秉性，结合创作实际，力求客观公允地分析鲁迅、赵树理、高晓声对中国文学发展所做出的独特贡献，从而正确评价他们在文学史意义上的地位，稀释哗众取宠的"酷评"所产生的不良后果；具体而系统地研究鲁迅、赵树理、高晓声所创作的"三农"小说之思想艺术特色，做到既做微观研究，亦做宏观审视，深入探讨他们之间的传承性、互补性关系，并对其间某些有争议的问题予以认真辨析，为20世纪中国"三农"小说研究领域添砖加瓦。

  本书的重点内容有：

一、关于鲁迅、赵树理、高晓声对中国"三农"小说创作特殊贡献的研究

  内容上，鲁迅第一次大批量地把农民引进现代小说领域，为他们画像立传，使中国小说走下神圣殿堂，与凡人小事进行零距离接触。这是鲁迅为中国新文学所做的一大贡献。艺术上，鲁迅小说具有鲜明的先锋性特征，实现了对传统小说的革命性突破，完成了小说形式的现代化转型。就此而言，鲁迅堪称20世纪中国"三农"小说创作的第一个里程碑。20世纪40年代横空出世的赵树理，成功地开创了新评书体小说模式，《小二黑结婚》《李有才板

话》等高度民族化、大众化的作品风行于世，真正实现了新文学与人民大众的第一次亲密接触，标志着新文学拓荒者们梦寐以求而又始终无法实现的新文学的民族化、大众化在赵树理手里已然瓜熟蒂落。赵树理不愧为继鲁迅之后20世纪中国"三农"小说的又一个里程碑。高晓声虽然没能像鲁迅、赵树理那样开创出一个崭新的文学时代，引领起一代文风，但其为中国当代文学人物画廊贡献了李顺大、陈奂生这样性格分明、内涵丰富厚重的典型人物，接续了鲁迅批判国民性的精神，创作水平高超，在同时代作家中首屈一指，堪称继赵树理之后描写农民生活的又一位"圣手"。

二、关于鲁迅、赵树理、高晓声"三农"小说传承性的研究

鲁迅、赵树理笔下的"三农"小说有着鲜明的反向互补特性：前者旨在救赎灵魂，后者重在拯救肉身；前者力求洋为中用，后者刻意古为今用；前者为形而上的描神，后者是形而下的画形；前者弥漫着挥之不去的悲剧色彩，后者洋溢出扑面而来的喜剧情调。鲁迅、赵树理所创作的小说可谓是物之两面，反向互补。赵树理除继续刻画传统中国儿女之形象外，首次为中国现代文学贡献了充满朝气的新一代翻身农民形象。鲁迅、高晓声的"三农"小说也有传承互补性，高晓声继续了始于鲁迅的对于"国民性"问题的探讨。因所处时代及生活阅历之不同，鲁迅审视的是基于奴隶地位的中国农民，高晓声观照的则是形式上已处于主人地位的翻身农民；鲁迅探讨的问题是中华人民共和国成立前处境困窘的中国农民如何通过精神救赎求得政治翻身与经济解放，高晓声探讨的问题是，已被赋予主人权力的新中国农民怎样练就当家作主的本领，彻底根除数千年来沉淀而成的奴性意识。鲁迅是寓热于冷，对人物和生活总是保持一定的距离，做到冷静地注视、真实地反映，执着于反思，忧愤深广。高晓声总是深情地拥抱农民，对农民的愚昧处，虽有针砭嘲讽，却是温情乃至原宥的。赵树理、高晓声的创作共同点与差异性并存。两者都为时代之变迁做了一个艺术之记载，都写出了具有典型意义的农民形象，都对农民身上的美德、缺陷予以了深切关注，都具有浓烈的幽默色彩。然因所处时代及审美趣味之差异，赵树理着重反映的是中华人民共和国成立前后

的农民生活，力图成功塑造第一代翻身农民的形象，字里行间洋溢着欢乐的情调，实为中华人民共和国成立初期共和国文学早春气息之滥觞；高晓声侧重反映的是中华人民共和国成立后特别是改革开放后农民的生活，提出了对初步摆脱物质贫困的农民的教育问题，其创作在幽默喜剧之中又有着深沉婉约的嘲讽。赵树理的小说采用的是散点透视的方法，对工作中遇到的问题及时予以诗意的言说，写的是凡人大事，文笔简约，风格明丽欢快；高晓声则以追踪反映的方式，致力于对农民心灵世界的持续探索，多为奇人奇事，善于细节描绘，风格幽默，喜中有泪。

三、关于鲁迅、赵树理、高晓声之于中国农民的不同情感及对创作影响的研究

鲁迅对中国农民的总态度是"哀其不幸，怒其不争"，他与农民的关系是启蒙与被启蒙的关系，存在导师与学生的身份差异。因此，鲁迅以悲悯之心，俯瞰农民。赵树理出身于农家，打心里把农民视为自己的兄弟姐妹，为此，哪怕是批判农民的落后思想，也从不像作为知识精英的鲁迅那样居高临下，总是采取平视的态度。高晓声因"探求者"案被遣送到农村劳动改造达二十一年，这个曾经的作家被改造成了一个地地道道的农民——"所以，在我要离开农村搬进城市的时候，我就对自己说，我永远不会忘记农村是我的起点，即使我以后没有机会再回到那儿去，我同他们之间也将有一条红绸带子联结在一起，我们将永远是千里姻缘一线牵。"高晓声不但时刻将农民牵挂在心，而且心存敬仰："我对陈奂生们的感情，决不是什么同情，而是一种敬仰，一种感激。这倒并非受过他们特殊的恩惠，也不是出于过分的钟情，而是我确实认识到，我能够正常地度过那么艰难困苦的二十多年岁月，主要是从他们身上得到的力量。正是他们在困难中表现出来的坚韧性和积极性成了我的精神支柱……这精神支持了他们自己，支持了我，也支持了整个世界。"[①] 所以，他采取仰视的态度来书写笔下的农民。

[①] 高晓声：《且说陈奂生》，李怀中：《高晓声自述》，江苏凤凰文艺出版社，2016年，第304页。

四、关于鲁迅、赵树理、高晓声"三农"小说与中国传统艺术之关系的研究

鲁迅洋为中用,创作了形式先锋的新文学,但并非从"中国古代文学方面,几乎一点遗产也没有摄取",细加分析可以发现,鲁迅小说还是从中国传统艺术中汲取了不少养分。赵树理执意回归到民族的、民间的文学传统,形成了别具一格的新评书体小说。高晓声因为经常接触传统文学中的民间文学,受其潜移默化,并使这种影响深入他小说的骨髓——"我的语言结构和叙述方法,都有它的踪迹。例如我习惯地使用短句,习惯在叙述中使用第三人称的方法,习惯使用调侃的笔法等等,都是。"①

五、对鲁迅、赵树理、高晓声"三农"小说创作的解读

取某一视角,对鲁迅、赵树理、高晓声之"三农"小说创作进行解读,化抽象为具体,以更好地品味、把握三位作家的创作个性。

---

① 高晓声:《我的小说同民间文学的关系》,李怀中:《高晓声自述》,江苏凤凰文艺出版社,2016年,第349页。

第二章 鲁迅、赵树理、高晓声"三农"小说的独特贡献

第一节 鲁迅"三农"小说的独特贡献

在其现实主义小说中,鲁迅对"三农"问题予以了充分关注,所创作的"三农"题材小说,在中国现代文学史上具有诸多开创性的功勋。

一、鲁迅是中国文学史上自觉聚焦"三农"题材的第一人

"鲁迅是我国现代文学中把平凡而真实的农民,连同他们褴褛的衣着、悲哀的面容和痛苦的灵魂一道请进高贵的文学殿堂的第一人。"[1] 在鲁迅之前,农民虽有丰富的"三农"生活经验,但无文化水平,故而无力进行文学创作;知识分子虽有文化水平,但无"三农"生活体验,故而无法做无米之炊。根深蒂固的封建等级观念,使得世间之人心心念念的都是怎样往上爬,关于生活在社会最底层被压迫被剥削的农民、脸朝黄土背朝天的"低贱"的农业劳动,除了几个官场失意、偶发感慨的落魄文士之外,无人关心。凡此种种,导致了古代文学中"三农"文学严重缺席的结果(第一章中已作详论,不再赘述)。鲁迅之所以能成为中国文学史上有意识、不间断地关注农民的生存状态,创作出一批"三农"小说的第一人,至少是以下各种因素共同作用的

---

[1] 杨义:《中国现代小说史》,人民文学出版社,1986年,第171页。

结果。

一是"劳工神圣"思潮使然。自1918年11月16日,在北京大学于天安门举行庆祝协约国胜利的讲演会上,蔡元培高呼"劳工神圣"后。劳工就成了一个社会热点话题:各种报纸、杂志纷纷刊载有关劳工话题的文章,如"在一九一九年到一九二一两年多的时间里,《新青年》曾发表一百四十多篇政论、报导和通信,来报导中国劳动人民的生活实况和探讨如何动员他们参加中国民主革命的问题"[①];文学创作纷纷以劳工为题材,并在诗歌领域率先推出作品,刘大白的《田主来》《卖布谣》、康白情的《草儿》、刘半农的《相隔一层纸》等都是当年广为流传的佳作;在现实生活中,畅谈劳工成为一种时髦,言不及劳工,似乎就成了时代的落伍者。1920年5月1日,中国第一次开展了纪念"五一国际劳动节"的活动。总之,"劳工神圣"很快演变为一次声势浩大的社会思潮。鲁迅作为富有博爱精神和爱国情怀的新文化运动的重要参与者,面对强劲的"劳工神圣"思潮,自然不会无动于衷。农民是劳工群体的主要成员,占当时全国总人口的百分之八九十。鲁迅要关注劳工,就势必关注农民,否则,岂不是一叶障目,不见泰山?

二是爱国主义使然。鲁迅是一位伟大的爱国者,对祖国有着至诚至切的深厚感情。在杂志《浙江潮》1903年第8期的《中国地质略论》一文中,他曾如此深情地赞美有着悠久历史的祖国:"吾广漠美丽最可爱之中国兮!而实世界之天府,文明之鼻祖也。"而对祖国之主权,他又是如此悉心捍卫:"中国者,中国人之中国。可容外族之研究,不容外族之探险;可容外族之赞叹,不容外族之觊觎者也。"可以说,面对曾经那么光芒四射而如今竟然衰败如斯的祖国,致力于国家雄起是鲁迅一生不变的崇高理想与行动实践。当年的"大韩民国"记者申彦俊采访鲁迅时曾有这样一段对话:

问:先生是怎样开始写小说的?

答:我十八岁时,抱着建设中国海军的愿望,进了南京水师学堂。当时,英美各国用海军侵略中国的事实,促使我青春的热血沸腾,产生

---

① 王强:《"劳工神圣"与五四新文学》,《上海师范大学学报》(哲学社会科学版)1985年第2期。

了海军热，可是半年后又退学，转入矿务学堂。那时的想法是，开发矿产是当务之急，比建设海军更为重要。毕业后，又带着只有改良人种形成强种才能成为强国的想法，赴日本去学医学。当时我曾以为，日本的维新，首先是从医学开始的。但是，两年之后，在一次观看电影时，看到当侦探的中国人被枪杀的情景，就形成了只有提倡文艺才能从精神上复兴中国的认识，从此就放弃研究医学开始写小说。①

无须细咀慢嚼费思量，甚至用不着稍加体会，鲁迅一腔炽热的爱国之情便迢迢不断如春水，汹涌而至。路漫漫其修远兮，吾将上下而求索。终其一生，鲁迅都在探索救国之良策，走过了一条科学救国—医学救国—文学救国（启蒙救国）的曲折之路。鲁迅之爱国救国，并非只作慷慨激昂之言辞，而是有着切切实实的具体行动的。若从大处讲，鲁迅的几次立志与转志，并不是"无志之人常立志"，不是无恒心颇善变之表征，而是着眼于对祖国的救亡图存。可以说，鲁迅的每一次立志，都不是一时兴起、心血来潮，而是深思熟虑、严肃认真进行选择的结果。就拿鲁迅赴日留学，为什么起先选择的是"学医"而不是"从文"来说吧，当年的鲁迅之所以选择学医，乃是出于"救民"（以扎实而科学的医术治病救人）与"救国"（走日本的强盛大半发端于医学的道路）的双重目的：

> 我的梦很美满，预备卒业回来，救治像我父亲似的被误的病人的疾苦，战争时候便去当军医，一面又促进了国人对于维新的信仰。
> ——鲁迅《呐喊·自序》

但是，面对如此崇高的医学事业，最终，鲁迅却弃医从文了。因为，事实证明，救亡图存的当务之急乃是"新民"，是"首在立人"："苟有新民，何思无新制度？无新政府？无新国家？非尔者，虽则今日变一法，明日易一人，东涂西抹，学步效颦，吾未见其能济也。大吾国言新法数十年而效不睹者，

---

① 申彦俊：《中国大文豪鲁迅访问记》，房向东：《活的鲁迅》，上海书店出版社，2001年，第397页。

何也？则于新民之道未有留意焉者也。"① 若从小处讲，鲁迅也不乏爱国救国的具体行为。在鲁迅南京求学期间，中国经历了戊戌变法流产、八国联军入侵、中日甲午战争失败等重大变故。服膺赫胥黎《天演论》"物竞天择，适者生存"观点的鲁迅，深感亡国灭种的危机进一步加深。于是，救亡图存的热望在心中升腾，他特意为自己制作了一方"戎马书生"的篆体印章，还有"文章误我""戛剑生"两个图章，以此明志，激励自己，俨然是一个"投笔从戎""捐躯杀敌"的热血青年。在日本留学期间，鲁迅"赴会馆，跑书店，往集会，听讲演"，积极参加了东京中国留学生的各项爱国活动，毅然立下"灵台无计逃神矢，风雨如磐暗故园。寄意寒星荃不察，我以我血荐轩辕"②的铿锵誓言，并加入了以"光复汉族，还我山河，以身许国，功成身退"为宗旨的清末著名革命团体——光复会。1900 年，沙俄派遣军队占领整个东北三省，中国人民兴起了拒俄运动，鲁迅作小说《斯巴达之魂》，并有前言如下：

> 西历纪元前四百八十年，波斯王泽耳士大举侵希腊。斯巴达王黎河尼佗将市民三百，同盟军数千，扼温泉门（德尔摩比勒）。敌由间道至。斯巴达将士殊死战，全军歼焉。兵气萧森，鬼雄昼啸，迨浦累皆之役，大仇斯复，迄今读史，犹懔懔有生气也。我今掇其逸事，贻我青年。呜呼！世有不甘自下于巾帼之男子乎？必有掷笔而起者矣。

可见，鲁迅作此小说之目的，是"借斯巴达人不惜以生命保卫祖国的英勇事迹，激励中国青年奋起抗击老沙皇对中国的侵略"③。小说中亚里士多德之妻对假托"目疾"并以"爱妻"之名逃回家中之丈夫的责难颇为撼人心魄：

> 君非斯巴达之武士乎？何故其然，不甘徒死，而遽生还。则彼三百人者，奚为而死？噫嘻君乎！不胜则死，忘斯巴达之国法耶？以目疾而遂忘斯巴达之国法耶？"愿汝持盾而归来，不然则乘盾而归来。"君习闻

---

① 梁启超：《新民说》，《梁启超全集》第三卷，北京出版社，1997 年，第 655 页。
② 鲁迅：《自题小像》，《鲁迅全集》第 7 卷，人民文学出版社，2005 年，第 447 页。
③ 杨天石：《鲁迅的〈斯巴达之魂〉——拒俄运动中反抗侵略的号角》，搜狐网。

之……而目疾乃更重于斯巴达武士之荣光乎？来日之行葬式也，妾为君妻，得参其列。国民思君，友朋思君，父母妻子，无不思君。呜呼，而君乃生还矣！

……

君诚爱妾，曷不誉妾以战死者之妻。妾将娩矣，设为男子，弱也则弃之泰噶托士之谷；强也则忆温泉门之陈迹，将何以厕身于为国民死之同胞间乎？……君诚爱妾，愿君速亡。

辛亥革命爆发，全国纷纷响应。绍兴刚刚光复，人心还很浮动，身任绍兴师范学校校长的鲁迅便"召集了全校学生们，整队出发，在市面上游行了一通来镇静人心"①。这种行动，在当时那种"两耳不闻窗外事"般死气沉沉的学风中，是惊世骇俗的，是鲁迅革命激情燃烧的表现。在五四新文化运动中，鲁迅以笔作枪、以文代战，大力创作"听将令"的文学作品，以此"慰藉那在寂寞里奔驰的猛士，使他不惮于前驱"②。"农民问题乃国民革命的中心问题，农民不起来参加并拥护国民革命，国民革命不会成功。"③农民是中国革命的主体力量，是实现社会变革的生力军。鲁迅要实现救亡图存的理想，就不能不正视农民。

三是启蒙运动使然。 1840年，英国对中国发动了鸦片战争，历经两年多时间的交战，最终以清政府战败而告终，并于1842年8月签订了中国近代史上第一个不平等条约——中英《南京条约》。这引发了一系列严重的后果：割香港岛给英国，破坏了中国领土的完整；英国享有领事裁判权，损害了中国的司法主权；开放广州、厦门、福州、宁波、上海为通商口岸，承认英国拥有协定关税权，破坏了中国的通商自主权和关税自主权。从此，中国开始沦为半殖民地半封建社会。自鸦片战争以降，在中国近代史上，中华人民共和国成立前的中国屡战屡败，每败必签订丧权辱国的不平等条约，使得主权遭

---

① 景宋：《民元前的鲁迅先生》，鲁迅博物馆、鲁迅研究室、《鲁迅研究月刊》选编：《鲁迅回忆录·专著》上册，北京出版社，1999年，第100页。
② 鲁迅：《呐喊·自序》，《鲁迅全集》第1卷，人民文学出版社，2005年，第441页。
③ 毛泽东：《国民革命与农民运动——〈农民问题丛刊〉序》，《毛泽东文集》第1卷，人民出版社，1993年，第37页。

践踏、领土被瓜分的危机不断加深。如1858年签订的中俄《瑷珲条约》，沙俄割占了黑龙江以北、外兴安岭以南约六十万平方千米的土地；1860年的中英《北京条约》，割九龙尖沙咀给英国；1895年签订的中日《马关条约》，割辽东半岛、台湾、澎湖列岛给日本；1901年签订的《辛丑条约》，划东交民巷为使馆界，允许各国驻兵保护，不准中国人居住。总之，近代中国是"猛虎斗我前，群魑瞰我后；上有危石之颠堕，下有熔岩之喷涌"①，偌大的中国，主权不断丧失，领土不断被割让，整个国家已呈豆剖瓜分之势，危如累卵，濒临亡国灭种之境。面对摇摇欲坠的苦难中国，爱国志士上穷碧落下黄泉，历尽艰辛，苦寻救国良策。有人认为，鸦片战争之所以失败，是因为敌国有"坚船利炮"，我们的军事装备不如人家，于是就有了"师夷长技以制夷"的洋务运动，希望通过学习西方先进的科学技术以达到"自强"之目的。中日甲午战争，中国尽管通过洋务运动拥有了军事装备堪称世界一流的北洋水师，仍然难逃失败之厄运，有人认为原因就在于我们的国家机制不行，一切国家决策最终皆由金銮殿上的皇帝定夺，所谓金口玉言，臣民必须坚决服从。甲午战争之败，使爱国志士认识到，中国真正要学习的是西方先进的政治制度，仅仅学习西方"器物"层面的"科学救国"是行不通的。于是就有了戊戌变法，期望通过维新变法促进政治的民主化，避免一人独断专行，在中国也能确立起西方那样先进的政治制度。1898年9月21日，以慈禧太后为首的守旧派向以光绪皇帝为首的维新派发动了一场血腥政变，持续了百余日的戊戌变法宣告失败，以慈禧太后为首的守旧派重新掌权。20世纪初，以反对君主专制制度、建立资产阶级共和国为目标的辛亥革命爆发，主张废除帝制，迫使清帝退位，结束了中国长达几千年的帝制统治，并成立了"中华民国"。但是，"打倒皇帝做皇帝"的思想根深蒂固，先是袁世凯称帝，再是张勋拥立他人称帝，复辟帝制的丑剧一再上演，共和之路、民主之途步履维艰，轰轰烈烈的辛亥革命也不能挽狂澜于既倒，扶大厦之将倾。先驱者们终于发现，要"救国"必先"救人"，唯有造就合乎世界潮流、具有现代意识的国民，方能建立现代国家，使积贫积弱、沉沦已久的"病中国"凤凰涅槃、浴火重生。

---

① 张福贵：《惯性的终结：鲁迅文化选择的历史价值》，吉林大学出版社，1998年，第9页。

故此，思想革命才是真正的救国良方。晚清改良文化思潮之达人严复提出了颇有见地的"三民"学说："顾彼民之能自治而自由者，皆其力其智其德诚优者也。是以今日要政，统于三端：一曰，鼓民力；二曰，开民智；三曰，新民德。"① 改良巨子梁启超上承严复学说，下以更为激越的姿态和激昂的语言鼓吹新民："苟有新民，何思无新制度？无新政府？无新国家？非尔者，虽则今日变一法，明日易一人，东涂西抹，学步效颦，吾未见其能济也。"② 新文化运动的旗手陈独秀则旗帜鲜明地提出"新民"的路径："自西洋文明输入吾国，最初促吾人之觉悟者为学术，相形见绌，举国所知矣，其次为政治，年来政象所证明，已有不克守缺抱残之势。继今以往，国人所怀疑莫决者，当为伦理问题。此而不能觉悟，则前之所谓觉悟者，非彻底之觉悟，盖犹在恍惚迷离之境。吾敢断言曰：伦理的觉悟，为吾人最后觉悟之最后觉悟。"③ 由是，肇始于晚清改良主义思潮的新民救国思想便如滔滔江水汹涌奔腾。鲁迅早就认识到"人"的重要性，在其名文《文化偏至论》中旗帜鲜明地提出："生存两间，角逐列国是务，首在立人，人立而凡事举"④，体现出与思想革命浪潮的高度一致。农民是国民的主体，要救人，要造就现代国民，就不能不正视农民，启蒙运动必然地促使鲁迅去关注农民。

四是国民素质使然。 关于那年那时的国民素质，先觉者有过不少论述，如前所述，胡适就直言不讳地批判国民"好自欺"的劣根性。不敢正视现实，讳疾忌医，以自欺保持心理平衡，就不会有"思变"之心、"自强"之志，于是只能永远苟且偷生，永远被他人所奴役！鲁迅对国民劣根性有着比常人更深切的认识。如其对"因循守旧"国民劣根性的揭露："中国人的性情是总喜欢调和、折中的。譬如你说，这屋子太暗，须在这里开一个窗，大家一定不允许的。但如果你主张拆掉屋顶，他们就会来调和，愿意开窗了。没有更激烈的主张，他们总连平和的改革也不肯行。"⑤ "中国太难改变了，即使搬动一

---

① 严复：《原强》，周振甫选注：《严复选集》，人民文学出版社，2004年，第29页。
② 梁启超：《新民说》，《梁启超全集》第三卷，北京出版社，1997年，第655页。
③ 陈独秀：《吾人最后之觉悟》，《陈独秀文章选编（上）》，生活·读书·新知三联书店，1984年，第108页。
④ 鲁迅：《文化偏至论》，《鲁迅全集》第1卷，人民文学出版社，2005年，第58页。
⑤ 鲁迅：《无声的中国》，《鲁迅全集》第4卷，人民文学出版社，2005年，第14页。

张桌子，改装一个火炉，几乎也要血；而且即使有了血，也未必一定能搬动，能改装。不是很大的鞭子打在背上，中国自己是不肯动弹的。"① 对国人"看客"劣根性的揭露："群众，——尤其是中国的，——永远都是戏剧的看客。牺牲上场，如果显得慷慨，他们就看了悲壮剧；如果显得觳觫，他们就看了滑稽剧。北京羊肉铺前常有几个人张着嘴看剥羊，仿佛颇愉快，人的牺牲能给与他们的益处，也不过如此。"② "暴君的臣民，只愿暴政暴在他人的头上，他却看着高兴，拿'残酷'做娱乐，'拿他人的苦'做赏玩，做慰安……自己的本领只是'幸免'。"③ 对国人"麻木"劣根性的揭露："至于百姓，却就默默的生长，萎黄，枯死了，像压在大石底下的草一样，已经有四千年。"④ 如此等等。鲁迅深感，这样的国民，是无法创建并支撑起一个充满生机活力的强大国家的："最要紧的是改革国民性，否则，无论是专制，是共和，是什么什么，招牌虽换，货色照旧，全不行的。"⑤ 作为一个伟大的爱国者，鲁迅必然致力于国民性改造，从而也必然聚焦最大的国民群体——农民。

诚然，在中国古代文学尤其是古代诗歌中，也有"三农"题材的作品，如陶渊明之《归田园居》，范成大之《四时田园杂兴》等，但他们的创作目的，主要不是在聚焦"三农"，而是厌恶官场、借"三农"一吐胸中块垒。在中国现代文学中，也有早于鲁迅小说、自觉以"三农"为题材的文学作品。如康白情的诗作《草儿》，创作于1919年2月，而鲁迅的第一篇"三农"题材小说《风波》则写于1920年8月，整整晚了18个月。但现代文学史上刘大白、康白情、刘半农等有"三农"题材作品问世的作家，他们只是偶尔涉足"三农"，不似鲁迅那样持续聚焦于"三农"问题。鲁迅最后一部"三农"题材小说《离婚》创作于1925年11月，距离创作《风波》达五年之久。其小说集《彷徨》的第一篇是《祝福》，最后一篇是《离婚》，都是"三农"小

---

① 鲁迅：《娜拉走后怎样》，《鲁迅全集》第1卷，人民文学出版社，2005年，第171页。
② 鲁迅：《娜拉走后怎样》，《鲁迅全集》第1卷，人民文学出版社，2005年，第170页。
③ 鲁迅：《随感录六十五·暴君的臣民》，《鲁迅全集》第1卷，人民文学出版社，2005年，第384页。
④ 鲁迅：《俄文译本〈阿Q正传〉序及著者自叙传略》，《鲁迅全集》第7卷，人民文学出版社，2005年，第84页。
⑤ 鲁迅：《两地书》，《鲁迅全集》第11卷，人民文学出版社，2005年，第32页。

说。这是一种巧合，还是也暗含着鲁迅对"三农"问题的心心念念？在鲁迅的现实主义小说集《呐喊》《彷徨》中，知识分子和农民是两大并驾齐驱的题材。毋庸置疑，在中国文学史上，鲁迅是当之无愧之自觉地、持续地、大量地创作"三农"小说的第一人。

二、鲁迅开创了与世界文学接轨的中国现代文学

弃医从文是鲁迅一生之中最为重要、关乎其一生命运的选择。文从何出？如何以文艺改变国民性？于鲁迅而言，这是必须直面的现实问题。在思想革命者眼中，传统文学"其形体则陈陈相因，有肉无骨，有形无神，乃装饰品而非实用品；其内容则目光不越帝王权贵，神仙鬼怪，及其个人之穷通利达。所谓宇宙，所谓人生，所谓社会，举非其构思所及"[1]；"欲使中国不亡，欲使中国民族为二十世纪文明之民族，必以废孔学、灭道教为根本之解决；而废记载孔门学说及道教妖言之汉文，尤为根本解决之根本解决"[2]；"要拥护那德先生，便不得不反对孔教、礼法、贞节、旧伦理、旧政治。要拥护那赛先生，便不得不反对旧艺术、旧宗教。要拥护德先生又要拥护赛先生，便不得不反对国粹和旧文学"[3]。

"文以载道"是中国传统文学创作的一条金科玉律，这就决定了中国传统文学必定与封建文化水乳交融，是封建思想的存储器和播种机。鉴此，作为思想革命之重要一翼的新文学，必须与旧文学彻底划清界限，以免受其"蛊惑"而危害"启蒙"。但新文学又不能凭空而来、无中生有，总得有"根"所依，方能长成参天大树。于是乎，从理论倡导到创作实践，新文学的拓荒者们无不将目光聚焦于域外，从西方窃得圣火，播光明于中国文坛。例如，在理论倡导方面，文学革命的首倡者胡适，正是以进化论为根据，发表了《文

---

[1] 陈独秀：《文学革命论》，林文光：《陈独秀文选》，四川文艺出版社，2009 年，第 179—180 页。

[2] 钱玄同：《致陈独秀（中国今后之文字问题）》，林文光：《钱玄同文选》，四川文艺出版社，2010 年，第 34 页。

[3] 陈独秀：《〈新青年〉罪案之答辩书》，《陈独秀文章选编（上）》，生活·读书·新知三联书店，1984 年，第 317 页。

学改良刍议》，提出："文学者，随时代而变迁者也。一时代有一时代之文学……此非吾一人之私言，乃文明进化之公理也。"明确断言："以今世历史进化的眼光观之，则白话文学之为中国文学之正宗，又为将来文学必用之利器。"而周作人则是以西方资产阶级人道主义理论为依托，发表了《人的文学》——被胡适誉为改革文学内容最重要的一篇宣言。在创作实践方面，以自身创作成果显示文学革命实绩的鲁迅，创作的第一篇白话小说《狂人日记》，不仅得益于他看过的几篇外国文学，甚至连小说的名称都与果戈理的小说《狂人日记》一模一样。五四小说界另一大腕郁达夫，其"自我写真的抒情小说"也颇受日本私小说的影响。在 S 会馆中与金心异的一场关于"铁屋子"的辩论，使得沉入国民中、回到古代去以麻醉自己的鲁迅再次振奋起来，投身创作"听将令"的文学，为在寂寞里奔驰的猛士呐喊，使他们不惮于前驱。

为达到以文艺启蒙之目的，鲁迅师法西洋文学，从"中国古代文学方面，几乎一点遗产也没有摄取"[①]，于 1918 年 5 月创作了中国现代文学史上第一篇具有现代体式的白话短篇小说《狂人日记》，从此便一发而不可收，于 1923 年和 1926 年又分别出版小说集《呐喊》和《彷徨》。《呐喊》和《彷徨》是中国现代小说的成熟之作，标志着"中国现代小说在鲁迅手中开始，又在鲁迅手中成熟"[②]。中国文学从此走上了现代化之路，实现了与世界文学的接轨。鲁迅是当之无愧的中国现代文学的奠基者。鲁迅师法外国文学所创作的现代小说，与中国传统文学的风格大异其趣，具体表现在：一是摒弃传统文学以讲述引人入胜的故事为旨归的原则，而是以塑造典型环境中的典型人物为创作的中心任务。鲁迅的"三农"小说，为中国现代文学增添了阿 Q、闰土、祥林嫂、七斤、九斤老太、爱姑等一个个栩栩如生的典型人物。二是突破传统文学故事务求曲折完整之教条，师法以广度取胜的外国小说"横截面"结构法。鲁迅的小说往往仅是以若干细节或生活场面的连缀来表现作品主题。三是一改传统文学"尚奇猎怪"之取材嗜好，聚焦普通人，书写寻常事。四

[①]鲁迅：《"中国杰作小说"小引》，《鲁迅全集》第 8 卷，人民文学出版社，2005 年，第 445 页。

[②]严家炎：《〈呐喊〉〈彷徨〉的历史地位》，《世纪的定音》，作家出版社，1996 年，第 64 页。

是有别于传统文学主要表现人物的外宇宙，其小说主要展现人物的内宇宙。五是除了采用传统文学全知全能的第三人称叙述视角外，还运用第一人称叙述法，甚至在同一作品中综合运用第一人称、第三人称叙述法。六是摒弃传统文学"大团圆"的固化模式，书写了一个个"几乎无事的悲剧"。

三、鲁迅是乡土小说的拓荒者和引路人

鲁迅的第一篇白话小说《狂人日记》甫一发表，便以"表现的深切和格式的特别"轰动文坛。在艺术方面，鲁迅的小说以其判然有别于传统文学的新颖性、先锋性赢得了文坛新人的竞相模仿："《呐喊》里的十多篇小说，几乎一篇有一篇的新形式，而这些新形式莫不给青年作者以极大的影响，必然有许多人们上去试验。"① 在题材方面，鲁迅自觉聚焦"三农"，哺育了五四的"乡土文学"。五四时期，受易卜生"问题剧"及"劳工神圣"等思潮的影响，冰心、王统照、庐隐、许地山等一批作家以人生目的问题、爱情婚姻问题、劳工问题、儿童问题、妇女问题等为审美观照的对象，掀起了一股令人瞩目的"问题小说"热，但因作者对所观照的问题缺乏深厚的实际生活感受，且对问题只问"病源"不开"药方"或者常常开错"药方"，造成了"问题小说"思想胜于形象、以对观念的图解代替生动真切的艺术表现的缺憾，很快由盛极一时而走向式微。与此相反，侨寓者植根乡野、隐现着乡愁的"乡土小说"破土而出，风生水起，成为五四文坛一道闪亮的景观。"五四乡土小说"是"一种文化品位、艺术品位很高的小说"②，"标志着现代小说史上第一个现实主义流派终于形成"③。"五四乡土小说"的一举成名，与鲁迅的创作引领和典范效应密不可分。鲁迅以其生花妙笔，形象地描绘了20世纪初期中国东南沿海的农村生活，呈现出浓郁的浙东水乡的地方色彩，被誉为新文学"乡土文学的最早开辟者、实践者"④，其短篇小说《故乡》被称为乡土小说的

---

① 雁冰：《读〈呐喊〉》，严家炎：《二十世纪中国小说理论资料》第2卷，北京大学出版社，1997年，第324页。
② 王嘉良：《浙江20世纪文学史》，中国社会科学出版社，2000年，第67页。
③ 严家炎：《中国现代小说流派史》，人民文学出版社，1989年，第43页。
④ 同③，第48页。

开山之作。鲁迅所创作的思想深刻、艺术精湛的乡土小说，为那些"被生活驱逐到异地的人们"提供了可资师法的艺术楷模，"《故乡》之后，一批'乡土文学'作家，其中包括当时在北京直接聆听了鲁迅的教诲，向鲁迅学习了文学知识或写作经验的学生，像许钦文、王鲁彦、台静农、蹇先艾等，就破土而出，在现代小说园地里一显身手了"①，甚至还形成了与鲁迅"三农"小说相关联的族类，如：《故乡》族类——作者深情回忆给自己童年时代留下深刻印象的农民朋友的作品，如王鲁彦的《童年的悲哀》、废名的《竹林的故事》、蹇先艾的《老仆人的故事》；《祝福》族类——书写农村妇女的苦难命运并给予深切同情的作品，如王鲁彦的《李妈》、台静农的《红灯》、蹇先艾的《乡间的悲剧》等。更值得一书的是，五四时期的这些乡土小说作家，大多与鲁迅有着千丝万缕的关系。如许钦文，是鲁迅的同乡，与鲁迅保持着密切的联系，得到了鲁迅较多的帮助，其小说集《故乡》的出版就得到了鲁迅的资助。许钦文的妹妹许羡苏与鲁迅的关系则更是密切，曾一度居住在鲁迅北京的家中。鲁迅与许广平离开北京南下后，是她帮助照顾鲁迅母亲及朱安的。再如王鲁彦，原名王衡，是鲁迅的学生，在北京大学旁听过鲁迅的《中国小说史》课程，大受裨益，特取笔名"鲁彦"以示对鲁迅的仰慕之情，鲁迅也亲切地称鲁彦为"吾家彦弟"。王鲁彦的短篇小说集《柚子》中的第一篇作品《秋夜》，即是效法鲁迅的《狂人日记》，带有《狂人日记》的鲜明印痕。又如废名，是鲁迅直接扶植过的文学社团语丝社的成员，更多的则是仰慕鲁迅的文学爱好者，如王任叔、彭家煌等。

四、鲁迅提升了"三农"小说的价值品位

"文以载道"是中国古代文论中一个十分重要的理论命题。在五四新文化运动中，思想文化界的先驱者以壮士断腕的勇气和决心，毫不留情地对传统文化进行清算，而"文以载道"作为儒家的核心文学观念，遭到了以文学研究会和创造社为代表的知识分子群体的一致反对。文学研究会认为："文学应

---

① 赵遐秋，曾庆瑞：《中国现代小说史》上册，中国人民大学出版社，1985年，第535页。

当反映社会的现象，表现并且讨论人生的一般问题。"①周作人则在《平民文学》一文中明确提出，文学"只应记载世间普通男女的悲欢成败"。创造社则主张"为艺术而艺术"，作者应本着自己"内心的要求"进行文学创作。在五四新文化运动中，鲁迅之所以进行文学创作，根本目的在于"救国"。鲁迅清醒地认识到，要救国，"其首在立人，人立而后凡事举"②，而要"立人"，"第一要著，是在改变他们的精神"③，即"最要紧的是改革国民性"④。根除国民劣根性，其前提是要搞清楚国民劣根性有哪些。可以说，鲁迅正是借助小说这一形式，对国民劣根性予以具象的展示，以"引起疗救的注意"。如鲁迅创作《阿Q正传》，其目的就是"暴露国民的弱点"⑤。在小说中，作者以如椽大笔，通过以下几个方面，对潜藏于阿Q身上的典型的国民劣根性"精神胜利法"予以具象的展示。一是妄自尊大。在阿Q所处的宗法制社会，一个人能否被人尊敬，往往不是取决于其才华品行如何，而是取决于其门第的高低与辈分的大小。于是，阿Q为了让自己被人尊敬，便与赵老太爷攀本家，甚至说比秀才还长三辈。尽管阿Q被赵太爷打了嘴巴，但未庄之人从此也对阿Q有了几分格外的尊敬。阿Q打不过别人，挨了揍，便这样想，也这样说："我总算被儿子打了，现在的世界真不象样。"企图以虚幻的"儿子打老子"来维持自尊。临死前，阿Q立志要把圆圈画得圆，无奈手中的笔不听话，最终画成了瓜子模样，便想到："孙子才画得很圆的圆圈呢。"于是，阿Q很快释然了。阿Q总是那样自尊，对自己的"行状"轻易不说，独有和别人口角时才间或瞪着眼睛道："我们先前——比你阔的多啦！你算是什么东西！"未庄的居民，全不在他眼睛里，阿Q甚至对于两位"文童"也有以为不值一笑的神情。二是麻木健忘。碰到无法自我宽慰以自胜的屈辱，阿Q干脆施行起忘却法，权当未曾发生。挨了被他所不屑的假洋鬼子的哭丧棒，"在阿Q的记

---

①茅盾：《中国新文学大系·小说一集·导言》，赵家璧：《中国新文学大系》，上海良友图书印刷公司，1935年。

②鲁迅：《文化偏至论》，《鲁迅全集》第1卷，人民文学出版社，2005年，第58页。

③鲁迅：《呐喊·自序》，《鲁迅全集》第1卷，人民文学出版社，2005年，第439页。

④鲁迅：《两地书》，《鲁迅全集》第11卷，人民文学出版社，2005年，第32页。

⑤鲁迅：《再谈保留》，《鲁迅全集》第5卷，人民文学出版社，2005年，第154页。

忆上，这大约要算是生平第二件的屈辱"，但在"拍拍"地响了之后，他反而觉得轻松些了，因为于他倒似乎是完结了一件事，不必再为此牵肠挂肚了。阿Q因"恋爱的悲剧"挨了打，但转眼就忘了，马上又跑去看吴妈的热闹，直到竹杠再次打到身上，才如梦方醒。三是自轻自贱。因为阿Q把别人打他说成是"总算被儿子打了"，因此，此后凡有人再打阿Q，便逼着阿Q承认自己是畜生，于是阿Q只得说"我是虫豸"。面对如此耻辱，阿Q也很快心满意足地得胜了，因为他是可以与"状元"相媲美的，"他觉得他是第一个能够自轻自贱的人，除了'自轻自贱'不算外，余下的就是'第一个'。状元不也是'第一个'么？"四是以丑为美。阿Q原本是很讨厌自己头上的"癞疮疤"的，因此就忌讳别人说"癞"以及与之相近的音，而未庄人又偏爱揭短，对此，阿Q最早是采用打、骂的暴力方式予以制止，次而改以怒目而视的策略表示强烈的不满，当此两者皆不奏效时，最终便以"你还不配"回敬对方，"仿佛在他头上的是一种高尚的光荣的癞头疮"，除了他阿Q，别人还不配拥有！阿Q与王胡在阳光下捉虱子，看见王胡捉的虱子比自己多，而且大，甚至放在嘴里咬出来的响声也比他大得多，阿Q觉得这是奇耻大辱，忍不住去挑衅王胡，结果招致了生平第一件的屈辱。五是欺软怕硬。阿Q在王胡、假洋鬼子那里先后招致了生平第一件和第二件屈辱，便把自己失败的痛苦转嫁给更卑弱的小尼姑，肆无忌惮地对小尼姑吐唾沫、言语调戏、肢体侮辱，在旁人的哄笑声中忘却了生平屈辱，"飘飘然地似乎要飞去了"。恋爱的闹剧令阿Q在未庄一夜之间丢了生计，接了他的活的小D遇见阿Q，主动向阿Q称臣示弱自称"虫豸"，但阿Q偏不放过小D，非要对小D施以拳脚。六是人格分裂。在某次赶赛会的赌摊上，平时总是输钱的阿Q，意外的"赢而又赢，铜钱变成角洋，角洋变成大洋，大洋又成了叠"。但在一场莫名其妙的斗殴中，阿Q所赢的"很白很亮的一堆洋钱"不见了。权当"被儿子拿了去"、说自己是"虫豸"等法术都难以化解此刻的痛苦时，阿Q便擎起右手用力打了自己两个嘴巴。然后，阿Q立刻转败为胜，变得心平气和了，仿佛打人的是自己，被打的是别一个自己，一个阿Q分裂成了两个对立的阿Q。阿Q"精神胜利法"的实质，即是通过形形色色自欺欺人的手段，将"现实"中所遭遇的挫折或失败，转化为"虚幻"的精神上的胜利。阿Q"精神胜利法"的巨大危害在于，它使人耽于自欺的"胜利"之中，消弭了"抗争"的斗志和行动，从而逆来顺受，永远任凭强者蹂躏宰割。鲁迅以生花妙笔，把阿Q的这一主要性格特征——国民劣根性"精神胜利法"刻画得活灵活现，撼人心魄，目的在于"引起疗救的注意"。总之，鲁迅创作"三农"小说，旨归在于"立人救国"，使得"三农"小说承载起宏大叙事的重担，避免了一地鸡毛式的平庸写作。

五、"鲁迅方向"的时代价值

在中国革命史上，以毛泽东为领导核心的中国共产党成功打造了一个"鲁迅方向"。

1937年10月19日，在陕北公学纪念鲁迅逝世一周年的大会上，毛泽东应邀为学生作了一次演讲。演讲记录经整理发表在胡风主编的《七月》杂志上，题目为《论鲁迅》，从政治远见、斗争精神、牺牲精神三个方面对"鲁迅精神"进行了阐释。

1938年4月28日，毛泽东来到鲁迅艺术学院，为学员作了一次演讲，首次公开提出"鲁迅先生的方向"：

> 艺术上每一派都有自己的阶级立场，我们是站在无产阶级劳苦大众方面的，但在统一战线原则之下，我们并不用马克思主义来排斥别人。排斥别人，那是关门主义，不是统一战线。但在统一战线中，我们不能丧失自己的立场，这就是鲁迅先生的方向。[①]

1940年1月9日，毛泽东在边区文协作了《新民主主义的政治与新民主主义的文化》（载于1940年2月15日延安发行的《中国文化》创刊号。20日在延安发行的《解放》第98期、第99期合刊登载此文时，将题目改为《新民主主义论》）的著名演讲，再次强调"鲁迅的方向"：

> 鲁迅是中国文化革命的主将，他不但是伟大的文学家，而且是伟大

---

① 毛泽东：《在鲁迅艺术学院的讲话》，《毛泽东文集》第2卷，人民出版社，1993年，第122页。

的思想家和伟大的革命家。鲁迅的骨头是最硬的,他没有丝毫的奴颜和媚骨,这是殖民地半殖民地人民最可宝贵的性格。鲁迅是在文化战线上,代表全民族的大多数,向着敌人冲锋陷阵的最正确、最勇敢、最坚决、最忠实、最热忱的空前的民族英雄。鲁迅的方向,就是中华民族新文化的方向。①

为何要建构鲁迅形象,倡导"鲁迅方向"?诚然是事出有因的。

一是源于中国共产党人及毛泽东对于文化战线之于革命事业的重要性有着十分清醒的认识。早在井冈山时期,毛泽东就指出:"共产党是要左手拿宣传单,右手拿枪弹,才可以打倒敌人的。"② 1936 年 11 月 22 日,中国文艺协会成立时,毛泽东又指出:"现在我们不但要武的,我们也要文的了,我们要文武双全……要文武两方面都来。要从文的方面去说服那些不愿意停止内战者,要从文的方面去宣传教育全国民众团结抗日。"③ 在影响极其深远的《在延安文艺座谈会上的讲话》中,毛泽东更是把"笔"与"枪"相提并论。"我们有两支军队,一支是朱总司令的,一支是鲁总司令的,即手里拿枪的军队和文化的军队。"④ 群雁无首难成行,文化战线需要有鲁迅这样具有强大影响力的领头雁。

二是源于中国社会的主要矛盾由阶级矛盾变为民族矛盾的现实以及建立"抗日民族统一战线"、掌握文化领导权之迫切需要。1936 年 10 月 19 日 5 时 25 分,一代文豪鲁迅在上海寓所与世长辞,享年五十五岁。当天下午,鲁迅遗体被送到万国殡仪馆。据有关统计,从 10 月 19 日到 22 日,仅仅是前往瞻仰鲁迅遗容或签名表示参加送殡的沪上群众就有九千余人,各类团体数量更是破百。除了文化界人士,还有学生、工人、报童、小贩、人力车夫等社会各阶层人士,前后达数万人。万国殡仪馆的大厅、走廊挂满了挽联。10 月 22

---

① 毛泽东:《新民主主义论》,《毛泽东选集》第 2 卷,人民出版社,1991 年,第 698 页。
② 《湘赣边界各县党第二次代表大会决议案》,《井冈山革命根据地》上卷,中共党史资料出版社,1987 年,第 192 页。
③ 毛泽东:《毛泽东论文艺(增订本)》,人民出版社,1992 年,第 3—4 页。
④ 毛泽东:《在延安文艺座谈会上的讲话》,《毛泽东选集》第 3 卷,人民出版社,1991 年,第 847—879 页。

日下午出殡，上海各界人士自发前来送行，堵得马路水泄不通，队伍绵延五千余米，人数达数万之众。所有参加送葬的人均是步行前往，蔡元培先生已年届六十八岁高龄，行走大为不便，仍坚持全程步行。胡风、巴金、黄源、鹿地亘、黎烈文、孟十还、靳以、张天翼、吴朗西、陈白尘、萧乾、聂绀弩、欧阳山、周文、曹白、萧军等十六人轮流抬棺，蔡元培、宋庆龄等八人随行扶棺。在万国公墓，蔡元培亲自主持了一场简朴而隆重的葬仪，宋庆龄、邹韬奋、章乃器、萧军、内山完造等先后发表讲话，深切怀念鲁迅。最后，由胡愈之致哀词。在哀乐声中，宋庆龄等将一面绣着沈钧儒手书的"民族魂"三个大字的白绸旗子覆盖在灵柩上，灵柩移至墓地安葬。"民族魂"的葬仪，始于鲁迅，也终于鲁迅。鲁迅葬礼规格之高、场面之壮观，实为罕见。鲁迅影响之大，文艺界无人可出其右。

获悉鲁迅逝世，中国共产党分别给全国同胞和全世界人士、鲁迅遗孀许广平女士、南京国民政府及中国国民党发出通电，给予鲁迅高度的评价，称其为"做了中华民族一切忠实儿女的模范，做了一个为民族解放社会解放为世界和平而奋斗的文人的模范"，是"最伟大的文学家，热情追求光明的导师，献身于抗日救国的非凡领袖，共产主义苏维埃运动之亲爱的战友"[①]。在此，中国共产党将鲁迅定位为"中华民族一切忠实儿女的模范"，"一个为民族解放社会解放为世界和平而奋斗的文人的模范"，打出了"民族"牌。中国共产党力推的"民族鲁迅"成为合乎民心、顺应抗战形势的政治象征。随着西安事变、卢沟桥事变的发生，抗日民族统一战线正式形成。国民党面对众望所归的"民族鲁迅"，改变策略，从之前的反对变为加入共同宣传。在1938年10月纪念鲁迅逝世两周年的活动中，国共两党均有所行动。在中华文艺界抗敌协会牵头主办的重庆鲁迅纪念大会上，国民党宣传部部长邵力子担任主席并作大会发言；延安也举行了由边区文化界救亡会主持，抗大（中国人民抗日军事政治大学）、陕公（陕北公学）、鲁艺（鲁迅艺术学院）等共同参与的较之前一年陕公更盛大的鲁迅纪念会。此时的毛泽东虽忙于中共扩大的六

[①]《为追悼鲁迅先生告全国同胞和全世界人士书》，中国社会科学院文学研究所鲁迅研究室：《1913-1983鲁迅研究学术论著资料汇编》第1卷，中国文联出版公司，1990年，第1500页。

届六中全会,但仍不忘鲁迅,在会议进行中的 10 月 19 日,以全会的名义致电许广平女士:"扩大会全体悼念鲁迅先生对中华民族解放事业与对文学运动伟大的贡献,深切表示敬意。当此民族危急之际,尤深哀悼,除全体静默追悼外,特电慰问。"① 1939 年 10 月 19 日,鲁迅逝世三周年,中华文艺界抗敌协会联合社会各界,在战时首都重庆举办了纪念大会,国民党中央委员邵力子及宣传部副部长潘公展、中国共产党中央统战部部长王明分别代表两党参加纪念大会并发表讲话。尽管双方均认可"民族鲁迅"的价值,但指向却不相同:潘公展认为,既然是同一民族,就不该有国共之分;王明则强调,既然是同一民族,就该一致对外。国共两党对"民族鲁迅"的不同阐释显现出了党派的政治分歧,其实质是关于"民族"代言权的竞争。中国共产党率先借助鲁迅葬仪及纪念活动,提出"民族鲁迅",进而通过宣传扩大影响,重塑政党身份并凸显民族追求,与此时的"抗日统一战线"政策相配合,赢得了舆论优势。1940 年既是鲁迅逝世四周年,也是鲁迅诞辰 60 周年。因此,这一年的鲁迅纪念活动在文化界人士心中格外受重视。1940 年的延安,在毛泽东等中共领导人的支持下,形成了一个推崇鲁迅的高潮,出版鲁迅作品,成立鲁迅研究会,创办鲁迅研究刊物,发表纪念鲁迅的文章,举行更盛大的鲁迅逝世四周年纪念会。这一系列丰富的纪念活动,将学习贯彻毛泽东所提出的"鲁迅的方向就是中华民族新文化的方向"的精神落实到了行动之中。与此相反,在国统区,1940 年 10 月,纪念鲁迅逝世四周年活动却几经周折,由文协组织的纪念大会遭到了国民党当局的诸多阻挠,后经老舍请冯玉祥出面才得以召开。具有强烈政治色彩的国民党党报《中央日报》对鲁迅逝世四周年的纪念活动也是漠不关心,处于"缺席"状态。"1940 年的鲁迅逝世四周年纪念会,标志着国共两党对鲁迅的理解出现了分歧,纪念鲁迅由此开始变成了中共及其左翼文化界反对国民党文化专制的一个重要武器。"② 在强烈的对比中,一个结论便瓜熟蒂落——真正重视并懂得鲁迅的,只有延安和中国共产党!鲁迅是中国现代文学最杰出的作家,其威望之高、影响之大,无人匹敌。一

---

① 《中共中央六中全会致许广平女士电》,《解放》1938 年第 55 期。
② 段从学:《鲁迅在新文学传统中的领导地位之建立——文协与抗战初期的鲁迅纪念活动》,《鲁迅研究月刊》2008 年第 7 期。

定意义上说,谁赢得了鲁迅,谁就赢得了一定时期的文艺领导权。以毛泽东为核心的中国共产党通过一系列充满睿智的务实行为,成功擎起了"鲁迅"的旗帜,赢得了文艺界的广泛认同,为争取最广大的文艺界人士加入抗日民族统一战线创造了良好条件。

三是改善延安革命生态环境的需要。 在宋庆龄的引荐和中共地下组织的安排下,美国记者埃德加·斯诺于1936年6月进入陕北,进行其终生难忘的新闻采访活动。数月来,他不但访问了毛泽东等共产党要人,还深度采访了广大普普通通的红军战士、抗战青年、农民等人民群众。在这里,他充分感受到了中国革命的力量,深深被中国工农红军的坚强意志和无畏精神所折服,决心用自己客观真实的报道为世人揭开延安神秘的面纱,向世界展现真实的中国。1937年,《红星照耀中国》英文版在英国面世,书中记录了埃德加·斯诺自1936年6月至10月在中国西北革命根据地进行实地采访的所见所闻,报道了中国工农红军二万五千里长征这一伟大的壮举,澄清了国民党散布的红军是"流寇"等不实传言,从多个方面展示了中国共产党为民族解放而英勇奋斗的精神,瓦解了种种丑化共产党的谣言。1938年2月,中译本《西行漫记》在上海出版。《西行漫记》打破了国民党对中国共产党的严密新闻封锁,向世界人民展示了一个真实的"红色中国"。在沦陷区和国统区,许多进步青年冒着生命危险争相阅读这本书,怀着满腔的爱国热情,奔向抗日根据地,壮大了中国共产党领导的抗日民主力量。《西行漫记》的流传,揭开了陕北的神秘面纱,展现了一个魅力延安。中国共产党高高擎起的"鲁迅"旗帜,赢得了广大文艺界人士的认同,周扬、丁玲、萧三、何其芳、冼星海、欧阳山、吕骥、徐懋庸、柳青、萧军、艾青、贺敬之、贺绿汀等一大批文艺界知名人士集聚延安。中国共产党抗日救国的坚强意志及平型关大捷、雁门关截击战、夜袭阳明堡日军飞机场等重大胜利,同国民党节节溃败形成鲜明对照,让无数爱国志士在黑暗中看到了光明。在国统区、沦陷区、其他抗日根据地乃至海外,一大批爱国知识分子以宝塔山为指引,潮水般地涌入延安。中国共产党张开双臂欢迎知识分子的政策和真诚态度对知识分子产生了巨大的吸引力。早在1935年,毛泽东在《论反对日本帝国主义的策略》的报告中就明确指出,"知识分子在民族民主革命斗争中是最可靠的同盟者"和"革命的基本动力"。1939年，毛泽东又发出《大量吸收知识分子》的号召，进一步明确吸收知识分子的政策，对知识分子的作用、生活待遇等做了具体规定，并在政治上关心他们的进步和成长。[①]"在生活上，由于延安物资十分匮乏，生活物资采取平均分配的'供给制'，为了照顾青年知识分子，在满足他们基本的生活需要之外，每月还发给他们较高的津贴补给，例如著名学者何干之的待遇是每月20元津贴费，还配一名警卫员，而当时朱德总司令每月津贴只有5元。"[②]毛泽东"对来抗大的知识青年特别关怀，每到100多人，都亲自接见，并与他们亲切交谈。有次毛泽东知道参加过'一二·九'运动的北平大学学生、抗日救国会委员、地下党员郭奇同志到了延安，住在西北旅社，便到旅社看望了他"[③]。中国共产党采取强有力的措施积极招纳知识分子，"中共地方党组织和党设在南京、武汉、西安、重庆、太原、长沙、桂林、兰州、迪化等地的八路军办事处，以及设在广州的八路军通讯处，都以合法机构的名义吸收知识青年并千方百计地把他们一批批送往延安。又次，通过创办学校，面向全国广大青年招生——吸引知识分子。中国共产党在1937—1942年，先后创办了抗日军政大学、陕北公学、鲁迅艺术学院、中国女子大学等17所院校，大都面向全国招生"[④]。凡此种种，使得延安成了"年轻人的圣城"[⑤]。"打断骨头连着筋，扒了皮肉还有心。只要还有一口气，爬也要爬到延安城。"当年流传的这句话，淋漓尽致地说出了怀着无限憧憬、跋山涉水奔向延安的知识分子的心声。截至1943年12月底，"抗战后到延安的知识分子总共4万余人，就文化程度而言，初中以上71%（其中高中以上19%，高中21%，初中31%），初中以下约30%"[⑥]。涌入延安的知识分子，来自国统区、沦陷区、其他抗日根据地乃至海外等不同区域，他们来到延安的动机和心态十分复杂。

---

① 毛泽东：《大量吸收知识分子》，《毛泽东选集》第2卷，人民出版社，1991年。
② 赵凯：《延安时期青年知识分子奔赴延安的原因及启示》，《学理论》2016年第3期。
③ 朱书清：《抗战时期青年奔延安述论》，《西南民族学院学报》（哲学社会科学版）（增刊），1998年10月。
④ 张正光，张远新：《延安知识分子群体的概况、成因及其基本特征》，《云南社会科学》，2009年第2期。
⑤ 何其芳：《何其芳文集》，人民文学出版社，1983年，第223页。
⑥ 胡乔木：《胡乔木回忆毛泽东》，人民出版社，1994年，第279页。

另外，外来知识分子来前对延安的憧憬与到后对延安的实际感受之间，必定会有所出入，在某些人之中甚至存在很大的反差，而这样的出入与反差，又必然会导致知识分子思想及行为的波动。如满腔热情来到延安的丁玲，竟然也写出了与抗战大局不和谐、缺乏"正能量"的《三八节有感》这样的杂文和《在医院中》这样的小说。更不能忽视的是，外来知识分子和延安本土的知识分子之间也存在一定的隔阂。对此，毛泽东曾有过诙谐的描述："亭子间的人弄出来的东西有时不大好吃，山顶上的人弄出来的东西有时不大好看。有些亭子间的人以为'老子是天下第一，至少是天下第二'；山顶上的人也有摆老粗架子的，动不动，'老子二万五千里'。"① 可见，要将汇聚延安的知识分子拧成一股绳，将他们融为一体，并非易事。

综上所述，要团结抗日根据地内外的知识分子，必须为他们确立一位大家认可的文坛领袖，唯其马首是瞻，统一意志，步调一致。中国共产党找到了这位领袖，那就是鲁迅。鲁迅之所以能获得中国广大知识分子的认同，很大程度上得益于其罕有匹敌的思想深邃、艺术精湛的创作实绩，其间自然也包括鲁迅创作的"三农"小说。"鲁迅方向"的确立，为当年延安乃至全国的知识分子树立了一个看齐并共同前进的目标，起到了凝心聚力的作用，为结成最广泛的抗日民族统一战线提供了有力支撑。

---

① 毛泽东：《统一战线同时是艺术的指导方向》，《毛泽东文艺论集》，中央文献出版社，2002年，第13页。

第二节 赵树理"三农"小说的独特贡献

赵树理是中国现代文学史上独树一帜的杰出作家,为中国现代文学的健康发展和繁荣昌盛做出了无可替代的贡献。

一、赵树理是中国现代文学史上实现创作民族化的第一人

1925 年的夏天,赵树理考入山西省立第四师范学校,接触到了令他耳目一新的中国新文学,"这位土生土长的乡巴佬,陶然沉醉在这个陌生的新鲜的但又似曾相识的世界里"[①]。出于对新文学的膺服,赵树理最初的创作也是诚心学步于新文学的,如创作于1929 年的小说《白马的故事》:

> 夕阳西斜,天空轻轻的抹了彩霞。湖畔的芦荻,像新拭了的列在架子上的刀枪;青翠的小草,仿佛刚刚浴罢。雨珠留在草木叶上,被夕阳照得荧荧闪烁。堤上的垂柳,一株株整队的平平的排成一列,垂着微尾无力的轻俏的拂打。远山展开了一望无际的翠屏,归鸟在空际散队的疏落的流行。碧绿湖中,又缀了几多点水的蜻蜓。这一切的情形,在湖中又映成整个的倒影。

《白马的故事》写的是一个片段故事:某个赤日当空的夏天下午,一匹在山间吃草的白马被突如其来的狂风、惊雷、暴雨、山洪惊吓得拼命似的奔跑。云散天晴后,白马又在幽静的原野上悠闲地吃草了。上文描写的是当日风停雨止之后,惊魂甫定的白马所在的湖畔草地的景色。其与中国传统小说的景色描写相比,有两个显著不同:一是作者自觉对景色进行精雕细琢的描写;二是景色描写是故事有机的组成部分,与白马惊魂甫定后复归宁静的心灵相得益彰。试比较传统小说中的景色描写:

[①] 戴光中:《赵树理传》,北京十月文艺出版社,1993 年,第 42 页。

> 武松走了一直，酒力发作，焦热起来，一只手提着哨棒，一只手把胸膛前袒开，踉踉跄跄，直奔过乱树林来。见一块光挞挞大青石，把那哨棒倚在一边放翻身体，却待要睡，只见发起一阵狂风来。看那风时，但见：
>
> 无形无影透人怀，四季能吹万物开。就树撮将黄叶去，入山推出白云来。
>
> 原来但凡世上云生从龙，风生从虎。那一阵风过处，只听得乱树背后扑地一声响，跳出一只吊睛白额大虫来。
>
> ——施耐庵、罗贯中《水浒传》

景阳冈武松打虎是《水浒传》中一个脍炙人口的精彩故事，但小说对打虎所在地景阳冈的景色描写，仅有"乱树林""一块光挞挞大青石"寥寥数字而已，并未有意识地展开景物描写；小说中对猛虎跳窜而来所产生的"狂风"进行描写的四句诗歌，只对"风"的性能做了一般性的描述，并非对景阳冈武松打虎时那阵"风"的特定描写，因此是游离于故事之外的。两相比较可知，《白马的故事》中的景色描写是有别于中国传统小说的，它是一种典型的西方现代小说叙事中的风景描写。《白马的故事》与那时的新文学作品一样，具有浓厚的"西化"色彩。遗憾的是，一度让赵树理顶礼膜拜的"五四"新文学，却打不进广大农民群众的世界！"他想，要让家乡的父老兄弟也听到鲁迅讲述的故事，使他们从中看清自己的面影，自己的不幸，自己的愚昧，他们必定会和自己一样觉悟起来，为改变自己的命运而抗争。"[①] 正是怀着这样一颗赤诚之心，赵树理满腔热情地向他的父老乡亲宣传新文学作品。考虑到绝大多数农民目不识丁，而他的父亲又是村里颇有名气的讲故事能手，赵树理打算先把新文学作品念给父亲听，然后由父亲讲给他的那帮农民兄弟听，如此人人相传，便可将新文学作品扎根于农民群体。但现实并不如愿。赵树理兴高采烈地将鲁迅的《阿Q正传》念给父亲听，才念到阿Q与小D在钱府的门前打架，父亲便推说要下地干活去了，但走时顺手拿了本《秦雪梅吊

---

① 戴光中：《赵树理传》，北京十月文艺出版社，1993年，第43页。

孝》。这让赵树理十分惊讶：鲁迅创作的、写农民自己故事的小说，父亲这个在农村算得上有点文化的农民，居然不感兴趣！赵树理心有不甘，又把新文学作品念给别的父老乡亲听，但"无论他怎样吹嘘，农民就是听不进去，却拿来《七侠五义》《笑林广记》之类的书请他念，一个个听得茶饭不思"①。新文学作品与传统文学在农民群体中如此悬殊的两般境遇，使赵树理深刻地认识到："新文学固然是进步的，但只是停留在少数知识分子中间，广大群众，特别是农民，和新文学却是绝缘的。"②赵树理决意另辟蹊径，回到中国的传统艺术中去，从中汲取有益的养分。最终，赵树理如愿以偿，创作出了一系列脍炙人口的大众化文学，其成名作《小二黑结婚》于1943年9月"一出版，立即被抢购一空，在短时间内一再印行，仍是供不应求，仅太行山区，就发行三四万册"，"《李有才板话》在《群众》杂志连载发表后，也在短短几年间，便被《解放日报》《长城》……上海合作出版社、人民文学出版社等，转载再版达38次之多"③。赵树理的小说不仅在国内成为当时最畅销的书籍，在国外也名动一时，"据不完全的统计，赵树理的作品已经在三十多个国家翻译出版"④。美国记者贝尔登称赵树理"可能是共产党地区中除了毛泽东、朱德之外最出名的人了"⑤。《小二黑结婚》《李有才板话》《李家庄的变迁》等高度民族化、大众化的作品问世，使得肇始于五四时期的新文学真正取得了民族化、大众化的最终胜利，实现了与人民大众的热情拥抱。赵树理"是现代文学史上第一个把文学送到乡下的。这个历史功绩，是千万不可抹煞的"⑥。

---

① 戴光中：《赵树理传》，北京十月文艺出版社，1993年，第88页。
② 王献忠：《赵树理小说的艺术风格》，中国书店出版社，1980年，第4页。
③ 艾斐：《论赵树理方向的现实意义》，陈荒煤，黄修己等：《赵树理研究文集》上卷，中国文联出版公司，1996年，第368页。
④ 陈荒煤：《新的时代需要新的赵树理（代序）——在中国赵树理研究会成立大会上的讲话》，陈荒煤，黄修己等：《赵树理研究文集》上卷，中国文联出版公司，1996年，第3页。
⑤ 贝尔登：《中国震撼世界》，北京出版社，1980年，第109页。
⑥ 蔺羡璧：《我们还需要赵树理——和戴光中、郑波光同志商榷》，《文艺理论与批评》1990年第2期。

二、赵树理成功创造了新评书体小说①

严重"西化"的"五四"新文学作品不被广大民众接受的残酷现实,使得赵树理立志走民族化、大众化之路,在创作中自觉融入大量的民族传统艺术元素,以此契合中国百姓的欣赏习惯和审美情趣。具体地说,赵树理小说中的民族传统艺术元素主要有:

(一)"故事"元素

以曲折生动、扣人心弦的完整故事取胜,无疑是中国传统叙事类文学的一大法宝,或悲壮如《赵氏孤儿大报仇》,或凄美如《孟姜女哭长城》,或惊奇如《牡丹亭》,或缠绵如《西厢记》,或波澜壮阔如《三国》《水浒》,或短小精悍如"三言""二拍",或言世俗人生如《金瓶梅》,或述神鬼世界如《聊斋志异》,或民间故事如《田螺姑娘》,或文人之作如《红楼梦》……纵然内容各异、形式千般、风格悬殊,但莫不情节曲折、故事完整。可以说,喜听故事、爱看故事是中国百姓甚至全人类的天性,哪怕时至今日,即便是一字未识之儿童,面对一个个有趣的儿童故事,也总是听得津津有味,以致不少儿童养成了在故事声中进入甜美梦乡的习惯。在创作时,赵树理始终铭记老百姓爱听故事的传统,总是不遗余力地将故事元素融入作品,哪怕是篇幅极少的短篇小说,也坚持把故事讲得曲折、完整。如《田寡妇看瓜》,尽管不过千余字而已,却也把田寡妇土改前为什么要看瓜、土改后刚开始也坚持看瓜、最终决定不再看瓜的故事写得一波三折,扣人心弦。总之,注重写好故事是赵树理小说的一大特点,其成名作《小二黑结婚》刊行时便被标注为"通俗故事"。有学者把赵树理小说的结构特点概括为"大多为纵向型的故事体,整体上是一个有头有尾、首尾相顾的圆形结构"②,具有强烈的故事性。

---

① 本部分内容曾以论文《赵树理小说的民族传统艺术因子探寻》刊发于《中国现代文学研究丛刊》2020年第1期。

② 秦弓:《荆棘上的生命:20世纪三四十年代中国小说叙事》,春风文艺出版社,2002年,第552页。

（二）"圆满"元素

"中国文化出于对理性主义的信任，对社会人生采取了乐观的态度，认为理性主宰世界，人性本善，正义将战胜邪恶，形成了所谓的'乐观文化'，中国文化充满乐观精神，它惩恶扬善，宣扬善恶有报，并且形成了'大团圆'模式。"① 正是在这样一种文化涵养之下，赋予故事一个圆满的结局是中国传统文学的显著共性，哪怕现实中是个悲剧性事件，写入作品时，也要给它一个"圆满"的结局。比如，《孔雀东南飞》中，恩爱夫妻焦仲卿与刘兰芝，尽管生前被棒打鸳鸯，难以"执子之手，与子偕老"，但死后也要化成鸳鸯，比翼双飞；《感天动地窦娥冤》中，窦娥尽管遭人陷害而被斩杀，但"血溅白练、六月飞雪、大旱三年"三桩誓愿一一实现，最终是冤情得以昭雪，杀人凶手张驴儿被处以死刑，贪官知府也得到了应有的惩罚。正因为传统文学过于追求"圆满"的结局，以至于"五四"新文学的倡导者们一度将这种"大团圆"文学贬斥为"说谎"的文学、"瞒和骗"的文学。"做书的人……闭着眼不肯看天下的悲剧惨剧，不肯老老实实写天公的颠倒惨酷，他只图说一个纸上的大快人心。这便是说谎的文学。"② "中国人的精神，是很喜欢团圆的……所以凡是历史上不团圆的，在小说里往往给他团圆；没有报应的，给他报应，互相骗骗。"③ 传统文学这种浓得化不开的"圆满"情结，造就了中国百姓钟情"大团圆"的审美取向，并积淀为一种集体无意识。赵树理充分尊重中国百姓钟爱"大团圆"这一审美趣味，在创作时，有意识地将"圆满"元素保留了下来，其作品差不多都是以进步战胜落后、正义战胜邪恶、光明战胜黑暗而告终，在作品结构上形成了"一个一以贯之的特点，这便是：'团圆'式的喜剧结尾"④。家喻户晓的《小二黑结婚》，就是将一个现实生活中自由恋爱的悲剧改写成了一个有情人终成眷属的大团圆故事。故事原型岳冬至、

---

① 杨春时：《文化转型中的中国文艺思潮》，《学习与探索》1995年第1期。
② 胡适：《文学进化观念与戏剧改良》，《胡适文存》第1卷，北京大学出版社，1998年，第122页。
③ 鲁迅：《中国小说的历史的变迁》，《鲁迅全集》第9卷，人民文学出版社，2005年，第326页。
④ 王嘉良：《喜剧美——赵树理小说创作的美学追求》，王嘉良：《世纪回望》，作家出版社，1999年，第222页。

智英祥两情相悦，自由恋爱，最终不但没能结秦晋之好，且岳冬至竟然因之被人活活打死；而作品中，二黑、小芹在历经磨难后终成眷侣，为村中第一对好夫妻。

（三）"清官"元素

在灿若星河的中国传统文学之中，"清官"文学无疑是一个华美缤纷的耀眼星群。在绵延数千年的封建专制淫威之下，苦难深重的下层民众"创造出一种广泛而'有效'的心理补偿机制，试图通过对清官的企盼、幻想、艺术张扬等神化方式，以使自己得以在心理上勉强抗衡周围无处不在的黑暗与腐败。这种机制造就了亿万下层国民心中的清官情结和通俗文艺中许许多多的清官故事"①。例如，在百姓心中，名列一号的清官非"包青天"莫属。包拯，庐州合肥（今属安徽）人，北宋名臣，以秉公执法、刚正不阿称誉古今。早在宋代戏剧中，就已出现了包公戏。至元代，包公戏迎来了一个高峰，十三种公案戏中，包公戏就占了十一种，元代杂剧奠基人关汉卿就创作有《包待制智斩鲁斋郎》《包待制三勘蝴蝶梦》两部包公戏。明清两代的传奇中也有不少关于包公的剧作。晚清民初则是包公戏的暴发期，涌现了大量的包公戏剧目，至今仍在演的就不下数十种，其中《秦香莲》《狸猫换太子》《铡包勉》《赤桑镇》等剧目更是盛演不衰。可以说，历史上，清官文学正是因其既能给匍匐于地的万千普通民众以一定的心理补偿与疗救，又能部分地填补其精神享受之空白的双重功效，深深扎根在中国广大百姓的心中，散发出无穷魅力。

细察赵树理小说与传统清官文学，不难发现，赵树理不仅将"清官"元素引入小说之中，而且在小说结构上大胆套用了传统清官文学的叙述模式。赵树理明确称自己的小说是"问题小说"，是将工作中遇到的非解决不可而又不能轻易解决的问题通过文学的形式加以呈现并探讨解决之道。传统清官文学的情节结构大致由"苦主蒙冤—清官审冤—冤案昭雪"三大板块相连而成，"清官审冤"是整个案情的转折点。赵树理"问题小说"的故事情节大致也由"问题生成—清官干预—问题解决"三大部分一气贯通，而"问题解决"全赖

---

① 王毅：《明代通俗小说中清官故事的兴盛及其文化意义：兼论皇权制度下国民政治心理幼稚化的路径》，《文学遗产》2000 年第 5 期。

于"清官干预"。只不过在传统清官文学中,"清官"都是清一色的朝廷大臣,而在赵树理的小说中,"清官"可以是人——党和政府的干部,如《小二黑结婚》中的"区长";也可以是某项政策制度,如《登记》中新公布的"婚姻法"使得艾艾、燕燕的自由婚姻所遭遇的来自家长、村民事主任、区助理员三方面的阻力彻底瓦解。正因为赵树理的"问题小说"与传统清官文学是这般的"如出一辙",所以,赵树理的小说被有的学者称为"拟清官文学"。

（四）"扣子"元素

在古代,说书是一种广为民众所喜爱的民间艺术。说书艺人大体可分为两类,一类是在相对固定的场所如茶馆、妓馆里为消费者说书的,另一类是走街串巷随时找个地儿说上几段的。但不管是哪类说书人,都需要赚钱养家糊口。因此,有固定场所的说书人最希望的是听众这次听了下次还来,而走街串巷的说书人则希望听众能坚持听完,不中途离场。那么,怎样才能牢牢吸引住听众呢？这就需要好好地"卖关子",让听众欲罢不能。关子亦称"扣子",指在故事叙述到某个紧要处时,突然中断不讲,另起炉灶,先插入别的内容,或者让听众"且听下回分解",其根本目的是制造悬念,黏住听众。可以说,"扣子"艺术在中国传统小说中俯拾皆是,且不说数十万字、上百万字的长篇章回小说形成了"欲知后事如何,且听下回分解"的固化模式,即便是寥寥数千字的短篇小说,也不乏"扣子"艺术。如冯梦龙《警世通言·赵春儿重旺曹家庄》,写的是富家子弟曹可成为所欲为、败尽家产,最后又在报恩的妓女赵春儿的引导下重创家业、浪子回头的故事。整篇小说设置了不少"扣子"——曹可成因吃喝玩乐而败尽家产,只能在坟场终其一生了吗？赵春儿感念昔日曹可成为己赎身之恩,带着丰厚积蓄嫁给了曹可成。再次拥有殷实之家的曹可成从此安分守己了吗？曹可成恶习不改,再次败尽财产。曹家还有希望复兴吗？曹可成真心悔恨乃至自残后,赵春儿还有妙招重振曹家吗？浪子回头的曹可成最终有了怎样的结局？"扣子"一个接着一个,惊心动魄,引人入胜。赵树理小说在当年之所以不胫而走,产生轰动效应,窃以为一是靠内容吸引人——小说所反映的工作中遇到的问题与民众的切身利益紧密相关；二是靠艺术魅力吸引人。在赵树理小说艺术的众多魅力因子中,"扣子"

具有重要意义，他自称常常"用保留故事中的种种关节来吸引读者"①。正因为大量"扣子"的设立，才让读者（听众）欲罢不能。如《求雨》，写的是金斗坪村抗旱救灾的故事。中华人民共和国成立前，凡遇旱灾，只能组织人员去龙王庙求雨，而今土改后又遇上了大旱，还是像从前一样去龙王庙求雨吗？以老贫农于天佑为首的一部分人主张求雨抗旱，以党支部书记于长水为首的一部分人主张开渠引水救灾，究竟是选择求雨还是选择开渠呢？求雨与开渠各干各的，最终是谁胜了呢？当开渠遇到"拦路虎"石崖无法进展、不少人跑到了求雨队伍中去时，开渠还能继续进行下去吗？当开渠引水的成功近在眼前，连最顽固的几个老农也陆续退出了求雨队伍，只剩下于天佑一人时，他又会怎么做呢……如此环环"设扣"，着实让读者难以释手。

（五）"绰号"元素

绰号，又称外号、诨号，即根据某人身上的一些特征，为其取一个恰如其分的名号，大都含有亲昵、憎恶或开玩笑的意味。一个恰当的绰号，往往能画龙点睛，"不过寥寥几笔，而神情毕肖，只要见过被画者的人，一看就知道是谁；夸张了这人的特长——不论优点或缺点，却更知道这是谁。"② 在我国，绰号由来已久，《吕氏春秋》中就称夏桀是"移大牺"——其力气大得可以把牛移动。历史上许多名人都有一个有趣的绰号，如西汉甄丰因喜欢夜间谋议而被称为"夜半客"，东汉崔烈以五百万钱买官而被称为"铜臭"，唐代温庭筠因容貌丑陋而被呼作"温钟馗"，骆宾王因写诗多用数字做对子而被称为"算博士"，南宋赵霈因担任谏议大夫之职却大谈禁杀鹅鸭而被讥为"鹅鸭谏议"，明代程济因博学而被称为"两脚书橱"。

在我国历代的文学作品中，绰号是刻画人物的一种特殊手法。《水浒传》在绰号的运用上堪称登峰造极，梁山泊一百零八个好汉，人人有绰号，如"及时雨"宋江、"黑旋风"李逵、"豹子头"林冲、"花和尚"鲁智深等。可以说，绰号艺术已成为中国民俗文化一道亮丽的风景。赵树理十分钟爱绰号

---

① 赵树理：《〈三里湾〉写作前后》，《赵树理文集》第4册，中国工人出版社，2000年，第1707页。
② 鲁迅：《五论"文人相轻"——明术》，《鲁迅全集》第6卷，人民文学出版社，2005年，第394页。

艺术:"外号这东西很好,它便于人们记忆……农民差不多都有外号……你听得多了,会觉得农民的智慧的确很丰富,取的外号挺适合这个人的性格,我不过是把这些人物每人配了一顶合适的帽子罢了。"① 赵树理古为今用,将古老的绰号手法运用得炉火纯青。如《三里湾》中,袁天成老婆是村里有名的惹是生非之人,用她的那套处世哲学做人做事,往往闹得鸡飞狗跳。"能不够"这个外号形象地说明她不是"能"得"不够",而是能得"过了头",简直到了让人痛恨厌恶的地步。在赵树理笔下,"铁算盘""常有理""翻得高""使不得""糊涂涂""二诸葛""三仙姑""气不死""小腿疼""吃不饱""小飞蛾"……一个个趣味盎然的外号,在刻画人物方面,出色地发挥了鲁迅所言的"写意传神"的作用。

(六)"可说性"元素

"说唱文学可算是一种庶民文艺,一种乡土市井间的逸乐文化"②,作为一种古老的讲唱结合、韵文散文兼用的民间文艺,早在《史记·滑稽列传》所载之"俳优"活动中便可见说唱的身影,四川成都出土的"说书俑"挥鼓作艺的姿态更是形象地展现了汉时说唱艺人的动人风采。至唐代,印度佛教传入所带来的讲经方式极大地促进了说唱的定型,宋代的百戏杂陈、瓦舍做场更是明证了说唱艺术的一度繁荣,《东京梦华录》《梦粱录》对此有着生动的记录。历经元明两代的再发展,至清代,传统说唱艺术终于迎来了它的全盛时期,并穿过历史的重重关山烟云流传至今,成为不死的艺术精灵。毋庸置疑,对于历史上占人口绝大多数的文化程度低下的普通百姓而言,说唱艺术不失为一种重要的沟通手段,代代相传的民间故事和不少社会时闻、大众话题等,正是借助这种艺术形式得以传播。某种意义上说,说唱艺术已深深融入了寻常百姓的血脉之中,以致有学者如是言:"对于文人墨客、馆阁大臣来说,儒家经籍是其走向事业和人生巅峰的文化依托;对于民众而言,说唱小

---

① 何坪:《赵树理同志谈〈花好月圆〉》,《赵树理文集》第4册,中国工人出版社,2000年,第2153—2154页。
② 崔蕴华:《消逝的民谣:中国三大流域说唱文学研究》,中国政法大学出版社,2011年,第8页。

曲是可以沉浸其中的感性文化，是日常生活的一部分。"① 立志"要做一个真正为广大农民所热爱的通俗文学家"②的赵树理，从传统说唱文学中创造性地继承了"可说性"元素，"一开始写小说就是要它成为能说的"③，以实现"写给农村中的识字人读，并且想通过他们介绍给不识字人听的"④初衷。为达到"可说性"标准，赵树理着重进行了三方面的努力。首先是语言高度"口语化"，让人听得明白，真正达到了"言文一致"，"不仅每一个人物的口白适如其分，便是全体的叙述文都是平明简洁的口头语，脱尽了'五四'以来欧化体的新文言臭味"⑤。即使是给农民读者"介绍知识分子的话，也要设法把知识分子的话翻译成他们的话来说……'然而'听不惯，咱就写成'可是'；'所以'生一点，咱就写成'因此'"⑥。其次是内容突出"故事性"，让人听得有味。在情节的剪裁上，他一般采用顺叙法，单线索，不跳跃，不至于因为头绪纷繁或者颠来倒去的碎片化描述而让人听得稀里糊涂。赵树理在创作上追求故事的完整性，来龙去脉一概说清楚，不留悬念，不因追求"言有尽而意无穷"的文人式审美趣味而致使故事"残缺不全"。如《小二黑结婚》中，二黑、小芹好事多磨终成眷属之后会怎样呢？人们难免意犹未尽。作品中"过门之后，小两口都十分得意，邻居们都说是村里第一对好夫妻"寥寥数语，便把二黑、小芹自由婚姻的终身幸福写尽了，确保了故事的完整无缺。最后是叙述力求"快节奏"，让人听得解渴。基本上是为说唱文学所熏染的中国底层民众，他们习惯于欣赏情节紧凑的故事。因此，赵树理的小说"少有

---

① 崔蕴华：《消逝的民谣：中国三大流域说唱文学研究》，中国政法大学出版社，2011年，第6页。

② 王献忠：《赵树理小说的艺术风格》，中国书店，1990年，第4页。

③ 赵树理：《我们要在思想上跃进》，《赵树理文集》第4册，中国工人出版社，2000年，第1815—1816页。

④ 赵树理：《〈三里湾〉写作前后》，《赵树理文集》第4册，中国工人出版社，2000年，第1704—1705页。

⑤ 郭沫若：《读了〈李家庄的变迁〉》，黄修己：《中国文学史资料全编（现代卷）29 赵树理研究资料》，知识产权出版社，2010年，第167页。

⑥ 赵树理：《也算经验》，《赵树理文集》第4册，中国工人出版社，2000年，第1592页。

静止的景物与心理描写"①，在人物塑造方面，也主要是通过其自身的行动及语言来彰显性格。这就使得赵树理小说总体上显得简洁明快，动作性强，扣人心弦。

集体无意识是一种代代相传的无数同类经验在某一种族全体成员心理上的沉淀物，中国传统文学艺术的某些元素已经深深融入中华儿女的血脉之中，积淀为一种集体无意识。"五四"新文学的拓荒者们救国心切，"在否定传统时，就往往否定一切，而在学习西方新思潮时，又容易肯定一切"②，致使刚呱呱坠地的新文学因严重"西化"而与占人口百分之八九十的农民群众相脱离。赵树理"对中国以说唱文学为基础的传统小说的结构方式、叙述方式、表现手段进行了扬弃与改造，创造了一种评书体的现代小说形式"③，使得中国普通百姓一接触赵树理之作品便有老友重逢之感，倍觉亲切，爱不释手，以致当年有《小二黑结婚》一经刊出，半年间发行四万册的传播"神话"。融入了众多传统艺术元素的赵树理新评书体小说，标志着诞生于五四时期的新文学终于实现了从"西化"到民族化、大众化的华丽蝶变。

三、赵树理引育了小说流派——山药蛋派

"山药蛋派"是对山西以赵树理、马烽、西戎、束为、孙谦、胡正等作家为代表的文学创作流派的命名。因他们都是山西土生土长或长期在山西工作生活的作家，所以又被称为"山西派"；又因为他们在中华人民共和国成立后发表作品的主要阵地为《火花》，所以又被称为"火花派"。另外，"这些作家的作品都带有鲜明的北方地域色彩和浓郁的乡土气息，有人便以北方农村盛产的山药蛋（即马铃薯）来命名"④，谐谑地称其为山药蛋派。马烽、西戎、束为、孙谦、胡正被视为山药蛋派的骨干成员，有"五战友"之誉，这是众

---

① 钱理群，温儒敏，吴福辉：《中国现代文学三十年》，北京大学出版社，1998年，第485页。
② 黄修己：《中国现代文学发展史》，中国青年出版社，1997年，第42页。
③ 钱理群，温儒敏，吴福辉：《中国现代文学三十年》，北京大学出版社，1998年，第485页。
④ 苏春生：《"山药蛋派"论》，《晋东南师范专科学校学报》2001年第4期。

所公认、没有异议的。在绝大多数人眼中，赵树理被目为山药蛋派的领军人物，但也有少数研究者认为把赵树理归入山药蛋派并不合适。如：戴光宗认为，赵树理与马烽等"五战友"在作品的描写重点及对待传统的态度等方面存在较大差异，缺乏共同的理论主张，因而以赵树理为旗手的山药蛋派并不存在①。张恒则认为，"很难说赵树理与山药蛋派有什么实质上的瓜葛""文化大革命"前，"在山药蛋派作家中，有所谓西、李、马、胡、孙一说……这时是没有赵树理的"，后人之所以"把这位含冤死于自己故乡的作家生拉硬扯了进来"，是因为到了20世纪80年代初，"某些山药蛋派理论家为了证明山药蛋派的显赫"②而已。傅书华尽管将赵树理列为山药蛋派成员，但又从若干方面论述了赵树理与马烽等人之间存在着"非常显著的区别"③，严格地说，是难以把他们视为同一代作家的。

赵树理是否应列入山药蛋派作家群，可以存疑，或有待进一步商榷，但说赵树理的创作给山药蛋派作家树立了榜样，有力地促成了山药蛋派作家群，这应该是不会有大错的。随着《小二黑结婚》《李有才板话》在广大民众中的走红，抗日根据地顿时出现了一股起自底层的赵树理热。毛泽东《在延安文艺座谈会上的讲话》（以下简称《讲话》）之精神，赋予赵树理大众化、民族化的创作路向至高无上的权威认可："十几年来，我和爱好文艺的熟人们争论的、但始终没有得到人们同意的问题，在《讲话》中成了提倡的、合法的东西了。我心里有一种说不出的高兴。"④ 在读者热捧、《讲话》导向的双重碾压下，尽管"赵树理方向"的明确提出尚在数年之后的1947年，但赵树理的创作风格在文坛上无疑成了事实上的风向标。

"山药蛋派作家马烽、西戎、束为、孙谦、胡正在开始创作时并没有看过赵树理的作品，也没有受其影响，但他们读了赵树理的小说之后，便吸收借

---

① 戴光宗：《"山药蛋派"质疑》，《山西文学》1982年第8期。
② 张恒：《一道消失的风景线——"山药蛋派"文学的回眸与审视》，《山西大学学报》2001年第6期。
③ 傅书华：《论"山药蛋派"的历史流变》，《海南师范大学学报》（社会科学版）2017年第1期。
④ 戴光中：《赵树理传》，北京十月文艺出版社，1993年，第174页。

鉴了赵树理的通俗化手法。"① 不难发现，马烽、西戎、束为、孙谦、胡正等人的创作，与赵树理创作相比较，确有诸多相似之处。

一是他们都坚持严格的现实主义创作方法，强调深入生活，写自己熟悉的生活。为此，他们都建有自己的"生活根据地"：赵树理以长治、晋城、沁水县为中心，马烽以汾阳、孝义两县为中心，西戎以运城、永济一带为中心，孙谦以榆次、太谷、祁县为中心，束为以忻州、原平一带为中心，胡正以介休、灵石一带为中心。人们曾一度惊叹于赵树理对农民群众的熟知程度，"他们每个人的环境、思想和那思想的支配的生活方式、前途打算，我无所不晓"②。"五战友"也做到了对农民群众的深切了解，如马烽："每逢上级公布了一些新的政策法令，或者是社会上有什么大的变动，我不由得总要做这样的猜想：这些村里的某人是什么态度，某人会发表什么样的议论……后来再到那里一调查，往往证明这些猜想大体相符。"③

二是他们都将农民、农业、农村作为自己的创作对象，并把农民确定为作品的潜在读者。20世纪70年代末，山西省委希望省文联组织作家写一个反映煤矿工人生活的电影剧本，这个任务最终落到了有着写电影剧本经验的孙谦头上。孙谦花了几个月的时间，走了三个煤矿，阅读了许多资料，访问了不少煤矿工作者，甚至坚持跟着工人下井体验生活，但最终，就是写不出满意的人物和故事，只得打了退堂鼓。④ 可见，离开了农民这一创作对象，"赵树理们"宛如龙游浅滩、虎落平阳，难以施展才华。他们自己也明确表示，其作品是献给农民兄弟的。赵树理曾坦言："我写的东西，大部分是想写给农村中的识字人读，并且想通过他们介绍给不识字人听的。"⑤ 马烽也明确表示："我们都是以描写农村题材为己任，心目中的读者对象就是农村及农村干部，

---

① 张文诺：《文学大众化与解放区小说》，兰州大学博士学位论文，2011年。
② 赵树理：《决心到群众中去》，《赵树理文集》第四卷，中国工人出版社，2000年，第1669页。
③ 艾斐：《长期"共事"以"久"臻"熟"——论"山药蛋派"作家深入生活的态度和方法》，《当代文坛》1984年第4期。
④ 杨占平：《孙谦的农民情结》，《火花》2020年第5期。
⑤ 赵树理：《〈三里湾〉写作前后》，《赵树理文集》第四卷，中国工人出版社，2000年，第1704页。

自己所写的作品,总希望一些识字的人看得懂,不识字的人能够听懂。"①

三是他们都聚焦"问题"进行创作,积极发挥文学"指导生活"的作用。他们都"主张以实事求是的精神,反映农村的真实状态,表现农民身上旧的思想重负。执着地关注农村和农民,在创作中勇于揭示农村发展中存在的各种'问题',自觉地用文学的形式服务于社会乃至政治"②。可以说,"山药蛋派作家是以党的农村工作者的观察和思考,支配创作的"③,他们首先是党的农村工作者,其次才是作家,其"作品大体可以用这样的结构来描述:在农村工作中发现急需解决的矛盾,通过正确的方针政策和方法,调动积极性,处理好国家、集体和个人三者的关系,促进中间人物的转化,把工作推向前进"④。他们既热情讴歌新时代所带来的新气象,也不隐讳现实生活中的阴暗面,其创作带有鲜明的"问题小说"特征。赵树理明确表示:"我在做群众工作的过程中,遇到了非解决不可而又不是轻易能解决了的问题,往往就变成我要写的主题。"⑤"感到那个问题不解决会妨碍我们工作的进展,应该把它提出来。"⑥ 为此,他创作了提倡走群众路线的"老杨式"工作方法、批评"章工作员式"官僚主义工作作风的《李有才板话》等一系列问题小说。马烽等"五战友"也紧扣工作中的问题进行创作,如西戎的《赖大嫂》,通过讲述赖大嫂三次养猪的故事,提出了如何制定正确的政策以造福百姓的问题;束为的《于得水的饭碗》第一次发表的时候,通过农民在公社食堂吃不饱、只得偷盗集体的山药蛋度日的故事,提出了农民如何能把饭碗端下去的问题;马烽的《韩梅梅》,通过叙述韩梅梅、张伟对待农业劳动的态度截然不同的人生故事,提出了回乡知青如何走正确的人生道路的问题。

四是他们的创作都具有鲜明的地域色彩,艺术地反映了"山西抗日民主

---

① 方奕,刘冬青:《"山药蛋派":一个特殊时代的文学记忆》,《文艺报》2014年9月22日。
② 段崇轩:《马烽、赵树理比较论》,《文学评论》2004年第5期。
③ 张志忠,孙恭恒:《农村工作者的观察和思考——"山药蛋派"新论》,《山西大学学报》1985年第3期。
④ 同③。
⑤ 赵树理:《也算经验》,《赵树理文集》第4册,中国工人出版社,2000年,第1592页。
⑥ 赵树理:《当前创作中的几个问题》,《赵树理文集》第4册,中国工人出版社,2000年,第1882页。

根据地太行区、太岳区和晋绥边区广大农村的斗争生活实际，描摹了太行山、吕梁山及汾河两岸的自然风光、风俗人情、生存方式"[①]，山西风味浓郁。例如，历史上的山西，全年干燥少雨，干旱十分严重，有"十年九旱"之说。据统计，从1464年到1972年的508年中，山西全省共发生旱情303个年次，其中特大旱7个年次（特大旱年指旱情连续3—5年），大旱72个年次（大旱年指旱情连续2—3年）。中华人民共和国成立后的28年中，山西就有24年发生了程度不同的旱灾[②]。如此频繁且严重的旱情，衍生了不少具有山西地域色彩的民风民俗。山药蛋派作家对山西的民风民俗做了艺术的呈现。如赵树理的创作对"求雨"这一民俗进行了生动的展现：

> 在解放前，每逢天旱了的时候，金斗坪的人便集中到这庙里求雨。求雨的组织，是把一百来户人家每八人编成一班，轮流跪祷……第一班焚上香之后，跪在地上等一炷香看完了，然后第二班接着焚香跪守……该不着上班的人，随便在一旁敲钟打鼓，希望引起龙王注意。这样周而复始地轮流着，直到下了雨为止。
>
> ——赵树理《求雨》

旱灾严重时，在旧社会，因抢水抗旱而引发的摩擦便在所难免。西戎对此做了精彩描述：

> 原来这两个社，住的是两个村，中间只隔一条小河，河东叫东涧村，河西叫西涧村。在旧社会那时候，东涧、西涧每年都要闹好几次摩擦。……两涧河这股不大的长流水，就是个闹事的根子，只要天一旱，因为浇地两村总要起纠纷。新社会成立了水利委员会，立下了合理的规章，村里仍少不了不按规章办事的人，浇地嚷架的事，总是不断有。
>
> ——西戎《两涧之间》

总之，中华人民共和国成立前，"十年九旱"就是山西人常态的生存环

[①] 苏春生：《"山药蛋派"论》，《晋东南师范专科学校学报》2001年第4期。
[②] 肖树文：《山西的干旱问题》，《山西师院学报》1980年第4期。

境、求雨、抢水、械斗等正是受制于这种地域环境形成的畸形求生方式。山药蛋派作家正是通过诸如此类的地域特色呈现，让读者领略到了别具一格的山西风情。

五是他们的创作都大力借鉴中国古典章回小说和民间说唱艺术的手法并加以创造性地运用，推陈出新，高度契合了中国农民的审美习惯。其一，故事情节线索单纯，头尾完整。叙述故事往往开门见山，"从头说起"，先交代人物的身份和事件的缘起；然后"接上去说"，按照事件发展的线性顺序娓娓道来；最后交代事件和主要人物的结局，结构很完整。其二，巧设"扣子"，确保按故事自然顺序"平铺直叙"的故事也能曲折有致，饶有趣味。"扣子"是中国传统章回小说及说唱艺术为制造悬念、吸引听众十分常用且效果显著的艺术手段。"欲知后事如何，且听下回分解"已成为妇孺皆知、耳熟能详的经典用语。山药蛋派作家很好地化用了传统的"扣子"艺术，一来借之营造小说的波浪，二来以此契合大众的审美趣味。如马烽的小说《五万苗红薯秧》围绕着五万苗红薯秧卖与不卖的问题设置了众多"扣子"：第一个"扣子"为孔汉三自作主张，把生产队行将栽播的五万苗红薯秧卖给吴村。孔汉三的自作主张真的兑现了吗？第二个"扣子"为生产队队长韩根生断然否定了孔汉三私卖红薯秧的决定。红薯秧的买卖事情就此尘埃落定了吗？第三个"扣子"为韩根生获知吴村需要红薯秧的内情，决定将红薯秧卖给吴村。吴村最终拿到了红薯秧了吗？第四个"扣子"为韩根生了解到卖掉的红薯秧是将要腐烂的，决定追回，因而引起了对方极大的误会和不满。吴村得不到这五万苗红薯秧，会有怎样的结果呢？第五个"扣子"为韩根生把孔汉三买回的好红薯秧卖给了吴村，吴村得以化解了生产危机。五个"扣子"环环相连，一波数折，将一场买卖红薯秧的故事讲述得有声有色。其三，浓郁的"说唱"格调。当年的中国农民，文盲占据了绝大多数，即使是识字的，其文化水平也不高。因此，他们的文化娱乐，大多依赖说唱艺术。不少研究者注意到，赵树理的作品有着挥之不去的书场气息，其作品大多有一个潜在的"说书人"，作品的语言都达到了"能说"的要求，如：

> 涉县的东南角上，清漳河边，有个西岐口村，姓牛的多。离西岐口

三里,有个丁岩村,姓孟的多。牛孟两家都是大族,婚姻关系世代不断。像从前女人不许提名字的时候,你想在这两村问询一个牛孟两姓的女人,很不容易问得准,因为这里的"牛门孟氏"或"孟门牛氏"太多了。孟祥英的娘家在丁岩,婆家在西峣口,也是个牛门孟氏。

——赵树理《孟祥英翻身》

与赵树理的作品相似,山药蛋派作家的作品也洋溢着浓郁的"说唱"格调,如:

曲营村有个地主,名叫胡丙仁。这人有一副笑脸,他去催租逼账,总是先给你笑上一面,如不交租,马上收地。众人把他叫做阴人,外号叫他笑面虎。

——束为《红契》

刘家圪坡的蓝英,今年十八啦,托她舅舅帮助,在那村里找下个对象,提出来要结婚。

——马烽《谁害的》

其四,"大团圆"的结构模式。"大团圆"是中国传统叙事文学情有独钟的一种创作模式,对"大团圆"的喜爱已积淀成为中国百姓的一种根深蒂固的集体无意识。山药蛋派作家的作品,大多是以"大团圆"为结局的。如马烽的小说《村仇》讲述了这样一个故事:赵庄和田村两个村庄因分水问题发生了宗族械斗。田铁柱和赵拴拴是发小,同娶了一对姐妹,成为连襟。在械斗中,喝多了酒的田铁柱用铁锹打死了赵拴拴的儿子,为此坐了半年牢。田铁柱出狱那天,赵拴拴在路上伏击并打残了他的一条腿。之后的十几年,两人成了死敌,两村的矛盾也是越积越深。在土改运动中,工作队深入细致地开展工作,揭开了当年械斗的内幕,田铁柱和赵拴拴一笑泯恩仇,喝了"和合酒",两村庄也冰释前嫌,一切归于"圆满"。山药蛋派作家同为山西人,创作理论多有接近,创作实践也颇有相似之处,而赵树理成名在先,故此,窃以为:称赵树理为山药蛋派的领军人物当无不可,言赵树理引育了山药蛋派也不无道理。

四、"赵树理方向"的时代意义

《小二黑结婚》问世后广为畅销,之前,"新华书店出版的文艺书籍以两千册为极限,可是这本其貌不扬、封面特意标上'通俗故事'字样的小书,却连续印了两万册还是供不应求。翌年三月,新华书店决定重新排印、再版两万册"①。不少剧团争相将《小二黑结婚》搬上戏剧舞台,老百姓是百看不厌,"甚至一二十里远的老太太、大闺女和抱着孩子的小媳妇,也会举着火把,翻山越岭来一睹'小二黑'的风采"②。一时间,"小二黑""小芹"成了家喻户晓的人物,不少男女青年正是被二黑、小芹的故事所激励,鼓起勇气,勇敢地追求自主的爱情幸福。"当时涉县河南店村的一个姓熊的姑娘和一个部队的干部恋爱,遭到了她父亲及村中一切落后势力的讽刺和压迫。她的父亲强迫她嫁给别人了。可是不久,'小二黑'在太行山出现了,她听了'小二黑'的故事和看了'小二黑'的戏,在'小二黑'的感召鼓励下,终于走了'小二黑'的道路,冲破了封建的枷锁,跟她父亲包办的婆家离了婚,然后又跟她真正心爱的对象结了婚。"③一篇小说能够引起如此激烈的反响、产生如此立竿见影的社会效果,这在现代文学史上是极为罕见的。《李有才板话》出版后,同样风靡于社会,反响热烈。在"整风学习、减租减息以致土地改革中,《李有才板话》成了干部必读的参考材料。他们不但自己学习,还把它像文件似的念给农民听。结果反响异常热烈,收到的实效超过了《小二黑结婚》。农民一边听得乐不可支,哄堂大笑,一边就联系实际,'对号入座',自动模仿小说中的工作方法来解决本村的问题"④。鉴于赵树理的小说在社会上极度流行,对民众生活影响显著,1947年7月26日至8月10日,晋冀鲁豫边区文联召开了为期半个月的文艺座谈会,专题讨论赵树理的创作,"最后获得一致意见,认为赵树理的创作精神及其成果,实应为边区文艺工作者实践

---

①戴光中:《赵树理传》,北京十月文艺出版社,1993年,第166页。
②同①,第167页。
③苗培时:《〈小二黑结婚〉在太行山》,黄修己:《中国文学史资料全编(现代卷)29赵树理研究资料》,知识产权出版社,2010年,第197页。
④戴光中:《赵树理传》,北京十月文艺出版社,1993年,第170页。

毛泽东文艺思想的具体方向"①。会后，文联副理事长陈荒煤将座谈会上的总结发言题为《向赵树理方向迈进》，并刊于《人民日报》，明确指出："应该把赵树理同志方向提出来，作为我们的旗帜……向他学习，看齐！"号召边区文艺工作者"向赵树理的方向大踏步前进！"②

"文变染乎世情，兴废系乎时序。"③ 文艺是时代的随行物，任一时代都有应运而生的属于自己时代的特有文学。回望历史，确立"赵树理方向"在当时具有十分重要的意义。

其一，教育农民投身革命的需要。"战争的伟力之最深厚的根源，存在于民众之中"④，中国人民要在攸关中华民族盛衰兴亡的抗日战争这场民族解放战争中取得胜利，占全国人口绝大多数的农民必然是赢得战争最主要的依靠对象。中国共产党"在延安等抗日根据地所进行的种种活动，其实是一场以农民为主体的社会变革运动。它所依靠的对象是农民，以及刚刚由农民而转化来的士兵"⑤。近代以降，仁人志士纷纷将目光投注于西方，从中寻找救国自强之方略，"言非同西方之理弗道，事非合西方之术弗行，抨击旧物，唯恐不力，曰将以革前缪而图富强也"⑥。肇始于五四文学革命的新文学，同样唯西方文学马首是瞻。胡适、鲁迅等具有留学背景、世界眼光的新文学倡导者们，一度对中国的传统文学全盘否定，而对西方文学则又全盘肯定："中国文学的方法实在不完备，不够做我们的模范"，而"西洋的文学方法，比我们的文学，实在完备得多，高明得多，不可不取例"，因此，"不可不赶紧翻译西洋的文学名著做我们的模范"⑦。全然学步于外国文学而产生的中国新文学尽管冲破了传统文学之藩篱而拥有了现代体式，实现了与世界文学的同频共振，

---

① 李杨：《"赵树理方向"与〈讲话〉的历史辩证法》，《文学评论》2015年第4期。
② 陈荒煤：《向赵树理方向迈进》，黄修己：《中国文学史资料全编（现代卷）29 赵树理研究资料》，知识产权出版社，2010年，第174—178页。
③ 刘勰著，周振甫注：《文心雕龙注释》，人民文学出版社，1981年，第479页。
④ 毛泽东：《论持久战》，《毛泽东选集》第2卷，人民出版社，1991年，第439—518页。
⑤ 栾梅健：《二十世纪中国文学发生论》，广西师范大学出版社，2006年，第117页。
⑥ 鲁迅：《文化偏至论》，《鲁迅全集》第1卷，人民文学出版社，2005年，第45页。
⑦ 胡适：《建设的文学革命论》，《文学运动史料选》第一册，上海教育出版社，1979年，第81页。

但"这种具有现代性的小说赢得了以青年学生、小资产阶级知识分子为主体的读者群,却没有完全走进普通民众中间"①。"鲁迅等人的艺术探索,无疑为中国小说发展开拓了一个新大地,可也以抛弃大多数中、下读者为代价。"②这种曲高和寡的现象引起了文学界自身的高度注意,文学界积极应对,努力将新文学推向广大民众。发生于20世纪30年代的三次关于文艺大众化的讨论,抗日战争时期的"文章下乡、文章入伍"运动,解放区、国统区的"民族形式"讨论等,都体现了文学界人士等对文学大众化的不懈努力。但囿于历史条件,在毛泽东《在延安文艺座谈会上的讲话》一锤定音之前,自"五四"开启的新文学大众化诉求,始终徘徊于理论上的热烈探讨而失之于缺乏成功的创作实践。赵树理所创作的富有中国作风、中国气派的文学作品,在民众中不胫而走,甚至产生了"立竿见影"的社会影响。《小二黑结婚》《李有才板话》等小说的轰动效应姑且不论,且看《福贵》的社会反响:"在东北野战军某部,有名叫杨有国的战士,听人念了《福贵》后,居然激动得嚎啕大哭。在紧接着的战斗中,他表现得异常勇敢,飞身炸毁了敌人设在要道口的核心地堡,为连队的进攻打开了缺口,自己却身负重伤,奄奄一息。战斗结束时,部队授予他一等功。在立功受奖大会上,首长说道:'杨有国同志在旧社会被人看不起,说他是二流子,到部队后也有人奚落他。他平时不吱声,作风有点稀啦。他听了报上的文章(即转载在《东北日报》上的《福贵》)竟大哭了一场,说自己的遭遇和文章里谈的那个人差不多。同志们,旧社会的二流子,不是天生的,是被逼的。'……战士们群情激奋,喊起了'为阶级弟兄报仇'的口号,立功受奖大会,变成了请战大会。"③可见,走赵树理的创作道路,可以积极发挥文学启蒙农民、激励农民革命的作用。

其二,文艺创作服务抗战大局的需要。截至1943年12月底,革命圣地延安聚集了四万余名知识分子,其中不乏像周扬、丁玲、萧三、何其芳、冼星海、萧军、艾青等知名进步作家。据周扬回忆,当时延安的文艺界有两派,"一派是以'鲁艺'为代表,包括何其芳,当然是以我为首。一派是以'文

---

① 张文诺:《文学大众化与解放区小说》,兰州大学博士学位论文,2011年。
② 陈平原:《小说史:理论与实践》,北京大学出版社,1993年,第240页。
③ 戴光中:《赵树理传》,北京十月文艺出版社,1993年,第212页。

抗'为代表,以丁玲为首"。"'鲁艺'这一派的人主张歌颂光明……而'文抗'这一派主张要暴露黑暗。"① 在整风之前的延安文坛,"集中出现了一股体现知识分子的批判精神,主张文学的真实性与独立性,对革命队伍内部存在的问题和群众的落后意识进行暴露和批评的文艺潮流"。② 如:时任《解放日报》文艺版主编的丁玲,主张发扬鲁迅"为真理而敢说,不怕一切"之精神,发表了《三八节有感》《我们需要杂文》等杂文,大胆揭露延安生活中的阴暗面。罗烽的《还是杂文的时代》,认为"光明的边区"也有"云雾"和"脓疮",作家有责任以杂文为武器来加以清除。王实味认为,"揭破一切肮脏和黑暗,清洗它们,这与歌颂光明同样重要,甚至更重要",其刊于《解放日报》《文艺》副刊上的一组总标题为《野百合花》的杂文,以"舞回金莲步、歌啭玉堂春;衣分三色、食分五等"的描写来反映延安干部生活的现状及延安社会的"黑暗","片面而尖锐"地罗列延安革命队伍中存在的种种具体问题并加以冷嘲热讽!其他的文艺样式,如丁玲、柳青、朱寨、严文井的小说《在医院中》《废物》《厂长追猪去了》《一个钉子》,青年艺术剧院演出的系列短剧《延安生活素描》,以及华君武、蔡若红、张谔的讽刺漫画展等也都对延安生活中存在的矛盾与缺憾进行了暴露和批判。文艺界对延安尖锐而片面的批判极大地挫伤了广大工农革命者的感情,对需要凝聚一切力量争取胜利的抗日大局很是不利!例如,看了王实味的文章后,王震将军气愤地说:"前方的同志在为党为全国人民流血牺牲,你们在后方吃饱饭骂党!"③

革命文艺是革命机器中的"齿轮和螺丝钉",关乎民族存亡的抗日战争"要求于文学和作家的不是自由、民主等启蒙宣言,也不会鼓励个人自由、人格尊严等思想在话语空间里发展,相反,它突出强调的是一切服从抗战,一切服从民族救亡的集体力量"④。"针对有的'讽刺画'批评人民群众的缺点

---

① 赵浩生:《周扬笑谈历史功过》,《新文学史料》1979年第2期。
② 朱栋霖、朱晓进、吴义勤:《中国现代文学史:1917—2013》上册,高等教育出版社,2014年,第226页。
③ 王卫:《从延安文艺新潮到延安文艺座谈会——浅谈延安文艺整风的缘起》,《世纪桥》2012年第19期。
④ 刘忠:《思想史视野中的中国现当代文学》,上海人民出版社,2006年,第106页。

时，毛泽东曾告诫画家：'对人民的缺点不要老是讽刺。对人民要鼓励。'"①应该善于发现和歌颂人民群众的优点。赵树理尽管明确表示自己创作的是"问题小说"，但在以文学为载体"揭露问题"时，他坚持了正确的立场："我们的作家要对向上的、向幸福方向发展的社会负责，对党负责，对人民负责。'咱的江山，咱的社稷'，遇上了尚未达到理想的事物，只许打积极改进的主意，不许乱踢摊子。"②令赵树理一举成名的《小二黑结婚》，取材于岳冬至、智英祥的自由恋爱事件。这原本是个悲剧，但在作品中却成了一个"有情人终成眷属"的美好故事。赵树理创作这篇小说的动因是震撼于群众的愚昧，深感"反封建斗争的必要和复杂。岳冬至和智英祥搞自由恋爱，是响应民主政府的号召，是进步行动，可是得不到社会上的同情，连他们的家里人也说虽然不该把岳冬至打死，教训教训还是应该的"③。赵树理之所以将现实中的一个悲剧事件加工为小说中的一个"大团圆"，是因为他觉得"一个革命作家要以主人的责任和态度要求自己……作家要表现生活，首先要看这对革命事业、对人民有利还是有害，下笔要讲究分寸"④。事件的真相太悲惨，照实写"不能指导青年和封建习惯作斗争的方向"⑤，应该给正面人物一个光明的前途。在抗日战争这个特殊背景下，文学应该承担起唤醒民众的重任。赵树理选择大团圆的结局，鼓舞了人们战胜旧制度和旧观念的勇气和信心，与当时抗日大局的需要是相一致的。倡导赵树理方向，能使文艺创作积极服务于抗战大局，为夺取民族解放战争的胜利源源不断地提供正能量。

其三，树立践行《讲话》精神之典范的需要。毛泽东《在延安文艺座谈会上的讲话》是中国共产党对"特定历史条件下文艺发展的一种设计和瞩

---

① 艾克恩：《延安文艺运动纪盛》，文化艺术出版社，1987年，第318页。
② 赵树理：《做生活的主人》，《赵树理文集》第4卷，中国工人出版社，2000年，第1988页。
③ 董大中：《赵树理评传》，百花文艺出版社，1986年，第116页。
④ 赵树理：《做生活的主人》，《赵树理文集》第4卷，中国工人出版社，2000年，第1988页。
⑤ 董均伦：《赵树理怎样处理〈小二黑结婚〉的材料》，黄修己：《中国文学史资料全编（现代卷）29 赵树理研究资料》，知识产权出版社，2010年，第188页。

望"①。《讲话》明确指出,我们的文艺是为人民大众服务的,而工、农、兵就是最广大的人民大众,是革命战争的主力。就目前文化程度普遍较低,甚至是不识字、无文化的工农兵大众而言,"第一步需要还不是'锦上添花',而是'雪中送炭'。所以在目前条件下,普及工作的任务更为迫切"②。对于毛泽东等中国共产党的政治领导者来说,当下革命文艺的首要任务就是向广大民众灌输革命的思想和理论,使其成为具有革命觉悟的革命群众或者革命战士,以打赢这场战争,所谓"文学的大众化"就是为了"化大众"。赵树理的文学观、创作立场和作品的审美趣味,最先高度契合了《讲话》中对于文学的预设标准,赵树理被当作践行《讲话》精神的榜样而成为解放区文学的一面旗帜,那是偶然中的必然,恰如孙犁所言:"这一作家的陡然兴起,是应大时代的需要产生的。是应运而生,时势造英雄。"③

---

① 杨义:《中国现代小说史(下)》,《杨义文存(2)》,人民出版社,1998年,第548页。
② 毛泽东:《在延安文艺座谈会上的讲话》,《毛泽东选集》第3卷,人民出版社,1991年,第847—879页。
③ 孙犁:《谈赵树理》,黄修己:《中国文学史资料全编(现代卷)29 赵树理研究资料》,知识产权出版社,2010年,第258页。

第三节　高晓声"三农"小说的独特贡献

1979年4月，高晓声获彻底甄别、平反，并于11月回江苏省作家协会创作组，曾任中国作协理事、江苏作协分会副主席，为江苏最早享受国家特殊津贴的作家之一。高晓声在中国当代文学新时期之初便迅速蹿红，其作品《李顺大造屋》《陈奂生上城》先后获得1979年和1980年（第二届、第三届）全国优秀短篇小说奖，且获奖顺位均居前列。在1979年的颁奖大会上，高晓声还以作家代表的身份作了大会发言。突出的创作业绩使高晓声迎来了其文学生涯的高光时期。在专家、学者眼中，高晓声"称得上是这十年中有数几位出色的小说家之一"①，一时间竟有"北王南高"之说，与王蒙一道被视为当时南北文坛最出色、最有前途的作家。

一、赓续新文学"启蒙"传统

自1840年第一次鸦片战争以来，曾经的泱泱大国屡屡战败，不断割地赔款、出让主权，半殖民地化日益加剧，亡国灭种之险更为逼近。仁人志士历经科技革命、政治革命而未以富国强兵，最终认识到，正是国人的劣根性使昔日辉煌的中华文化停滞不前，政治不上轨道，国家积弱不振。因此，救亡之道即在启蒙，即通过"思想革命"改造"国民性"："吾苟偷庸懦之国民，畏革命如蛇蝎，故政治界虽经三次革命，而黑暗未尝稍减。其原因之小部分，则为三次革命，皆虎头蛇尾，未能充分以鲜血洗净旧污；其大部分，则为盘踞吾人精神界根深底固之伦理、道德、文学、艺术诸端，莫不黑幕层张，垢污积深，并此虎头蛇尾之革命而未有焉。"②"今其国之危亡也，亡之者虽将为

---

① 王晓明：《在俯瞰陈家村之前——论高晓声近年来的小说创作》，《文学评论》1986年第4期。
② 陈独秀：《文学革命论》，林文光：《陈独秀文选》，四川文艺出版社，2009年，第177页。

强敌独夫,而所以使之亡者,乃其国民之行为与性质。欲图根本之救亡,所需乎国民性质行为之改善,视所需乎为国献身之烈士,其量尤广,其势尤迫。"① 由是,一场波澜壮阔的新文化运动便勃然兴焉。

在思想革命的指引下,"五四"新文学当仁不让地扛起了"启蒙"之重任。新文学旗手鲁迅以《风波》《故乡》等精彩之作,首开"三农"小说针砭国民性之先河。乡土小说作家群则师法鲁迅,紧随其后,在"三农"小说领域对国民劣根性纵情挞伐,塑造了一个个愚昧、麻木的老中国病态儿女形象,书写了一曲曲令人扼腕的人间惨剧。"这些乡土小说关注的是在彼时中国社会转型的过程中,因传统封建思想的钳制、农村环境的闭塞和凋敝、生活的贫困和穷苦所导致的农民精神上的愚昧、麻木、自私、怯弱、冷漠、愚钝、奴性、苟且偷安、不知反抗等痼疾,小说的创作者们均对农民的劣根性及导致这种劣根性的封建制度进行强烈的批判。"② 可以说,悲剧是此类文学作品(也几乎是整个"五四"新文学作品)最炫目的标签。在此,不妨举一个极端的例子。20世纪30年代中期,随着国民党严加控制报刊和书籍、对新文学进行"围剿",文坛上出现了复古逆流,"这股复古逆流,显然和'五四'时期新文化倡导者对中国文化和文学发展方向的设想相悖,如何去遏制这股潮流,回到'五四'开启的文化和文学发展的正轨,是当时亟待解决的重大历史问题"③。《中国新文学大系(1917—1927)》编选了能代表五四新文化运动时代精神的经典文献,捍卫了新文学的成果,是对文化"围剿"和复古逆流的有力反击。沈从文是中国文坛独树一帜的杰出作家,其"湘西题材"的作品是中国现代文学史上一道绚丽耀眼的景观,但《中国新文学大系(1917—1927)》没有收录同时期沈从文的乡土小说,主要原因是沈从文不但没有抨击封建宗法制度的罪恶,没有通过暴露乡民生活的苦难以揭露其精神上的劣根性,而且将笔下的湘西世界描写成了温情脉脉、宁静祥和的世外桃源,这

---

① 陈独秀:《我之爱国主义》,《新青年》二卷二号。
② 杜万鹏:《〈中国新文学大系(1917—1927)〉与"五四"乡土书写的经典化研究》,辽宁大学硕士学位论文,2019年。
③ 茅盾:《一九三四年的文化"围剿"和反"围剿"——回忆录》(17),《新文学史料》1982年第4期。

就直接中和、消解了"五四"新文学鲜明的启蒙主题。

1927年"四一二"政变后，国共分道扬镳，中国共产党开始走上独立领导中国革命的征途，人民大众，尤其是占全国人口绝大多数的农民，成为中国共产党开展革命最广大的依靠力量，如何最大限度地激发广大农民的革命积极性成为党必须面对且刻不容缓的严峻问题。有意遮蔽农民的美好品质、专注农民的劣根性并痛加鞭笞，显然不利于动员广大农民加入革命队伍。由是，自20世纪20年代末倡导"革命文学"始，讴歌农民之优秀品质、弱化对农民落后性之批判呈不断强化之势。例如，在"五四"新文学中，对农民落后性进行批判的一条重要途径就是通过对水葬、冥婚、典妻、械斗、童养媳等民俗的具象展示来揭露愚昧、麻木之国民劣根性，从而引起疗救的注意，如《菊英的出嫁》《水葬》《赌徒吉顺》《蚯蚓们》《活鬼》《怂恿》《惨雾》等作品无不振聋发聩。但到了中国共产党独立领导革命的时期，尤其是革命初期，在进步作家的红色叙述之下，乡村中一些原本被视为愚昧的风俗习惯却被赋予了积极的意义，或者至少没被当作落后的事物而处于被审判的境地。因为，为了尽可能多地动员农民加入革命队伍，中国共产党审时度势，对那些并不直接地、严重地阻碍农民革命积极性的封建习俗，采取了"阶段性"容忍的策略。

恽代英，中国无产阶级革命家，曾当选为中央委员，担任过党中央宣传部秘书长。对于革除乡村陋俗、改造农民问题，他反复强调要讲究策略与方法："直接破除旧风俗习惯礼教迷信之行为，最易惹乡村中农民之误会，我们须斟酌情势不可孟浪为之。"① 他大力支持青年学生利用暑假到农村去从事乡村运动，并谆谆教导学生："我的第一个意见，是大家回到乡村时候，如稍有困难，最好不要以破除迷信，改良风俗等运动下手。"② 恽代英认为，当时的农民运动之所以开展得不理想，原因之一便是"我们一向把破除迷信，改良风俗太看重了，至于因打菩萨，废礼仪而引起乡村中的恶感使一切工作都无从进行，这是大错"③。1926年7月，中国共产党第三次中央扩大执行委员会

---

① 恽代英：《恽代英文集》下卷，人民出版社，1984年，第761页。
② 同①，第536页。
③ 同①，第537页。

《关于农民运动的决议案》,在分析如何在农村中壮大党的队伍时,便着重指出:"农民加入我们的党,应以是否忠实而勇敢地为农民利益而斗争为标准,不必问其有无宗法社会思想及迷信。"① 在分析农村中的会党问题时又强调,我们党在改造红枪会一类组织时,对其固有的迷信教条可以采取容忍的政策,"不必积极去反对红枪会的迷信教条,因为这正是它们所能团结奋斗的要素。这本是落后农民不可免的现象,只要求它实际行动有利于革命之发展"②。中国共产党深刻地认识到,乡村习俗绝不是一种孤立的现象,而是特定社会政治、经济、文化的产物,不改变社会特定的经济基础和上层建筑,要想根本改变习俗是不可能的。故而,一定程度地容纳、默许乡村习俗,不把它与组织农民革命强行挂钩,这无疑是中国共产党人在领导农民运动,尤其是在组织农民运动的开始阶段一个非常符合实际的策略。

正是在这样一种引导民众、鼓动民众投身革命的策略指导下,在五四乡土小说中被作为启蒙道具的某些风俗得到了正面的肯定。20 世纪 20 年代初出现的乡土文学,"以西方人道主义思想为价值尺度,对中国宗法制度下的乡土文化做了基本的否定……批判的笔锋逼向自己那片积淀着厚厚的历史尘垢的乡土,突现了乡俗的野蛮与农民的麻木。也是写这片土地与农民的灵魂,然而在抗战小说中……战争中超常强烈的民族感情把乡民的生活与精神都净化了,升华了。在这些作品中,一切愚昧而野蛮的仪式与行为都获得了新的解释。血祭誓盟、拜神祈祷、敬祖除逆都具有了神圣崇高的意义"③。在抗战时期的陕甘宁边区,150 万人中就有超过 100 万是文盲,加之 2000 多名巫神,迷信思想泛滥,使群众文化活动十分落后,改变群众思想的任务极为艰巨。毛泽东曾说:"我们反对群众脑子里的敌人,常常比反对日本帝国主义还要困难些。"④ 但针对有的"讽刺画"批评人民群众缺点的情况,毛泽东如是告诫

---

① 中央档案馆:《中共中央文件选集》第二卷,中共中央党校出版社,1983 年,第 148 页。
② 同①,第 151 页。
③ 张福贵,黄也平,李新宇:《二十世纪中国文学的文化审判》,时代文艺出版社,1999 年,第 19 页。
④ 毛泽东:《文化工作中的统一战线》,《毛泽东选集》第 3 卷,人民出版社,1991 年,第 1011 页。

画家："对人民的缺点不要老是讽刺。对人民要鼓励。"① 毛泽东从"文艺工作是党的一项重要工作"出发，认为文艺的功能不仅仅是暴露、讽刺、批判，文艺还应该善于发现、鼓励、歌颂人民群众的优点。《在延安文艺座谈会上的讲话》发表后，知识分子由原来的精神导师变成了农民群众的学生，而农民群众则由原本的被启蒙对象一跃成为知识分子的老师，五四时期知识分子与农民大众之间的师生关系被颠覆成了生师关系，农民成了被讴歌的重要对象而非被针砭灵魂的愚昧麻木者，五四文学开启的启蒙主题被顺利地置换为"救亡"主题、"翻身"主题。与此相应，自倡导"赵树理方向"始，"五四"新文学那几乎清一色的"悲剧"言说，在"救亡"的旗帜下于此已完成了向"大团圆"的转型，喜剧成了占绝对主导地位的审美样态，以致中华人民共和国成立以后的"乡土小说基本上消灭了整体的悲剧创作，作家们小心翼翼地避开了这一最能促动时代和社会的敏感神经，代之以英雄的'崇高'美感来实现作家作品的教育和认识审美作用"②。正因如此，赵树理的《邪不压正》《锻炼锻炼》等小说，因不似《小二黑结婚》《李有才板话》《李家庄的变迁》那般明媚昂扬且失之于过多地揭示"问题"而招致责难，在《说说唱唱》上刊出小说《金锁》更是让赵树理陷入困境，被扣上"丑化劳动人民""立场有问题"等帽子，哪怕一再检讨也难以"洗白"。总之，在当年的极左路线主导下，悲剧似乎一度成为禁区，这从老舍的剧作《茶馆》几上几下的演出可管窥一斑。《茶馆》以北京裕泰大茶馆为中心场景，通过对清末、民国初年、抗战胜利后三个不同时代近50年动荡、黑暗社会生活的具象展示，埋葬了这三个可诅咒的时代，暗示了新生活的喜剧即将到来。应该说，这样的主题还是很正面的，但由于作品的主人公都不是工农兵形象，且采用的是悲剧形式，与当年文学主潮所具有的"大团圆"模式、颂歌基调显得格格不入，《茶馆》在20世纪50年代上演了几场便被停演，60年代上演了几场又被停演。《茶馆》的遭遇充分说明了悲剧形式在当年的"禁忌"。

极左路线的大行其道，使得因"救亡"而从滔滔巨浪被不断弱化为涓涓

---

① 艾克恩：《延安文艺运动纪盛》，文化艺术出版社，1987年，第318页。
② 丁帆：《中国乡土小说史论》，江苏文艺出版社，1992年，第257页。

细流的"五四"新文学"启蒙"思潮,几乎销声匿迹。党的十一届三中全会后拨乱反正,文学得以复归本位。有着切肤之痛的高晓声,以其熔铸了生命体验的血泪之作,高举起一度偃旗息鼓的"五四"新文学"启蒙"大旗,对潜藏于农民身上的国民劣根性予以形象的展示与审判:"当我探究中国历史上为什么会发生这种浩劫时,我不禁想起像李顺大这样的人是否也应该对这段历史负点责任……他们并不曾真正成为国家的主人,他们或者是想当而没有学会,或者是当而受着阻碍,或者简直是诚惶诚恐而不敢登上那位置。"① 高晓声坦言,创作《李顺大造屋》的目的在于想让读者看完这篇小说之后能够想到:"只有让九亿农民有了足够的觉悟,足够的文化科学知识,足够的现代办事能力,使他们不仅有当国家主人翁的思想而且确实有当主人翁的本领,我们的社会主义事业才会立于不败之地。"② 高晓声认为,农民的"弱点确实是很可怕的,他们的弱点不改变,中国还是会出皇帝的……我们的文学工作者,科学工作者,要用很大的力气,对农民做启蒙工作"③。作家要能够"在岔道口把人物要走的道路扳正,尽到扳道夫的责任"④。

二、"追踪式"审美乡村风云变幻

高晓声是中国当代文坛独树一帜的作家,采用"追踪"的方式书写时代风云中的乡村生活便是其一大创作个性。高晓声的"追踪式"书写,主要体现在两个方面。

其一,通过对"同一人物"的跟踪,反映乡村的时代变迁。 在中国现当代文学中,也有一些作家喜用"N部曲"或者"某某系列"的方式进行创作,如茅盾之农村三部曲《春蚕》《秋收》《残冬》,巴金之爱情三部曲《雾》《雨》《电》、激流三部曲《家》《春》《秋》,梁斌之农民三部曲《红旗谱》《播火记》

---

① 高晓声:《〈李顺大造屋〉始末》,李怀中:《高晓声自述》,江苏凤凰文艺出版社,2016年,第300页。
② 同①,第301页。
③ 高晓声:《谈谈文学创作》,李怀中:《高晓声自述》,江苏凤凰文艺出版社,2016年,第261页。
④ 高晓声:《生活、目的和技巧》,李怀中:《高晓声自述》,江苏凤凰文艺出版社,2016年,第254页。

《烽烟图》，欧阳山之一代风流三部曲《三家巷》《苦斗》《柳暗花明》；如贾平凹的"商州系列"小说，莫言的"红高粱系列"小说，陆文夫的"小巷人物志系列"小说，梁晓声的"北大荒系列"小说，郑万隆的"异乡异闻系列"小说。但在"N部曲"各作品中，其主人公往往没有保持一致。如巴金之爱情三部曲《雾》《雨》《电》，《雾》书写的是从日本归来的留学生周如水与张若兰之间的恋爱故事；《雨》书写的是吴仁民与熊智君、玉雯之间的爱情故事；《电》书写的是革命者李佩珠的成长及爱情故事。激流三部曲《家》《春》《秋》中，《家》是以高家祖孙两代人的矛盾冲突为主线，通过长房孙辈高氏三兄弟的恋爱故事，深刻揭示了中国封建大家庭腐朽以及无可挽回的崩溃态势；《春》通过高克明女儿淑英抗婚胜利的故事与蕙表妹遵从父命的婚姻悲剧故事之对比，确证家庭统治者从第一代的高老太爷转为以高克明为代表的第二代，威力已大不如前，封建大家庭进一步走向崩溃；《秋》寓意"并没有一个永久的秋天。秋天过了，春天就会来的"，通过书写高家第三代周枚与高淑贞的悲剧以及觉英、觉群的堕落，展现了高家最终"树倒猢狲散"的结局。至于"某某系列"式的创作，除了故事发生的地域相同（如贾平凹"商州系列"小说），或作品所关涉的题材相同（如陆文夫"小巷人物志系列"小说），或作品所内含的倾向相同（如莫言"红高粱系列"小说）外，不同作品中的主人公是风马牛不相及的。如同属贾平凹"商州系列"小说之《小月前本》《鸡窝洼人家》，前者书写的是青年男女小月、才才、门门三人之间剪不断理还乱的情感纠葛，后者书写的则是小山村里灰灰和禾禾两户人家两对夫妻四人之间情感裂变的故事。

高晓声的"追踪式"创作，与此很不相同。按高晓声自己的说法，是"上城出国十二年，小说一篇写白头"。自1979年发表小说《"漏斗户"主》，至1991年发表《陈奂生出国》，历时十二年，刊发小说七篇：《"漏斗户"主》《陈奂生上城》《陈奂生转业》《陈奂生包产》《陈奂生战术》《种田大户》《陈奂生出国》，另有长篇小说《陈奂生上城出国记》。虽然历时十余年，作品近十篇，但作品的主人公始终是陈奂生，形成了别具一格的"陈奂生系列"小说。1958年，高晓声作为"右派"，被遣返原籍务农，在农村一待就是二十一年，生活极为不易：结发妻子婚后不到两年便因肺病去世，高晓声本人也因肺病于1965年摘除一片肺叶，抽掉肋骨四根。1971年，四十三岁的高晓声与二十九岁的寡妇钱素贞结婚，父母子女三代人组成了一个七口之家，生活更是困顿，不得不想尽一切办法自救："祖宗传下来的太师椅、梳妆台、五斗橱、箱柜等能变钱的家当都拿出去换一点钱养家糊口；他忍痛用'解放木'（旧棺材板）'偷梁换柱'，拆下阁楼的楼梯、桁条、柱子，打成家具变钱换粮。"① 正因如此，高晓声对农民的艰辛生活感同身受："农民生活中涉及的每一个角落，也都有我的印记……我不光是看到'李顺大们'造屋的困难，我自己也有这焦头烂额的经历。我不光看到'漏斗户主们'揭不开锅，我自己也同他们一道饿着肚子去拼命劳动以争取温饱的生活，同他们一起挺直了腰板度过那艰难困苦的时期。"②

丰富的生活体验，羽化成了一篇篇满蕴生活气息的文学作品：《"漏斗户"主》书写的是民以食为天的"吃"。善良、勤劳、能干的陈奂生因当年不合理的农村政策，年年辛劳却年年缺粮，恰似永远装不满的"漏斗"。直到1978年农村的"三定"奖励政策终于落到实处，陈奂生才彻底摘掉了"漏斗户"的帽子。《陈奂生上城》书写的是过上温饱日子的农民"精神脱贫"之问题。如今的陈奂生不但再也不必为"吃"发愁，而且有余粮加工成油绳进城销售，唯一的遗憾是自己没有"传奇"可以向别人娓娓道来。一场感冒，使得陈奂生坐了县委吴书记的车、住了五元一宿的天价房间，这番"奇遇"让原本愁眉苦脸、后悔不迭的陈奂生顿时愁云尽去，觉得自己也终于有了可以"炫耀"的资本，于是"像一阵清风荡到了家门"。陈奂生的身份也确实从此有了显著提高。《陈奂生转业》叙述的是陈奂生转业做了队办工厂采购员所发生的故事。无农不稳，无商不富。为了搞活经济，村里成立了队办工厂。因与县委吴书记有着"特殊"的关系，老实巴交的陈奂生遂成了工厂的采购员。依仗县委吴书记的帮助，陈奂生为工厂采购到了紧俏物资，因而获得了六百元奖金，成了村里人羡慕的对象。为了解放农村生产力、调动农民的生产积极性，农村实行了联产承包责任制。《陈奂生包产》所写的故事是：善良、老实的陈

---

① 朱净之：《高晓声的文学世界》，江苏凤凰文艺出版社，2015年，第38页。
② 高晓声：《谈谈有关陈奂生的几篇小说》，李怀中：《高晓声自述》，江苏凤凰文艺出版社，2016年，第314—315页。

奂生不愿损人利己，再找县委吴书记帮忙采购物资拿奖金，因此天天窝在家中不出门，然而经不住厂领导的软磨硬泡，终于打点礼物想再去找吴书记，而堂兄陈正清的一番话如醍醐灌顶，让陈奂生下定决心回去经营自家的包产田。《陈奂生战术》所写的故事是：队办工厂的领导千方百计想留住陈奂生做采购员，无奈中的陈奂生便采用"拖"的战术，甚至以谎话搪塞厂领导，最终使得厂领导对陈奂生失去了耐心，没了兴趣。陈奂生信奉"生意钱，图眼前；种田钱，万万年"的老话，安心于种田发家致富。《种田大户》所写的故事是：眼看着别人多种经营都富了起来，陈奂生也曾心动，但最终还是拒绝了种田以外的生计。由于接收了别人不种的承包田，陈奂生成了种田大户。陈奂生巴望的粮食丰收了，但因财力有限，原先想造的房子却没能造起来。《陈奂生出国》所写的故事是：在美国，陈奂生犹如刘姥姥进了大观园，目睹了一个与他的家乡迥异而自己又无法理解的花花世界。他参观了养鸡场、农场，在餐馆打了工，给艾教授看了家，凡此种种。他大半辈子形成的生产、生活观念与此格格不入，小农意识和农民劣根性在异国他乡暴露无遗。总之，"陈奂生系列"小说借助陈奂生在不同时期的生命轨迹，"以严峻的现实主义笔触，以小见大，于普通农民的日常生活中揭示风云变幻的政治、波澜壮阔的经济变革对普通农民命运的深刻影响，剖析了农民身上的劣根性，探索我国农民坎坷曲折的命运与心路历程的变化"①。

"陈奂生系列"的前四篇小说完成于1982年，时隔八年后，高晓声之所以让在《包产》后已"退休"的陈奂生"重出江湖"，写了三个续篇总计十余万字，远超前四篇的六万字，原因在于，过了八年，苏南农村发生了新变化，作者要对这变化中的乡村做一艺术的记录，真正达到"追踪"的目的。令人称奇的是，高晓声将"陈奂生系列"的七篇小说，按作品发表的先后顺序、不做任何修改地原生态组合成长篇小说《陈奂生上城出国记》，竟然严丝合缝，看不出有什么断裂、焊接的痕迹，前此"陈奂生系列"中的任何一个单篇仿佛都是这一长篇的某一节选而已，足见"追踪"之严密。

---

①杨联芬：《不一样的乡土情怀——兼论高晓声小说的"国民性"问题》，《文学评论》2019年第1期。

其二，以编年体的方式，跟踪反映乡村的时代变迁。二十多年的农村"炼狱"经历，既为高晓声日后之农村题材创作提供了坚实丰富的生活积累，也让他有了蹉跎岁月之后时不我待的紧迫感。为此，早在1978年5月，确认自己不久将回到文学队伍的高晓声，便只争朝夕地追求自己沉睡经年的文学梦："1978年6月，我一头钻到创作里去了"，"每天写作十八小时左右。身体本来就瘦弱，后来就瘦得不成样子了……家里的事不问不闻，旁人来同我讲话，我嘴里唯唯诺诺，实际上一点没有听进去……就这样，在三个月左右的时间，我写成了十八万字的一部小说，自己则像患过了一场九死一生的大病"①。

自1979年复出文坛至1985年，七年中，高晓声的创作呈"井喷"之势，以编年的方式，每年出版一本小说集（《高晓声1985年小说集》内收中、短篇小说七篇共十五万字，因故于1988年才出版，不再适合以年份冠名，故而以其中一篇小说《觅》作为小说集之名，深寓"何处觅知音"之意），共出七本小说集，成为中国小说史上的一段"传奇"。对此，高晓声在1993年由华艺出版社出版的小说集《新娘没有来》之《作者的话》中有过解释："记得1979年我重新握管之初，曾计划十年内写一百个短篇和一部长篇小说……那时还有一个具体的规划，叫作一年出一本书。我也是努力执行的，所以我的小说集，书名是按年编的号。"② 1986年之后，高晓声依然笔耕不辍，如上海文艺出版社于1991年出版了其长篇小说《青天在上》，又如1993年由华艺出版社出版的小说集《新娘没有来》，收录新创作的小说十四篇、小小说五篇，总计十九篇，等等。"在一定意义上说，高晓声的农民小说简直是一部当代农村生活的百科全书：政治家可以看到几十年来中国农村崎岖的发展道路，经济学家可以悟出中国农村经济发展的规律，社会学家可以看到中国农村普遍存在的社会问题和农民的要求与愿望。"③ 高晓声通过编年体的方式，聚焦苏南农村生活，以普通农民吃、住、营生等日常生活为切口展现农民命运及时代主题的一系列小说，俨然是一曲繁复沉郁的"农民命运交响曲"。

---

① 高晓声：《曲折的路》，李怀中：《高晓声自述》，江苏凤凰文艺出版社，2016年，第60页。
② 朱净之：《高晓声的文学世界》，江苏凤凰文艺出版社，2015年，第67—68页。
③ 陈昭明：《高晓声的苏南乡土小说漫议》，《赣南师范学院学报》2005年第4期。

三、新颖的"算盘式"写作

高中毕业时，根于对文学的喜爱，高晓声到南京报考中央大学文科，因英语成绩太差而名落孙山。父亲认为学文学毕业后找不到饭碗，所以不同意儿子就读中文系，于是，遵从父命的高晓声考入了上海法学院（即后来的上海财经大学）经济系。这为高晓声日后颇具个性的"算盘式"写作提供了经济学方面的基础。1957 年，因"探求者"冤案，高晓声被打成"右派"，回家乡武进农村接受劳动改造，在农村安身立命，一干就是二十余年，直到 1979 年才重返文坛。在二十多年的农村生活中，高晓声不仅使自己成为一个地地道道的农民，而且还组成了一个完完全全的农民家庭，全家老小七口人全是农业户口。特殊的农村经历，使高晓声对农民有了深切的了解，熟悉农民就像熟悉自己一样："我的家庭和所有的农民家庭一样……农民生活中涉及的每一个角落，都有我的印记……我同农民的感受都是共同的。我的命运同他们一样，我们的脉搏在一起跳动，我成了农民弦上的一个分子，每一触动都会响起同一音调，我毋需去了解他们在想什么，我知道我自己想的同他们不会两样。"[①] 对于数十年来朝夕相处的家乡农民，高晓声熟悉到"几乎可以从呼吸声中一个个辨别出来"[②]。与众不同的高等教育经济系学习生涯，加上对农业、农村、农民的深刻了解，形成了高晓声在中国现代文学史上别具一格的"算盘式"写作风格，给文坛吹来了一股别样的书写清风。

民以食为天，消除贫困是人类共同的难题。从 1921 到 2021 年的百年征程中，中国共产党人始终聚焦脱贫这一主题，砥砺前行，从"站起来""富起来"再到"强起来"，谱写了一部自力更生、坚韧不拔、气壮山河的脱贫致富史。2021 年 2 月 25 日，在全国脱贫攻坚总结表彰大会上，习近平总书记庄严宣告，我国脱贫攻坚战取得了全面胜利，9899 万农村贫困人口全部脱贫，832 个贫困县全部摘帽，12.8 万个贫困村全部出列，完成了消除绝对贫困的艰巨

[①] 高晓声：《作品总在表现作家》，李怀中：《高晓声自述》，江苏凤凰文艺出版社，2016 年，第 235 页。

[②] 高晓声：《为密西根大学的二年级学生讲他们看过的几篇小说》，李怀中：《高晓声自述》，江苏凤凰文艺出版社，2016 年，第 290 页。

任务,中国用占世界9%左右的可耕地养活了占世界20%的人口,为世界范围内消除饥饿和贫困做出了重大贡献,创造了一个足以彪炳史册的人间奇迹,中国方案为发展中国家甚至整个世界提供了一种消除贫困、共同致富的成功模式①。贫穷曾是中国农民世代生活的一种常态,代代相传的贫穷使得"锱铢必较"成为广大民众抗贫求生的一个重要手段,经年累月,"精打细算"也就自然积淀为中国农民普遍而然的一种精神品格,致有千古流传之"吃不穷,穿不穷,算计不周一世穷"的人生智慧。"在高晓声的小说中,总有一把小算盘在响着。某种意义上,不妨说高晓声是一个用算盘写作的作家。"②给高晓声带来巨大声誉的《陈奂生上城》,小说的中心情节乃是陈奂生上城"卖油绳买帽子"所经历的传奇故事,从卖油绳所得几何到买帽子所需几何再到一宿五元相当于几顶帽子几天工,其间计算之精确、细致,令人惊讶,一定程度上说,"算账"几乎构成了这篇小说情节发展的脉络。《"漏斗户"主》中陈奂生之苦难、委屈、无奈、困惑、希冀等一切情绪,也都是通过一次次的算账得以呈现的。例如,与粳稻相比,双季稻的出米率要比粳稻低不少,兑现给百姓的口粮究竟是粳稻还是双季稻,事关饭碗,尤其是对年年亏粮严重的"漏斗户"主陈奂生而言,更是生命攸关的事。面对以双季稻兑现口粮的窘境,高晓声以一次十分精细的盘算写出了陈奂生内心无限的愤懑与希冀之情:

> 大家明明知道,双季稻的出米率比粳稻低百分之五到十,为什么从来没有一个人替农民算算这笔账。他陈奂生亏粮十年,至今细算算也只亏了一千三百五十九斤。如果加上由于挨饿节省的粮食也算这个数字,一共亏二千七百一十八斤。以三七折计算,折成成品粮一千九百零二斤六两。可是十年中称回双季稻六千斤,按出米率低百分之七点五计算,就少吃了四百五十斤大米。占了总亏粮数的百分之二十三。难道连这一点都还不能改变吗?

只有长期被"粮债"压得喘不过气来的人,才会对粮食如此关注,把其间的

---

① 蒲实,袁威:《中国共产党的百年反贫困历程及经验》,《行政管理改革》2021年第5期。
② 王彬彬:《用算盘写作的作家》,《小说评论》2011年第3期。

道道看得如此明白,把账算得如此精细。高晓声正是以这种别出心裁的"算账"方式,在揭示主人公隐秘心理的同时,对那个荒谬的年代进行了无声的血泪控诉。不难发现,凡高晓声的小说,几乎没有不算账的。《李顺大造屋》《"漏斗户"主》《陈奂生上城》这样的小说名篇,自然少不了"算账"这道亮丽风景。其他如《柳塘镇猪市》《水东流》《送田》《太平无事》等,算账也成了小说不可或缺的组成内容。总之,高晓声以艺术之笔,把中国农民总在算账、总在算细账、总在算小账的惯常行为及心理予以了不厌其烦地审美呈现,使"算盘式"写作成为高晓声创作的一个显著个性,无怪乎有学者如此评价道:"高晓声小说的叙述者,常让人觉得像是一个乡村会计","高晓声时常以算账的方式引出话题,又以算账的方式推动情节发展,还以算账的方式让故事达到高潮。尤其他的那些较好的小说,总在'摆账目,讲道理'。"[①]

四、绝无仅有之陈奂生

"1981年初次访美,有人就在报上说我是'陈奂生出洋'。到美国,一位博士居然把我当成了陈奂生。"[②] 现实中,高晓声与陈奂生确实融为一体,难解难分,以致有人只知道陈奂生却不知道高晓声,而有人则直接把高晓声错当成了陈奂生,这正是作家成功塑造人物形象衍生而成的关系效应。高晓声之所以能在藏龙卧虎之中国当代文坛扬名立万,说到底,主要归功于陈奂生此一堪称"这一个"的人物形象之塑造。高晓声以六个短篇、一个中篇组成了别具一格的"陈奂生系列",为中国当代文坛之人物画廊增添了独一无二的典型形象——陈奂生。陈奂生形象所展现的文化意蕴及典型意义,集中表现为集忠厚、勤劳、坚韧与奴性、保守、自欺于一体,既可敬又可哀。

作为中国农民普通之一员,陈奂生有着坚韧、勤劳、忠厚之美德,小说对此予以了充分的呈现。例如,陈奂生何以总是"缺粮",乃至被称为"漏斗户"?原因之一是当年娶妻,老婆过门时"忘记"从娘家把她的口粮带过来,

---

① 王彬彬:《用算盘写作的作家》,《小说评论》2011年第3期。
② 李寿生:《高晓声的陈奂生情结——二十年前的一次难忘采访》,《高晓声研究·生平卷》,江苏文艺出版社,2014年,第345页。

别人劝他去把口粮要过来,他却动情地答道:"他们连人都肯给我,这点粮叫我怎好开口呢?"老婆因脑炎后遗症,不大能劳动,关心陈奂生的人劝他钳制老婆下田劳动,他如此推脱:"她是个没用的人,嫁了个我这样的男人,也算可怜了,我怎能再去勉强她呢。"原因之二是,陈奂生三年生了两个孩子,不巧又都生在正月里,而按当地的规定,当年的口粮是没有供应的,于是粮食又亏了一层。原因之三是,1971年是增产的,按年初的"三定"政策,四万六千斤超产粮中的两万七千六百斤应该留队作为社员的劳动奖粮,陈奂生因此可得的奖粮数足够使他甩掉"缺粮户"的帽子,但超产粮最终仍旧照"有一斤余粮就得卖一斤"的方式处理了,这真是吊足了胃口,骗饱了肚皮,陈奂生空欢喜了一场。缺粮的日子着实难挨,"常有这样的情形:他和社员们一起从田里劳动归来,别人到家就端到饭碗了;而他呢,揭开锅一看,空空如也,老婆不声不响在纳鞋底,两个孩子睁大眼睛盯住看他,原来饭米还不知在哪家米围里"。尽管如此,陈奂生"还是同社员们一起下田劳动,既不松劲,也不抱怨。他仍旧是响当当的劳动力,仍旧是像青鱼一样,尾巴一扇,往前直穿的积极分子"。

做了一回队办工厂采购员,好不容易通过吴书记的关照搞到了五吨紧俏物资,所领到的六百元奖金够他至少起早摸黑做一年了,这让陈奂生"好一阵心里不落实,他反反复复在想:'难道这是应该的?'"陈奂生觉得这么容易得来的钱多少有点不正路,弄不好还要害吴书记,采购员这差事还是洗手不干妥当。这无疑是个可敬的陈奂生,忠厚善良、勤劳坚韧,闪耀着中国农民朴素的优秀品质。但陈奂生又分明是可哀甚至可鄙的,善良本分之下有着一个自欺、保守、奴性的灵魂。一宿五元,充其量不过七八个小时而已,却相当于睡掉了两顶帽子、白做七天工还要倒贴一毛钱,这让陈奂生"肉痛"不已,报复之心陡然而起,潜藏于身上的小生产者狭隘、落后的心理、情绪一股脑儿宣泄了出来,原本生怕身上不大干净弄脏了被子,生怕坐坏了有弹簧的大皮椅,甚至生怕踩脏了能照出人影子来的地板而拎着鞋子光脚跑去门口柜台处。可现在呢?陈奂生再也不顾忌踩脏了那能照出人影的地板,再也不怕坐瘪了弹簧"太师椅",甚至看到它竟没有瘪下去,便故意立直身子扑通坐了下去,衣服不脱就上床,拉过被头便往身上盖。总之,即使把房间弄成了猪圈，陈奂生也毫不在乎了。回家路上，正担心因交不出账少不得又要受老婆气的陈奂生，猛然间想到全大队的干部社员，谁也没坐过吴书记的汽车、谁也没住过五元一夜的高级房间。这样的奇遇让陈奂生精神陡增，好像高大了许多——他可要讲给大家听听，看谁还能说他没有什么讲的，看谁还能说他没见过世面，看谁还能瞧不起他。陈奂生当上了队办工厂采购员，首战大捷，一下子买到了五吨原料。陈奂生颇为得意，感到平生还没一件快事能和今天相比，认为当年薛仁贵征东、岳武穆抗金得胜回朝也不过像今天的自己这样吧，他们甚至还不及使用"11"号交通工具的自己来得安稳呢——班师回朝的大将军虽然威风，但伴君如伴虎，皇帝一变脸，午朝门外就杀头。由"漏斗户"主演进为"种田大户"的陈奂生，早已过上了衣食无忧、怡然自得的安稳日子。如今的他，看见别人买了时髦东西，便觉得"没有什么大不了，我高兴也可以买个玩玩"；看到别人租了条船，就想："一条破船罢了，就是新的我也买得起"；看着别人造房子，他又想："让他们先去造吧，我也好学点经验"……陈奂生活脱脱就是一个阿Q再世；其"一举一动一笑一颦总可以窥出阿Q的原型来"①。

摘掉了"漏斗户"主帽子的陈奂生，不仅可以提着油绳悠悠"上城"来，还一路不停地走过了"转业""包产"，实施"战术"而成"种田大户"，甚至是刘姥姥进大观园，漂洋过海"出国"去。但不管如何千变万化，一路走来，其意识、观念、眼光依然还是"陈奂生式"的，是保守落后的，与现代意识、观念、眼光相去甚远。例如，陈奂生不仅在"转业""包产"等谋生之路的定夺上一度优柔寡断，即使下定决心包产后，眼看着乡里乡亲一个个搞多种经营发家致富，他还是患得患失，犹豫不决，甚至有人主动邀他合作养鱼，他怕被贼偷；邀他合伙养珠蚌，他又怕蚀光了本。他所信奉的是"衙门钱，一缕烟；生意钱，图眼前；种田钱，万万年"的陈旧观念，总不肯与时俱进转换思想，只知道"守死钱，种大田"，小富即安，能有安安稳稳的温饱日子过就很满足，如果真要变更的话，也"让儿子女儿大了再说吧"。正因如此，尽管陈奂生的责任田比别人种得好，但他的收入，却远不如人家。包产后，别

---

① 王干：《苦涩的"陈奂生质"——高晓声新论之一》，《小说评论》1988年第6期。

人家纷纷盖起了两层楼房，而他再精打细算，也只能在老屋外续接了一间新房而已，就算这样，还造得身心疲惫。

来到国外的陈奂生，照样显得与世界格格不入：看到公园里青年男女日光浴颇为反感；参观农场，看到农场主自己种了稻麦却要买米面吃，自己养了牲畜却要买肉类吃，有的是土地却要买蔬菜吃，十分惊讶，以致后来还闹出了将艾教授家的珍贵文物当锄头铲草皮种蔬菜的大笑话。传统的陈奂生要走向现代，何其艰难。陈奂生好不容易赶上了做主人的时代，却没有做主人的思想和能力，奴性意识与他自欺欺人的"阿Q气"、畏葸不前的保守性一样弥漫在身上。"漏斗户"主陈奂生，深为粮食所困，也正因如此，他有着关于粮食的许多"很切实际"的丰富见解："他不相信'粮食分多了黑市就猖獗'的说法，认为像自己这样的人家也有了余粮的话，就不会再有黑市了。在口粮紧张的情况下，他不相信用粮食奖励养猪是积极的办法，因为大部分社员想方设法养猪的目的是为了取得奖粮来弥补口粮，小耳朵盼大耳朵的粮食吃，养猪事业是不会有多大发展的。他不相信'有一斤余粮就得卖一斤'的办法是正确的，因为它使农民对粮食的需要，同收成的好坏几乎不发生关系，因而生产的劲头低落了。"但是，陈奂生不会将自己这些根于实际生活、与自己切身利益高度相关的洞察所见说出来，因为，"按照他历来的看法，只要不是欺他一个人的事，也就不算是欺他。就算是真正的不公平，也会有比他强得多的人出来鸣冤，他有什么本事做出头橡子呢"。陈奂生明明知道自己不是当采购员的料，上回为队办工厂搞回五吨紧俏物资，完全得力于吴书记的帮忙，但四十八岁的他，即使别的不懂，"干部比爹娘还大"这个道理还是懂的，于是在干部们的一再恳请之下，陈奂生心里暖烘烘的，还是走马上任去了。在陈奂生眼里，"凡做长和书记的，都看成是长辈。比如把生产队长看成爹，那么大队长就是爷，公社主任就是祖爷爷了"。

家庭联产承包责任制是我国农民的伟大创造，充分激发了广大农民的积极性，解放和发展了农村生产力。按理，曾经是"漏斗户"主、深受过缺粮之苦的陈奂生应该满腔热情地赞成才是，但真要包产到户，陈奂生倒犯愁了，因为在集体化时，陈奂生一直吃的是荫下饭，队长指东就东，队长叫西就西，跟着队长的屁股转了二十八年，只管做就是了。因此，陈奂生总觉得"还是大呼隆，混混算了"，"何必另起炉灶"呢？这就是陈奂生。高晓声所塑造的绝无仅有的文学形象，既可敬，更可哀。一方面，他与千千万万个中国普通农民一样，有着勤劳、厚道、坚韧等可贵美德。另一方面，他又保守恋旧，缺乏主动进取之精神，有着太多的"阿Q气"，满足于自欺的精神胜利；有着太多的奴性，生活在做主人的时代，却没有做主人的意识和能力。"漏斗户—上城—转业—包产—战术—种田大户—出国"，陈奂生始终未能从因袭的重负中解脱出来，面对变革大潮所提供的一次次机遇，他总是迟钝、麻木，奉行"还是再看看吧"的人生信条，在历史的流变中活得艰难、被动，从未感受过潇洒人生的滋味。"陈奂生的性格和心理上确有许多潜隐的劣根和弱质，他还远没有达到一个新农民的素质要求。"①

高晓声之所以要塑造这样一个文学典型，就是为了实现其文学"摆渡"的梦想，"要把人的灵魂塑造得更美丽"②，因为"陈奂生们"的"弱点不改变，中国还是会出皇帝"③。完成"包产"后，高晓声曾宣布"让陈奂生退休"，八年后又请他"出山"，"出国"归来再次让他"退休"，这就说明高晓声确实已不想再看到陈奂生出现在社会舞台上了，《陈奂生出国》之结尾写陈奂生买回的外国种子在归国途中的飞机上突然不翼而飞，看似带有魔幻色彩，其实是深刻地揭示了高晓声对陈奂生的失望，"让陈奂生早些进入历史博物馆，应该是时代加快前进的标志"④。

---

① 余海乐：《横看成岭侧成峰——陈奂生形象面面观》，《广西师范学院学报》（哲学社会科学版）2000年第3期。
② 高晓声：《且说陈奂生》，李怀中：《高晓声自述》，江苏凤凰文艺出版社，2016年，第305页。
③ 高晓声：《谈谈文学创作》，李怀中：《高晓声自述》，江苏凤凰文艺出版社，2016年，第261页。
④ 高晓声：《〈陈奂生上城出国记〉后记》，李怀中：《高晓声自述》，江苏凤凰文艺出版社，2016年，第318—319页。

第三章 鲁迅、赵树理、高晓声"三农"小说的文学史地位

2005年春,为检阅和展示20世纪现当代中国文学事业所取得的丰硕成果,促进经典作品的传播,满足文学爱好者的阅读需求,北京燕山出版社、新浪网读书频道联合举办了一场华文"世纪文学60家"网络大评选活动。评选活动由白烨、倪培耕等发起,由北京燕山出版社负责策划和实施,前后历时两月有余,数万网民踊跃参与。评选办法如下:依据作家在华文现当代文学史中的地位,北京燕山出版社组织专家确定了100位极具影响力的现当代作家及其代表作列入候选名单,王晓明、王富仁、陈思和、陈晓明等25位专家组成的评选委员会书面记名投票、读者网络投票的评选结果各占50%的权重,满分为100分,选出"世纪文学60家"。

鲁迅、赵树理、高晓声分别以第1名、第31名、第58名入选"世纪文学60家",足见他们在中国现当代文坛的影响力。鲁迅是文坛巨擘,在"世纪文学60家"评选中,是唯一一个专家评分和读者评分皆为100分的作家。他不仅在小说领域的成就首屈一指,在杂文、散文方面也颇有建树。赵树理、高晓声在中国现当代文坛所获得的尊荣,主要来自他们为人称道的小说成就,而他们的小说成就,集中体现于其农村题材的小说。本章就鲁迅、赵树理、高晓声之"三农"小说在中国现当代文学史上的地位做一探讨。

1. 鲁迅 100　100　100	21. 北岛 78　81　79.5	41. 舒婷 51　69　60
2. 张爱玲 100　97　98.5	22. 孙犁 94　62　78	42. 张承志 67　51　59
3. 沈从文 100　96　98	23. 王蒙 78　78　78	43. 王朔 45　72　58.5
4. 老舍 94　94　94	24. 艾青 94　60　77	44. 刘震云 58　58　58
5. 茅盾 100　88　94	25. 余光中 78　73　75.5	45. 韩少功 54　57　55.5
6. 贾平凹 94　92　93	26. 白先勇 85　64　74.5	46. 阿城 54　56　55
7. 巴金 94　90　92	27. 萧红 85　61　73	47. 张洁 64　44　54
8. 曹禺 100　84　92	28. 路遥 60　86　73	48. 三毛 22　85　53.2
9. 钱钟书 80　99　89.5	29. 闻一多 78　67　72.5	49. 铁凝 51　53　52
10. 余华 85　92　88.5	30. 林语堂 54　87　70.5	50. 张炜 60　40　50
11. 汪曾祺 100　76　88	31. 赵树理 85　55　70	51. 李劼人 78　22　50
12. 徐志摩 85　89　87	32. 梁实秋 67　71　69	52. 宗璞 64　33　48.5
13. 莫言 94　80　87	33. 郭沫若 70　65　67.5	53. 郭小川 58　36　47
14. 王安忆 94　77　85.5	34. 陈忠实 67　68　67.5	54. 柳青 58　36　47
15. 金庸 70　98　84	35. 张恨水 64　70　67	55. 施蛰存 51　42　46.5
16. 周作人 94　74　84	36. 苏童 58　75　66.5	56. 张贤亮 42　49　45.5
17. 朱自清 70　93　81.5	37. 冰心 51　82　66.5	57. 刘恒 64　27　45.5
18. 郁达夫 78　83　80.5	38. 穆旦 78　82　66.5	58. 高晓声 45　46　45.5
19. 戴望舒 94　66　80	39. 丁玲 78　47　62.5	59. 李锐 51　40　45.5
20. 史铁生 80　79　79.5	40. 顾城 29　95　62	60. 徐訏 45　43　44

注：名字后面的3个数字分别是专家评分、读者评分、综合得分

"文学批评家的品格是否高尚、修养是否完善，将在很大程度上间接或直接影响着文学批评活动的质量和效果。"[①] 凡是科学的评价，必定恰如其分、持论准确，不会失之偏颇，更不会沦为博人眼球的"酷评"；必定客观公正，不偏不倚，是处说是，非处言非，绝不人云亦云，或者明哲保身，顾左右而言他；必定等量齐观，海纳百川，着眼评价对象本身之实情论高下优劣，绝不以个人之兴趣嗜好而信口雌黄。物换星移，沧海桑田，世间的一切变动不居，文学也不例外。从文学观念到表现手法，从审美对象到欣赏趣味……文学的一切完全有可能因时而变。苏轼《孙莘老求墨妙亭诗》云："杜陵评书贵瘦硬，此论未公吾不凭；短长肥瘦各有志，玉环飞燕谁敢憎。"环肥燕瘦可以是美的，也可以是丑的，究竟是美还是丑，取决于其所处的时代。一时代有一时代之文学，要客观公正地评判鲁迅、赵树理、高晓声之"三农"小说在中国现当代文学史上的地位，就必须坚持历史思维。

[①] 傅宁：《论文艺批评家的品格与修养》，《重庆师范学院学报》1995年第2期。

第一节 鲁迅"三农"小说之文学史地位

鲁迅小说涵盖农民、知识分子两大主要题材,其在文学史上的地位是由这两大主要题材共同铸就的,很难将两者完全间离开来。因此,在论述鲁迅"三农"小说之文学史地位时,将不可避免地涉及鲁迅知识分子题材的小说。

自胡适《文学改良刍议》、陈独秀《文学革命论》等理论文章高擎文学革命之大旗,经刘半农、钱玄同所演的"双簧戏",以及击退林纾等守旧派对文学革命的发难,文学革命在理论方面风生水起、所向披靡,但遗憾的是,其在创作实践层面上却是业绩寥寥。正是在这种理论倡导热闹而创作实践沉寂的尴尬情形下,1918年5月,鲁迅的《狂人日记》破土而出,成为中国现代文学白话小说的开山之作,轰动文坛。此后,鲁迅笔耕不辍,《孔乙己》《药》《明天》《一件小事》等小说接连问世,致有1923年出版的鲁迅的第一本小说集《呐喊》,1926年出版的第二本小说集《彷徨》。鲁迅在现代文学开创期的杰出贡献,诚如他自己所言,乃是以其卓尔不群的文学创作之硕果显示了文学革命之实绩,从而使得胡适、陈独秀等人揭竿而起的文学革命不至流于理论倡导而得以结出创作实践之果。

鲁迅创作的一系列新文学作品,"实现了对传统小说的革命性的突破,从而完成了小说形式向现代的转型"[①]。"中国现代小说在鲁迅手中开始,又在鲁迅手中成熟。"[②] 具体而言,与中国传统小说相较,鲁迅小说在艺术方面所呈现的"质性变化",主要有:

一、鲁迅小说是一种性格小说

鲁迅小说不以营造惊心动魄的故事为目的,而以塑造典型环境中的典型

[①] 温儒敏,赵祖谟:《中国现当代文学专题研究》,北京大学出版社,2002年,第20页。
[②] 严家炎:《〈呐喊〉〈彷徨〉的历史地位》,《世纪的定音》,作家出版社,1996年,第64页。

人物为创作的中心任务，小说之中，即使有故事，也是为了借故事以刻画人物性格，故事是手段，塑造人物形象才是目的。传统文学以曲折生动、扣人心弦的故事令读者欲罢不能。如谈起《三国演义》，说到诸葛亮的"智绝"，草船借箭、借东风、七擒孟获、空城计等一个个精彩的故事便自然而然地浮现于读者脑海之中；而谈起《水浒传》，说到行者武松，勇猛过人景阳冈打虎、为兄报仇斗杀西门庆、除暴安良醉打蒋门神、敢作敢当血溅鸳鸯楼等故事便纷至沓来。鲁迅的小说，旨在塑造栩栩如生、令人过目不忘的人物。如《阿Q正传》，总计九章，但每一章的内容均是为了塑造阿Q这个人物、为了呈现阿Q的核心性格——精神胜利法。为了更好地达到塑造人物、展现性格这一目的，鲁迅在叙述技巧上颇具匠心。《阿Q正传》之"序""优胜记略""续优胜记略""生计问题"等章节中所涉的众多事件，彼此之间缺乏时间上的联系，是平行的排列与堆积，属于空间性的叙事，目的是从广度上展现阿Q身上无处不在、无时不有的精神胜利法；"革命""不准革命""大团圆"等章节所涉的事件，彼此之间有着清晰的线性时间流程，属于时间性叙事，目的是从深度上展现阿Q身上的精神胜利法，哪怕在"革命"这种生死攸关的重大事情上，阿Q依然一如既往地奉行其精神胜利法。鲁迅的小说，不像传统小说那样以动人心魄的故事取悦读者，而是以扣人心弦的人物命运黏住读者，使读者欲罢不能，读者所铭心刻骨的不是故事，而是一个个鲜活的人物。

二、鲁迅小说重在表现人物的内宇宙

鲁迅小说会精雕细琢言、行等人物之外宇宙，但更多的是用心理描写等艺术手法裸展人物之内宇宙。为求一字稳，捋断数根须，注重人物的言行刻画是传统小说的一贯追求，《儒林外史》中对严监生临终前两根手指、三次摇头的描写，堪称神来之笔。但传统小说罕有单纯的心理刻画，对人物内宇宙的关注远逊于对其外宇宙的倚重。突出心理描写，直入人物的内心世界是西方文学的一大特征。鲁迅也借助言行描写等展示人物外宇宙以塑造人物形象，如《祝福》中对祥林嫂"眼睛"的数次描写，足见笔力，有四两拨千斤的效果。但为了契合启蒙之需要，鲁迅的小说创作，更侧重于对形而上的精神世界的观照。为此,心理描写便成为鲁迅刻画人物的一个重要手段。其第一篇白话小说《狂人日记》通篇都是狂人之内心独白。《阿Q正传》之土谷祠中关于革命的畅想曲,淋漓尽致地展现了阿Q"打倒皇帝做皇帝"的流寇主义思想。

三、鲁迅小说聚焦的是凡人小事

鲁迅小说一改传统小说"尚奇猎怪"之取材嗜好,聚焦的都是发生在身边、随处可见的凡人小事。"古之小说,主角是勇将策士,侠盗赃官,妖怪神仙,佳人才子,后来则有妓女嫖客,无赖奴才之流。"[①] 传统小说所写的不是才子佳人,就是帝王将相,或者神仙鬼怪,一言以蔽之,都是些特殊人群的特殊故事,"尚奇猎怪"是其取材方面的一个突出特点。鲁迅信奉文学是"人的文学",普通人寻常事才是常态,才是人间世界,要实现以文学来启蒙新民的目的,就必须聚焦芸芸众生。在中国现代文学史上,鲁迅第一个把占人口绝大多数的农民引入小说领域,直面他们的生存状态,写出他们的悲欢离合。其笔下之人物,是普通人中的一个,可以叫张三,也可以叫李四、王五,甚至无名无姓直接泛称为你、我、他,即便是如雷贯耳之阿Q,也不知其姓是否为"赵",更不知其名是"贵"还是"桂"。其笔下之事,全是些日常发生之事,祥林嫂之被婆婆所卖,只是千万个生活在夫权淫威之下妇女悲惨命运的一个缩影而已;闰土之为饥荒、苛税、兵、匪、官、绅所困而苦得像个木偶人似的,又何尝不是万千枯死之众生的一幅肖像?

四、鲁迅小说采用"横截面"结构法

鲁迅小说不似传统小说故事务求头尾完整,采用的是西洋小说的"横截面"结构法。中国传统小说走过了魏晋志怪志人—唐代传奇—宋元话本—明清章回小说这样一条漫长之路,但万变不离其宗,叙述一个完整的故事是铁律,哪怕是"粗陈梗概"的魏晋六朝志怪志人也不例外,如《搜神记·卷一·二

---

① 鲁迅:《〈总退却〉序》,《鲁迅全集》第4卷,人民文学出版社,2005年,第638页。

十八：董永与织女》：

> 汉董永，千乘人。少偏孤，与父居。肆力田亩，鹿车载自随。父亡，无以葬，乃自卖为奴，以供丧事。主人知其贤，与钱一万，遣之。永行三年丧毕。欲还主人，供其奴职。道逢一妇人曰："愿为子妻。"遂与之俱。主人谓永曰："以钱与君矣。"永曰："蒙君之惠，父丧收藏。永虽小人，必欲服勤致力，以报厚德。"主曰："妇人何能？"永曰："能织。"主曰："必尔者，但令妇为我织缣百匹。"于是永妻为主人家织，十日而毕。女出门，谓永曰："我，天之织女也。缘君至孝，天帝令我助君偿债耳。"语毕，凌空而去，不知所在。①

全文区区一两百字，却将董永与织女之间的故事叙述得一清二楚。董永因无钱葬父，自卖为奴，三年守丧期满，前去主人家践约，路遇织女自愿做其妻子。主人令董永之妻织缣百匹抵债。用时十日，织女完成。出门时，织女对董永道出实情：董永的孝心感动了天帝，天帝命织女前来帮助董永还债。如今债已还清，织女自当返回天庭。董永何以与织女有一段奇妙姻缘的谜底至此揭晓。到了明清小说，故事的完整性更是被进一步强化，如《醒世恒言·施润泽滩阙遇友》，讲的是小商人施复因偶然拾到六两银子，分文不取还给失主滩阙村的朱恩之义举，好人得好报、逢凶化吉、发家致富的故事。小说正文开头便对施复的当下情况加以介绍：

> 且说嘉靖年间，这盛泽镇上有一人，姓施名复，浑家喻氏，夫妻两口，别无男女。家中开张绸机，每年养几筐蚕儿，妻络夫织，甚好过活。

小说末尾，又对施复的结局进行交代：

> 后来施德胤长大，娶朱恩女儿过门，夫妻孝顺。施复之富，冠于一镇。夫妇二人，各寿至八十外，无疾而终。至今子孙蕃衍，与滩阙朱氏，世为姻谊云。

---

① 干宝：《搜神记》，华文出版社，2018年，第9页。

有了小说最后这几句交代，施复一生的情况就一清二楚，没有任何悬念了。故事堪称完整，读者（听众）的好奇心也得到了满足。鲁迅的小说基本上不采用传统文学这种按时间顺序线性推进的"纵式"结构，而是灵活运用各种结构方式以适应不同内容的表现。其小说绝大多数采用了"横截面"的结构方式——选取若干细节或生活场面，连缀起来表现创作主旨。例如，《狂人日记》就是以十三则"语颇错杂无伦次""间亦略具联络者"的不标年月的日记，按照狂人心理活动的流动来组织小说；《药》是几个场景的组合，《示众》则只是一个场面的描绘而已。即使某些小说有相对完整的故事，但也不再像传统小说那样按时间先后安排情节，而是采用倒叙、插叙等方法打破时空的顺序，按内容表现的需要去剪接场景和细节。例如，《祝福》采用了倒叙的结构方式，《阿Q正传》在"恋爱的悲剧"之前采用"横截面"方式，之后采用按时间顺序的线性结构。

五、鲁迅小说引进了非全知全能的叙述视角

鲁迅小说突破了传统小说全知全能的第三人称叙述视角，视创作需要，灵活采用各种叙述视角。中国的传统小说清一色采用全知全能的第三人称叙述法，叙述者犹如一个无所不知的精灵在空中俯瞰下界，一切尽收眼底。鲁迅小说打破了传统文学这种刻板的叙述手法，叙述视角丰富多彩，不但有第三人称叙述法的小说，如《离婚》，还有第一人称叙述法的小说，如《故乡》，甚至有把第一人称同第三人称结合在一起的小说，如《祝福》，开头、结尾用的是第一人称叙述法，而主体部分则用的是第三人称叙述法。

六、鲁迅小说开启了文学的"悲剧"时代

"国家危亡是五四时期社会环境的首要特点，救亡图存、新民救国是先进革命者们的重要革命任务。乱世中戏剧'大团圆'的歌舞升平与社会基调相背离。"[①] 在这样一种时代环境下，鲁迅小说摒弃了传统文学的"团圆"模式，

---

① 曹茂祥：《五四时期对大团圆叙事模式批判的辨析》，青岛大学硕士学位论文，2016年。

直面惨淡人生，开启了一个文学的"悲剧"时代。中国传统的叙事文学，尤其是元代及之后的叙事文学，具有共同的"大团圆"特征，哪怕是如《赵氏孤儿》《梁山伯与祝英台》这样确确实实的悲剧故事，最终也通过各种方式给予了一个"圆满"的结局。"元杂剧（包括元明间杂剧）今留存情况，据王季思主编《全元戏曲》所载，除去残本外，今全本流传者227种。其中以大团圆结局者205种，约占全本流传总数的90%。"① 有不少元杂剧，其本事取材于此前的文学作品或史料，通过改写，将原来的悲剧收尾变成了大团圆结局，或者将原本无关悲剧团圆的故事以大团圆结局。如在唐朝元稹的《莺莺传》中，书生张生救下了处于兵变灾难中的崔氏母女，并在红娘的帮助下，赢得了莺莺的以身相许。但最后，张生赴京赶考，滞留不归，对莺莺始乱终弃；在金朝董解元《西厢记诸宫调》中，张生、崔莺莺二人则是私奔；而在王实甫的《西厢记》（全名《崔莺莺待月西厢记》）中，张生金榜题名，状元及第，奉旨与莺莺成婚，成百年之好，变元稹的始乱终弃、董解元的私奔为奉旨完婚的"团圆"美事。马致远的《青衫泪》（全名《江州司马青衫泪》），则是由白居易的叙事长诗《琵琶行》敷演而成。白居易的《琵琶行》写的是琵琶女高超绝伦的弹奏技艺和不幸身世、自己宦途无辜被贬的遭遇，抒发了"同是天涯沦落人，相逢何必曾相识"的人生感慨。诗作中的司马与歌女之间本无关风情，马致远的《青衫泪》却将其演绎成白居易与伎女裴兴奴之间苦尽甘来、有情人终成眷属的爱情故事。"吾国人之精神，世间的也，乐天的也，故代表其精神之戏曲小说，无往而不着此乐天之色彩。始于悲者终于欢，始于离者终于合，始于困者终于亨，非是而欲餍阅者之心难矣！"② 可以说，中国古代的叙事文学在经年累月的发展中，逐渐生成了一种"团圆"的迷信，"私订终身后花园，落难公子中状元，奉旨完婚大团圆"成了其常见的范式。如《牡丹亭》中的杜丽娘因思念而死，结局又为爱而生，与得中状元的公子柳梦梅完婚；《长生殿》中的唐明皇和杨贵妃最终得以在织女星的帮助下相会于月宫。非"团圆"，则易节外生枝。"有一两个例外的文学家，要想打破这

---

① 云峰：《元杂剧大团圆结局与民族文化交融》，《民族文学研究》2018年第3期。
② 王国维：《红楼梦评选》，《中国现代美学名家文丛·王国维卷》，浙江大学出版社，2009年。

种团圆的迷信,如《石头记》的林黛玉不与贾宝玉团圆,如《桃花扇》的侯朝宗不与李香君团圆。但是这种结束法是中国文人所不许的,于是有《后石头记》《红楼圆梦》等书,把林黛玉从棺材里掘起来好同贾宝玉团圆;于是有顾天石的《南桃花扇》使侯公子与李香君当场团圆!"① 于作者而言,是痴迷于"团圆"范式;于受众而言,对"团圆"的情有独钟业已积淀而成一种集体无意识。据王梦生《梨园佳话》记载,谭鑫培某次演出《清风亭》时,天气突变,大雨在即,本想演到张元秀死就散场,以免观众遭雨淋,不料观众痛恨忘恩负义的张继宝,非要看到他死在台上不可,于是只好又匆匆演出"雷击继宝",此时大雨倾盆。最终,观众虽冒雨离去,但个个"咨嗟叹赏"。所谓的"大团圆",并非仅仅指婚恋序列作品中的夫妻团圆、有情人终成眷属等皆大欢喜的现实结局,而是泛指一切符合"善有善报、恶有恶报"之要求或具有大众所期盼的圆满归宿之现实结局或虚幻结局。面对近代以降日益严峻的亡国灭种之危局,仁人志士最终发现唯有"新民"、造就符合时代要求的现代国民方能"立国",而充斥于文学作品中的"团圆"迷信所营造的虚假太平和心理层面的满足,化解了民众内心的愤怒与不平,极易导致民众精神上的萎靡和行动上的苟安,将国家前途和个人命运寄托于"想象的彼岸",这与文学革命倡导者的新民以救国之热望显然是水火不容的。为此,在五四新文化运动中,传统文学中的"团圆"迷信遭到了思想革命者的猛烈抨击:"这种'团圆的迷信'乃是中国人思想薄弱的铁证……他闭着眼睛不肯看天下的悲剧惨剧,不肯老老实实写天公的颠倒惨酷,他只图说一个纸上的大快人心。这便是说谎的文学。"② "凡是历史上不团圆的,在小说里往往给他团圆;没有报应的,给他报应,互相骗骗。"③ 鲁迅直面惨淡的人生,正视淋漓的鲜血,其"三农"小说,打破了旧文学的"团圆"迷信,将人间不幸予以赤裸裸的呈现,冷静地讲述着一个个"几乎无事的悲剧"。在其笔下,即便是轰轰烈烈的

---

① 胡适:《文学进化观念与戏剧改良》,《胡适文集》第三卷,人民文学出版社,1998年,第97—98页。
② 同①,第97、98页。
③ 鲁迅:《中国小说的历史的变迁》,《鲁迅全集》第9卷,人民文学出版社,2005年,第326页。

辛亥革命，除了割除一条辫子，似乎并无别的变化，七斤依然被七斤嫂和村人们相当地尊敬着，照例裹了脚的六斤则捧着十八个铜钉的饭碗，在土场上一瘸一拐地往来着；曾经那么充满活力、聪明可爱的少年闰土，随着岁月的流淌，多子、饥荒、苛税、兵、匪、官、绅苦得他像一个木偶人了；朴实能干、不惜力气的祥林嫂，历经丧夫失子、赎罪无望后，在巨大的恐惧中悲惨离世；以精神胜利法无往而不胜的阿Q最终败给了被枪毙的现实；敢把礼教踩在脚下，直呼公公、丈夫为"老畜生""小畜生"的爱姑，最终除增加十元钱之外，还是匍匐在七大人的威严之下……总之，鲁迅开启了一个文学的悲剧时代，自鲁迅始，文学步入了一个书写苦难、以"悲"为美的时期，感伤成为五四文学最耀眼、最流行的色调。

鲁迅之弃医从文，旨在以文学实现启蒙，最终达到"立人救国"之目的。是时，农民占中国总人口的百分之八九十，因此，从某种程度而言，国民即是农民，对国民进行启蒙，主要就是对农民进行启蒙！但毋庸讳言，鲁迅小说在"实现了对传统小说的革命性的突破，从而在完成了小说形式向现代的转型"的同时，也衍生了一个重大问题——与中国广大农民（国民）的审美习惯格格不入。

（一）消解故事

"小说是说故事。故事是小说的基本面，没有故事就没有小说。这是所有小说都具有的最高因素。"[1] 喜听故事是人的一种本能，醉心于驰魂夺魄、荡气回肠的故事已积淀为中国广大民众的集体无意识。鲁迅小说旨在启蒙、改造国民性，因而致力于"对人的精神创伤与病态的无止境的开掘"[2]，内中很难有摄人心魄、曲折完整的故事。如《示众》，讲述的仅仅是一个故事的片段而已：各色人等围观大街上一个被绑着示众的犯人的场景，对于犯人因何被示众、示众之后将会怎样都不做交代，这对于看惯（听惯）了有头有尾的传统小说的广大民众来说是较难接受的。

---

[1] 佛斯特：《小说面面观》，花城出版社，1981年，第21页。
[2] 钱理群，温儒敏，吴福辉：《中国现代文学三十年》，北京大学出版社，1998年，第39页。

（二）摒弃传奇

中国小说自作为源头的神话传说，至走向顶峰的明清章回体小说，始终难以摆脱"尚怪猎奇"之魔咒，言说白日飞升、死而复活、点石成金等的神鬼故事，自然不乏"传奇"色彩，即便是讲述人世间的故事，也总不离帝王将相、才子佳人的英雄传奇、旷世情仇。源远流长的传统小说，育就了广大民众"猎奇"的审美嗜好。鲁迅小说弃"传奇"而钟情于"世间普通男女的悲欢成败"①，这与中国百姓原有的期待视野相去甚远。

（三）抽空共识域

读者之所以对某一文学作品产生并维持阅读兴趣，是因为此一作品能拨动读者的心弦，进而引发读者与作品（作者）对话，使读者获得对作品进行再创作的审美愉悦。而要使文学作品拨动读者的心弦，就必须使读者与作品（作者）之间具有足够的"共识域"。共识域越大，读者的共鸣指数就越高，其审美愉悦也就越强烈。按鲁迅自己的说法，一生之中，鲁迅只在年少时候"能够间或和许多农民相亲近"②，对农村的接触其实并不多。生活是艺术的源泉，为规避对农村社会并不十分"熟悉"之缺憾，鲁迅的小说聚焦的是农民的精神世界，对丰富多彩的农村生活则缺乏具体、细致的描写，如写阿Q的能干，只是做"割麦便割麦，舂米便舂米，撑船便撑船"这样粗线条的勾勒。"在《呐喊》和《彷徨》中，竟没有一处写到小说人物在普通农家内部的活动，没有一个关于农家屋内的生活细节……而且《呐喊》《彷徨》中乡下人的主要活动场所并不在他们自己的家中或田地里，而是在乡村的公共场合，比如乡场上、航船里、土谷祠内、乡村酒店中，当然更主要的是在乡绅或大户人家的室内。可见鲁迅是在有意回避只能在门槛上或户外偶尔瞥见普通农家生活这一短处。"③ 对于农民来说，他们无法理解鲁迅笔下的形而上的精神世

---

① 仲密：《平民文学》，《中国现代文学史参考资料》，北京大学、北京师范大学、北京师范学院中文系中国现代文学教研室，上海教育出版社，1979年，第115页。
② 鲁迅：《英译本〈短篇小说选集〉自序》，《鲁迅全集》第7卷，人民文学出版社，2005年，第411页。
③ 卢政：《隔岸遥望的乡村世界——试论鲁迅乡土文学独特的创作视角》，《开封大学学报》2003年第1期。

界,而能让他们产生共鸣的形而下的农家生活,鲁迅又无力提供,因此,广大农民难以在小说中看到自己的"身影",无法"感同身受"。这就使得鲁迅小说因缺乏"共识域"而无法满足当时广大中国农民的阅读兴趣。

(四)喜设"空白"

召唤性是文学作品最根本的结构特征,"每读一次鲁迅的作品,便欣然有得,再读、三读,乃至数读以后,依然感到一次比一次有更大的收获"[1]。之所以如此,原因就在于召唤性结构所具有的文本空白性,而读者对文本空白加以合理具体化的过程又是无止境的。鲁迅的小说,蕴藏着丰富的"空白"。如《祝福》,当走投无路的祥林嫂第二次来到鲁四爷家做女佣时,作品写道:"镇上的人们也仍然叫她祥林嫂,但音调和先前很不同;也还和她讲话,但笑容却冷冷的了。"这简单明了、看似客观的叙述,其实蕴藏着丰富的文化内涵:此时的祥林嫂已是寡妇再嫁,最近的身份是贺老六的妻子。按理,人们应该称她"老六嫂",但"镇上的人们也仍然叫她祥林嫂"。这不是因为镇上的人习惯了先前"祥林嫂"的叫法而一时改不了口,而是因为他们觉得女子应该从一而终,一嫁为人之妻乃是天经地义的权利,再嫁便是有违妇德、该受唾弃的丑行。因此,镇上的人才仍然叫她"祥林嫂",而不是叫她"老六嫂"——他们承认她是祥林的妻子,不承认她是贺老六的妻子。在这里,鲁迅将封建礼教对民众的毒害之深以及民众之愚昧麻木予以了深切揭露。但是,对于鲁迅如此言有尽而意无穷的"空白",文化程度普遍偏低的底层百姓是难以接受的。至于鲁迅为了"听将令",故而"删削些黑暗,装点些欢容,使作品比较的显出若干亮色"[2],在夏瑜的坟顶上平添一圈红白花环的象征手法,广大民众就更是难以明了了。

如上种种,再加上打破传统小说按故事时间线性叙述、采用非全知全能的第一人称叙述视角、大量引入心理描写和心理分析、厌恶"团圆"而专写"悲剧"等,使得鲁迅所写的内涵深刻、形式新潮的小说很难走进民众世界,以鲁迅为代表的思想现代、肩负着"启蒙"重任的新文学被占人口绝大多数

---

[1] 茅盾:《精神的食粮》,《改造》1937年第3期。
[2] 鲁迅:《自选集自序》,《鲁迅全集》第4卷,人民文学出版社,2005年,第469页。

的底层民众毫不留情地拒之门外了。

综上所论，鲁迅"三农"小说在文学史上的地位，简而言之，因其创作在艺术上与中国传统小说相较，出现了一系列"质性变化"，开创了别样的文学形态，实现了中国文学由传统文学向现代文学的转型，但因其创作超越了广大中国百姓的审美期待视域，因而难以为民众所普遍接受，只在知识精英间成为美谈，故而在新文学的大众化方面无功可论。

第二节　赵树理"三农"小说之文学史地位[①]

五四文学革命的缘由决定了新文学承载着以文学启蒙救亡图存之崇高而艰巨的使命，但刚刚呱呱坠地的新文学是参照外国文学而建立起来的，存在严重的"西化"现象。倘若新文学因严重"西化"、不符合中国百姓的审美习性而被广大民众拒之门外，那么，新文学所蕴含的思想即便再先进、再科学，也不能让民众入眼、入脑，这样的新文学于大众而言无异于废纸一堆。可见，若不能彻底实现新文学从"西化"到"大众化"的根本性转变，不仅无法使新文学在中国大地开花结果，也难以实现文学革命倡导者们借文学以改造国人灵魂、借启蒙以救国的美好愿景。如何尽快将师法西方文学、对西方文学"生吞活剥"建构起来的中国新文学大众化，让满蕴现代进步思想的新文学走进千家万户，这无疑是一个急迫且不容回避的问题。

其实，为了实现文学启蒙，新文学的拓荒者们一开始就有让新文学走进千家万户之强烈愿望，废除文言文而采用引车卖浆之徒的白话文进行创作，目的之一就是让文化水平整体偏低的最广大民众能看得懂或者听得懂。其后，将新文学大众化的努力一直没有停止过：倡导文学革命较之胡适《文学改良刍议》更为激进决绝之陈独秀《文学革命论》，其提出的"三大主义"之一便是建设"平民文学"；左联先后组织了三次文艺大众化讨论；抗日战争爆发后，全国"文协"立即提出了"文章下乡，文章入伍"的口号；20世纪三四十年代关于"民族形式问题"的热烈讨论波及国统区和抗日根据地……可见，新文学对大众化的追求不可谓不努力，但客观地说，纸上谈兵比较积极热闹，真正付诸行动的不多，实际效果欠佳："在'五四'以来的中国文学史上，新文学的理论和创作实践一直难以接榫和缝合，诸多问题虽在理论上得到深入

[①] 本节部分内容，以论文《基于"文化自信"的赵树理之文艺大众化实践》刊于《丽水学院学报》2022年第4期，并被《新华文摘》2022年第24期、《中国社会科学文摘》2022年第12期摘要。

探讨和揭示，但在创作实践上未能获得圆满解决。文艺大众化就是文艺界始终在致力解决、却又始终悬而未决的重大问题。"①

1925年，赵树理以名列第四的优异成绩，成功考入位于长治的山西省第四师范学校。在此，赵树理第一次接触了与中国传统文学迥然不同的新文学，并很快被新文学的魅力所倾倒。迷恋之余，赵树理还兴致勃勃地创作了《悔》《白马的故事》等也似新文学那样尽是"西化"气息的文学作品。与此同时，出于对新文学的迷恋，赵树理忍不住萌生了将新文学介绍给父老乡亲的强烈愿望，渴望他们能从中看清自己的生存境况并勇敢地与命运抗争。但无情的现实是，当赵树理满腔热情地将新文学作品念给他的农民兄弟时，"无论他怎样吹嘘，农民就是听不进去，却拿来《七侠五义》《笑林广记》之类的书请他念，一个个听得茶饭不思"②。即便到了20世纪40年代，哪怕是在共产党领导的抗日根据地，新文学依然难以得到民众的欢迎，充斥民间的仍然是《秦雪梅吊孝》之类的封建读物，而不是当时那些业已投身革命的作家们写的所谓的"真正的文学作品"。铁的事实让赵树理痛彻心扉，真切地感受到，闪耀着"科学""民主"思想光芒的新文学与底层民间几乎是绝缘的，只停留在了少数知识分子中间而已："新文学的圈子狭小得可怜，真正喜欢看这些东西的人大部分是学习写这样的东西的人，等到学的人也登上了文坛，他写的东西事实上又只是给另一些新的人看，让他们也学会这一套，爬上文坛去。这只不过是在极少数的人中间转来转去，从文坛来到文坛去罢了。"③

因何而创作？赵树理坦言："我不想上文坛，不想做文坛文学家。我只想上'文摊'，写些小本子夹在卖小唱本的摊子里去赶庙会，三两个铜板可以买一本，这样一步一步地去夺取那些封建小唱本的阵地。做这样一个'文摊'文学家，就是我的志愿。"④ 这就是赵树理朴实而圣洁的创作"初心"。但要实现这"夺取那些封建小唱本的阵地"之"初心"，首先得有个大前提：其赖以

---

① 张志平：《中国二十世纪"四十年代"乡土小说研究》，中国社会科学出版社，2006年，第68页。
② 戴光中：《赵树理传》，北京十月文艺出版社，1993年，第88页。
③ 李普：《赵树理印象记》，黄修己：《中国文学史资料全编（现代卷）29 赵树理研究资料》，知识产权出版社，2010年，第15页。
④ 同③。

启蒙的作品必须有人看，而且看得懂。面对"欧风美雨"滋润下破土而出的新文学在广大百姓中无立锥之地的现象，赵树理决意另辟蹊径，力争写出为中国百姓所喜闻乐见的具有中国作风和中国气派但又闪耀着时代思想光芒的通俗新文学。要写出为中国百姓所喜闻乐见的具有中国作风和中国气派的通俗新文学，路在何方？毋庸置疑，既然西方文学的那套技法不合中国百姓的口味，那就只能回到中国的传统艺术中去，从中汲取有益的养分。

赵树理的父亲赵和清颇具音乐天赋，是农村民乐组织"八音会"里的全把式。他带赵树理到"八音会"见识了各种乐器，并指导赵树理演奏、唱戏，使其吹拉弹唱无所不会并终身爱好，乃至在日后的人生旅途中常常忙里偷闲，自娱或娱人。赵树理的母亲"尽管一字不识，却能整本整本地背诵杨家将、岳家军的连台本戏……所以她很乐意满足宝贝儿子的要求，常常在繁星满天，万籁俱寂的夜晚，搂着心爱的得意，向他絮絮地讲述山西人引以自豪的杨家将抵御外侮的故事"①。如果说是父亲教会了赵树理民间演艺，那么，母亲则培养了他讲故事的爱好。赵树理还是个戏迷，只要方圆十里、八里有戏，他总不落下。对家乡的地方戏上党梆子，赵树理更是到了痴迷的程度："他上学时走在路上唱，上地劳动时一边劳动一边唱，生、旦、净、丑、末，他一个全顶全唱。赵树理14岁的那年春天，他赶了自家的毛驴往地里送粪。自家的驴往自家的地里送粪是熟路，不必怎么认真赶它。所以毛驴在前边走，赵树理跟在后边一边走一边唱，唱的是《乾坤带》。他一个人又扮演呼丕显，又扮演杨八郎，又扮演焦光普，演员只他一人，却唱得很热火。那毛驴驮着粪已经驮到地里，赵树理不经意地大喊一声'打马回营'，那毛驴回过头来就往村里返。赵树理还在扮演他的杨八郎……他唱着走着及至返回村口，才发现毛驴又把一驮粪驮回村里来了。"② 另外，关于中国古典文学，赵树理也有比较系统的修为。当年在长治第四师范学校读书时，从诗经、汉赋、唐诗、宋词、元曲，直到明清的章回体小说，赵树理都进行了全面的涉猎③。师从外国文学、破土而出的新文学在底层民间"一败涂地"的当头棒喝，使得有着深厚

---

① 戴光中：《赵树理传》，北京十月文艺出版社，1993年，第16页。
② 韩文洲：《赵树理有三乐》，《太原晚报》1959年8月27日。
③ 同①，第41页。

中国传统艺术尤其是民间艺术修养且满怀挚爱之情的赵树理,迅速从对新文学的顶礼膜拜中惊醒过来(赵树理也一度创作过《到任的第一天》《悔》等"西化"的作品,按他自己的说法,直到1934年才有意识地确立了通俗化理念),进而转向了对民族传统艺术特别是民间艺术的神往:"中国的传统优秀作品和西洋优秀作品都是优秀作品,各有长处。"① "我们要接受外来的东西,但不要硬搬……各个民族有自己的特点,不要把中国的东西写成外国的,参考外国的写成中国的东西才是正确的创作道路。"② "我们的目的是要改造、提高我们的传统艺术,但提高不是以洋的东西为正宗。我国艺术有精华的一面,也有糟粕的一面。我们要继承与发扬精华的一面,去掉糟粕的一面,使它日臻完美,不断提高。我们不能再像'五四'时期那样因为反封建打倒孔家店,连不是孔家店的东西也打倒了,孔家店里是包不下这些好东西的。西洋的好东西我们要学习,但不要以为我们自己的东西就见不得人。"③ 赵树理不仅在总体评价上充分肯定传统艺术,在局部的创作特色上,也毫不犹豫地为其点赞。例如,当有人对传统文学的"大团圆"加以否定时,赵树理辩护道:"有人说中国人不懂悲剧,我说中国人也许是不懂悲剧,可是外国人也不懂得团圆。假如团圆是中国的规律的话,为什么外国人不来懂懂团圆?我们应该懂得悲剧,我们也应该懂得团圆。"④

震惊于"西化"之新文学严重脱离广大民众之现实,赵树理下决心另辟蹊径,祛魅欧美文学,回师本土,对中国传统文学进行创造性继承,为此创作了一系列思想现代、形式通俗、广为民众喜爱的别样的新文学作品。依凭"天时地利",文坛上掀起了一场"赵树理热","赵树理方向"一时间成为投身于民族解放事业之进步作家的创作指南。"夫说部之兴,其入人之深,行世

---

① 赵树理:《谈曲艺创作》,《赵树理文集》第4册,中国工人出版社,2000年,第1734页。
② 同①,第1735页。
③ 赵树理:《当前创作中的几个问题》,《赵树理文集》第4册,中国工人出版社,2000年,第1886页。
④ 赵树理:《从曲艺中吸取养料》,《赵树理文集》第4册,中国工人出版社,2000年,第1846页。

之远，几几出于经史之上。而天下之人心风俗，遂不免为说部所持。"① 中国传统小说之所以"有不可思议之力支配人道"，乃是因为在作品的艺术性方面，它自有一套黏住读者（听众）、令其欲罢不能的"摄心术"。细察赵树理那些脍炙人口的大众化小说，不难发现，其创造性地借鉴了传统小说部分黏住读者（听众）的高超技艺。

一、升华"大团圆"

"吾国人之精神，世间的也，乐天的也，故代表其精神之戏曲小说，无往而不着此乐天之色彩。始于悲者终于欢，始于离者终于合，始于困者终于亨，非是而欲餍阅者之心难矣。"② 中国传统之叙事文学，尤其是元代及之后，"大团圆"结构乃是一种普遍模式，这从元杂剧中可见一斑："元杂剧（包括元明间杂剧）今留存情况，据王季思主编《全元戏曲》所载，除去残本外，今全本流传者227种。其中以大团圆结局者205种，约占全本流传总数的90%。"③ 赵树理的小说创作，借鉴了传统文学的这种"大团圆"结构。如其成名作《小二黑结婚》，原型是个恋爱悲剧，但在作品之中却被置换成了有情人终成眷属的喜剧；《孟祥英翻身》中，在婆家受尽磨难、数番自尽以了困苦人生的农妇孟祥英，最终苦尽甘来，不但冲出了黑暗家庭，还成了一名自由自立的劳动英雄；《登记》中，艾艾与小晚、燕燕与小进两对青年男女，最终都破解了来自封建家长、村民事主任、区政府助理员等不同方面的阻力，双双喜结连理，如此等等。总之，赵树理所写的尽管都是"问题小说"，而且所要解决的都是工作中"非解决不可而又不是轻易能解决了的问题"④，但问题的结局都是圆满而光明的。但是，赵树理笔下的"大团圆"并不是传统文学中"大团圆"的翻版，两者之间有着本质差异。在新文化运动中，传统文学的

---

① 严复，夏曾佑：《国闻报馆附印说部缘起》，郭绍虞：《中国历代文论选》第四册，上海古籍出版社，1980年，第205页。
② 王国维：《〈红楼梦〉评论》，《美在境界——王国维美学文选》，山东文艺出版社，2020年，第122页。
③ 云峰：《元杂剧大团圆结局与民族文化交融》，《民族文学研究》2018年第3期。
④ 赵树理：《也算经验》，《赵树理文集》第4册，中国工人出版社，2000年，第1592页。

"大团圆"颇为那时胡适、鲁迅、蔡元培等知识精英所诟病,被斥为"闭着眼睛不肯看天下的悲剧惨剧,不肯老老实实写天公的颠倒惨酷,他只图说一个纸上的大快人心。这便是说谎的文学"①。赵树理以"大团圆"模式结构作品,有着深刻的个人及时代原因。在抗战全面爆发、真正加入党领导的革命队伍之前,赵树理生活无定、人生渺茫,按他自己的说法,是如"萍草一样的飘泊"②,甚至一度因精神异常而"在海子边跳水自杀"③。正是参加了革命,在革命的集体中,赵树理才有了归属感和安全感。前后反差巨大,使赵树理对革命、对党有了极为深厚的感情,"作家要表现生活,首先要看这对革命事业,对人民有利还是有害,下笔要讲究分寸……我们的作家要对向上的、向幸福方向发展的社会负责,对党负责,对人民负责。'咱的江山,咱的社稷',遇上了尚未达到理想的事物,只许打积极改进的主意,不许乱踢摊子!"④ 正是基于这样一种创作理念,这样一种对"咱的江山,咱的社稷"的珍惜、对党的热爱与信任,在揭露矛盾、反映问题时,赵树理始终满怀信心、讲究分寸,"大团圆"是其最理想的表达方式。另外,无论是硝烟弥漫的战争年代,还是热火朝天的建设时期,文学都有责任传播正能量,承担起聚人心、坚信心、鼓干劲的特殊使命。赵树理选择"大团圆"模式,正是为了鼓舞人们战胜困难、解决问题、争取胜利,这与革命和建设形势发展的需要是同频共振的。赵树理有意为之的"大团圆",在某种意义上说,与鲁迅为了"听将令"、为了"呐喊"而在夏瑜的坟墓之上空平添一个花圈有异曲同工之妙。《小二黑结婚》如果拘于原型照实写,就"不能指导青年和封建习惯作斗争的方向"⑤。对于悲剧原型的审美置换,赵树理有着鲜明的创作立场:"要把小二黑写死,我不忍。在抗日战争中,解放区的艰苦环境里,要鼓舞人民的斗志,也不应

---

① 胡适:《文学进化观念与戏剧改良》,《胡适文集》第三卷,人民文学出版社,1998年,第98页。
② 董大中:《赵树理评传》,百花文艺出版社,1986年,第46页。
③ 同②,第66页。
④ 赵树理:《做生活的主人——在广西壮族自治区文艺创作座谈会上的发言》,《赵树理文集》第4册,中国工人出版社,2000年,第1988页。
⑤ 董均伦:《赵树理怎样处理〈小二黑结婚〉的材料》,黄修己:《中国文学史资料全编(现代卷)29赵树理研究资料》,知识产权出版社,2010年,第188页。

该把小二黑写死。"① 正因为赵树理将悲剧改写成了喜剧，取"大团圆"之结局，其作品才产生了正向的巨大社会效应，如："左权、武乡一些村里的年轻人读了《小二黑结婚》后，自发组织了'自由婚姻'小组，提倡自由婚姻，反对父母包办，反对'童养媳'。"② 不少剧团争相将《小二黑结婚》搬上戏剧舞台，老百姓百看不厌，"甚至一二十里远的老太太、大闺女和抱着孩子的小媳妇，也会举着火把，翻山越岭来一睹小二黑的风采"③。

二、模拟书场格局

"说唱文学可算是一种庶民文艺，一种乡土市井间的逸乐文化"④，历史十分悠久，"从春秋至秦汉的宫廷中确实存在着一种说唱表演性质的俳优艺术"⑤。唐代的讲经大大促进了说唱的定型。宋代，勾栏瓦舍十分普遍，是说唱艺术的成熟期。后历经元明而至清代，说唱艺术进入全盛时期并流传至今。在历史上，占人口绝大多数的平民百姓，文化程度低下，文盲较多，且经济窘困，所以，无须借助文字、消费低廉的说唱艺术成为他们获取精神食粮最常见的渠道，许多代代相传的民间故事也正是借助这种艺术形式才得以传播的。一定程度上说，说唱艺术已深深融入了寻常百姓的血脉之中，以致有学者如是言："对于文人墨客、馆阁大臣来说，儒家经籍是其走向事业和人生巅峰的文化依托；对于民众而言，说唱小曲是可以沉浸其中的感性文化，是日常生活的一部分。"⑥ 说唱文学的一个显著特点是，说唱者常常借助"诸位朋友""列位听众""闲话少说""说到这里"等话术，尽力拉近听、说双方之间的距离，积极营造与听众心灵交流、共鸣的氛围，使听者融入其中，仿佛是

---

① 康濯：《〈赵树理文集〉跋》，《赵树理文集》第4册，中国工人出版社，2000年，第2226页。
② 武新军：《如何才能激活赵树理：赵树理诞辰100周年纪念》，《江西社会科学》2006年第8期。
③ 戴光中：《赵树理传》，北京十月文艺出版社，1993年，第167页。
④ 崔蕴华：《消逝的民谣：中国三大流域说唱文学研究》，中国政法大学出版社，2011年，第8页。
⑤ 孟昭连，宁宗一：《中国小说艺术史》，浙江古籍出版社，2003年，第143页。
⑥ 同④，第6页。

在与人娓娓交谈而倍感亲切。正是听、说双方有着这种近乎聊天般的"无缝"对接，使得听众获得了强烈的存在感而甚为满足。久而久之，广大民众便习惯了说唱的艺术风格，逐渐养成了对说唱艺术的偏好，亲近说唱艺术成为一种集体无意识。"小说是说故事。故事是小说的基本面，没有故事就没有小说。"① 赵树理小说最显著的特点之一便是有曲折完整的故事。不难发现，其故事的叙述者"站在文本外对文本中的人和事评头论足，频繁地干预……把自己对人物、事件的感触、分析和议论自由地介入作品，而不加任何限制，这样的叙述手法与评书十分相似"②。这个叙述者在"说故事"时，甚至直接将接受对象称为"听书的"，如：

诸位朋友们：今天让我来说个新故事。这个故事题目叫"登记"，要从一个罗汉钱说起。

这个故事要是出在三十年前，"罗汉钱"这东西就不用解释；可惜我要说的故事是个新故事，听书的朋友们又有一大半是年轻人，因此在没有说故事以前，就得先把"罗汉钱"这东西交代一下……

这是赵树理小说《登记》的开头。无须任何阐释，只需自己读上一遍，或者听人读上一遍，一个彬彬有礼、从容不迫、干练老成的"说书人"形象，以及一群聚精会神、充满期待的听众形象便赫然如在眼前。同时，一个简朴或雅致的书场也一并出现于脑海之中。综观赵树理之小说，绝大多数存在一个潜在的"说书人"。这使赵树理小说有着显在的"拟书场格局"或"隐含书场格局"。赵树理小说的这一特性，十分契合广大民众的欣赏口味，因而受到了热烈欢迎。

三、创新"清官断案模式"

中国的传统文学具有"尚怪猎奇"之风，所关注的不是凡人小事，而是特殊人非常事。"清官"故事正是传统文学所津津乐道的重要题材。普天之

---

① 佛斯特：《小说面面观》，花城出版社，1981年，第21页。
② 延艳芳：《论赵树理小说文体的生成》，东北师范大学硕士学位论文，2006年。

下,莫非王土。率土之滨,莫非王臣。人治是封建专制社会的显著特色,即使有法,也形同虚设,有法不依、草菅人命的不平之事比比皆是。对百姓而言,封建社会再长,也无非是"想做奴隶而不得的时代"或"暂时做稳了奴隶的时代"① 而已,在这样一种人生境况之下,清官无疑是救苦救难的"活菩萨",呼唤清官、祈盼清官为民请命便成了广大百姓的普遍心理。对于黑暗社会里偶尔出现的清官,如包拯、海瑞等,众百姓便呼之为青天,世代传诵其英名。"清官文学"正是百姓们钦敬、感念清官的绝佳载体。除了感恩、怀念清官之外,心理补偿与疗救之需也是"清官文学"得以盛行的重要因素。人之有别于动物,在于人有精神追求,哪怕物质生活再困窘,也难以阻挡人的精神需要:"在历史上,不但世代书香的老地主们,于茶余酒后要玩弄琴棋书画,一里之王的土老财要挂起满屋子玻璃屏条向被压倒的人们摆摆阔气,就是被压倒的人们,物质食粮虽然还填不满胃口,而有机会也还要偷个空儿跑到庙院里去看一看夜戏,这足以说明农村人们艺术要求之普遍是自古而然的。"② 即使现实生活中没有遇到伸张正义的清官,退而求其次,文艺作品中虚幻的清官也能让饱受欺凌的底层民众一解心中之气。"正是由于弱势国民群体在现实中根本无法消解专制权力的巨大压迫,所以他们才转而创造出一种广泛而'有效'的心理补偿机制,试图通过对清官的企盼、幻想、艺术张扬等神化方式,以使自己得以在心理上勉强抗衡周围无处不在的黑暗与腐败。这种机制造就了亿万下层国民心中的清官情结和通俗文艺中许许多多的清官故事。"③ 总之,或感恩怀念,或心理补偿,使得"清官文学"长盛不衰,在中国百姓心中魅力永存。天长日久,对清官文学情有独钟就积淀为中国百姓的一种集体无意识。对广大农民深为了解的赵树理,为达到"老百姓喜欢看"之目的,创造性地继承了传统"清官文学"之精华,成功实现了对"清官断案模式"的创新。传统的"清官文学"基本上由"苦主蒙冤—清官审冤—沉冤昭雪"三大板块线性蝉联而成,而赵树理的"问题小说"巧妙地将其置换

---

① 鲁迅:《灯下漫笔》,《鲁迅全集》第1卷,人民文学出版社,2005年,第225页。
② 赵树理:《艺术与农村》,《赵树理文集》第4册,中国工人出版社,2000年,第1551页。
③ 王毅:《明代通俗小说中清官故事的兴盛及其文化意义:兼论皇权制度下国民政治心理幼稚化的路径》,《文学遗产》2000年第5期。

为"问题生成—清官干预—问题解决"三大线性蝉联的板块。不仅如此,赵树理还进行了一些更为本质的改造。如:在传统的"清官文学"中,清官皆是明辨是非、不畏权贵、秉公办事的朝廷命官。赵树理则大大拓展了清官的类型,在其笔下,"清官"既可以是正确执行方针政策的党的干部,如《小二黑结婚》中的区长;也可以是由若干人员组成的正确开展工作的团体,如《邪不压正》中的土改工作团;还可以是某项制度,如《登记》中的"婚姻法"——艾艾、燕燕的自由婚姻遭遇了封建家长、村民事主任、区助理员三方面的阻力,始终难有进展,婚姻法的颁布使得一切阻力顷刻瓦解,有情人终成眷属。在赵树理"清官断案模式"的问题小说中,不少研究者对问题的解决都是借助"清官"的力量而不是依靠群众自身的奋斗(如小二黑与小芹的自由恋爱,通过区长的介入才得以实现)这一处理方法颇有微词,认为这是赵树理创作的肤浅之处。其实,这恰恰是赵树理较之一般人更熟悉农民、了解农民的体现,也反映出赵树理较之一般人对问题的认识更深刻而准确。赵树理之所以如此处理问题,是因为他觉得按当时农民的思想觉悟和能力水平,还没有自己起来解决问题的能力和水平,只能依靠组织的力量。且不论赵树理年代,即使在党的十一届三中全会之后,高晓声创作《李顺大造屋》等撼人心魄的佳作,也是"想让读者看完这篇小说之后,能够想到:我们的国家,在共产党的领导下,只有让九亿农民有了足够的觉悟,足够的文化科学知识,足够的现代办事能力,使他们不仅有当国家主人翁的思想而且确实有当主人翁的本领,我们的社会主义事业才会立于不败之地"[①]。

四、妙用"扣子"艺术

说书既是一种历史悠久的艺术,也是一门说书人赖以生存的技艺。说书人为了牢牢吸引住听众,常常使用"卖关子"这一撒手锏。可以说,"扣子"艺术在中国传统小说中俯拾皆是,无论是数十万乃至上百万字的长篇章回小说,还是寥寥数千字的短篇小说,都不乏"扣子"的身影,长篇章回小说甚

[①] 高晓声:《〈李顺大造屋〉始末》,李怀中:《高晓声自述》,江苏凤凰文艺出版社,2016年,第301页。

至形成了"欲知后事如何,且听下回分解"的固化模式。赵树理的小说遵从民众的审美情趣,不但强调故事的完整性,而且像传统小说那样采用"故事时间"展开线性叙述。如此平铺直叙地讲述故事,再加上赵树理的小说又没有传统小说的"传奇"色彩,因此,很容易导致"索然无味"的结果。为增强吸引力,让读者欲罢不能,赵树理的创作师法传统文学,常常使用"扣子"艺术,即"用保留故事中的种种关节来吸引读者"①。对"扣子"出神入化地运用,使赵树理的小说避免了"一线到底"带来的单调、直白等缺陷,取得了曲折有致、情趣盎然的理想效果。如《田寡妇看瓜》,这是赵树理小说中最短小的一篇,寥寥千余字而已,即使在整个中国现代文学中,也很难找出较之更短的小说了。然而,即使在如此短小的作品中,赵树理仍然设置了环环相扣的一系列"扣子":土改前每年的夏秋两季,田寡妇总要到自家田里看瓜。迫于生计,常有人到她家地里偷瓜,秋生就是最会偷的一个。土改后的今年,人人有地种瓜了,田寡妇是否仍要去看瓜呢?此为"一扣";孩子们说,今年不会再有人偷瓜了,事实真是如此吗?此为"二扣";因为生病,所以田寡妇一连三天都没能去看瓜,瓜丢了吗?此为"三扣";为防止偷瓜,田寡妇在自家的瓜上刻了十字的记号,那么,秋生院里那些带十字的瓜是偷田寡妇家的吗?此为"四扣"。整篇小说尽管按故事行进的自然时间展开,线索十分单一明了,但因"扣子"一个接着一个,环环相扣,顿然曲折有致,饶有趣味。

"五四"新文学开启了中国文学走向现代化的艰难征程,中国文学的现代化是本土文学的现代转化以及外来文学的民族化两种途径共同作用的结果。"赵树理小说给中国小说转变带来的不是断裂式、否定式的转变,而是在继承、吸纳基础上的转变、创新,不是西化式的,而是本土化的现代转变。"②赵树理坚持文化自信,更多地从本土文学中获取营养,推陈出新,实现了对中国传统文学创造性的继承,成功开创了新评书体小说。其创作的《小二黑结婚》《李有才板话》等具有鲜明中国作风、中国气派的作品风行于世,使得

---

① 赵树理:《〈三里湾〉写作前后》,《赵树理文集》第 4 册,中国工人出版社,2000 年,第 1707 页。

② 郭文元:《赵树理小说的现代性本土转化》,《甘肃社会科学》2010 年第 1 期。

文艺大众化真正有了货真价实的产出，标志着新文学彻底突围了"西化"的藩篱，实现了从"西化"到"本土化"的根本性转型。至此，"赵树理方向"被主流政治所肯定、为文艺工作者所普遍认可，文艺大众化真正成为作家的一种自觉追求。"赵树理方向"引领了一个新的文学时代的到来：《洋铁桶的故事》《吕梁英雄传》《新儿女英雄传》《太阳照在桑干河上》《暴风骤雨》《无敌三勇士》《地雷阵》等小说、《东方红》《王贵与李香香》《漳河水》等诗歌、《兄妹开荒》《夫妻识字》《白毛女》等剧作因富有民族气息、契合大众审美喜好而在人民大众之中广为流传，新文学被大众拒之门外的历史一去不返。

"江山代有才人出，各领风骚数百年。"鲁迅《狂人日记》等小说标志着中国现代小说的诞生，赵树理《小二黑结婚》等作品则预示着新文学的彻底大众化。在中国现代文学史上，鲁迅、赵树理都是引领一定文学方向的里程碑式的杰出作家。赵树理作为土生土长、仅仅上过师范学校的一个普通的知识分子，却完成了鲁迅等学贯中西的知识分子几十年来孜孜以求而没能圆梦的新文学大众化愿景，这固然有着深刻的时代因素：对赵树理来说，"如果没有遇到抗日战争，没有能与这一伟大历史环境相结合，那么他的前途，他的创作，还是很难预料的"，"这一作家的陡然兴起，是应大时代的需要产生的。是应运而生，时势造英雄"[①]。斯言不假，即便是《小二黑结婚》《李有才板话》等作品在社会上已产生了轰动效应之后，知识界对赵树理的认可依然是颇为勉强的。1946年4月，《文艺杂志》刊登了赵树理的小说《地板》，这是赵树理第一次在太行文联编辑的文艺杂志上发表作品。耐人寻味的是，《地板》的风格与赵树理之前的小说相去甚远。《地板》之中充斥着较多的"洋味"，如小说舍弃了往常全知全能的第三人称叙述手法，破天荒地采用了第一人称手法；《地板》的中心内容不是在叙事，而是在展现主人公的"心理变化"，如此等等。要不是战争需要最大限度地"宣传发动群众"以及"满足群众精神需求"，赵树理创作又典范地体现了毛泽东《在延安文艺座谈会上的讲话》之精神，赵树理是很难成为"方向"的。除了时代因素之外，赵树理大

[①] 孙犁：《谈赵树理》，黄修己：《中国文学史资料全编（现代卷）29 赵树理研究资料》，知识产权出版社，2010 年，第 258 页。

众化创作实践的空前成功，还有其自身的原因。

所谓"大众化"，按照当下最通行的释义，即是指"变得跟广大群众一致；适合广大群众需要"①。具体到文学创作的"大众化"，即是要在内容上"投大众之所好"，情感上与大众"同气相求"，形式上让大众"喜闻乐见"。赵树理正是认认真真地将它们付诸实践了。

在创作内容方面，赵树理真正做到了"投大众之所好"。"我在作群众工作的过程中，遇到了非解决不可而又不是轻易能解决了的问题，往往就变成我要写的主题。"②"感到那个问题不解决会妨碍我们工作的进度，应该把它提出来。"③可见，提出问题并试图解决问题既是赵树理小说创作的出发点，又是其小说创作的归宿。为此，赵树理明确称自己的小说为"问题小说"，小说中所提出的各种问题，总是事关民众之切身利益，抓到了民众的痒处，因而每每能博取民众之"眼球"。例如，在《李有才板话》中，通过阎家山的故事，赵树理幽默而无情地揭露了官僚主义对群众利益的危害。"减租减息"本是共产党调动一切积极因素争取抗战胜利的重大举措，但在恶霸地主阎恒元的暗中操控下，阎家山却阳奉阴违玩手段拒不执行，致使阎家山东头老槐树下的穷人们并未能真正得到"减租减息"的实利。然而，在秉持官僚主义作风的章工作员手里，阎家山倒成了本县的"模范村"："阎家山编村各干部工作积极细致，完成任务甚为迅速，堪称各村模范，特传令嘉奖以资鼓励。"后来，在深入群众的农会主席老杨的带领下，阎家山才真正取得了"减租减息"和改选村政权的两大胜利，广大群众比过大年还高兴。由于反映问题切中时弊，具有广泛的警示意义，《李有才板话》产生了极大的社会效应："在后来的整风学习、减租减息以至土地革命中，《李有才板话》成了干部必读的一个参考资料。他们不但自己学习，还把它像文件似的念给农民听。结果反响异常热烈，收到的实效超过了《小二黑结婚》。农民一边听得乐不可支，哄堂大

---

①中国社会科学院语言研究所词典编辑室：《现代汉语词典》（第7版），商务印书馆，2016年，第248页。

②赵树理：《也算经验》，《赵树理文集》第4册，中国工人出版社，2000年，第1592页。

③赵树理：《当前创作中的几个问题》，《赵树理文集》第4册，中国工人出版社，2000年，第1882页。

笑，一边就联系实际，'对号入座'，自动模仿小说中的工作方法来解决农村的问题。"①

在情感方面，赵树理与人民大众"同气相求"。关于什么是"大众化"，毛泽东曾如是说："许多同志爱说'大众化'，但是什么叫做大众化呢？就是我们的文艺工作者的思想感情和工农大众的思想感情打成一片。"② 酒逢知己千杯少，话不投机半句多。作者与读者之间，唯有情感相通，方能同声相应、同气相求，以作品为媒介实现心灵的对话，否则就很有可能"道不同不相为谋"。可以说，赵树理是中国现代文学史上最了解农民、最懂得农民、始终为农民鼓与呼的一位作家："他们每个人的环境、思想和那思想的支配的生活方式，前途打算，我无所不晓，当他们一个人刚要开口说话，我大体上能推测出他要说什么——有时候和他玩笑，能预先替他说出或接他的后半句话。"③ 身为著名作家的赵树理，对文艺工作的热情，甚至反不及其对农村工作的钟爱："他平时从来不谈文艺工作，也不见他写什么东西，却爱参与社里的工作，事无巨细，都要了解得一清二楚。"④ 某次，听见一位同下乡的作家抱怨个把月却没写过一个字时，赵树理说道："写一篇小说，还不定受不受农民欢迎；做一天农村工作，就准有一天的效果，这不是更有意义么！可惜我这个人没有组织才能，不会做行政工作，组织上又非叫我搞创作；要不然，我还真想搞一辈子农村工作呢！只怕那样我能起的作用，至少也不会比搞写作小。"⑤ 赵树理与广大农民群众是如此的亲密无间，是农民群众真正的贴心人，所以，他总能够时时处处急群众之所急，想群众之所想，其所创作的作品，总能在农民群众中找到知音，总能获得农民群众的共鸣。

在艺术形式方面，赵树理力求让"老百姓喜欢看"。因此，在创作时，他

---

① 戴光中：《赵树理传》，北京十月文艺出版社，1993年，第170页。
② 毛泽东：《在延安文艺座谈会上的讲话》，《毛泽东选集》第3卷，人民出版社，1991年，第851页。
③ 赵树理：《决心到群众中去》，《赵树理文集》第四卷，中国工人出版社，2000年，第1669页。
④ 同①，第283页。
⑤ 康濯：《写在〈赵树理文集续编〉前面》，陈荒煤，黄修己等：《赵树理研究文集》上卷，中国文联出版公司，1996年，第146页。

总是充分尊重中国百姓的文学口味和欣赏习惯，最大限度地融入中国传统的艺术元素，使中国百姓一接触其作品，便顿生"似曾相识"的亲切之感，从而爱不释手。以其成名作《小二黑结婚》为例，个中的传统艺术元素可谓是琳琅满目。"大团圆"模式是中国百姓所钟爱的，梁山伯与祝英台、刘兰芝与焦仲卿等，即使生前不能白头偕老，死后也要比翼双飞；牛郎织女，即便天人永隔，也需一年一度鹊桥相会。赵树理作品的故事结局，十有八九都是"大团圆"。比如，《小二黑结婚》的原型故事本是个悲剧，赵树理却将其处理成一个"有情人终成眷属"的大喜剧。"才子佳人"故事是中国百姓津津乐道的，一曲《西厢》悦万人，一部《红楼》传千古。二黑是青抗先队长、特等射手，也是刘家峧的大帅哥；小芹则是村里第一大美人，比当年的三仙姑还漂亮。二黑与小芹的自由恋爱，又何尝不是"才子佳人"故事在新时代的复活？"清官"是封建时代中国百姓心中的神明，清官断案的故事在中国百姓中代代相传。清官断案的故事通常由"百姓蒙冤—清官断案—沉冤昭雪"三大板块蝉联而成，《小二黑结婚》则由"婚姻受阻—区长公断—喜结连理"三大板块蝉联而成，其情节之演进与清官断案故事岂非如出一辙？此外，中国传统小说重故事、以言行刻画人物、善用"绰号"、巧设"扣子"等特点，都在《小二黑结婚》中得到了充分展示。正因为作品中富含如此众多的传统艺术元素，为中国百姓备足了口味，《小二黑结婚》一经刊行，便"立即被抢劫一空，在短时间内一再印行，仍是供不应求，仅太行山区，就发行三四万册。各地剧团还竞相把它搬上舞台"[1]。

"社会主义文艺，从本质上讲，就是人民的文艺。"[2] 在当下，如何使作家更好地坚持以人民为中心的创作导向，创作出更多传得开、留得下，为人民群众所喜爱的优秀作品，赵树理大众化创作实践为之提供了诸多成功经验。

其一，过好"创作理念"关。当年尚在求学中的赵树理，暑期回到家乡后，兴致勃勃地将《阿Q正传》等新文学作品介绍给父老乡亲，却遭到无情拒绝。他真切地感受到：新文学作品尽管有进步的内容，但其审美情趣却与

---

[1] 董大中：《赵树理评传》，百花文艺出版社，1986年，第128页。
[2] 习近平：《坚持以人民为中心的创作导向》，《习近平谈治国理政》第2卷，外文出版社，2017年，第314页。

老百姓的欣赏习惯格格不入，百姓们所津津乐道的依然是那些代代相传、具有浓郁民族风的通俗读物，思想进步的新文学根本打不进群众的圈子。于是乎，碰了壁的赵树理立下宏愿："不想当文坛家，决心做'文摊家'，也就是要做一个真正为广大农民所热爱的通俗文学家。"①"我只是想用群众语言，写出群众生活，让老百姓看得懂，喜欢看，受到教育。"②"我每逢写作的时候，总不会忘记我的作品是写给农村的读者读的。"③思想是行动的指南，正是有了这样鲜明而坚定的为老百姓创作的理念，赵树理才写出了《小二黑结婚》《李有才板话》等一部部深受农民群众喜爱的好作品。今天的文艺家，要创作出广为人民所喜爱的作品，也首先得有正确的创作理念，心中有人民，始终坚守以人民为中心的创作导向，"为人民抒写、为人民抒情、为人民抒怀"④。

其二，过好"思想感情"关。赵树理的一生，出身农民，从农村走来，尽管后来成了名人，也进了城，但始终有着一种挥之不去的农民情怀，一辈子视农民为兄弟亲人，先农民之忧而忧，后农民之乐而乐，农民兄弟的喜怒哀乐永远是其"剪不断、理还乱"的深情挂念。他一生节俭，但面对群众困难，却毫不犹豫地慷慨解囊。当年他回到家乡，得知村党支部书记赵国祥正为缺钱修水轮泵站抗旱而发愁，就主动说："国祥，别发愁，我手边还有一些存款，咱社里需要多少，你吭气，我捐献！"⑤《三里湾》完稿后，人民文学出版社等三家出版社都伸出了橄榄枝，但赵树理最后却选择了通俗出版社，目的是降低书的成本，让更多的人买得起。投桃报李，赵树理以赤诚之心，赢得了群众的充分信任，群众打心底里视赵树理是自己人，是最忠诚可靠的朋友。同心之言，其臭如兰。赵树理与广大民众情深义重，心意相通，所以，其创作能充分反映人民的心声，从而获得民众热烈的欢迎。酒逢知己千杯少，话不投机半句多。今天的文艺家，也只有在情感上与人民同呼吸、共命运，

---

① 王献忠：《赵树理小说的艺术风格》，中国书店，1990年，第4页。
② 戴光中：《赵树理传》，北京十月文艺出版社，1993年，第147页。
③ 赵树理：《随〈下乡集〉寄给农村读者》，《赵树理文集》第四卷，中国工人出版社，2000年，第2018页。
④ 习近平：《坚持以人民为中心的创作导向》，《习近平谈治国理政》第2卷，外文出版社，2017年，第316页。
⑤ 董大中：《赵树理评传》，百花文艺出版社，1986年，第290页。

与群众心贴心，才能创作出为人民大众所接受的作品。

其三，过好"读者需求"关。读者对文学作品的需求，包括内容与形式两大方面。"坚持从生活实际出发的现实主义艺术原则，描写当时人们普遍关切的事和生活中亟待解决的问题是赵树理小说的特色之一。"[①] 在创作内容上，赵树理总是及时地将做群众工作时遇到的敏感问题予以艺术的呈现，如创作《邪不压正》，是为了"写出当时当地土改全部过程中的各种经验教训，使土改中的干部和群众读了知所趋避"[②]；创作《地板》，是为了清除解放区减租退租运动中不少人存在的"地主拿土地出租，收取地租不纯属剥削"的糊涂思想，揭露封建剥削的本质。可以说，赵树理的这些"问题小说"搔到了广大农民的痒处，因而每每风靡一时。在艺术上，赵树理总是最大限度地融入中国传统的艺术元素，尽可能地尊重民众的欣赏习惯，因而其作品十分切合寻常百姓的审美口味，广大读者陶陶然乐于接受。今天的文艺家，也只有牢牢把住时代的脉搏，紧扣民生热点，采用民众喜闻乐见的艺术手法和艺术形式，才能创造出无愧于时代的优秀作品。

在中国现代文学史上，赵树理是一位无法避开的作家："追求文学创作的平民化原则，是'五四'新文学以来中国现代作家最为迫切的人文理想……一部中国现代文学史的完整性，缺少平民作家的客观存在是不可想象的。所以，'赵树理现象'的出现与影响，既是解放区文学的一道亮丽景观，同时也体现着新文学发展史的历史必然性。"[③] 应该说，赵树理的影响是深远的，"赵树理的小说不仅在他发表的年代，而且在以后各个年代都深受农民读者的广泛欢迎，并产生良好的影响。20世纪60年代初，《文艺报》曾到河北保定专区三个县做了一项'关于小说在农村'的调查，农民群众反映说：'赵树理同志的具有深厚的现实生活基础的小说，一直受到农村中读者广泛的欢迎，他的较早的作品，如《李有才板话》《小二黑结婚》以及前几年写的《三里湾》在农村中影响都很大，可以说历久不衰。'有的群众说：'赵树理在我们那里

---

① 郭志刚，孙中田：《中国现代文学史》下册，高等教育出版社，1999年，第257页。
② 赵树理：《关于〈邪不压正〉》，《赵树理文集》第四卷，中国工人出版社，1999年，第1648页。
③ 宋剑华：《论"赵树理现象"的现代文学史意义》，《文学评论》2005年第5期。

无论大人小孩都知道，一提《小二黑结婚》《三里湾》，大家都能说出里面的那些人物来。'即使在'文革'时期，赵树理的那些被称为'毒草'的作品仍在群众中偷偷流传着。'文革'结束后，有人在陕西省安康县做过调查，在问到'在四十年代至五十年代的作家中你都喜欢谁'时，被调查的50名刚刚从农村步入师专的青年学生中，竟有48人提到了赵树理，50名青年农民中也有42人提到赵树理。由此可见，赵树理不仅在老一辈农民中具有影响力，而且在青年农村读者中也具有相当的知名度"①。2005年的"世纪文学60家"评选中，赵树理位列60家中的第31名，这在名家纷出的20世纪中国文坛，是颇为不易的。但也毋庸讳言，关于赵树理在中国文学史中的地位，读者与专家之间、专家与专家之间的分歧是十分尖锐的。就拿"世纪文学60家"评选来说，赵树理的得分情况是：在专家组中得85分，并列第16名，在专家心目中属上、中、下三等中的上等；在网民评选中，赵树理得55分，排第46名，属上、中、下三等中的下等。可见，专家与读者之间存在显著差异。在日常的学术研究中，研究者对赵树理的评价也大相径庭，"挺赵派"高度肯定赵树理，称赞其"作品具有了同类农村题材小说所难达到的思想高度与深度"②。关于"挺赵派"对赵树理的赞誉，前文已有颇多论述，不再赘言。"贬赵派"认为，赵树理过分迁就农民的审美习惯，只有普及的意义，而无提高的价值，所谓"赵树理方向"是政治方向而非文学方向③；赵树理是因为"首先实践了《讲话》精神"，"再加上当时文艺界一些权威人士的高度赞扬"，才被看作体现"文学为政治服务这一基本方向的典范"④。总而言之，在"贬赵派"看来，赵树理的小说无论是思想深度还是艺术水平，都堪称平平。对赵树理的评价之所以会如此天差地别，其原因主要在于视角不同。窃以为，最有资格载入文学史册且必须载入史册不可的作家，只有两类：一类是具有开创之功的"引领型"作家，如骚体之鼻祖屈原、田园诗派之创始人陶渊明、

---

① 张丹：《论赵树理在今天的存在意义》，《上海商学院学报》2007年第2期。
② 钱理群，温儒敏，吴福辉：《中国现代文学三十年》，北京大学出版社，1998年，第480页。
③ 郑波光：《接受美学与"赵树理方向"——赵树理艺术迁就的悲剧》，陈荒煤，黄修己等：《赵树理研究文集》上卷，中国文联出版公司，1996年，第225—236页。
④ 戴光中：《关于"赵树理方向"的再认识》，《上海文论》1988年第4期。

山水诗派之创始人谢灵运、中国现代文学奠基者鲁迅，等等；另一类是同类文学中成就最高的大师级"名家"，如汉赋名家司马相如，唐诗名家李白、杜甫、白居易，宋词名家苏轼、辛弃疾，元曲四大家关汉卿、白朴、马致远、郑光祖，等等。创新是最美丽的花朵，第一类"引领型"作家开创了一种文学新样态，甚至引领了一个新的文学时代。缺乏这样的"零"的突破，文学史就会陷入停滞徘徊的窘境。因此，这一类作家更多反映了文学史的"长度"。第二类大师级"名家"，虽然没有产生文学新样态，却将同类文学推向了顶峰，最大限度地展现了某类文学的光华与魅力。因此，这一类作家更多反映了文学史的"高度"。一部文学史的精彩程度，正是由"长度"与"高度"的珠联璧合所赋予的。对赵树理来说，他无疑算得上第一类"引领型"作家。如果说鲁迅以卓尔不群的创作实绩，使胡适、陈独秀等人所力倡的文学革命落地生根，实现了中国小说从传统到现代的转型。那么，赵树理则以《小二黑结婚》《李有才板话》《李家庄的变迁》等一系列作品标志着新文学完成了从"西化"到"民族化"的转型，使新文学"大众化"的愿景最终得以实现。如果说鲁迅的创作打破了传统文学的"大团圆"神话，引领了一个文学悲剧时代的来临，迎来了中国文学的一次大转弯；那么，赵树理则通过塑造与老一代农民判然有别的小二黑、孟祥英等勇于抗争命运、争取幸福人生之觉醒的新一代农民形象，首次真诚讴歌了农民的解放与胜利，昭示了一个鲁迅笔下所没有的"第三样时代"的真切来临，使团圆代替了悲剧，形成了中国文学的又一次大转弯，使中国文学实现了"团圆—悲剧—团圆"的一次螺旋式回环，"打开解放区文学的'文件夹'，几乎所有的文本都以欢快乐观的喜剧笔致讴歌革命，颂扬新人和新政权，并以一种光明喜悦的大团圆形式收场"，"大团圆结局成了解放区文学创作的主要审美取向和生存形态"①。文学创作"是个人作为主体的创造性精神劳动"②，是作家对现实生活的形象反映，是作家借助恰当的艺术形式，如诗歌、小说等将生活进行审美反映。生

---

① 杨利娟：《时代诉求与革命规限下的乡村言说——解放区农村题材小说研究（1937—1949年）》，新华出版社，2016年，第168页。
② 顾凤威：《创作自由与个人化写作——马克思主义文艺学当代发展思考之二》，《南方文坛》2005年第4期。

活是创作的源泉,生活的海洋浩瀚无边,文学表现生活的样式也多种多样、各有千秋。即便是天才般的作家,也只能做到熟悉某些生活领域、掌握某些文学样式而已。这就势必赋予作家在创作时,"对内容和形式有个人选择的充分自由,而不受任何限制,以便运用自己最熟悉的艺术形式,去反映最熟悉、最理解的社会生活"①。正是从这个意义上说,创作自由是一个作家神圣不可侵犯的权利,写什么,怎么写,只能由作家自己说了算。但这只是事情的一个方面,是常态下的文学创作。时逢非常之际,文学创作就应有非常之为,即"权变"。所谓的创作自由,与其他一切自由一样,归根结底都只是"有限"的自由而已,绝不存在"无限"的绝对自由。对文艺创作来说,"时代的趋向始终占着统治地位。企图向别方面发展的才干会发觉此路不通;群众思想和社会风气的压力,给艺术家定下一条发展的路,不是压制艺术家,就是逼他改弦易辙"②。对于攸关中华民族前途命运的20世纪40年代来说,"用通俗化的文学形式,表现时代精神、反映现实生活,满足民众的审美需求,唤起他们主动参与民族战争、参与阶级革命的觉悟和热情,是'大时代'对作家的庄严召唤,也是意识形态对作家在审美选择上的要求"③。从顺应时代之要求,引领一种文学潮流、开辟一种文学新样态的角度而言,赵树理之于文学史的贡献,无疑是超过茅盾、老舍、巴金、郁达夫等众所公认之名家大师的。

但是,就赵树理作品本身之艺术水准而言,我们又不得不承认,其小说是存在明显瑕疵的,算不上精品。一些研究者以此贬低赵树理,对"赵树理方向"颇有微词,倒也不无道理。例如,赵树理的成名作,也是其最具代表性的作品《小二黑结婚》,艺术上的粗陋是显而易见的。二黑、小芹的自由恋爱遭到了钻进农村基层政权的坏分子金旺、兴旺的非法干涉,作者对此一方面的处理,有违常理:从金旺、兴旺曾经干过"引路绑票,讲价赎人,又做巫婆又做鬼,两头出面装好人"的丑事来看,他们并非蛮夫;能抓住村里人

---

① 汤学智:《"创作自由"辩》,《上海师范大学学报》(哲学社会科学版)1980年第3期。
② 丹纳著,傅雷译:《艺术哲学》,人民文学出版社,1963年,第35页。
③ 张志平:《中国二十世纪"四十年代"乡土小说研究》,中国社会科学出版社,2006年,第18页。

"巴不得有人愿干"之心理，趁机混进了民主政权，分别担任了村政委员和村委会主任，而且之后村里别的干部被调换了，"他两个却好像铁桶江山"一样，就更见其政治头脑了。更为重要的是，村政权的"当家人"村长是"脑筋清楚"、能辨是非的。在这样一种情形之下，"有头脑"的金旺、兴旺居然会肆无忌惮地上演"斗争会""拿双"之类的闹剧，难以令人信服。《小二黑结婚》故事情节的虚假性更典型地表现在对二诸葛、三仙姑的处理上。二黑、小芹的自由恋爱，还受到了封建家长二诸葛、三仙姑的横加阻挠。满脑子迷信思想的二诸葛因忌讳命相不对、小芹出生于犯月、三仙姑名声不好，再加上家有童养媳，坚决不同意二黑、小芹的恋爱关系；作风轻佻的三仙姑出于对二黑的阴暗心理，也千方百计阻拦二黑、小芹两人的自由恋爱。就是这样两位封建思想根深蒂固、愚昧落后的老一代农民，一个迫于赫赫威势的"区长"之寥寥数语，一个无颜于区公所一场无地自容的难堪"围观"以及"区长"简短的法律宣传，竟立马转变态度，不但不再干涉儿女的自由婚姻，而且从此收起了笃信多年的阴阳八卦，撤掉了装神弄鬼的香案！冰冻三尺，非一日之寒。改造思想是一个长期的、艰巨的任务，绝不是一朝一夕可以完成的。例如，在解放区，相关法律、政策早就明确规定男女是平等的，但在社会上，男尊女卑的思想有时还十分严重，"一九四三年八月十八日，《新华日报》（太行版），报道了一则触目惊心的消息：左权县在两个月内连续发生了六起残害妇女案。一个被勒死，一个被饿死，一个被逼上吊，两个不堪折磨而亡。还有一个，竟然是干部们集体打死的……一九四五年十月十五日，《新华日报》又刊登了一则消息：就在孟祥英的家乡涉县，虐杀妇女的案件一年中多达十六起，而她们致死的原因，却微不足道得简直令人不敢相信。'如小东李东元打死其妻冯巧爱，是因为女人借过邻家玩钱，两人在路上吵起来，便用石头，活活打死。又如赵不理，以婆母资格，替子行凶，因媳妇纳鞋底不好，逼媳妇曹水沙拆毁重做，并有毒打事情，媳妇出于无法，竟漏夜上吊而死。招岗村张金顺，因为吃一顿熬菜，打得老婆白天上了吊。其他如申浮鱼因坏了一把蒲扇，江景仙因打死了一只小鸡，这样小的事，在男人的打骂下，白白丧命。'"①"女性因追求个人解放而引发的悲剧频频上演：五公村一位21岁的妇女要参加工作队组织的夜校扫盲班，被她的公婆禁止去，她坚持要去，最后被他们打死了。另一位年轻的新娘不顾其公婆的严厉警告去开会，她丈夫的姐姐就打她，把她拖回家，在家里，其他人虐待她，直到她死去。"②迫于形势，二诸葛、三仙姑可以表面上不再干涉子女的自由婚姻，但二诸葛能把几千年封建制度积淀下来的"包办婚姻"之陈腐思想以及抬手动脚必论黄道黑道的多年习惯那么神速地清除干净吗？作风轻佻的三仙姑真会因为区公所的一次"丢人现眼"就彻底洗心革面吗？"灵魂"的脱胎换骨是极其缓慢而艰巨的，遗憾的是，赵树理没能把这一艰难的"灵魂蜕变"过程充分展开，而是快刀斩乱麻般地让他们幡然醒悟了。在此，故事情节发展的逻辑性、合理性是值得怀疑的。再者，二黑、小芹作为在人民当家作主的解放区成长起来的有觉悟的农村新人，与为非作歹的金旺、兴旺对阵时，似乎只会委曲求全，大事化小，缺乏主动抗击恶势力的胆魄。如"斗争会"一节，二黑、小芹明明是有理的一方，且有村长主持公道，但面对金旺、兴旺的无事生非、公然凌辱，他们仅仅是责难几句就罢了，这也很不符合人物之性格逻辑。细究起来，不仅是《小二黑结婚》，赵树理别的作品，绝大多数也存在一个通病——头重脚轻。如前所论，赵树理的小说往往由"问题生成—清官干预—问题解决"三大板块蝉联而成。在作品中，"问题生成"这一板块往往是措置裕如、游刃有余，大有"山重水复疑无路"之气韵，差不多占了文本篇幅的三分之二；而"清官干预""问题解决"两个部分，合计起来也不过是三分之一的篇幅而已，写得急于求成、操之过切，似有"一泻千里"的草率之憾，对问题解决的复杂性、艰巨性缺乏必要的曲折与渲染，与其所坦言的"遇到了非解决不可而又不是轻易能解决了的问题"严重相背离。正因为赵树理小说存在诸如这般的显在纰漏，从赵树理小说自身的艺术水准看，赵树理要获得专家、学者、读者的一致认可，被赋予"大师"的桂冠，实非易事。

数十年来，贬赵之声或强或弱，但始终不绝于耳，除了赵树理小说自身

---

① 戴光中：《赵树理传》，北京十月文艺出版社，1987年，第185—186页。
② 杨利娟：《时代诉求与革命规限下的乡村言说——解放区农村题材小说研究（1937—1949年）》，新华出版社，2016年，第103页。

确实"有懈可击"外，还与人们对赵树理的"误解"有关。一种误解是："赵树理方向"的确立，更多的是政治性的因素而非文学的因素。关于文艺大众化，鲁迅有过精辟见解："多作或一程度的大众化的文艺，也固然是现今的急务。若是大规模的设施，就必须政治之力的帮助。"① 毋庸讳言，赵树理在当年解放区文坛的一举成名天下知，的确是借了毛泽东《在延安文艺座谈会上的讲话》（以下简称《讲话》）这一"政治之力"。一定程度上说，没有毛泽东的《讲话》，就没有赵树理的春风得意。《讲话》公开发表后，迫切需要树立一个能完好体现其精神的典范，赵树理的创作风格恰好与《讲话》精神不谋而合，并且当时又找不出比赵树理成就更高的他人，于是"方向"这一桂冠便因缘巧合地花落赵氏了。赵树理能在文艺大众化一途脱颖而出，除了借助毛泽东《讲话》等"政治之力"外，还与其本人的锐意进取密不可分。早在 20 世纪 30 年代的文艺大众化讨论时，赵树理发表了《欧化与大众语》等一系列文章，清楚地表明自己的观点，显示出赵树理对文艺大众化的热情。按赵树理本人的说法，他"有意识地使通俗化为革命服务萌芽于一九三四年，其后一直坚持下来"②。其成名作《小二黑结婚》写于 1943 年 5 月，《李有才板话》写于同年 10 月，毛泽东的《讲话》于 1943 年 10 月 19 日才全文发表于延安的《解放日报》，之后，解放区各报纸才纷纷转载，传到赵树理所在的太行山地区已是 1944 年了③。这些铁一般的事实无可争辩地说明，追求文艺的大众化品格是赵树理一以贯之的自觉追求。"赵树理方向"的确立，不是赵树理对解放区主流政治的刻意屈从和依附，而是解放区需要最广泛地宣传、发动群众投身革命之形势，需要赵树理这一面旗帜。时而兴起的关于文艺大众化的讨论与实践充分说明了文艺界有识之士对大众化的不懈追求，文艺大众化无疑是肇始于五四的新文学孜孜以求的一个崇高愿景。从这个意义上说，赵树理创作的民族化、大众化追求是新文学本身发展之必然趋势，毛泽东的《讲话》则有力地催生了"赵树理方向"。没有毛泽东的《讲话》，不会有"赵

---

① 鲁迅：《文艺的大众化》，《鲁迅全集》第 7 卷，人民文学出版社，2005 年，第 368 页。
② 赵树理：《回忆历史 认识自己》，《赵树理文集》第 4 册，中国工人出版社，2000 年，第 2117 页。
③ 董大中：《赵树理评传》，百花文艺出版社，1986 年，第 158 页。

树理方向",但随着时间的推移,最终必定会出现另一个标志着文艺大众化得以实现的周树理或者王树理。因为,从本质上说,"艺术属于人民。它必须深深地扎根于广大劳动群众中间。它必须为群众所了解和爱好。"① "人民的需要是文艺存在的根本价值所在。"② 对赵树理的另一种误解是,赵树理的创作是功利性的,甚至是"赶任务"的,是"政治的传声筒"。毋庸讳言,赵树理的某些创作确实是为了"赶任务",如《登记》。1950年,《中华人民共和国婚姻法》颁布,宣传婚姻法成为一个社会热点。《说说唱唱》急需这方面的稿子,在缺稿的情况下,编委会决定由赵树理来写一篇,于是就有了《登记》。关于文艺创作"赶任务"的现象,赵树理有自己独特的见解:"人离开了群众,才有赶任务的问题,不离开群众就不会出现这个问题。因为上级作为任务而提出来的号召,就是在群众中早已存在的问题,不过这时只是由领导把它总结出来,再普遍号召下去。如果自己生活在群众中间,自己也出过一份力量,那你只要把自己亲身感受到的新鲜事物写出来,就会和上级的号召相吻合,不致感到突然,也不致感到在赶任务。"③ 可见,赵树理对"赶任务"式的创作并不反感。赵树理之创作与政治之间的关系甚为密切,但他并没有将文学沦为政治的附庸。早在中华人民共和国成立前,赵树理就创作了《小二黑结婚》《李有才板话》《邪不压正》等产生广泛影响的一系列小说,通过对金旺、兴旺、小元、小昌、小旦等人物形象的塑造,"描绘了农村基层组织的严重不纯,描绘了有些基层干部是混入党内的坏分子,是化装的地主恶霸",从而"表现了一个作家的卓见和勇敢"④,但"这种揭露根据地农村干部的阴暗面,显然不是延安时代的政治意识形态所需要的"⑤。《三里湾》是我国第一部反映

---

① 中国社会科学院文学研究所文艺理论研究室编:《列宁论文学与艺术》,人民文学出版社,1983年,第435页。
② 习近平:《坚持以人民为中心的创作导向》,《习近平谈治国理政》第2卷,外文出版社,2017年,第316页。
③ 赵树理:《当前创作中的几个问题》,《赵树理文集》第4册,中国工人出版社,2000年,第1879页。
④ 周扬:《〈赵树理文集〉序》,陈荒煤、黄修己等:《赵树理研究文集》上卷,中国文联出版公司,1996年,第31页。
⑤ 陈思和:《民间文化形态与政治意识形态之间的关系钩沉》,陈荒煤、黄修己等:《赵树理研究文集》上卷,中国文联出版公司,1996年,第347页。

农业合作化运动的长篇小说，与同题材的柳青之《创业史》、周立波之《山乡巨变》相比，可以发现，赵树理并未按照当年的流行模式去结构故事，并未刻意表现当时农村"无比复杂和尖锐的两条路线的斗争"。先进与落后、革新与保守这些人民内部矛盾是《三里湾》所表现的主要矛盾。整部小说是按照生活的本来面目来结构故事的，记录的是生活的真实，即某些论者所说的"生活真实"而非"本质真实"。即使是在文坛受极左路线影响而大刮"浮夸风"之际，赵树理所写的仍是倡导"实干"精神的《套不住的手》《实干家潘永福》等小说，发出了与当时"高歌猛进"的主流文学不一样的声音。耗时两年多，前后修改六次定稿的《十里店》，一直不被"突出阶级斗争"的文学规范所认可，最终被打成暴露社会主义阴暗面的"大毒草"。

总之，在政治与文学的关系上，赵树理既不赞成为了艺术而逃离政治，也不赞成为了政治而牺牲艺术。他执着地追求政治、生活与艺术的统一。可以说，在中国现代文学作家序列中，赵树理是最"不跟风"的作家之一，其创作也许算不上真正的经典，但也绝不是"政治的传声筒"。

遗憾的是，虽然"赵树理方向"在中国现代文学史上书写了浓墨重彩的一笔，"对整个解放区文学乃至五六十年代的文学，都影响巨大"①，但作为"赵树理方向"开山祖师的赵树理本人，其创作的辉煌时期却十分短暂——1947年8月才提出"赵树理方向"，1948年10月13日开始在《人民日报》连载的赵树理小说《邪不压正》就遭到了近于"上纲上线"的非议。同年12月21日，有人在《人民日报》刊文，对赵树理的小说提出批评，从而引发了一场影响较大的争论。批评派指责赵树理的创作"含糊了阶级观点"，"忽视了党在农村各方面变革中所起的决定性作用"，等等。主编《说说唱唱》期间，因发表了孟淑池的小说《金锁》，赵树理被迫一再检讨。赵树理于1954年创作的《三里湾》不受当时流行的理论之影响，没有把农村所谓的"两条道路斗争"写得尖锐剧烈、营垒分明，以致连一心要将赵树理树为"方向"的周扬都认为小说"对农民的革命精力"以及"坚决地走上集体主义道路"

---

① 钱理群，温儒敏，吴福辉：《中国现代文学三十年》，北京大学出版社，1998年，第475页。

的力量表现不够,"作品在思想上和艺术上没有能够取得更大的成就……不能充分反映时代的壮阔波澜和充分激动读者的心灵"①。赵树理的小说《锻炼锻炼》于1958年发表后,也很快招致了尖锐的批评,被认为是一篇歪曲"农村现实"的小说,没有对农村妇女、村干部进行正确的反映,不但没有表现出"应该有"的进步人物,而且写了一群落后自私的懒婆娘和作风粗暴的村干部。甚至是有意识地书写英雄人物、"自以为重新体会到政治脉搏,直接接触到了重要主题"②的上党梆子《十里店》,尽管反复修改,还是因为"暴露了社会主义的阴暗面"而遭受了责难。到了"文化大革命"期间,这更成了他的一个"罪行",以致他痛心地说:自己是"生于《万象楼》,死于《十里店》"。总之,赵树理后来的创作,与文坛的流行模式相距较远,似乎成了"另类",常常处于一种"动辄得咎"的尴尬境地。赵树理创作境遇在中华人民共和国成立前后的天差地别,主要是由赵树理创作与主流政治的和谐度造成的。赵树理走红的战争年代,"我国处在抗战黎明前的黑暗期,凝聚民族力量,实现民族解放是首要任务。由此,发动群众,团结广大民众,尤其是农民,就显得尤其重要"③。赵树理更多地站在民间立场的创作,"不仅仅是利用通俗手法使国家意识形态普及远行",而且还"站在民间的立场上,通过小说创作向上传递对生活现状的看法"④。这就使得赵树理同时受到了主流政治意识形态和农民大众两个方面的高度认同。正是因与广大农民切身利益及审美趣味的和谐一致,同时又契合主流政治意识形态对文学的期待,赵树理成为20世纪40年代文坛的"方向"。但在中华人民共和国成立之后,人民当家做主,政治对文学提出了新的要求,"此时的主流政治要求作家们创作反映日益

---

① 周扬:《建设社会主义文学的任务——在中国作家协会第二次理事会议(扩大)上的报告》,《中国当代文学研究资料·赵树理专集》,福建人民出版社,1981年,第423页。

② 赵树理:《回忆历史 认识自己》,《赵树理文集》第4册,中国工人出版社,2000年,第2116页。

③ 庄汉新:《论赵树理"十七年"文学思想与主流政治的冲突》,《徐州教育学院学报》2007年第1期。

④ 陈思和:《民间的沉浮——从抗战到文革文学史的一个解释》,《陈思和自选集》,广西师范大学出版社,1997年,第211页。

深入的农村社会主义革命和由此带来的农村社会、农民生活和精神面貌的巨变"①。"颂歌"应该是一切文艺作品毋庸置疑的主旋律。赵树理的作品不同于当时柳青、浩然等作家——从政治的需要出发，虚构乡村阶级斗争的故事以歌颂党所领导的新政权。赵树理仍然坚持其"问题小说"的创作路向，"其一是表现新的意识形态引导下农村生活所出现的正面变化，其次是揭发由于农村社会结构自身的复杂性以及农村政策执行者对此缺乏了解所造成的农民利益受损的隐情（也就是所谓'社会基层的秘密'）"②。赵树理该阶段的作品虽然也走向了曲终奏雅的"大团圆"，但其所演奏的"颂歌"之中夹杂着刺耳的，甚至几欲喧宾夺主的"暴露"之声，这显然有悖于主流政治之要求，从而瓦解了在战争年代所建立的赵树理创作与政治意识形态之间的"同构关系"。赵树理当年能获得"方向"之殊荣，其作品"被大众所欢迎的强烈效果"功不可没；但在中华人民共和国成立之后，赵树理所面对的读者较前已发生了翻天覆地的变化。在当年，赵树理的小说由于直接面向工作中关乎群众切身利益的重大问题，一定程度上起到了"生活教科书"的作用，人们可以通过作品来了解政策、学习解决问题的经验，因而广受农民读者欢迎。中华人民共和国成立后，赵树理小说"生活教科书"的作用迅速削弱——农民大众若要了解政策以及对政策的解读，党政各级相关部门可以提供更准确直接的帮助；农民大众若要进行审美消费，大可以选择他们更感兴趣的传统戏曲、话本等。早在中华人民共和国成立前夜，《邪不压正》发表之后，《人民日报》便很快发表了六篇或褒或贬的文章，但没有一篇是来自赵树理所希望的潜在读者（农民）的。赵树理不无失望："我所期望的主要读者对象，除了有人给我来过一封信之外，我还没有机会了解到更多一些人的读后感。"③ 借此不难看出，农民大众对赵树理的创作已没有了当年那股热情。总之，与主流政治意识形态的疏离以及广大民众阅读赵树理作品之热情的衰退，使得赵

---

① 庄汉新：《论赵树理"十七年"文学思想与主流政治的冲突》，《徐州教育学院学报》2007年第1期。

② 范智红：《世变缘常——40年代小说论》，人民文学出版社，2002年，第56页。

③ 赵树理：《关于〈邪不压正〉》，《赵树理文集》第4卷，中国工人出版社，2000年，第1650页。

树理渐渐坠入了庸常。

综上所论，赵树理"三农"小说在文学史上的地位，要而言之，因其创造性地继承并发展了传统文学的艺术因子，推陈出新，创造了为广大民众所喜闻乐见的新评书体小说，使肇始于五四的新文学真正走上了民族化、大众化之路，但因其创作在艺术上还存在着诸多缺憾，故而其作品的经典性常遭质疑。

第三节　高晓声"三农"小说之文学史地位

　　自1979年复出文坛,《李顺大造屋》《陈奂生上城》等小说所创造的轰动效应,使得高晓声在中国当代文学新时期之初便迅速蹿红,迎来了其文学创作的黄金时期。在一部中国现代文学史中,尽管高晓声没能像鲁迅、赵树理那样,获得"方向"桂冠,一时声名显赫,但在学界看来,高晓声无疑"是这十年中有数几位出色的小说家之一"①,一时间与王蒙并肩,创下了"北王南高"之说。早在1980年全国优秀短篇小说奖颁奖大会上,周扬就说:"当代小说家中写中国农民最好的是高晓声,很有希望成为鲁迅那样的文学大师。"② 在展示20世纪中国文学丰硕成果、促进经典作品传播的"世纪文学60家"评选中,高晓声以第58名入选"世纪文学60家",这在名家荟萃的中国现当代文坛上已是颇为不易,足见其影响力之大。高晓声作为"文化大革命"后至20世纪80年代前期很"重要"的作家,"几乎奠定了'新时期文学'农村和农民形象书写的基调,对其后的农村题材小说创作产生了深远影响。"③ 高晓声以其为当代文学所做的独特贡献,屡屡被载入史册:"高晓声对国民性的深入探讨,对农民历史命运的深层思考,使他成为继鲁迅、赵树理之后的又一个农村小说的铁笔圣手。"④ 高晓声"承继了五四新文化传统中以鲁迅为代表的国民性批判的文化血缘,超越了同类题材作品对农民精神创伤的一般性书写"⑤。"高晓声是专注于当代农民生活的一个作家。他在1979年发表了

---

①王晓明:《在俯瞰陈家村之前——论高晓声近年来的小说创作》,《文学评论》1986年第4期。

②周扬:《文学要给人民以力量——在一九八〇年全国优秀短篇小说评选发奖大会上的讲话》,《人民文学》1981年第4期。

③赵黎波:《高晓声论》,《文艺争鸣》2009年第8期。

④金汉,冯云青,李新宇:《新编中国当代文学发展史》,杭州大学出版社,1997年,第504页。

⑤董健,丁帆,王彬彬:《中国当代文学史新稿》,人民文学出版社,2005年,第410页。

中篇小说《李顺大造屋》后，又以陈奂生为主人公连续写了《"漏斗户"主》《陈奂生上城》《陈奂生转业》《陈奂生包产》和《陈奂生出国》五篇小说，人称'陈奂生系列'，后被结集出版为《陈奂生上城出国记》。作者的用意是在历史发展的纵向上，对中国农民的命运历程做系统剖析。"①

如前文所论，高晓声"三农"小说在中国当代文学史上的突出贡献，其一是赓续了"五四"新文学"启蒙"之传统，其二是采用"追踪"的方式书写了时代风云中的乡村生活，于普通农民的日常生活中揭示了风云变幻的政治、波澜壮阔的经济变革对普通农民命运的深刻影响，吟唱了一曲繁复沉郁的"农民命运交响曲"。这一切的达成，都得益于高晓声对典型人物形象的成功塑造，高晓声为中国当代文学人物画廊增添了若干称得上是"这一个"的典型形象。"他天才地描绘农村面貌和成功地塑造农民典型方面占有新时期文学史上第一流的位置。"②说起高晓声笔下之人物典型，首屈一指的当数为高晓声赢得生前身后名并获得专家、学者、读者高度一致认可的陈奂生，因前文已做详尽阐释，不再赘论，此就高晓声所塑造的部分典型形象做一简要分析。

一、"跟跟派"典型李顺大

李顺大是高晓声贡献给当代文学的第一个堪称典型的人物形象。李顺大以差不多三十年的时间，历经磨难，三起二落，终于实现了造三间房屋之夙愿：中华人民共和国成立前，李顺大以冒着生命危险替人当兵的卖身钱造了四步大小的草屋安身。中华人民共和国成立后，在土改中分了田地的李顺大立下至少造三间房屋的雄心壮志。为此，全家人以愚公移山之精神，"开始了一场艰苦卓绝的战斗"：

> 它以最简单的工具进行拼命的劳动去挣得每一颗粮，用最原始的经营方式去积累每一分钱。他们每天的劳动所得是非常微小的，但他们完全懂得任何庞大都是无数微小的积累，表现出惊人的乐天而持续的勤俭

---

① 陈思和：《中国当代文学史教程》，复旦大学出版社，2005年，第236页。
② 阎纲：《论陈奂生——什么是陈奂生性格？》，《北京师范学院学报》1982年第4期。

精神。有时候，李顺大全家一天的劳动甚至不敷当天正常生活的开支，他们就决心再饿一点，每人每餐少吃半碗粥，把省下来的六碗看成了盈余。甚至还有这样的时候，例如连天大雨或大雪，无法劳动，完全"失业"了，他们就躺在床上不起来，一天三顿合并成两顿吃，把节约下来的一顿纳入当天的收入。

正是在这样一种创业情景之下，李顺大的独生儿子长到七岁时竟还不知道糖是甜还是咸，八岁时被小伙伴怂恿着偷尝了一块，结果被娘当贼一样打屁股，痛得杀猪似的叫。更可叹的是，李顺大长得出奇漂亮的妹妹已经二十三岁了，为了报答哥哥的抚养之恩，竟然一概回绝前来求亲之人，直到李顺大买回了三间青砖瓦屋的全部建筑材料，才在二十九岁时嫁给邻村一个家徒四壁、上有老下有小的三十岁的新郎。总之，李顺大全家以常人难以忍受的方式，为实现奋斗目标而进行着残酷的原始积累，但20世纪50年代的"大跃进"运动使李顺大辛辛苦苦攒钱买下的"三间青砖瓦屋的全部建筑材料"被集体共了产，李顺大变得一贫如洗；继之而来的"文化大革命"又使李顺大积攒多年的财富被造反派敲诈勒索得一干二净，致使李顺大稍微有些改善的生活再次变得一无所有；直到"文化大革命"结束后的1977年，李顺大才终于以"被迫行贿"的方式买齐了盖房子的材料，梦寐以求的三间房屋才真真切切地指日可见了。

"游荡于城镇之间，没有固定的谋生手段，迫于生计，以出卖体力或脑力为主，也有以不正当手段取得生活资料的人们，都可视为游民。"[①] 按此，身处旧社会的李顺大，在陈家村是个六亲无靠的异乡人，兄妹相依为命，靠拾荒、换破烂苦度人生，算得上是个彻头彻尾的"游民"。是共产党领导的革命让他这个原本的游民翻了身，并在土改中分了田，过上了安定的生活。饮水思源，喜从天降的翻身变化让苦尽甘来的李顺大形成了这样的信仰："听毛主席话，跟共产党走"，而且是完全落实，甘愿做一个忠实的"跟跟派"。正因如此，某天，李顺大一觉醒来，忽然听说天下已经大同，再不分你的我的了，顿觉七窍齐开，一身轻快，不管集体要什么，都乐意拿出来，把一家人几年

---

① 王学泰：《游民与中国社会·绪论》，同心出版社，2007年，第2页。

来通过"坚苦卓绝"的奋斗所积攒的家产，除了老婆藏了一只铁锅外，全都捐了出去。更令人唏嘘的是，"文化大革命"期间，李顺大被公社造反派打得遍体鳞伤，李顺大非但没有丝毫反抗，反而一味自责自己的身体竟然会变得如此娇嫩，居然经不住这点皮肉之苦，认为自己变牛变马都无不可，只是不能变"修"。总之，对于来自"左"的错误方面给自己造成的灾难，李顺大都不分青红皂白，一概承受下来，并且把这种逆来顺受愚昧地当作是对党的知恩报恩。

小说深刻地揭示了李顺大坚韧性格里潜藏着的逆来顺受之奴性，一个缺乏主人意识的"跟跟派"形象跃然纸上。李顺大的形象具有高度的概括性，是横跨两个时代、从旧社会走向新社会一代勤劳坚韧忠厚农民之代表，是"带着沉重的精神负担和历史枷锁迈向新社会的门槛的一代人"[①]。一方面，几千年的封建专制制度、等级森严逐级制驭的统治模式、底层百姓动辄得咎之现实处境，造成了旧社会民众普遍之愚昧麻木、怯弱保守的"顺民"性格，面对不公的遭际和命运，他们不思抗争，只会"打脱了牙，往肚里吞"；另一方面，翻身得解放之巨大恩情更让迈入新社会的中国儿女不仅有着一颗赤诚的报恩之心，而且萌生了一种紧跟步伐走向更美好明天之坚定信念与无比信任之情。他们"把共产党作为偶像来崇拜。他们找到一个崇拜的对象实在不容易，一旦建立起来就很难动摇；所以，即使党执行了错误路线，他们照样崇拜"，"李顺大就是这样一个单纯朴实的'跟跟派'"[②]。可以说，"李顺大形象蕴含的思想深度和历史内容，具有令人战栗的艺术力量"[③]。他有幸来到了做主人的时代，但因袭的重轭，却严重瓦解了其做主人的意识，妨碍了其做主人能力的练就。"跟跟派"不仅是"李顺大们"的人生行状，更是他们的一种人生哲学。为此，高晓声不无痛心地感叹："当我探究中国历史上为什么会发生这种浩劫时，我不禁想起像李顺大这样的人是否也应该对这段历史负点

[①] 王吉鹏，赵月霞：《鲁迅、高晓声对农民心路探寻的比较》，《北方论丛》2003年第2期。
[②] 高晓声：《〈李顺大造屋〉始末》，李怀中：《高晓声自述》，江苏凤凰文艺出版社，2016年，第299页。
[③] 谢廷秋：《描写农村生活的两位圣手——赵树理、高晓声之比较》，《贵州师范大学学报》（社会科学版）2000年第4期。

责任……看来他们并不曾真正成为国家的主人,他们或者是想当而没有学会,或者是当而受着阻碍,或者简直是诚惶诚恐而不敢登上那位置。"① 李顺大形象的成功,不仅在于写活了"某一类"人生,而且在于李顺大跌宕人生的悲欢杂曲中,回荡着厚重的时代足音,土地改革、"大跃进"、"文化大革命"、粉碎"四人帮",李顺大造屋的每一个步履都踩在时代的脚印中。同时,李顺大造屋始末的情感波浪,无论是在旧社会的绝望呼号、土改后的奋斗欢欣、"大跃进"中的迷茫困惑,还是三年困难期后的新希望、"十年动乱"的愤懑不平、粉碎"四人帮"后的雄心再起,无不染上了时代的色彩,从而使李顺大形象不仅拥有深厚的文化底蕴,而且富含厚重的历史沉淀,成为一个堪与陈奂生比肩的典型形象。

二、崇官典型周汉生

周汉生是高晓声小说《老友相会》中的一个人物形象。三十年来,周汉生与恽成只见过两回面,而且这两回见面都来自周汉生对恽成的救命之缘。一次是解放战争时期,干完农活、正走在回家路上的周汉生,与突破国民党保安队包围的恽成互换衣服,帮恽成脱离了危险。另一次是 1967 年,被打成"叛徒""走资派"的恽成在批斗会上被打得晕死了过去,周汉生趁乱将恽成背回家中,延医抓药,再次救了恽成。这次借来这里主持一个省里召开的专业会议之机会,现已担任局长的恽成决定去探望一下对自己有两度救命之恩的老朋友周汉生。

得到信息的周汉生担心恽成到时因太忙而抽不出时间,便亲自上城邀请恽成去家里吃顿便夜饭,顺便老朋友见面聊聊。是晚,周汉生好不容易遵嘱没对恽成以"局长"称呼,但仍特地请来了区里的王书记、公社的刘书记等当地的各级头把手和必要到场的人物来作陪。恽成来到厨房,责疑吃顿便饭何以约来这么多干部时,周汉生一本正经地说:"陪你呀,你是个大干部,总要让干部来陪你呀!"恽成指出这是朋友间的私人交往,让到场的干部们回去

---

① 高晓声:《〈李顺大造屋〉始末》,李怀中:《高晓声自述》,江苏凤凰文艺出版社,2016 年,第 300 页。

时，周汉生的妻子却道："这么多干部上我家门，还是靠了你的面子，要在平时，我们请也请不来呢。"恽成调侃有好吃的干吗不自己吃时，周汉生则说："吃点算什么，你难得来，我心里高兴，可惜买不到好吃的，否则，我八中八大办了待你。"恽成指出就是娶媳妇办喜事也不必"八中八大"这般破费时，周汉生的妻子便说："今天这桩喜事，比娶媳妇大，比造三间房子还大，别说我们不会忘记，就是我这些孙儿孙女长大了，将来还会把你到我家来的事讲给他们的儿女听呢！"酒筵开吃时，一桌尽是大大小小的干部依次坐满，主角周汉生反而在跑前跑后地忙着端这端那。当恽成坚持周汉生必须上桌坐下来时，周汉生便只好在"台角"搭个座，但"除了坐下陪客，站起筛酒之外，时不时还要离桌进厨房"。一次老友相会，一场酒筵，周汉生官崇拜的品性被展现得淋漓尽致，让人过目不忘。

三、奴性典型江坤大

江坤大是高晓声小说《大好人江坤大》中的一个人物形象。江坤大是江家村尽人皆知的大好人。爹娘生他下来的第一句话就是"又生了一个讨债鬼"。小时候，人们都叫他"讨债鬼"，他不但不恼，反而也自称是"讨债鬼"，"一直活到四十七岁，也从来不曾同别人争过一句长短，红过一次面孔"。别人请他办事，不管难不难，只要他能办到，都乐意去办。办坏了，人家怪他，他倒反因为惹得人家不高兴而心里难过。江坤大既然是这样的一个人，自然是人人喜欢，独有合伙办事让他做主这一件事，大家不愿意跟他搭档，因为，他不但不会替同伙争利益，而且会轻易把同伙应得的利益让给别伙人。

江坤大从上海郊区的亲戚那里学会了银耳栽培技术，为此，大队书记将他调到了大队副业组，一年下来，良好的效果甚至惊动了县、区、公社三级干部。随着时间的推移，银耳栽培技术让江坤大变成了大红人，上上下下、四面八方的人无不晓得他。在大队书记的牵线下，大队书记的表哥、跃进公社卫星大队副业场的场长刘国光与江坤大等人一道前去收购栽培银耳的树枝，结果是，刘国光依仗表弟是江坤大所在大队的书记，当起了甩手掌柜，硬是找借口逼着江坤大一干人等为他的副业场代收树枝,自己却带着妖冶的美女采购员别处去了。可到结账付款时,刘国光却百般刁难,提出了种种责疑。尽管江坤大一再打圆场,甚至愿意放弃自己帮刘国光代收树枝所应获得的十天工钱,还是不能平息双方的争执,弄得最后只得赴现场实地调查以辨真伪。由于土路高处滑溜溜,低处水汪汪,十分难行,养尊处优的刘国光竟一个滑塌,跌落到路边的排灌沟里。江坤大拉他起来后,边扶着他走,边忙不停地告罪:"说来说去,总是我闯的祸;当时我只要不答应替你收树枝,就没得事,也不会累你今天受这个罪了。"又走一段,见刘国光实在捉不住脚,江坤大便弯下腰来,主动要驮刘国光。刘国光哭丧着脸说:"我这身上都是泥,不弄脏了你的衣服吗?"江坤大说:"不碍,我们种田的还怕泥土吗!泥土也不是脏东西,否则怎么长得出粮食!"他把刘国光背着就走,还宽慰刘国光道:"泥土真不脏,沾在身上一洗就洗脱了。"途中休息时,有点内疚的刘国光问道:"驮了我,你不累吗?"江坤大说:"不累不累,我是驮惯的。"等到再把刘国光驮上背时,他还说:"你不要直往下塌;一塌你就吃力了。你要用手抱住我的颈项,大腿夹住我的腰,就不会塌下去了。"如果说"一直活到四十七岁,也从来不曾同别人争过一句长短,红过一次面孔",他只会"尽量使别人高兴",这是江坤大在做"烂好人",是属于无关宏旨的个人品性,那么,江坤大对粗鄙、刁钻、无德的刘国光如此忍耐谦让、卑躬屈膝,就已不属于不分是非的烂好人品性了,而是质变成了"奴性"性格。奴性是江坤大"烂好人"性格发展置顶后的必然结果,是江坤大有别于他人之最显著的色彩。"江坤大不把刘国光从身上摔下来,就不能挺起腰杆来堂堂正正做人,我国农民不把因袭的重负卸掉,就不能真正掌握自己的命运"[①],江坤大之奴性行为,是足可以引以为戒的。

四、改革型能人崔全成

崔全成是高晓声小说《崔全成》中的主人公,一个勇立改革潮头敢闯敢

[①] 徐采石:《论高晓声的"人物画廊"》,《苏州大学学报》(哲学社会科学版)1984年第2期。

干、勤劳致富的能人形象。上城买菜进茶馆躲雨的崔全成，偶然间"详细地听到了××省搞农业责任制的情形"，于是公开在社员面前宣传，使他所在的生产队"竟第一个搞成了包产到劳"。他们队包干责任制搞了一年半，县、区、公社三级干部都未曾公开表态支持过，之所以能被允许搞包产责任制，是因为他们队在队长崔大才的领导下变成了全公社著名的后进队，因此"死马当活马医"。实行包产到劳后，在崔全成的带动下，全生产队几乎家家产量上去了，副业上去了，一年半之间，收入增加了好几倍。改革所产生的有目共睹的成效，引得城西公社的刘子宽书记都约崔全成私下好好谈谈。精明能干的崔全成绝不是"只扫自家门前雪，不管他人瓦上霜"之辈，他把茶馆当作获取各种信息、学习各种东西的根据地，他从自己的利益出发，觉悟到他的命运是和大家连在一起的，因此，他将自己学到的一切有用的本领都搬到生产队来，帮助大多数社员找到了适合自己发展的副业。他不计前嫌，无私而真诚地帮助曾经颐指气使、威风凛凛，如今却落了魄、意志消沉的生产队队长崔大牛，这使得连原本对自己有怨言的妻子最后都"被丈夫的气魄折服了"，仰望着他，"好像他真是一位将军"。

崔全成是高晓声笔下一位真正的农村新人，不但有做主人的意识，也有当国家主人翁的本领。他善于学习的良好品质，藏龙卧虎的茶馆就是他的"大学"；他有敢冒天下之大不韪的闯劲，包产到劳远远走在全县前列；他有宽广坦荡之胸怀，无私带领群众共同致富；他自尊自信而无奴颜媚骨，敢于傲视权威、勇呈己见。

五、守旧型能人刘兴大

刘兴大是高晓声小说《水东流》中的人物形象。如果说崔全成是走在时代前列的改革型能人，那么，刘兴大则是一个因循守旧型的乡村能人。刘兴大甘心以最大的劳动换取最小的报酬，善于运用超人的智慧去谋取正当的利益。他从不错过能挣一分钱的时间，从不放过能节约一分钱的机会。儿子长到十三岁，他就安排下养活二十只兔子的任务，使其当年就赚到了口粮钱。这样年轻就能负担自己的生活，全大队没有第二个。女儿淑珍更出众，八岁学会做蒲包,十岁学会摇棉花,十四岁初中毕业,一家的洗、烧、缝、喂都包揽了。真叫将门出虎子,全靠他教得好哪!刘兴大当这个家,上对得起祖宗,下对得起儿女。儿女有他这样的爹,老婆有他这样的夫,也算福气。他家的房子,外表不显眼,但檩、柱、梁、椽都是杉木,矮虽矮,可房是房,灶是灶,猪圈、柴屋另开造,清清爽爽;大小家具,应有尽有;四时衣着,里外不缺;靠墙着壁,堆堆叠叠都塞得满腾腾。这是刘兴大几十年心血的结晶,是他千辛万苦一点一滴积累起来的财产。

这些年来,跟着"走无派",肚皮咕噜噜;若做"走资派",肝胆都吓坏。刘兴大居然在这样的情形下创出这份家业,实属不易。但时代的车轮在滚滚向前,走出"文化大革命"阴霾的中国生机盎然,新观念、新风尚如春风化雨,改变着世俗人心。在这新变之下,刘兴大深感懊恼:女儿淑珍竟敢拿了自己的图章,直接到生产队会计那里拿了奖金不上交,去买"收音机"。这收音机是败家当的东西,几十块钱买了,听听就坏,又不会修,三天两头出利钱,还要花电。更何况隔壁人家已经有了,一打开声音就能传过来,白听不是更好吗?更可恼的是,一家人吃罢晚饭,居然不再像以前那样在家做蒲包,反而去看大队包场的不要钱的电影,一个月三五次,竟然还问他为什么不去。时间不是钱吗?耽搁一黄昏,一个人少做三只蒲包,净损失三角六。这让刘兴大十分肉痛,恨不得叫电影队倒贴。明明自己给女儿淑珍相了一门亲,对方和自家一样会精打细算过日子,家底和自家一样的厚实,小伙子徐炳元和女儿是同学,是个正经过日子的角色,可女儿居然对娘说厌透了自家的日子,偏偏相中了那个不安分过日子就会瞎折腾、七八年来三起三落、如今在兴旺发达的大队工厂担任技术员的李松全。更荒唐的是,这场情变的起因乃是由于鞋子——徐炳元家的鞋子全是自家做的,只要淑珍一到徐炳元家,徐炳元娘就塞鞋底给淑珍纳;而李松全居然用买来的一双深筒的回力球鞋,换取了徐炳元手中一双鞋底漂亮得堪称艺术品的布鞋。凡此种种,足以看出,刘兴大确实是个乡村能人,勤俭持家,善于经营,精于算计,致富有道,日子过得相对安稳富足,"但这是用典型的、有着千百年传统的、用较多的繁重劳动生产较少的生活资料的小生产的方式换来的，是牺牲了应有的精神生活换得的"①。刘兴大表面上是拒绝现代化的生活方式，实质上是拒绝支配着现代生活方式的现代观念而固守与时代潮流不相适应的传统。高晓声从日常生活着手，艺术地展现了老一代农民刘兴大身上所因袭的沉重的精神负担。"《水东流》创作于1981年1月，至此，中华人民共和国成立已30余年，封建思想虽有残余，然已是强弩之末，这时的老一代农民，或许有那么点封建残余思想，但已是无关宏旨，高晓声不着力写刘兴大身上的封建残余思想，而大写其落伍的生活方式，亦是抓住了要害。"②

花无百日红，芳林新叶催旧叶，这是自然规律。复出文坛后的高晓声一度震撼文坛，成为耀眼的文学明星。但时过境迁，新时期文学很快与"伤痕"文学、反思文学、改革文学所造就的轰动效应渐行渐远，进入了"乱花渐欲迷人眼，各领风骚三五年"的百花竞放、荣衰突变的众声喧哗时期。当此文学时尚及读者审美情趣的嬗变，高晓声小说风光不再，难以走俏，恰如高晓声不无愤激之自侃："写出来之后，也只好靠边站，看天下英雄豪杰，熙熙攘攘，皆为利来，我那些小说，只好站在西北风里，自惭形秽，能发抖而不能发声。"③ 其实，1985年的小说集迟滞于1988年方才出版，已预示了高晓声在文坛的处境。细究起来，高晓声在文坛的边缘化，虽与其创作上没有新的突破有关系（如高晓声虽然请出了曾经的大腕、"退休"后的陈奂生，于1991年一年之内写了《陈奂生战术》《种田大户》《陈奂生出国》三篇小说，但陈奂生的性格并没有新的发展，相较于20世纪80年代前半期的"陈奂生热"，这次写作反应平平，甚至引来不少批评），但更与当时的文坛气候密切相关。高晓声创作在文坛冷热的分界线从时间上看当是1985年，而1985年恰是中国文坛的突变年。1985年，文学界掀起了关于"现代派文学"的讨论热潮。其实，"从某种意义上说，'现代派'文学在1983年以后逐渐成为一种'新'

---

① 谌宗恕：《对三十年农村生活的再认识——评高晓声描写农民的短篇小说》，《湖北大学学报》（哲学社会科学版）1986年第2期。
② 朱庆华：《赵树理、高晓声笔下新老式农民形象之比较——以〈小二黑结婚〉〈水东流〉为例》，《浙江万里学院学报》2010年第6期。
③ 朱净之：《高晓声的文学世界》，江苏凤凰文艺出版社，2015年，第68页。

的文学标准，并以此来区分'先进文学'和'落后文学'，甚至是'文学'与'非文学'……似乎在一夜之间，'现代派'文学成为代表中国当代文学最新的也是最成功的一种'方向'"①，从而彻底改变了新时期文学的版图。

现实主义在这种风潮的猛烈冲击下，失去了昔日灿烂的光芒而遁入庸常。以现实主义立身文坛的高晓声，尽管也想追随时代的脚步，创作了《鱼钓》《飞磨》《绳子》《山中》等自视甚高、具有一定探索色彩的小说，但作家"忠于生活、干预灵魂"的创作立场始终没有改变。如《山中》，高晓声创作这篇小说的动因是："1980年前后，有许多人对党的政策，对今后怎么办，对前途都缺乏信心，使我很有感触……我有个朋友到了××山，走在一条又窄又陡挺危险的路上时，突然想到，如果碰到匪徒推我下去是很容易的。我就从这句话引出小说构思来。这个人走在那条路上为什么有这样一种思想：总有一种危险感。"② 在当时的中国社会，人与人之间一度遭受严重破坏的信任感尚未完全恢复。一朝被蛇咬，十年怕井绳，人们在历史创伤的阴影下，一定程度上形成了人人自危的恐惧心理和草木皆兵的多疑性格。小说聚焦畏首畏尾之人生哲学的荒诞，正是为了鼓励人们去除心魔、勇敢地面对生活。高晓声的这类小说，因为有着强烈的现实主义色调，"所以批评家宁可用'象征主义''寓言体''哲理小说'等这些词语来评价高晓声的这些探索成就，而坚决不把'现代派'这顶珍贵的帽子扣在他的头上"③。高晓声的文学既然不符合时下的文学审美风尚，自然也就很难在文学界再次走红。但富有意味的是，作为曾红极一时的文坛人物，高晓声在经历了一段时间的沉寂之后，在21世纪的今天重新被人惦记，高晓声研究迎来了一个新的热潮，成为当代文学研究的新热点。但不管文坛气候如何风云变幻，历史面貌也许会一时间云笼雾罩而难见真容，可一旦云开雾散，真相便能一览无余。可以预言，"高晓声以其高度形象化的审美书写记录下的'历史一瞬'"，终将会"被定格为当代文

---

① 杨庆祥：《路遥的自我意识和写作姿态——兼及1985年前后"文学场"的历史分析》，《南方文坛》2007年第6期。

② 高晓声：《答南宁作者问》，李怀中：《高晓声自述》，江苏凤凰文艺出版社，2016年，第277页。

③ 赵黎波：《高晓声论》，《文艺争鸣》2009年第8期。

学史的'永恒一瞬'"①。

综上所论,高晓声"三农"小说的文学史地位,没能像鲁迅、赵树理那样,获得"方向"性的不世荣耀,一度成为文学家们的旗帜,但其成功塑造了陈奂生、李顺大、周汉生、江坤大、崔全成等一系列堪称经典的艺术形象,通过"陈奂生系列"小说,实现了对"三农"的"追踪式"审美反映。因而,在文学史上也留下了永恒的瞬间而流芳后世。

---

① 张丽军:《山深流清泉　岭高昂白头——论当代文学史视域下的高晓声》,《小说评论》2022年第2期。

第四章 鲁迅、赵树理、高晓声"三农"小说之传承与新变

第一节 赵树理对鲁迅"三农"小说的传承与新变

作为中国现代文学的奠基者,鲁迅对文学新人的影响是巨大的。例如,鲁迅不但开创了中国现代文学之乡土小说门类,而且以其思想深刻、艺术精湛的乡土小说成品,为许多"被生活驱逐到异地的人们"提供了足资借鉴的创作样本,以致形成了与鲁迅乡土小说风格相似的若干族类。如王鲁彦的《李妈》、蹇先艾的《乡间的悲剧》、台静农的《红灯》等作品形成了揭露农村妇女苦难命运的《祝福》族类,而王鲁彦的《阿长贼骨头》、许钦文的《鼻涕阿二》、彭家煌的《陈四爹的牛》等作品则组成了要画出国人灵魂的《阿Q正传》族类。更有意思的是,五四时期的乡土小说家,大多与鲁迅有交集,如王鲁彦、蹇先艾等是听鲁迅讲过课的学生,许钦文、台静农等是经常与鲁迅交往的青年,废名等则是鲁迅扶植过的文学社团的成员,当然,更多的还是鲁迅的仰慕者,如王任叔、彭家煌等。可以说,这些乡土小说家,其创作都深受鲁迅影响。被鲁迅亲切地称为"吾家彦弟"的王鲁彦,原名王衡,正是由于仰慕鲁迅而自取笔名为鲁彦,其作品集《柚子》中的第一部作品《秋夜》,即效法鲁迅的《狂人日记》,带有明显的《狂人日记》之印痕。赵树理身处山西偏僻乡村,好不容易赴省立长治师范学校读书,之后却因政治避难而像萍草一样在社会上游荡数载,尽管无缘结识鲁迅、得鲁迅指点,但其创

作仍然明显受到了鲁迅的熏陶。为此，在《回忆历史　认识自己》一文中，赵树理不无骄傲地坦言道："老实说我是颇懂一点鲁迅笔法的。"①尽管赵树理没有与鲁迅面对面亲身交往，也没有与鲁迅进行过鸿雁传书的精神交流，但赵树理与鲁迅之间，确实有着"别样的"交集。1925 年夏，赵树理进入长治山西省立第四师范学校学习，有幸结识了对其一生产生重要影响的共产党员王春，每每与王春进行思想辩论，输的总是赵树理。在王春不断的启蒙教育之下，赵树理的思想觉悟有了很大提高，最终加入了中国共产党。长治读书期间，在王春的引导下，赵树理兴趣盎然地广涉琳琅满目的古今中外文学名著，其中让赵树理"最迷恋的作品，却是产生不久的新文学……文研会和创造社如并峙的双峰，上面长满了异花佳木。这位土生土长的乡巴佬，陶然沉醉在这个陌生的新鲜的但又似曾相识的世界里，凭借自己活跃的想象力，为书中人物的忧乐而忧乐"②。赵树理很想通过鲁迅所讲述的故事，启发家乡的父老兄弟觉悟起来，与命运抗争。赵树理对鲁迅作品的喜爱之情，从他在太谷县北洸高小任教时的所作所为也可见一斑。据当年北洸高小的同事张启仁回忆，赵树理那时候最喜爱的现代作家是鲁迅，最爱读的小说是《呐喊》，尤其是《阿 Q 正传》。他劝学生们多读鲁迅的作品，还特意送给一年级学生王锡珪一本鲁迅的《呐喊》。③痕迹学理论指出，有车就有辙，有树就有影，一切行为皆会留下痕迹。既然赵树理如此顶礼膜拜鲁迅之作品，那么，其创作又怎能不受鲁迅半点影响呢？

由于"五四"新文学"西化"现象十分深重，以至于像《阿 Q 正传》这等农村题材的小说也被广大农民所拒绝。鉴此，赵树理改弦易辙，决意回师中国传统文学，最终创出了一条颇有"民族风"的新评书体小说之路。因此，鲁迅之于赵树理创作的深刻影响，主要体现在思想内容方面。具体而言，赵树理对鲁迅"三农"小说的传承与新变，主要体现在以下方面：

---

① 赵树理：《回忆历史　认识自己》，《赵树理文集》第 4 卷，中国工人出版社，2000 年，第 2109 页。
② 戴光中：《赵树理传》，北京十月文艺出版社，1993 年，第 42 页。
③ 董大中：《赵树理评传》，百花文艺出版社，1986 年，第 59 页。

一、对"启蒙精神"的传承与新变

留学日本所经历的"幻灯片"事件,击碎了鲁迅具有爱国、恤民情怀的"医学梦",锥心之痛使他"觉得医学并非一件紧要事……我们的第一要著,是在改变他们的精神,而善于改变精神的是,我那时以为当然要推文艺。于是提倡文艺运动了"①。改造"国民精神"的创作立场,决定了鲁迅小说具有鲜明的"启蒙"特质。1926年暑假,鲁迅的扛鼎之作《阿Q正传》等新文学作品被父老乡亲拒之门外的严酷现实,在警示赵树理"西化"的新文学与土生土长的广大民众格格不入的同时,也促使赵树理痛下决心另辟蹊径:"我只想上'文摊',写些小本子夹在卖小唱本的摊子里去赶庙会,两三个铜板可以买一本,这样一步一步地去夺取那些封建小唱本的阵地,做这样一个文摊文学家,就是我的志愿。"②在中华人民共和国成立前,"说的书,唱的戏,尽管也有好多是反抗旧制度,为人民大众说话,因而得到一般农民真心赞许的,但是绝大部分(只以数量说)是站在地主阶级方面来维护旧制度的旧公式化的东西,农民听了看了也往往跟着地主阶级的观点评长论短"③。显而易见,赵树理的创作旨在"一步一步地去夺取那些封建小唱本的阵地",即以"文摊"文学清除盘踞于广大百姓头脑中的"封建思想",这与鲁迅改造"国民精神"的创作立场可谓异曲同工。这样的创作意图,同样让赵树理的创作具有了浓郁的"启蒙"色彩。

赵树理在继承鲁迅"启蒙"传统的同时,又通过融进时代元素而实现了新变。鲁迅生活于中华人民共和国成立之前的中国,时时面临亡国灭种之险,那时的中国,经受了洋务运动、戊戌变法、辛亥革命等救国壮举的洗礼,历经了科技救国、变法救国、政治革命等惨痛失败,鲁迅清醒地意识到唯有"思想革命"才是救国良方。因此,鲁迅之"启蒙",主要是思想启蒙:"首在

---

①鲁迅:《呐喊·自序》,《鲁迅全集》第1卷,人民文学出版社,2005年,第439页。
②李普:《赵树理印象记》,黄修己:《中国文学史资料全编(现代卷)29 赵树理研究资料》,知识产权出版社,2010年,第15页。
③赵树理:《随〈下乡集〉寄给农村读者》,《赵树理文集》第4卷,中国工人出版社,2000年,第2019页。

立人，人立而后凡事举。"①鲁迅之创作，"从思想革命的角度，侧重描写和揭示封建思想对人民群众的精神奴役和毒害，暴露和解剖民族病态心理，期望中国人民摆脱封建传统思想束缚，改革国民劣根性"②。鲁迅始终注目人们的精神世界，致力于"对人的精神创伤与病态的无止境的开掘"③。例如，在《故乡》中，少年闰土曾经是"我"年少时亲密无间的好朋友，时隔20多年后再次相逢，当"母亲"吩咐彼此间还是照旧以哥弟称呼时，闰土却连忙加以拒绝，认为"那时是孩子，不懂事"，如今再以哥弟相称，便是"不成规矩"了。小说借助闰土那一声惊心动魄的"老爷"，深刻批判了普通民众心中根深蒂固的"等级"观念。再如《祝福》，小说通过祥林嫂的人生悲剧，在对弥漫着"从一而终"之礼教思想的整个鲁镇社会进行猛烈抨击的同时，也聚焦祥林嫂自身的礼教观念及鬼神迷信思想并予以无情解剖。总之，自鸦片战争以降至中华人民共和国成立之前的历次革命之所以屡屡失败，根源就在于缺乏一场广泛而深刻的反封建的思想启蒙运动。于鲁迅而言，以穿越黑暗、划破长空的振聋发聩之声惊醒那"绝无窗户而又万难破毁的铁屋"中酣然昏睡的麻木民众正是时代所赋予的庄严而沉重的使命。赵树理生活于建立了民主政权的根据地（解放区），如何最广泛地动员民众积极投身于共产党领导的民族解放事业乃是头等大事。因此，"政治启蒙"成了赵树理创作启蒙的重要形式——扫清思想障碍，动员人们汇入革命洪流。《小二黑结婚》对生活原型的艺术处理，就典型地体现了赵树理小说政治启蒙的创作意图。之所以将一个爱情悲剧改造为"大团圆"结局，赵树理如此解释："要把小二黑写死，我不忍。在抗日战争中解放区的艰苦环境里，要鼓舞人民的斗志，也不该把小二黑写死。"④可见，这样的改造是出于政治的刚需。不少研究者对赵树理创作的"大团圆"模式颇有微词，认为这是一种浅薄的喜剧，是图解政策的结果，削弱了作品震撼人心的力量。如此评价是有失公允的，文章合为时而著，

---

① 鲁迅：《文化偏至论》，《鲁迅全集》第1卷，人民文学出版社，2005年，第58页。
② 吴宏聪，范伯群：《中国现代文学史》，武汉大学出版社，1991年，第54页。
③ 钱理群，温儒敏，吴福辉：《中国现代文学三十年》，北京大学出版社，1998年，第39页。
④ 李康濯：《赵树理文集跋》，黄修己：《中国文学史资料全编（现代卷）29 赵树理研究资料》，知识产权出版社，2010年，第277页。

歌诗合为事而作。任何时候，文学都不可能脱离时代而独善其身。赵树理笔下的"大团圆"正是时代的要求，是政治启蒙的需要。为了呼应政治启蒙之需要，赵树理的部分作品干脆就是为了"赶任务"而作："《李家庄的变迁》是经上级号召揭发阎锡山统治下的黑暗之后才写出，材料早已有，但当时没有认识到揭发的必要，直至任务提出后才写。"① 在解放战争时期，"控诉会"是激发阶级觉悟、动员人民革命屡试不爽的通行做法，《李家庄的变迁》就是一场"文学控诉会"，充分激发了人民群众拿起枪杆保卫胜利果实的坚强决心和实际行动，很好地配合了革命事业。赵树理创作之"启蒙"有别于鲁迅的又一表现是：赵树理之"启蒙"往往寄生于"问题小说"。赵树理生长于新民主主义革命如火如荼的巨变时期，中国共产党无疑是劳苦大众的启蒙者、引路人，千千万万的受苦人终于在"绝无窗户而万难破毁的铁屋"中惊醒过来跻身革命行列。对于赵树理来说，中国共产党已极其成功地唤醒农奴千百万，因此，启蒙虽然也是他的重要追求，但更重要的任务是怎样做好当下的实际工作。正因如此，工作中所接触的各类具体问题便水到渠成地成了赵树理创作时观照的对象，"使他的许多作品往往成为当时农村生活的启示录"②，而赵树理在反映工作中问题的同时，往往就"嵌入"了启蒙的内容，使作品成为"问题小说"和"启蒙小说"的二重奏。在以往的赵树理研究中，我们过于拘泥于赵树理本人的各种言说，因而导致了某种"遮蔽"的发生。赵树理曾经明确表示："我在做群众工作的过程中，遇到了非解决不可而又不是轻易能解决了的问题，往往就变成所要写的主题"③"感到那个问题不解决会妨碍我们工作的进度，应该把它提出来"④。有鉴于此，不少研究者总是把赵树理小说仅仅看成"问题小说"来加以阐释，赵树理小说所潜藏的"启蒙"属性几乎被完全遮蔽了。事实上，赵树理之创作乃是"问题小说""启蒙小说"的双声合奏，只是在具体作品中对两者各有所侧重罢了。例如，让赵树理一夜成名

---

① 黎南：《赵树理谈"赶任务"——北京漫记》，《赵树理文集》第 4 卷，中国工人出版社，2000 年，第 2144 页。

② 胡凌芝：《论赵树理及其创作方向》，《汕头大学学报》1996 年第 5 期。

③ 赵树理：《也算经验》，《赵树理文集》第 4 册，中国工人出版社，2000 年，第 1592 页。

④ 赵树理：《当前创作中的几个问题》，《赵树理文集》第 4 册，中国工人出版社，2000 年，第 1882 页。

的《小二黑结婚》，创作的缘起乃是作者震惊于共产党治下的乡村，封建思想居然如此猖狂，如此杀人不见血。小说中，二黑、小芹自由婚姻的阻力，虽然来自三仙姑、二诸葛、金旺和兴旺三方，但性质截然不同。三仙姑、二诸葛乃是家长，阻挠二黑、小芹自由婚姻时所用的武器是传统习惯和封建迷信，容易获得世俗力量的支持，"清官难断家务事"，政府力量只能有限介入，因而构成了自由婚姻的主要阻力。而金旺和兴旺仗势欺人，不得人心，政府力量完全可以强势介入，乃是自由婚姻的次要阻力。最终，在小芹、二黑不妥协的坚持以及政府的合法干预下，有情人终成眷属。《小二黑结婚》的中心情节是二黑、小芹的恋爱故事，所表现的中心主题自然也应该是抨击封建迷信、倡导自由婚姻、争做生活主人的"启蒙"。但小说引入了在村政权任职的金旺、兴旺，又使其自然而然地衍生出了揭露"工作中的问题"之次要主题——农村基层政权不纯，部分坏分子钻进了干部队伍。如此，《小二黑结婚》便成了一部"启蒙"为主、"问题"为辅的小说。《李有才板话》则刚好相反，乃是一部"问题"为主、"启蒙"为辅的小说。赵树理明确表示，创作《李有才板话》是因为"那时我们的工作有些地方不深入，特别对于狡猾地主还发现不够，'章工作员式'的人多，'老杨式'的人少，应该提倡'老杨式'的做法"①。小说的中心情节乃是阎家山的"小字辈"在农会主席老杨的带领下实行减租减息、改造村政权的故事。借助这一故事，小说反映了"干部工作作风"的问题。但是，作品又用极简省的笔墨活画出了等级思想根深蒂固、奴性意识十分严重的"老秦"形象，同时塑造了蜕化变质的干部形象陈小元，这就使得《李有才板话》在反映工作中的问题的同时，又兼有了一定的反封建思想的"启蒙"色彩。

二、对"使命意识"的传承与新变

"鲁迅与其称为文人，不如号为战士。战士者何？顶盔披甲，持矛把盾交锋以为乐。不交锋则不乐，不披甲则不乐，即使无锋可交，无矛可持，拾一

---

① 赵树理：《当前创作中的几个问题》，《赵树理文集》第 4 册，中国工人出版社，2000 年，第 1882 页。

石子投狗，偶中，亦快然于胸中。此鲁迅之一幅活形也。"① 作为一名精神界的战士，鲁迅认为，"在风沙扑面，虎狼成群的时候"，"靠着低诉或微吟，将粗犷的人心，磨得渐渐的平滑"②，这是在"麻醉"民族的灵魂。鲁迅注重文学的使命意识，追求文学的功利性，反对为艺术而艺术，认为"将文艺当作高兴时的游戏或失意时的消遣的时候，现在已经过去了"③。世人普遍只认为鲁迅的杂文"是匕首，是投枪，能和读者一同杀出一条生存的血路"④。其实，对于病态国民性而言，鲁迅之小说同样是锋利的匕首："说到'为什么'做小说罢，我们仍抱着十多年前的'启蒙主义'，以为必须是'为人生'，而且要改良这人生……所以我的取材，多采自病态社会的不幸的人们中，意思是在揭出病苦，引起疗救的注意。"⑤ 在"揭出病苦，引起疗救的注意"之创作立场下，鲁迅之现实主义小说，无不染上了醒目的"审丑"色彩。鲁迅怀着"哀其不幸，怒其不争"之复杂情感，通过对中华人民共和国成立之前举目皆是之"四丑"——人物之丑、灵魂之丑、人际关系之丑、环境之丑的具象展示，对严重阻碍祖国新生的国民劣根性进行了无情解剖和针砭。鲁迅以"我以我血荐轩辕"的冲天豪情，以文学一途，积极投身社会改造，创作了"听将令"的"遵命文学"，甚至不惜文学之"寓教于乐"的含蓄美，直接将自己的第一部小说集命名为《呐喊》，以示与前驱者取同一的步调，有意"删削些黑暗，装点些欢容，使作品比较的显出若干亮色"⑥，从而"聊以慰藉那在寂寞里奔驰的猛士，使他不惮于前驱"⑦。总之，静读鲁迅小说，一个披坚执锐的叙述者形象便巍巍兮如在眼前。

赵树理继承了鲁迅富有"使命意识"的创作精神，同样追求文学的功利

---

① 林语堂：《悼鲁迅》，《1913—1983 鲁迅研究学术论著资料汇编》第 2 册，中国文联出版公司，1986 年，第 639 页。
② 鲁迅：《小品文的危机》，《鲁迅全集》第 4 卷，人民文学出版社，2005 年，第 591 页。
③ 贾植芳：《文学研究会宣言》，《文学研究会资料》上册，河南人民出版社，1985 年，第 1 页。
④ 同②，第 592—593 页。
⑤ 鲁迅：《我怎么做起小说来》，《鲁迅全集》第 4 卷，人民文学出版社，2005 年，第 526 页。
⑥ 鲁迅：《〈自选集〉自序》，《鲁迅全集》第 4 卷，人民文学出版社，2005 年，第 469 页。
⑦ 鲁迅：《呐喊·自序》，《鲁迅全集》第 1 卷，人民文学出版社，2005 年，第 441 页。

性。生活在一个政权更替、风云激荡的伟大时代,赵树理积极置身其中,不作壁上观。在新旧之间你死我活的命运搏斗中,瞬息万变,一念之间,功败垂成。能否敏锐发现并及时妥善解决革命过程中出现的新问题,攸关民心之向背、力量之消长。占人口绝大多数的现实决定了农民是中国革命最重要的基本力量,谁赢得了农民,谁就赢得了胜利。作为革命队伍之一员,从农民中走来的赵树理,站在农民的立场,审慎地观察农民在新政权领导下的新生活状态,并以文学创作为手段,一方面向下传达国家意志,另一方面又向上呈递民情,沟通双方。他把"小说创作,当成参与实际斗争解决实际问题的一种途径和方式,对他来说,几乎每一次重要的创作实践,都有着切近现实、解决现实问题的实用功利性目的"①。为此,他以《小二黑结婚》《李有才板话》《地板》《邪不压正》等一系列干预生活的"问题小说"介入现实,推动工作,凸显了一个具有强烈社会责任感的作家勇于"宣战问题"的战士品格。赵树理取材于工作中的不少"问题小说",仿佛是"及时雨","很快在农民读者中广泛流传,有的被当作政治教育和政策宣传的学习材料"②。

在注重文学的使命意识、追求文学的功利性这点上,鲁迅、赵树理是高度一致的,但因所处的环境不同,彼此具体的使命意识和功利目标也就不同。鲁迅追求的是改造国民性,通过"立人"而"立国",实现救亡图存之宏愿。因此,鲁迅小说创作的关注点在于揭露种种不堪的国民劣根性,为下一步的"疗救"把脉问诊,最终致人性于全。鲁迅所要批判的国民劣根性,窃以为主要有:一是害人害己的"看客"心理。全世界纪念第二次世界大战中被纳粹屠杀的犹太人的纪念地有多处,其中位于美国波士顿的犹太人遇难纪念碑镌刻的是德国新教牧师马丁·尼莫拉的忏悔,碑文大意是:"纳粹杀共产党时,我没有出声——因为我不是共产党员;接着他们迫害犹太人,我没有出声——因为我不是犹太人;然后他们杀工会成员,我没有出声——因为我不是工会成员;后来他们迫害天主教徒,我没有出声——因为我是新教徒;最

---

① 万国庆:《论赵树理创作的文化代表性》,《嘉兴学院学报》2006年第1期。
② 钱理群,温儒敏,吴福辉:《中国现代文学三十年》,北京大学出版社,1998年,第478页。

后,当他们开始对付我的时候,已经没有人能站出来为我发声了。"① 碑文不长,言词浅显,但振聋发聩,将"看客"之害揭示得触目惊心。综观鲁迅小说,对"看客"的抨击乃是其国民劣根性批判的重中之重。如《祝福》,祥林嫂之命运悲剧,与"看客"的冷漠、残忍不无关系——狼吃阿毛的悲剧,看客们一旦知晓了,就没有耐心再听祥林嫂唠叨,而唠叨狼吃阿毛的故事,正是祥林嫂内心巨大悲痛的宣泄口;祥林嫂额头上的伤疤,看客们倒是颇有兴趣,渴望祥林嫂能道破真相,而这伤疤恰恰是祥林嫂讳莫如深的耻辱。看客们雪上加霜、伤口撒盐的残忍丝毫不亚于杀人不见血的封建礼教。二是泯灭抗争斗志的"精神胜利法"。"勇者愤怒,抽刃向更强者;怯者愤怒,却抽刃向更弱者。不可救药的民族中,一定有许多英雄,专向孩子们瞪眼。"② "精神胜利法"的弊害在于面对挫折、失败,不思以抗争改变现状,而采取自欺的方式求得虚幻的精神胜利以维持所谓的自尊,从而使自己永远处于无望的"失败"之中。《阿Q正传》通过阿Q这一形象,对"精神胜利法"进行了形象展示和彻底的否定,"阿Q之死"就象征着鲁迅对"精神胜利法"的埋葬。三是自甘人下的"奴性"意识。"奴性"意识的弊害有甚于"精神胜利法","精神胜利法"尽管遁入了虚幻的胜利之中,但多多少少尚有些许不平之心,既有不平之心,就还残存着奋起抗争的希望,而"奴性"意识却是自甘其辱,对"非人"的地位甘之如饴,就连那一点点可怜的"不满""不平"也丧失殆尽了,这就永远失去了"翻身"机会。"自己明知道是奴隶,打熬着,并且不平着,挣扎着,一面'意图'挣脱以至实行挣脱的,即使暂时失败,还是套上了镣铐罢,他却不过是单单的奴隶。如果从奴隶生活中寻出'美'来,赞叹,抚摩,陶醉,那可简直是万劫不复的奴才了。"③ 对于国民劣根性中的"奴性"意识,鲁迅也是奋力抨击的。如《故乡》就严厉解剖了闰土身上以"等级"思想为表征的"奴性"意识。四是根深蒂固的"愚昧"思想。思想是行动的指南,为了达到"新民""立人"之目的,鲁迅对盘踞于百姓头脑中的

---

① 波士顿犹太人屠杀纪念碑碑文. https://www.bilibili.com/read/cv15124295.
② 鲁迅:《华盖集·杂感》,《鲁迅全集》第3卷,人民文学出版社,2005年,第52页。
③ 鲁迅:《南腔北调集·漫与》,《鲁迅全集》第4卷,人民文学出版社,2005年,第604页。

"愚昧"思想，不厌其烦地进行曝光和批判。如《离婚》，表面上看，爱姑是个勇敢的叛逆者，敢于叫板封建礼教，直呼公公、丈夫为"老畜生""小畜生"；丈夫姘上了寡妇要休她，她绝不逆来顺受，竟然让父亲带上她的六个兄弟去拆平了夫家的灶。可是，她勇于反抗的底气恰恰来自礼教："自从我嫁过去，真是低头进，低头出，一礼不缺"，"他就是着了那滥婊子的迷，要赶我出去。我是三茶六礼定来的，花轿抬来的呵！那么容易吗？"不难看出，从根本上说，爱姑还是认同礼教的。

但于赵树理而言，他"首先是从事革命的实际工作者，然后才是作家"①。创作只是赵树理的"副业"，而且这一"副业"并非是出于个人的兴趣爱好，而是服务于革命的，是革命工作的有机组成部分。在革命工作过程中"遇到了非解决不可而又不是轻易能解决了的问题"，往往就成为赵树理创作的主题。具体地说，赵树理所关注的重大工作问题，主要有：一是揭露基层政权干部队伍不纯的问题，如《小二黑结婚》。抗战之初，金旺、兴旺给一支溃兵做内线，引路绑票，讲价赎人，又做巫婆又做鬼，直到八路军打垮了溃兵土匪，才又回到刘家峧。刘家峧建立民主政权、选举村干部时，村民们胆子小，谁也不敢出头。回到刘家峧的金旺、兴旺看出这是个掌权的机会，再加上大家巴不得有人愿干，于是，兴旺当上了武委会主任，金旺当上了村政委员，连金旺老婆也被选为妇救会主席。如此一来，金旺、兴旺在刘家峧一度为所欲为，以致发生了自由恋爱的二黑、小芹被"斗争""拿双"的闹剧。二是揭露干部蜕化变质的问题，如《李有才板话》。陈小元本来与小保、小顺、小福等都是阎家山的"小字辈"，是反阎恒元阵营中的中坚分子，阴差阳错地当上了村里的武委会主任，成为有身份的"一文一武"中的"一武"。可在阎恒元等人的拉拢腐蚀之下，他很快变了味，居然利用手中权力，奴役起了昔日的同伴："陈小元，坏得快，当了主任耍气派，改了穿，换了戴，坐在庙上不下来，不担水，不割柴，蹄蹄爪爪不想抬，锄个地，也派差，逼着邻居当奴才。"三是揭露官僚主义工作作风的问题，如《登记》。艾艾与小晚、燕燕与

---

① 钱理群，温儒敏，吴福辉：《中国现代文学三十年》，北京大学出版社，1998年，第476页。

小进都是情投意合的情侣，但他们的自由恋爱却好梦难圆，原因之一是区政府王助理员的官僚主义工作作风。艾艾和小晚到区上登记结婚。王助理员因他们没有村公所的介绍信，且村里报告说艾艾的名声不正，因而不予登记，口上虽声称是"等调查调查再说"，其实是既不调，也不查，致使艾艾的婚事搁了浅。四是揭露封建残余思想垂而不死的问题，如《孟祥英翻身》。在当地，婆媳之间的规矩是：媳妇必须忍受婆婆的打骂，婆婆就得会打媳妇，否则就没有了婆婆派头。夫妻间的规矩则是：娶到的媳妇买到的马，由人骑来由人打。孟祥英的婆婆更是个恶婆婆，逼得孟祥英先后两次自尽，以死抗议。五是反映农村建设新型人才的培养问题。如《小经理》，合作社的掌柜王忠根本看不起没文化、不懂业务的新上任的经理三喜，工作中故意给三喜出难题。半年时间来，三喜坚持每晚认字、写字学文化，同时下班后又反复研究账本"偷学"业务知识，终于在文化水平、经营能力两个方面都有了"质变"。即便王忠装病半个月不上班，三喜对合作社的各项工作也能应付自如，致使王忠从此"果然老实"了。总之，在赵树理笔下，各种现实工作中出现的事关民生的诸多问题，都得到了极为迅速的反映，从而"使他的许多作品往往成为当时农村生活的启示录"[①]，有的甚至被当成开展工作的"文件"："在后来的整风学习、减租减息以至土地改革中，《李有才板话》成了干部必读的参考材料。他们不但自己学习，还把它像文件似的念给农民听。"[②]

三、对"农民形象"的传承与新变

留学日本，于鲁迅而言，经历了弱国游子不可承受之痛。世人每每提及的"幻灯片"事件，只不过是令鲁迅下定决心弃医从文的导火索而已。仙台学医，一年下来，鲁迅的成绩在百余名同学中竟然"居中"，便被同学怀疑是老师泄了题，甚而有人公然寄匿名信给他，说是藤野先生在讲义上做了记号，鲁迅预先知道了答案，所以才有这样的成绩。然而这一切，都源于"中国是

[①] 胡凌芝：《论赵树理及其创作方向》，《汕头大学学报》1996年第5期。
[②] 戴光中：《赵树理传》，北京十月文艺出版社，1993年，第170页。

弱国，所以中国人当然是低能儿，分数在六十分以上，便不是自己的能力了"①。"幻灯片"事件中的不堪，不唯是国人充当了"看客"或"示众"的材料，更在于身为同胞，面对观看过程中时时爆发的"万岁"声，"我在这一个讲堂中，便须常常随喜我那同学们的拍手和喝采"②。这已远远不是一己之蒙羞，而是一个弱国无处申诉的耻辱了。"低能儿"标签、"幻灯片"事件，让鲁迅感受到了一种"窒息"般的难受与痛楚——要雪耻必须先强国，要强国必须先新民，要新民必须要改造国民性，而改造国民性必须紧紧抓住农民——"所谓批判国民性和重铸国民精神，都是基于对农民的认识。在农民占整个人口90%以上的国家里，国民性其实就是农民性"③。由是，千百年来从不被关注的"农民"便堂而皇之地出现在了鲁迅笔下，与知识分子题材小说并驾齐驱。自此，农民便成了中国文学百写不厌、常写常新的重要形象。

赵树理生于农村、长于农村，其熟悉农民的程度令人惊讶："他们每个人的环境、思想和那思想所支配的生活方式，前途打算，我无所不晓，当他们一个人刚要开口说话，我大体上能推测出他们要说什么——有时候和他玩笑，能预先替他说出或接他的后半句话。"④ 创作农村题材的文学作品，赵树理有着得天独厚的生活基础。这样的个体背景决定了赵树理的文学创作只能注目"三农"。中华人民共和国成立后，赵树理在北京近郊的一家喷雾气厂生活体验近一月，但最终还是没能写出以工人阶级为题材的小说，辜负了工人们的殷切期望⑤，这一事实也反证了赵树理的文学创作只与农村题材有缘。赵树理沿着鲁迅开创的农村题材小说之路，创作了一系列当年深得国内读者喜爱并产生了一定国际影响的"三农"小说。例如，《小二黑结婚》一经刊出，"半年间发行四万册，创下新文学作品在农村畅销流行的新记录"⑥，"据不完全的

---

① 鲁迅：《藤野先生》，《鲁迅全集》第二卷，人民文学出版社，2005年，第317页。
② 鲁迅：《呐喊·自序》，《鲁迅全集》第1卷，人民文学出版社，2005年，第438页。
③ 高晓声：《纪念鲁迅所想起的》，《文艺报》1996年12月20日。
④ 赵树理：《决心到群众中去》，《赵树理文集》第4卷，中国工人出版社，2000年，第1669页。
⑤ 董大中：《赵树理评传》，百花文艺出版社，1986年，第241—243页。
⑥ 钱理群，温儒敏，吴福辉：《中国现代文学三十年》，北京大学出版社，1998年，第478页。

统计，赵树理的作品已经在三十多个国家翻译出版"①。在中国现代文学的灿烂星空中，赵树理之农村题材小说，无疑是一颗熠熠发光的璀璨明星。

赵树理继承了鲁迅塑造农民形象的传统，但因时代不同，笔下塑造的农民形象自然也就有了彼此难以替代的特殊价值。在中国文学史上，鲁迅是大量将农民引入小说领域并作为主人公加以刻画的拓荒者，鲁迅笔下的农民，是生活在"暂时做稳了奴隶"或"想做奴隶而不得"这两样时代的中国儿女，都是清一色的愚昧不觉悟的农民，悲剧是他们逃无可逃的宿命——闰土在"多子，饥荒，苛税，兵，匪，官，绅"的重压下苦得"像一个木偶人"，祥林嫂怀着"被锯成两半"的巨大恐惧走向了别一世界，阿Q随同他的"精神胜利法"一起消失在了生无可恋的人间，剪了辫子的七斤也许还可以继续讲着他不断进城所带回来的"雷公劈死了蜈蚣精""闺女生了个夜叉"之类的奇闻怪事……鲁迅怀着哀怒交织的复杂心情，居高临下地审视、解剖着他们丑陋不堪的灵魂。赵树理笔下的农民，生活在鲁迅所梦寐以求的"第三样时代"。时代的质变，也造成了人物形象的质变。赵树理笔下也有老一代农民，身上也有浓厚的封建意识和顽固的陈旧思想，但他们不像鲁迅笔下的中国儿女——至死也不曾觉悟，悲剧就是他们的归宿。赵树理笔下的老一代农民，尽管背负着因袭的重担，但在砸断旧锁链、翻身求解放之时代潮流的裹挟之下，他们终于在浑浑噩噩的昏睡中艰难地睁开了蒙眬的眼睛，跌跌撞撞地摸索着走出业已破毁的铁屋子，遥遥地跟在向着幸福出发的队伍之后艰难前行。赵树理赋予了老一代农民走向"新生"的时代新质。如《小二黑结婚》中的"两位神仙"——二诸葛、三仙姑，尽管一个笃信阴阳八卦，凡事都要看一看黄道黑道，一个自称仙姑附体，装神弄鬼，作风轻佻，而且两人都有"包办婚姻"等浓厚的封建思想，但最终，一个收起了阴阳八卦，一个撤下了香案，虽说心有不甘，却还是接受了儿女的自由婚姻。更难能可贵的是，赵树理笔下还出现了鲁迅所没有的农民形象——大胆追求幸福、勇于掌握自己命运的"新一代"农民。在中国现代文学史上，"赵树理第一次真诚讴歌了农民的解

---

① 陈荒煤：《新的时代需要新的赵树理（代序）》，陈荒煤，黄修己等：《赵树理研究文集》上卷，中国文联出版公司，1996年，第3页。

放与胜利……塑造了众多栩栩如生的新一代农民形象"[①]。如《李有才板话》中的"小字辈"小保、小顺、小福等,与胆小怕事、敬上如神、畏官如虎的老一代农民老秦全然不同。在农会主席老杨的带领下,他们不仅敢于摸阎家山"老虎"阎恒元之屁股,针锋相对地与其展开斗争,而且是非分明、立场坚定。当原本属于"小字辈"阵营的陈小元当上武委会主任,因阎恒元之流的阴谋拉拢而蜕变时,他们同样与之作斗争。更值得一书的是,赵树理对鲁迅笔下某些类型的人物还加以深入开掘和具体化。如在《阿Q正传》中,鲁迅颇有深意地写了一场阿Q革命的"梦想曲"。阿Q革命的目的无非是报私仇——无论是赵太爷、假洋鬼子,还是小D、王胡,都得杀;找女人——吴妈、邹七嫂的女儿、赵司晨的妹子随我挑;捞钱财——元宝、洋钱、洋纱衫,要拿多少就多少。可见,"阿Q式"的革命,"不过是争夺一把旧椅子。去推的时候,好像这椅子很可恨,一夺到手,就又觉得是宝贝了……奴才做了主人,是决不肯废去'老爷'的称呼的,他的摆架子,恐怕比他的主人还十足,还可笑"[②]。大权一旦落入"阿Q们"之手,世道绝不会有任何好转,甚至更加暗无天日。鲁迅写的是一场打倒皇帝后自己做皇帝的"梦想曲",而在赵树理笔下,鲁迅小说中的"梦想曲"则有了"现实版"。如《邪不压正》中的小昌,曾是地主刘锡元的二长工,土改时,斗地主非常积极,当上了农会主任后,不但利用职权,把好地、好财物据为己有,而且威逼软英与自己还未成年的儿子订婚,甚至设圈套整治软英的心上人小宝,强行将小宝开除出党。其手段之卑劣狠毒,实不下于地主刘锡元。

四、"绰号"手法的继承与新变

绰号往往能形象而准确地揭示出对象在相貌、行为、学识等某一方面的特点。如东汉崔烈以五百万钱买官,人称"铜臭";明代程济博学,人称"两脚书橱"。鲁迅高度评价绰号:"这正如传神的写意画,并不细画须眉,并不

[①] 朱庆华:《赵树理小说新论》,当代中国出版社,2004年,第171页。
[②] 鲁迅:《上海文艺之一瞥》,《鲁迅全集》第4卷,人民文学出版社,2005年,第308—309页。

写上名字,不过寥寥几笔,而神情毕肖,只要见过被画者的人,一看就知道这是谁。"① 人之将死,其言也善,在离世前一个多月,鲁迅创作了《死》一文,决然写道:"又曾想到欧洲人临死时,往往有一种仪式,是请别人宽恕,自己也宽恕了别人。我的怨敌可谓多矣,倘有新式的人问起我来,怎么回答呢?我想了一想,决定的是:让他们怨恨去,我也一个都不宽恕。"② 鲁迅其人,从表面看,似乎锱铢必较,睚眦必报,一副冷酷严肃的刻板面孔,其实骨子里,却是一个风趣而大度的人。傅东华任《文学》月刊编辑时,曾作《休士在中国》一文,虚构事迹,攻击鲁迅,与鲁迅结怨。在鲁迅去世前一年的 1935 年 10 月,傅东华 17 岁的儿子傅养浩得了伤寒病,几个医生看了都不见效果,不得已向与福民医院院长有交情的鲁迅求助,鲁迅不计前嫌,"立即在烈日灼晒下亲自步行到医院接洽一切,并且亲自陪同院中的医生远道到我家来先行诊视。进院之后,他老先生又亲自到院中去探问过数次,并且时时给以医药上和看护上必要的指导"③。日常生活中,鲁迅也并不乏味,常显幽默风趣,时不时给人起个绰号即是其幽默本性的自然流露。北大青年教授川岛留了个学生头,于是鲁迅便给他起了个"一撮毛"的绰号,亲切地称其为"一撮毛哥哥";女生爱哭,鲁迅便谑其曰"四条"。爱取绰号的习性也被鲁迅带到了创作上,鲁迅常给笔下的人物安上个恰如其分的绰号。如《故乡》中杨二嫂的绰号是"豆腐西施",真是点石成金,令人叫绝——"豆腐"者,有双重意思,一是点明职业,杨二嫂以开豆腐店谋生;二是暗喻杨二嫂爱占便宜,民间将占人便宜婉称是"吃豆腐"。而"西施"者,则点明人物的性别、形貌。仅一绰号,就既含蓄地点明了人物之性别、职业、形态,又刻画出其品行德行,可谓"一字千金"。再如《药》中,五少爷之前冠以"驼背"一词,也堪称是神来之笔。为民众谋幸福生活的革命者夏瑜被杀,本是悲剧,但茶馆中,"花白胡子"、驼背五少爷一干人等,不但无有痛惜之情,反而以

---

① 鲁迅:《五论"文人相轻"——明术》,《鲁迅全集》第 6 卷,人民文学出版社,2005 年,第 394 页。

② 鲁迅:《且介亭杂文末编·死》,《鲁迅全集》第 6 卷,人民文学出版社,2005 年,第 635 页。

③ 傅东华:《悼鲁迅先生》,鲁迅博物馆、鲁迅研究室、《鲁迅研究月刊》选编:《鲁迅回忆录·散篇》,北京出版社,1999 年,第 593—594 页。

嘲笑、揶揄甚至声讨为能事，真是愚昧之极。"驼背"一词，不唯指五少爷生理之畸形，更暗喻其灵魂之"残疾"，无论是作为生理之躯体，抑或是作为灵魂之精神，五少爷都直不起腰来。鲁迅创作，崇尚"白描"手法，"我力避行文的唠叨，只要觉得够将意思传给别人了，就宁可什么陪衬拖带也没有"①，语言追求"有真意，去粉饰，少做作，勿卖弄"②。可以说，在鲁迅笔下，绰号是其刻画人物的一种特殊的"白描"手法。

赵树理也是个天性诙谐而活泼的性情中人。对于绰号，赵树理有着本能的亲近感，在生活之中，虽不像鲁迅那样喜欢给人来个绰号，但在创作时，却是继承、借鉴了鲁迅好用绰号之传统的。"在赵树理的小说集里，人物绰号数量之多，范围之广，辞格之巧是令人惊奇的。可以这样说，同时代其他作家都是不可与他比的。我们粗略地进行了统计，小说集里有绰号的人物超过四十个。众口称赞的中篇《李有才板话》，其中五人冠有绰号；长篇《三里湾》，绰号加身的竟接近半数，有十五人。"③

与鲁迅相比，赵树理的绰号运用出现了三大变化。一是扩大了运用范围。鲁迅笔下的绰号，主要着眼于体貌特征，如"假洋鬼子"（《阿Q正传》）、"花白胡子"（《药》）、"麻子阿四"（《风波》）、"红鼻子老拱"（《明天》）、"蟹壳脸"（《离婚》）等，给人物外貌贴上了醒目的标签。当然，也有少量绰号一语双关，富含象征意义，如"驼背五少爷"，既直指生理残疾，更寓指精神残疾。赵树理笔下的绰号，有的抓住外貌特征，如"尖嘴猴""鸭脖子"；有的抓住性格特征，如"一阵风""八面圆"；有的抓住言语特征，如"使不得""小腿疼"；有的抓住行为特征，如"常有理""铁算盘"；有的谐音双关，如"翻得高"（范登高）。二是拓展了绰号功能。赵树理可以运用绰号以凸显人物性格。例如《三里湾》中的马多寿，个人小算盘打得十分精明，但在土改、入社这样的大问题上，马多寿却不识大体，糊涂到家。可以说，"糊涂涂"这一绰号，正是他小事精明、大事糊涂的性格标签。赵树理还巧妙地借助"绰号"来推动情节发展。例如，《小二黑结婚》开篇写道："刘家峧有两

---

① 鲁迅：《我怎么做起小说来》，《鲁迅全集》第4卷，人民文学出版社，2005年，第526页。
② 鲁迅：《作文秘诀》，《鲁迅全集》第4卷，人民文学出版社，2005年，第631页。
③ 张小勤：《赵树理小说人物绰号的修辞艺术》，《零陵师专学报》1986年第2期。

个神仙,邻近各村无人不晓:一个是前庄上的二诸葛,一个是后庄上的三仙姑。"那么,这二人究竟是如何获得这样的名号的呢?于是,小说水到渠成地引出了"不宜栽种""米烂了"等一个个小故事,层层剥笋,解开悬念,推动了故事进程。另外,赵树理还利用绰号来增强生活气息。在现实生活中,给人起绰号是个普遍现象,尤其在农村,更是如此。"农民差不多都有外号,但他们不一下子都告诉你,只要你慢慢跟他们熟悉了,他们都会告诉你的。"[①]赵树理作品中的绰号,大多是农民们十分熟悉的身边事物或现象,适度地将绰号引入作品,不仅使人感到新奇、风趣,也增强了生活气息。三是更为通俗化。鲁迅小说中"驼背五少爷"这样的绰号,的确富有象征意义,深刻而隽永,但远非一般读者所能领会。赵树理笔下的绰号,如"一阵风""铁算盘""气不死"等,读者一看就能明白其意。总之,绰号不仅是赵树理小说的重要元素,也是赵树理创作特色的重要组成部分。赵树理对绰号的综合运用,赢得了一部分学者的高度评价:"古代有一部《水浒传》是使用外号最多最好的。在现代作家中,赵树理就是最突出也是最杰出的。"[②]

[①] 何坪:《赵树理谈〈花好月圆〉》,《赵树理文集》第 4 卷,中国工人出版社,2000 年,第 2153 页。

[②] 黄修己:《赵树理评传》,江苏人民出版社,1981 年,第 322 页。

第二节 高晓声对鲁迅、赵树理"三农"小说的传承与新变

集"诗、书、画、印"于一身的晚清—民国时期著名文人吴昌硕,如此教导弟子:"学我,不能全像我。化我者生,破我者进,似我者死。"是为确论。日本曾有天才书法家九岁参加青少年书法展,引起轰动,他的四幅作品全部被私人收藏,总价值一千四百万日元,但二十年过后却销声匿迹了。因为,这位小神童临摹王羲之的书帖成瘾,二十年下来,把自己的书法个性全临摹光了。尽管他临摹王羲之的字达到了以假乱真的水平,但写出的只是"仿制品"而已。继承是创新的前提,没有继承为基础,创新就成了空中楼阁;创新是继承的必然结果,不求创新的继承是没有生命力的,正所谓"似我者死"。鲁迅、赵树理是中国现代文学史上卓有成效的"三农"小说家,高晓声作为后起的"三农"小说之大师,对鲁迅、赵树理之文学创作,既有所借鉴,也不乏创新,形成了高晓声风格。

一、对"启蒙精神"的传承与新变

鲁迅之所以弃医从文,是因为他"觉得医学并非一件紧要事,凡是愚弱的国民,即使体格如何健全,如何茁壮,也只能做毫无意义的示众的材料和看客,病死多少是不必以为不幸的。所以我们的第一要著,是在改变他们的精神,而善于改变精神的是,我那时以为当然要推文艺。于是提倡文艺运动了"[①]。赵树理之所以从事文学创作,是因为他想夺取那些封建小唱本的阵地:"我不想上文坛,不想做文坛文学家。我只想上'文摊',写些小本子夹在卖小唱本的摊子里去赶庙会,两三个铜板可以买一本,这样一步一步地去夺取

[①] 鲁迅:《呐喊·自序》,《鲁迅全集》第 1 卷,人民文学出版社,2005 年,第 439 页。

那些封建小唱本的阵地，做这样一个文摊文学家，就是我的志愿。"① 可见，无论是鲁迅，还是赵树理，都具有强烈的使命意识，追求文学的功利性，反对为艺术而艺术，想通过文学这一寓教于乐的特殊方式，对民众进行启蒙，培养具有现代意识的公民，从而实现"救亡图存"的宏愿，或者取得"翻身解放"的胜利。高晓声生在旧社会，长在红旗下，跨越了新旧两个时代两重天。中华人民共和国成立之初，万象更新、欣欣向荣的火红景象令血气方刚的高晓声意气风发，积极组织"探求者"文学社团，创办《探求者》文学月刊，以期"干预生活"，为年轻的共和国尽责。但风云突变，事与愿违，高晓声因此反被打成"右派"，被遣送回家乡劳动改造，在农村一待就是二十余年。等到复出之时，他已青春不在，年逾半百。虽说"天将降大任于是人也，必先苦其心志，劳其筋骨，曾益其所不能"，但毕竟人生有限，时不我待。二十余年的惨痛代价，使高晓声对错误路线之害、对奴性盲从之弊有了非常人所能体察的切肤之痛。痛定思痛，高晓声也同鲁迅、赵树理一样，走上了"文学启蒙"之路，实现从20世纪50年代初的"干预生活"到复出文坛后的"干预灵魂"之转变。高晓声认为，在我们这样一个农民人口占绝对多数的国家里，"我们的国家靠他们支持着，没有他们，真是不得了！"但农民的"弱点确实是很可怕的，他们的弱点不改变，中国还是会出皇帝的……我们的文学工作者，科学工作者，要用很大的力气，对农民做启蒙工作，这个工作是责无旁贷的"②。"我希望我的作品，能够面对着人的灵魂，面对着自己的灵魂。我认为我的工作，无论如何只能是人类灵魂的工作。我的任务，就是要把人的灵魂塑造得更美丽。"③ "一个作家应该有一个终生奋斗的目标，有一个总的主题。就我来说，这个总主题，就是促使人们的灵魂完美起来。"④ "促使人们的灵魂完美起来"，言外之意，即是当下人们的灵魂还不够完美。对症下

---

① 李普：《赵树理印象记》，黄修己：《中国文学史资料全编（现代卷）29 赵树理研究资料》，知识产权出版社，2010年，第15页。
② 高晓声：《谈谈文学创作》，李怀中：《高晓声自述》，江苏凤凰文艺出版社，2016年，第261页。
③ 高晓声：《且说陈奂生》，李怀中：《高晓声自述》，江苏凤凰文艺出版社，2016年，第305页。
④ 同③，第306页。

药才能取得疗效,那么,灵魂究竟不完美在何处呢? 在具体内容上,高晓声之启蒙,显然又是有别于鲁迅、赵树理的。鲁迅生活在旧中国,面对的是一群不觉悟的老中国儿女。由于"统治阶级的思想在每一时代都是占统治地位的思想"①,对于数千年来匍匐在封建专制统治下的中国农民来说,封建意识早已积淀成一种集体无意识,并由此形成了种种国民劣根性。于鲁迅而言,以一个个发生在民众身边的"几乎无事的悲剧"惊醒在"万难破毁的铁屋"中酣然昏睡的麻木民众,使他们冲破封建思想的樊笼、确立起现代观念乃是时代赋予他的庄严而沉重的使命。鲁迅之创作,旨在通过批判国民劣根性,唤醒国民沉睡的灵魂。如《祝福》,通过祥林嫂的悲剧,形象地揭示了封建礼教思想无处不在的残酷现实。要是社会上没有大家普遍认同的"从一而终"的封建观念,祥林嫂就不会为保贞节而逃出婆家,只身来到鲁四爷家做佣人;鲁四爷就不会对祥林嫂婆婆私下强行捆走性价比如此之高的女佣且领走其工钱的恶行只以一声"可恶"作罢;鲁镇的人们就不会对第二次来鲁四爷家为佣的祥林嫂如此鄙夷;祥林嫂就不会因寡妇再嫁而有强烈的负罪感。再如,尊卑森严的等级观念以及由此衍生的奴性意识,也是鲁迅的重点抨击对象,因而就有了《故乡》中闰土的一声"老爷",《阿Q正传》中未庄人之唯赵太爷马首是瞻,《离婚》中七大人之赫赫威严……赵树理生活在建立了民主政权的抗日根据地(解放区),所面对的是从旧社会走来的跟着共产党闹革命的广大民众,火与剑的革命就是广大民众所面临的最紧要的大事。因此,对于民众的启蒙,最紧要的是如何充分激发他们的革命热情。五四时期鲁迅等知识分子对民众的启蒙,某种程度上可谓是"一头热"。启蒙者无论怎样呐喊,广大民众似乎充耳不闻,以致鲁迅产生了这样的挫败感:"我的话也无效力,如一支箭入大海。"② 之所以产生这样的一种启蒙效果,原因错综复杂,其中一个极重要的因素就是他们所开展的思想启蒙没有紧密结合民众的"实利",因而难以激发民众的兴趣。与此相反,赵树理的启蒙则十分注重对农民物质"实利"的守护,强调对农民现实生存处境的关涉。赵树理曾把自己创作的关

---

① 马克思,恩格斯:《费尔巴哈》,《马克思恩格斯选集》第1卷,人民出版社,1972年,第52页。
② 鲁迅:《鲁迅全集》第3卷,人民文学出版社,1981年,第457页。

注点定位为"中国农民在中国共产党领导的社会变革中,是否得到真实的利益"[①]。能否实际地给农民带来好处,这就牵涉了各项实实在在的工作,这就产生了赵树理的"问题小说"。而在"问题小说"中,赵树理又巧妙地嵌入了"启蒙"的内容,使得"启蒙"主旨得以乘着"问题小说"之东风而远播。赵树理所要否定的旧思想、旧观念,在民众中尽管可以堂而皇之地暴露出来并生成具体行动,但与鲁迅笔下的情形不同。在鲁迅笔下,封建思想根深蒂固,难以撼动。如二十年后"我"再遇闰土,哪怕明确要求还像以前似的以哥弟相称,但闰土仍坚决不肯,坚持要叫"老爷"。赵树理笔下的腐朽思想观念,根深却不蒂固,在新风尚面前只能弃甲丢盔。如二诸葛之"包办婚姻"思想,在民主政权的婚姻制度面前,只得作罢。再如,李成娘陈旧的"传家宝"思想,在新女性金桂面前,最终也败了阵。高晓声面对的是新社会的民众,人民当家作主已成为一项基本的政治制度,受到法律的明确保护,封建意识已成为人人喊打的过街老鼠。亲历的错误的政治运动及极左路线之害,让高晓声真切地感受到,我们的民众,有相当一部分"并不曾真正成为国家的主人,他们或者是想当而没有学会,或者是当而受着阻碍,或者简直是诚惶诚恐而不敢登上那位置"[②]。高晓声认为,十几亿农民对于我们国家的影响是巨大的,几乎可以说,不管哪个人,都在农民的重重包围之中,我们可以从非农民身上看到许多类似农民的思想和习性,甚至可以从身边就"捉"出地地道道的"当干部的农民""当工人的农民""当知识分子的农民",全国农民各烧一炷香,那烟火就可以遮得日月无光。因此,只有我们的广大农民"有了足够的觉悟,足够的文化科学知识,足够的现代办事能力,使他们不仅有当国家主人翁的思想而且确实有当主人翁的本领,我们的社会主义事业才会立于不败之地"[③]。有鉴于此,高晓声文学启蒙的重点在于猛烈抨击民众身上因袭的"奴性"意识,着重培养民众"做主人"的意识和能力。高晓声复出文坛后的第一篇小说《李顺大造屋》,就对主人公李顺大以"跟跟派"形式表现出来的

[①] 钱理群:《1948:天地玄黄》,山东教育出版社,1998年,第236页。
[②] 高晓声:《〈李顺大造屋〉始末》,李怀中:《高晓声自述》,江苏凤凰文艺出版社,2016年,第300页。
[③] 同[②],第301页。

奴性意识进行了"含泪的"批判，之后的"陈奂生系列"小说、《大好人江坤大》《老友相会》等，仍变换花样对"奴性"意识进行不厌其烦的抨击。

二、对"农民形象"的传承与新变

"作家要写好一篇小说，只有写熟悉的生活才有可能……我写农村、农民也不是我灵机一动、自由选择的，也不是听到哪儿农村里发生了一件可以写成小说的事情，去采访来写成的。我其实别无选择，我除了熟悉农村以外，对其他都不熟悉。"[①] 在农村前前后后生活了四十五年之久的高晓声，以了解农民就像了解自己、写农民就像写自己一样透彻的生活基础，走上了农村题材小说的创作之路，写下了一系列具有个性的"三农"小说，成为在20世纪中国"三农"小说创作中的翘楚。"中国的传统小说，从总体而言，是一部帝王将相史，才子佳人史，即说的不是普通民众的故事，而是些特殊身份的人的故事，在中国现代文学史上，鲁迅第一次大批量而非偶为之地把农民群众引进现代小说领域，真诚而严肃地为他们画像立传。"[②] 赵树理则是在中国现代文学史上"继鲁迅之后最了解农民的作家"[③]，也是一位专心致志书写农民的"铁笔圣手"，他第一次真诚讴歌了农民的解放与胜利，塑造了众多栩栩如生的新一代农民形象。高晓声继承了鲁迅、赵树理以农民为表现对象的创作传统，但并不亦步亦趋，而是形成了自己的鲜明特色。鲁迅笔下的"三农"小说中，乡村与农民只是他历史阐释的支点和切入口，他站在现代先锋文化的制高点，以病理学的视角和解剖学的方法探究形成国民劣根性的历史动因和文化背景，在审视并批判旧社会儿女时，采取的是一种居高临下的"俯瞰"视角，对农民的感情是"哀其不幸，怒其不争"，具体表现农民时，对农民身上的优秀品质，只是寥寥数笔简略带过而已，重点在于充分展示农民的"精神病苦"。赵树理生于农村、长于农村，对农民有深切的了解，因而对农民也

---

① 高晓声：《为密西根大学的二年级学生讲他们看过的几篇小说》，李怀中：《高晓声自述》，江苏凤凰文艺出版社，2016年，第288页。
② 朱庆华：《鲁迅赵树理对现代文学的互补式贡献》，《学术论坛》2004年第3期。
③ 钱理群，温儒敏，吴福辉：《中国现代文学三十年》，北京大学出版社，1998年，第479页。

更多了一份"理解"。《说说唱唱》发表的小说《金锁》，引起了强烈反响，招来了不少批评，赵树理做了如下辩护：

> 读者意见中，有一条是说这篇作品中的主角金锁是不真实的，是对劳动人民的侮辱。我以为这是不对的。我所以选登这篇作品，也正因为有些写农村的人，主观上热爱劳动人民，有时候就把一切农民都理想化了……"有骨头"这话是多少有点社会地位的人才讲得起的，凡是靠磕头叫大爷吃饭的人都讲不起，但不能说他们都不是劳动人民。
>
> 作农村工作的同志们，如果事先把农民都设想为解放军那样（的）英雄好汉，碰上金锁这类人就无法理解，其实只要使他的生活有着落，又能在社会上出头露面，他并不是没骨头的，解放军中像金锁这一类出身的人也不少，经过教育之后，还不是和其他英雄一样吗？①

"'有骨头'这话是多少有点社会地位的人才讲得起的，凡是靠磕头叫大爷吃饭的人都讲不起。""只要使他的生活有着落，又能在社会上出头露面，他并不是没骨头的。"不难看出，赵树理对农民是"足够"理解的，对处于水深火热中农民无奈的"没骨头"是深表同情的。正是这样一种"农民观"，使得赵树理在审视农民时，所采取的是"平视"的角度，所持的态度是"哀其不幸，怨其不争"。在表现农民时，赵树理既不吝笔墨展示农民的传统美德，也不谅饰农民身上的劣根性。例如，在塑造二诸葛这一形象时，既刻画其相信迷信、逆来顺受之一面，批判其怕官畏上之"奴性"思想，也不忘展示其忠厚、爱子的良好品性。

高晓声因"探求者"一案被遣送回家乡，在农村经历了二十余年的"炼狱"人生，与脸朝黄土背朝天的农民朝夕相处，"二十多年中，我走了一段艰难曲折的路。我所以没有被政治上、精神上、物质上的巨大压力压垮，就是由于人民给了我鼓舞和力量。我一再看到，我周围的农民兄弟，不管碰到多大的困难，他们从来不消沉，他们总是努力去克服……他们在困难面前的坚

---

① 赵树理：《〈金锁〉发表前后》，董大中：《赵树理全集》，大众文艺出版社，2006年，第434页。

韧性和积极性,给了我多大的教育!我于是自然而然地同他们一起去斗争,成了他们中间的一个。我不能不说,人民是我生命的源泉"①。"正是他们在困难中表现出来的坚韧性和积极性成了我的精神支柱……这精神支持了他们自己,支持了我,也支持了整个世界。"② 正是特殊的人生际遇,使高晓声对农民有了深刻的认识,其对农民的感激、钦佩之情,溢于言表。"我敬佩农民的长处,也痛感他们的弱点"③,正是这样一种"农民观",使得高晓声在审视农民时,所采取的是"仰视"的角度,所持的态度是"哀其不幸,痛其不争"。在鲁迅、赵树理、高晓声三位作家中,高晓声是最会浓墨重彩去赞美农民之优秀品德的。在高晓声笔下,勤劳、坚韧是普通农民的美德"标配",是高晓声所敬佩的"农民的长处"。李顺大以"总不比愚公移山难"的决心、三起两落终不悔的意志为三间房屋而奋斗的坚韧令人动容;"漏斗户"主,哪怕"饿得头昏目眩","仍旧是响当当的劳动力,仍旧是像青鱼一样,尾巴一扇,往前直穿的积极分子",其勤劳与忠厚,感人至深。而保守、奴性则是老一代农民普遍因袭的重负,是高晓声所痛感的"农民的弱点"。《水东流》中的刘兴大、《泥脚》中的朱坤荣,其"勤俭致富"的品德令人敬佩,但墨守成规、落伍时代而自以为治家有方、致富有道的"保守"一面则又令人不胜唏嘘。江坤大、周汉生身上所表现出来的"奴性",则更是令人不寒而栗。

---

① 高晓声:《解放思想和文学创作》,李怀中:《高晓声自述》,江苏凤凰文艺出版社,2016年,第335页。
② 高晓声:《且说陈奂生》,李怀中:《高晓声自述》,江苏凤凰文艺出版社,2016年,第304页。
③ 高晓声:《生活、目的和技巧》,李怀中:《高晓声自述》,江苏凤凰文艺出版社,2016年,第252页。

第五章　鲁迅、赵树理、高晓声"三农"小说专题研究

第一节　鲁迅、赵树理、高晓声"三农"小说与中国传统文学之关系

　　五四时期,伴随着思想革命运动,文学革命骤然而起。《狂人日记》作为鲁迅的第一部白话小说,也是新文学的开山小说,甫一刊出,便以"表现的深切和格式的特别"而震撼文坛,真切地显示了文学革命的实绩。按鲁迅自己的说法,这样一部令人耳目一新的"另类"小说之产出,全赖于他所学的一点医学知识以及所看过的一些外国文学。医学知识使得"狂人"之"狂"真实可信,而所看的外国文学,则使其创作在艺术性方面有所借鉴,其借鉴的程度,甚至连小说名都与果戈理的小说《狂人日记》一字不差。至于对有逾千年历史的"中国古代文学方面,几乎一点遗产也没有摄取"①。我们承认,鲁迅确实师法欧美文学,洋为中用,"实现了对传统小说的革命性的突破,从而完成了小说形式向现代的转型"②,成为"创造新形式的先锋"③。在鲁迅的小说世界里,中国传统小说叙述有头有尾的完整故事的铁律被瓦解了,依故事时间线性推进的叙事模式被颠覆了,全知全能的第三人称叙述视角被弱化

---

①鲁迅:《"中国杰作小说"小引》,《鲁迅全集》第8卷,人民文学出版社,2005年,第445页。

②温儒敏,赵祖谟:《中国现当代文学专题研究》,北京大学出版社,2002年,第20页。

③钱理群,温儒敏,吴福辉:《中国现代文学三十年》,北京大学出版社,1998年,第43页。

了，而直接揭秘心灵世界的心理描写却被大量引入，甚至象征、意识流、精神分析等纯属现代形式的表现手法也出现在了创作上……总之，鲁迅确实对中国传统小说进行了彻底的颠覆。但不管怎样，鲁迅之创作，并非像他自己所说的那样，在"中国古代文学方面，几乎一点遗产也没有摄取"。对于传统表现手法，鲁迅还是有选择地进行了创新应用。如其传世之作《阿Q正传》，隐约可见章回小说之"回目"的身影。再如，中国古代诗歌十分讲求"炼字"，故有"为求一字稳，捋断数根须""两句三年得，一吟双泪流"等感叹。鲁迅之创作，也是十分注重"炼字"的。《阿Q正传》中阿Q向吴妈求爱的表白："我和你困觉，我和你困觉"。"困觉"一词，堪称神来之笔。若将其换成"吴妈我爱你""吴妈我喜欢你""吴妈我会对你好的""吴妈我们一起过吧"等，不是失之浪漫，便是失之文雅，或者不能最准确地表达出阿Q内心最真实的诉求。总之，这些词语都不符合阿Q的人物性格，不甚妥当，唯有"我和你困觉"这一表白，才是最恰切不过的。小尼姑一声"断子绝孙"如当头棒喝，使得常常"胜利"的阿Q深陷"不孝有三，无后为大"的苦恼之中，很难用万能的"精神胜利法"转败为胜，因而如恶魔缠身，满脑子想的全是"女人"。阿Q之所以向吴妈示爱，为的是找个女人传宗接代；而要传宗接代，就得"困觉"。"困觉"一词可谓是境界全出，阿Q隐秘的内心世界顿时水落石出，真相毕露。当然，鲁迅对传统文学艺术的继承创新，最为人所称道的当推"白描"手法，而"画眼睛"正是鲁迅对"白描"手法的创造性运用。如《祝福》中鲁迅对祥林嫂"眼睛"的数次刻画可谓是出神入化，惜墨如金而又生动具象地反映了祥林嫂命运的升沉起伏，其高超手法，每每为人所称道。

惊诧于"五四"新文学因严重"西化"而与中国百姓无缘之残酷现实，赵树理决定另辟蹊径，回到源远流长的中国传统文学，从中汲取精华，古为今用，创造出契合百姓审美习惯、符合民众欣赏趣味而又能传播新思想、满足启蒙需要的"别样的"新文学。仗着深厚的传统文学修养、对民间文艺的痴迷以及对民众习性的深知，靠着自小从浓得化不开的宗教氛围中长大所形成的"执着"性格和坚定意志，乘着共产党"政治之力"及《讲话》精神之东风，赵树理成功走出了一条深烙着个人印记的新评书体小说。推陈出新，古为今用,正是赵树理对中国现代文学之发展所做出的独特贡献。赵树理之新评书体小说,尽管书写的是当下发生的故事,但其艺术风味却处处闪现着传统的身影——曲折有致、首尾完整的故事情节,顺流而下、单线推进的叙事方式,悬念迭起、欲罢不能的"扣子"艺术,全知全能、随心所欲的第三人称叙述视角,善恶有报、曲终奏雅的"团圆"结构,紧扣特征、概括个性的"绰号"手法,通俗易懂、明白如话"能说"的语言,如此等等,无不令在传统文学熏陶下生成审美习性的中国百姓顿生"似曾相识"的亲近感,致使赵树理的小说走进了千家万户,成为老百姓田头枕边的随身之物,突破了新文学与广大民众绝缘的壁垒,完成了数十年来新文学孜孜以求的从"西化"到"民族化"、从"精英化"到"大众化"的蝶变。正是中国的传统文学哺育了赵树理茁壮成长,但赵树理并不是全盘照抄,而是创造性地接纳。赵树理小说继承了情节完整、故事性强的小说传统,但舍弃了传统小说程式化框架的弊端,同时一改传统小说"尚奇猎怪"、以"奇"扣人眼球的套路,通过直接书写与民众核心利益密切相关的"工作中的问题"来激发读者的兴趣。赵树理小说保留了传统的"扣子"艺术,以缓解顺流而下、单线推进的叙事法可能带来的平铺直叙的乏味感,但摒弃了"欲知后事如何,且听下回分解"的固化模式,改造了传统小说以"悬念"为手段捆绑读者的功能,使"扣子"纯粹成为营造行文波浪、增强阅读兴致的一种艺术手法。赵树理小说在情节结构上凝成"一个一以贯之的特点,这便是:'团圆'式的喜剧结尾"[①],几乎是清一色的"大团圆"模式,但与传统小说中的"大团圆"已有了本质的区别。传统文学中有的"大团圆"带有明显的虚幻性,一定程度上确有鲁迅所批评的"瞒"和"骗"的嫌疑,如焦仲卿与刘兰芝今生难偕老,来世化作鸳鸯相向鸣;梁山伯与祝英台生不能举案齐眉,死后彩蝶双飞舞。而赵树理笔下的"大团圆"则是时代的必然,反映了事物的"本质特征",二黑与小芹婚姻故事的原型虽然是个切切实实的悲剧,但民主政权主张婚姻自由并以法律作为坚强保障则是铁的事实,在这样一种时代环境下,二黑与小芹有情人终

[①] 王嘉良:《喜剧美——赵树理小说创作的美学追求》,王嘉良:《世纪回望》,作家出版社,1999年,第102页。

成眷属是"正常",棒打鸳鸯各自飞倒成了"非常"。此外,赵树理的新评书体小说,也并非只是师法传统文学,也有对外国文学的适度借鉴:"我在文艺方面所学习和继承的也还有非中国民间传统而属于世界进步文学影响的一面,而且使我能够成为职业写作者的条件主要还得自这一面——中国民间传统文艺的缺陷是要靠这一面来补充的。"① 例如,中国传统文学,主要通过言行来刻画人物,极少有直接的心理描写与分析。赵树理则将心理描写引入了创作之中,如《登记》:

> 小飞蛾手里拿着两个罗汉钱,想起自己那个钱的来历来,其中酸辣苦甜什么味儿也有过:说这算件好事吧,跟着它吃了多少苦;说这算件坏事吧,想一遍也满有味。自己这个,不论好坏都算过去了;闺女这个又算件什么事呢?把它没收了吧,说不定闺女为它费了多少心;悄悄还给她吧,难道看着她走自己的伤心路吗?她正在想来想去得不着主意,听见门外有人走得响,张木匠玩罢了龙灯回来了,因此她也再顾不上考虑,两个钱随便往箱里一丢,就把箱子锁住。

小飞蛾当年因曾经的情人保安送给她的一枚罗汉钱而挨了丈夫张木匠好一顿揍。至今,她每每回想起来都心有余悸。现在无意间发现女儿也有一枚罗汉钱,这让她不知所措,既为女儿有自己心爱的人而高兴,又因怕女儿重蹈自己的覆辙而担忧。这段精彩的心理描写,把小飞蛾为女儿既喜且忧的复杂心理呈现得活灵活现,令人如身临其境。再如,中国传统小说中极少有静止的景物描写,而赵树理的创作则打破了这一状态,加大了对景物描写的运用,如《李有才板话》:

> 阎家山这地方有点古怪:村西头是砖楼房,中间是平房,东头的老槐树下是一排二三十孔土窑。地势看来也还平,可是从房顶上看起来,从西到东却是一道斜坡。西头住的都是姓阎的;中间也有姓阎的也有杂姓,不过都是些在地户;只有东头特别,外来的开荒的占一半,日子过

---

① 赵树理:《〈三里湾〉写作前后》,《赵树理文集》第4册,中国工人出版社,2000年,第1705页。

倒楣了的杂姓，也差不多占一半，姓阎的只有三家，也是破了产卖了房子才搬来的。

这段关于阎家山的环境描写，不是可有可无的，而是整个小说的有机部分，通过描写从村西头到村东头的显著变化，表现出鲜明的阶级分野和阶级对立。关于赵树理小说在艺术上的继承与创新，正如某研究者所论："赵树理的小说并非只是继承了民族传统，而同样也有吸收西方小说技法的因素，这是使他的小说区别于旧小说而成为现代小说的条件之一……凭着印象就认定赵树理'土'，他的小说只是旧传统的运用，这是片面之见。"①

为减轻家庭负担，也为方便在镇上读书，高晓声五岁时就被寄养在郑陆镇上的外公家。高晓声"从小受家庭的影响，受那些'红楼''水浒''三国''聊斋'之类闲书的诱惑，迷上了文学，以为那也是一种人干的活儿，因此而醉心于此"②。既然中国传统文学的魅力吸引了高晓声，让他痴迷上了文学，那么，高晓声之创作，就势必会留下传统文学或显或隐的某些特征。在传统文学中，民间文学是高晓声创作的重要资源，对高晓声有着巨大的诱惑力："民间文学同我们的民族和人们像血肉一样联结着，它是民族文化的一个重要组成部分，反映了我们民族的种种精神状态。所以，我的小说凡是能够同它联结起来的，我就一定去寻找并抓住它的联结点。这样做的时候，我就能充满信心。"③高晓声坦言，民间文学的"影响深入到小说的骨髓，我的语言结构和叙述方法，都有它的踪迹。例如我习惯地使用短句，习惯在叙述中使用第三人称的方法，习惯使用调侃的笔法等等，都是"④。阅读高晓声的小说，你总会感受到一种清风拂面般轻柔的幽默感，而这种淡淡的幽默，正与作品"调侃的笔法"颇有关系，如《陈奂生上城》：

一次寒潮刚过，天气已经好转，轻风微微吹，太阳暖烘烘，陈奂生

---

① 黄修己：《赵树理研究》，山西人民出版社，1985年，第135页。
② 高晓声：《为自己的小说选集作序》，李怀中：《高晓声自述》，江苏凤凰文艺出版社，2016年，第291页。
③ 高晓声：《我的小说同民间文学的关系》，李怀中：《高晓声自述》，江苏凤凰文艺出版社，2016年，第354页。
④ 同③，第349页。

肚里吃得饱，身上穿得新，手里提着一个装满东西的干干净净的旅行包，也许是气力大，也许是包儿轻，简直像拎了束灯草，晃荡晃荡，全不放在心上。他个儿又高、腿儿又长，上城三十里，经不起他几晃荡；往常挑了重担都不乘车，今天等于是空身，自更不用说，何况太阳还高，到城嫌早，他尽量放慢脚步，一路如游春看风光。

《聊斋志异》是高晓声"少年时代读得最熟的一本书，许多篇章都熟读成诵"①，对高晓声影响颇大。《聊斋志异》多取材自作者所收集的各式各样的民间故事，而高晓声的小说创作中也喜欢引入民间故事。其第一篇小说《收田财》就取材于收田财的民间风俗，《泥脚》则直接化用一首"民歌"来描述过去农村里农民辛勤劳动的情形。而在带有自传性质的长篇小说《青天在上》中，大量运用的民间故事成为这部小说的一根重要支柱，如果抽离了这些民间故事，小说就会黯然失色。中国的传统小说具有鲜明的"尚怪猎奇"之风，呈现出一种"幻奇之美"。高晓声的小说，一定程度上也在追求一个"奇"字——讲述"奇人奇事"。如《李顺大造屋》，为造三间普通房屋，李顺大经受了三起二落的磨难，竟耗去了其三十来年的人生岁月，实乃中国版之天方夜谭。另外，李顺大为造房屋而采取的那种最原始而令人心酸的聚财方式，李顺大生怕自己一觉醒来后因变"修"而背上贻害无穷之黑锅的荒唐之举，李顺大看不懂世情而吟唱的稀奇歌等，也大大地加重了小说的传奇色彩。在《陈奂生上城》中，住五元钱一天的高级房间、坐过吴书记小车的奇遇，回家路上"阿Q式"的精神畅游，村里人前倨后恭的变脸，也给小说增添了浓重的传奇色彩。在高晓声笔下，即使作品整体缺乏传奇性，也尽可能要营造出局部的传奇性。例如，在小说《极其简单的故事》中，作者就局部地展现了主人公陈产丙的传奇色彩：中长个子、圆头、圆脸、圆身子、圆肩膀，雄浑壮实，直使人觉得他有一股大力气透过衣衫漫溢出来，咄咄逼人。五十岁了，参加集体劳动时从未觉得过劳累，钉耙、铁塔在他手里如舞灯草，一百五十斤的担子成天挑着还说"等于休息"。他和大家一样每天赚十分工，有力气也出不了，还得省点精神去找外快，因为他一个人要吃两个人的食。吃过夜饭，

---

① 朱净之：《高晓声的文学世界》，江苏凤凰文艺出版社，2015年，第5页。

提一根扁担跑十里路上火车站做挑夫，搞上半夜，有时能赚块把钱。在现实生活中，要找出鲁迅笔下的闰土、祥林嫂、单四嫂子，赵树理笔下的二黑、二诸葛、阎恒元之类的人和事，也许并不困难，但要找出高晓声笔下的李顺大、陈奂生、江坤大等人和事来，就没那么容易了，因为，其人其事，或多或少地染上了一抹奇光异彩。"奇"是高晓声创作的一个重要特点。正因如此，高晓声后来写出《山中》《鱼钓》《飞磨》等充满荒诞奇幻色彩的小说也就不难理解了。

第二节　鲁迅、赵树理、高晓声"三农"小说中的婆媳关系

无论是鲁迅,还是赵树理、高晓声,都有强烈的"使命意识"。鲁迅立志"我以我血荐轩辕",有着"自己背着因袭的重担,肩住了黑暗的闸门,放他们到宽阔光明的地方去;此后幸福的度日,合理的做人"①的博大胸怀;赵树理立志要创作老百姓喜欢看的小本子,"一步一步地去夺取那些封建小唱本的阵地"②,使自己的创作在"政治上起作用";高晓声认为农民的"弱点确实是很可怕的,他们的弱点不改变,中国还是会出皇帝的……我们的文学工作者,科学工作者,要用很大的力气,对农民做启蒙工作,这个工作是责无旁贷的"③。他希望自己的创作"就是促使人们的灵魂完美起来"④。不难看出,他们都是富有强烈的"使命意识"的,都把文学创作视为一项庄严而神圣的革命事业,要"以小说参与历史发展"⑤。家庭是社会的细胞,是构成国家的基本单位,只有家的和谐,方有国的平安。家庭中,婆媳关系是极重要的一组关系,也是"清官难断家务事"中最难断的痛点。本节以鲁迅、赵树理、高晓声笔下的婆媳关系为观察点,管窥时代风云之变幻。

恰如《左传·昭公七年》云,在数千年的中国封建社会,君臣父子壁垒森严,"天有十日,人有十等。下所以事上,上所以共神也。故王臣公,公臣大夫,大夫臣士,士臣皂,皂臣舆,舆臣隶,隶臣僚,僚臣仆,仆臣台"。即便是位列第十的"台",也仍有供其驱使奴役者:"但是'台'没有臣,不是

---

① 鲁迅:《我们现在怎样做父亲》,《鲁迅全集》第1卷,人民文学出版社,2005年,第135页。
② 李普:《赵树理印象记》,黄修己:《中国文学史资料全编(现代卷)29 赵树理研究资料》,知识产权出版社,2010年,第15页。
③ 高晓声:《谈谈文学创作》,李怀中:《高晓声自述》,江苏凤凰文艺出版社,2016年,第261页。
④ 高晓声:《且说陈奂生》,李怀中:《高晓声自述》,江苏凤凰文艺出版社,2016年,第306页。
⑤ 杨义:《中国现代小说史》第1卷,人民文学出版社,1986年,第151页。

太苦了么？无须担心的，有比他更卑的妻，更弱的子在。而且其子也很有希望，他日长大，升而为'台'，便又有更卑更弱的妻子，供他驱使了。如此连环，各得其所，有敢非议者，其罪名曰不安分"①。天不变，道也不变，在封建社会，"三纲五常"乃是天条，世人无一例外，必须无条件遵循，若不安分，便是冒天下之大不韪，必是人人得而诛之："间有二、三骨鲠强项之臣，必再三磨折。其今夕首席明夕下狱，今日西市明日南面者，踵趾相接。务摧抑其可杀不可夺之气，束缚之，驰骤之，鞭笞之，执乾纲独断之说，俾一切士夫习为奴隶而后心安。"② 从时间看，鲁迅确实已步入了推翻封建王朝的"中华民国"，但"试将记五代、南宋、明末的事情的，和现今的状况一比较，就当惊心动魄于何其相似之甚，仿佛时间的流驶，独与我们中国无关。现在的中华民国也还是五代，是宋末，是明季"③。可以说，鲁迅生活的时代，数千年封建社会习以为常的"等级制度"思想依然是无远弗届，弥漫于全社会。因此，鲁迅笔下的婆媳关系，没有平等，没有亲情，有的只是"上御下"而"下事上"。小说《祝福》深刻地揭示了旧社会充满血腥的婆媳关系。母以子贵，处于上位的婆婆，对祥林嫂有着绝对的生杀予夺之大权。死了比自己小十岁的丈夫，为了逃避被卖的厄运，祥林嫂只身逃到鲁镇，来到鲁四爷家为佣，过上了"满足"的生活，以致一段时间后口角边渐渐地有了笑容，脸上也白胖了。但好梦易碎，不久，严厉的婆婆便找到了鲁镇，在鲁四爷家清算了工钱，捆走了祥林嫂，强行将其卖至能得个好价钱但无人愿意去的深山野墺，并用卖人所得的八十千钱为比她小十多岁的小叔子娶了个媳妇，除去一切开支，居然还能剩下十多千。《祝福》所展示的婆媳关系，具有高度的典型意义和丰富的历史内涵。在等级森严、极度不平等的黑暗社会，这种残酷无情的婆媳关系势必是一种常态。叶绍钧的小说《这也是一个人》也有力地佐证了这种不合理婆媳关系的普遍性。

---

①鲁迅：《灯下漫笔》，《鲁迅全集》第1卷，人民文学出版社，2005年，第227-228页。
②黄遵宪：《水苍雁红馆主人来简》，转引自张福贵：《惯性的终结：鲁迅文化选择的历史价值》，吉林大学出版社，1999年，第39页。
③鲁迅：《华盖集·忽然想到（四）》，《鲁迅全集》第3卷，人民文学出版社，2005年，第17页。

晚出鲁迅二十多年的赵树理，虽经历过十几年萍草漂泊一样的生活，但终于走进了革命的大本营，落脚在了共产党领导的抗日根据地（解放区）。在政治制度上，这是一个全然有别于国统区的新世界。赵树理所面对的农民，已不是清一色的传统中国儿女，即便有也是已经来到新天地的传统中国儿女，尽管步伐仍如此蹒跚。因处于时代的交替之时，更由于抗战时期最主要的是民族矛盾而非阶级矛盾，在一切为了团结与胜利之根本原则下，对于不觉悟民众身上所因袭的封建思想及受之支配的落后行为，只要其不影响抗战大局，也就采取了"相对宽容"的策略。在赵树理笔下，也出现了"恶婆婆"形象。《孟祥英翻身》中孟祥英的婆婆，完全是一个双脚踏进了新世界而思想凝固于旧时代的"恶婆婆"。在孟祥英的家乡，"风俗还和前清光绪年间差不多：媳妇们的老规矩是当媳妇时候挨打受骂，一当了婆婆就得会打骂，不然的话，就不像个婆婆派头；男人对付女人的老规矩是'娶到的媳妇买到的马，由人骑来由人打'，谁没有打过老婆就证明谁怕老婆"①。孟祥英的婆婆完全按这老规矩行事，常常不是当面辱骂媳妇，就是背后唆使儿子毒打媳妇。因不堪其辱，走投无路的孟祥英便一次吞鸦片、一次上吊，想以此了结苦难人生。后来，共产党的工作员来到村里，孟祥英当上了村里的妇救会主任。看到再也不可能像从前那样肆意虐待孟祥英了，孟祥英的婆婆便与小姑子暗中设计，想把孟祥英卖到敌占区去。孟祥英的婆婆品性之恶，丝毫不下于祥林嫂之婆婆，但因是在共产党领导下，她才不能像祥林嫂婆婆那样肆意妄为。要清除她头脑中的封建思想，远非一时半会儿所能奏效的。赵树理笔下另一个具有典型意义的老一代"婆婆"形象，当数《传家宝》中的李成娘。李成娘也是一个"守旧型"的婆婆形象。随着中国革命的胜利，李成娘跨入了新社会，沐浴在了新政权的阳光雨露之下。在旧社会因穷娶不起儿媳妇的李成娘，在共产党来了之后分了地，移风易俗，儿子不花钱就结了婚，直让她高兴得朝毛主席所在的方向磕了好几个头。但来自旧时代的她，其思想观念却未能与她的肉体同步进入新社会，所恪守的依然是老思想。对当了妇联会主席、经常被表扬的劳动英雄、自己的儿媳妇金桂，她差不多见面就有意见，嫌她洗

---

① 赵树理：《孟祥英翻身》，《赵树理文集》第1册，中国工人出版社，2000年，第187页。

菜用的水多，炸豆腐用的油多，通火有些手重，泼水泼得太响，仿佛不说就不够婆婆的派头。她觉着金桂没有个女人样，她自己用两只手提起个空水桶走一步路还得叉开腿，金桂提满桶水居然只用一只手。她一辈子常是用碗往锅里舀水，金桂却用大瓢一瓢就可以添满锅。她觉得男人有男人的活，女人有女人的活，而金桂不爱坐在家里补补纳纳，反倒像男人爱到地里去做活，差不多半年时间也没拈过针。她怪金桂连自己的衣服鞋子都不做，却到集市里买着穿。更为可恼的是，自己一心想将一把纺车、一个针线框、一口黑箱子这三件传家宝代代往下传，可金桂就是觉得那里边没大出息，接受下来也过不成日子。最后，在女婿（也就是金桂的姐夫）的当面"听证"、调解下，金桂将婆婆对自己不满的地方，诸如自己为什么衣服鞋子都不做，却到集市里买着穿；为什么婆婆一年吃不了一斤油，自己来了后却要一月吃一斤；为什么一冬天自己没拈过一次针、纺过一寸线等问题，一一开诚布公、当面解释得清清楚楚，最终使婆婆赌气认了输，愿意"不再管了"，过几年清净日子。《传家宝》从表面上看似乎写的是婆媳不和，实质上揭示的却是新旧观念的激烈交锋。与孟祥英的婆婆相比，李成娘虽然也在"守旧型"婆婆之列，但毕竟没有发生过虐待媳妇的"恶行"，所谓对媳妇的不满，仅仅是"观念"的新旧之别而已。最终，李成娘尽管情感上有些不爽，但思想上还是接受了新观念，显示了一个旧式妇女在时代潮流裹挟下艰难前行的趋势。《孟祥英翻身》创作于1945年，《传家宝》创作于1949年，相隔仅四年时间，但从婆婆形象的嬗变中，可以看出社会迈出了大大的一步。《登记》中的婆婆，尽管着墨不多，但有独特性。无论是孟祥英的婆婆，还是金桂的婆婆，做媳妇时的情形都是一片空白，小飞蛾婆婆的出现，一定程度上填补了这一缺憾。小飞蛾婚前有个相好叫保安的消息传回了村里，一些小伙子便拿这事与张木匠开玩笑，张木匠尽管心里不爽，但并没与小飞蛾过不去。发现小飞蛾竟然把一只戒指送给了保安后，不知所措的张木匠终于听从了母亲的整治媳妇之道："人是苦虫！痛痛打一顿就改过来了"，"快打吧！如今打还打得过来！要打就打她个够受，轻来轻去不抵事！"当张木匠拿一根铁火柱正要走时，母亲又一把拉住他说："快丢手！不能使这个！细家伙打得疼，又不伤骨头，顶好是用小锯子上的梁！"面对小飞蛾遭打后的痛哭之声，婆婆连看也不来看，还远远地喊道："还哭什么？看多么排场？多么体面？"从此，婆婆一天跟小飞蛾说不够两句话，路上碰到时也扭着脸走。张木匠的一顿好打，让小飞蛾心有余悸了一辈子，从此时时处处避保安的嫌疑。小飞蛾的婆婆何以那么清楚痛打一顿便能奏效？何以知晓小锯子上的梁是最理想的打人工具？原来是她"当年年轻时候也有过小飞蛾跟保安那些事，后来是老木匠用这家具打过来的"。小飞蛾的婆婆本是封建婚姻制度的受害者，但她不仅不同情有着自己年轻时同样遭遇的小飞蛾，反而总结出了"人是苦虫"的道理，以此来整治儿媳妇，使其"改邪归正"。小飞蛾婆婆的形象是令人深思的，其文化意蕴更深于孟祥英的婆婆、金桂的婆婆等，更显清除旧思想、旧传统之任重道远。小说《变了》概写的是时代变了，主要写的是"婆婆"变了，"婆媳关系"变了。婆婆看不惯新过门的儿媳妇，因为她的标准是能听话就是好媳妇，可在娘家担任妇救会秘书的儿媳妇有时竟要跟她讲道理，不能她说甚听甚。现在的年轻人做事只要跟她见过的老规矩不一样，她都说"变坏了"。在婆婆的印象中，凡衙门里来人，"不是催款就是捉人，见面没有什么好处"。在她看来，现在的区也就是衙门，所以一听说区上有人来家里，就立马想躲一躲。可与区上来的人——儿媳妇在娘家做妇救会秘书时的老领导一番交谈后，她发现区上的人居然如此和善，而且"人家真行！粗的细的、家里的事外边的事都通达"，便对儿媳妇说："再来时一定请人家到家里来坐一坐，我老了，你们年轻人应该跟人家学点本领！"小说情节简单，基本上只有一个片段，但预示了一种新婆媳关系的诞生。当然，在赵树理笔下，也有反映温馨、亲如一家之婆媳关系的，如《福贵》。福贵娘给福贵订了个九岁的媳妇银花，银花家也很穷，爹娘早就死了，哥嫂养活不了她，一订好便送过来做童养媳。"不过银花进门以后却没有受折磨——福贵娘是个明白人，又没有生过闺女，因此把媳妇当闺女看待。"直到银花十五岁时，福贵娘觉得自己病重将不久于人世，就给福贵和银花完了婚。在别的作家笔下，生活在中华人民共和国成立前的童养媳往往都匍匐于恶婆婆的阴影之下，赵树理笔下的银花却别具一格，可惜他对这一别出心裁的婆媳关系只有三言两语带过，没有具体展开。至于《三里湾》，写到了金生一家，从字里行间可以猜测到金生媳妇与公婆之间温馨和谐的关系，但书中缺少正面直接的描写。

高晓声创作了一系列"三农"小说，但细加考察，内中写到了母女关系、恋人关系、夫妻关系等，却很少关涉婆媳关系，除了《拣珍珠》《周华英求职》《水东流》《青天在上》等少数小说外，其他作品甚至连女性人物都模糊不清，这不能不说是个遗憾。

第六章　鲁迅、赵树理、高晓声"三农"小说作品解读

第一节　心理创伤体验制约下的鲁迅小说①

"尼采谓：'一切文学，余爱以血书者。'"② 血书的背后，是刻骨铭心的伤痛。创伤体验是长歌当哭的酵母，是以"文王拘而演《周易》；仲尼厄而作《春秋》；屈原放逐，乃赋《离骚》；左丘失明，厥有《国语》；孙子膑脚，《兵法》修列；不韦迁蜀，世传《吕览》；韩非囚秦，《说难》《孤愤》；《诗》三百篇，大底圣贤发愤之所为作也"③。便正所谓"赋到沧桑句便工"④，细观鲁迅小说，心理创伤的影子竟是如此这般的挥之不去。下文以心理创伤体验为视角，解读鲁迅小说的生成机制。

一、"爱之痛"心理创伤体验与鲁迅小说创作

"在鲁迅的个人生活中，有两件事对他的打击是沉重的。一个是他的婚姻生活，另一个就是与弟弟周作人的失和。"⑤ 关于鲁迅、朱安的包办婚姻，相

---

①本节内容，曾以论文《心理创伤体验制约下的鲁迅小说》刊于《中国现代文学研究丛刊》2022年第9期。

②刘少坤、王立娟：《人间词话注析》，北京理工大学出版社，2018年，第43页。

③司马迁：《报任安书》，郭绍虞编：《中国历代文论选》第一册，上海古籍出版社，1979年，第83页。

④赵翼著，马亚中、杨年丰批注：《瓯北诗话》，凤凰出版社，2009年，第105页。

⑤孙郁：《鲁迅与周作人》，辽宁人民出版社，2007年，第6、87、129页。

关研究资料称：1899年3月，两家进行了议婚；1901年4月，周家向朱家请庚，办妥了订婚手续。这一切，鲁迅并不知情，事后才被告知。虑及母亲时逢公公入狱、丈夫病故、小儿夭折等接二连三的家庭遽变，孝顺的鲁迅不忍心雪上加霜，让本已悲苦孤寂的母亲又受打击，再加上时值革命年代，"认为自己死无定期，母亲愿意有个人陪伴，也就随她去了"①，故此，鲁迅没有当即拒绝这门婚姻，只是提出了两个要求：一是要求朱安放脚，二是要求朱安进学堂读书。但朱安"从小深受封建礼教的训导和教化，特别是奉为金科玉律的《改良女儿经》《闺训千字文》，从不大懂事的童稚时代开始就由长辈严加口授训戒。朱安洗耳恭听，自觉地接受了这种束缚自己的精神枷锁，以致她一生恪守'三纲五常''三从四德'和'贞操节烈'等封建道德规范"②。朱安认为，脚已缠，放了也没用；女子无才便是德，没必要读书识字。因此，她将鲁迅提出的两个先决条件置之脑后。一个是能识文断字并接受了新思想、正在投身革命的知识分子，一个是恪守封建伦理道德、甘为殉葬者的文盲，鲁迅母亲乱点鸳鸯，给婚姻的双方都造成了终身的巨大伤痛。

生为人妇，朱安虽恪尽妇道，但终难挽回郎心。"鲁迅的日记约为80余万字，但记载朱安的文字只有37字而已"③，两人关系之冷漠，由此可管窥一斑。洞房花烛夜，鲁迅泪湿孤枕；新婚三日，睡不同床，肌肤无亲；第四日，鲁迅便携作人同赴异国，一别数年。1919年后居京城，虽同在一个屋檐下，但鲁迅、朱安仍形同陌路，"甚至把一只柳条箱的底和盖放在两处，箱底放在大先生的床下，里面放着大先生换下来的要洗涤的衣裤；箱盖放在大师母的屋门右手边，即桌式柜的左边，盖子翻过来，口朝上，里面放着大先生替换的干净衣裤"④，为的是将两人的交流减至最少！得闻鲁迅、许广平组合成家，朱安绝望之言令人动容："我好比是一只蜗牛，从墙底一点一点往上爬，爬得

---

① 单演义：《我理解"神矢"的依据》，陈迎菊：《"创作总根于爱"——鲁迅的婚恋生活及其在文学创作中的折影》，河北师范大学硕士学位论文，2014年。
② 裘士雄：《浅论鲁迅对中国传统婚姻的"妥协"与抗争》，《绍兴师专学报》1991年第3期。
③ 陈迎菊：《"创作总根于爱"——鲁迅的婚恋生活及其在文学创作中的折影》，河北师范大学硕士学位论文，2014年。
④ 俞芳：《我记忆中的鲁迅先生》，鲁迅博物馆，鲁迅研究室，《鲁迅研究月刊》选编：《鲁迅回忆录·专著》下册，北京出版社，1999年，第1577、1580页。

虽慢，总有一天会爬到墙顶的。可是现在我没有办法了，我没有力气爬了。我待他再好，也是无用。"① "在女性一方面，本来也没有罪，现在是做了旧习惯的牺牲。我们既然自觉着人类的道德，良心上不肯犯他们少的老的罪，又不能责备异性，也只好陪着做一世牺牲，完结了四千年的旧账。"② 生为人夫，终其一生，鲁迅对朱安，只有同情与义务，并无爱情。包办婚姻如穿心利箭，致使鲁迅二十年来饱受身心双重之剧痛。"这是母亲给我的一件礼物，我只能好好地供养它，爱情是我所不知道的。"③ 食色，性也。但鲁迅不能够：1910年11月15日，在给好友许寿裳的信中，鲁迅坦言："仆荒落殆尽，手不触书，惟搜采植物，不殊曩日，又翻类书，荟集古逸书数种，此非求学，以代醇酒妇人也者。"④ 面对与之毫无感情的朱安，鲁迅只能以搜采植物、翻类书、荟集古逸书以代醇酒妇人，抵挡生理诱惑。有一说是鲁迅冬天不穿棉裤，为的就是强行压制性欲。关于包办婚姻之害，两脚踏中西文化的林语堂曾有过极精辟的论述："它从我们手中夺去了缔结婚姻的权利，把这种权利给了我们的父母；它让我们与媳妇结婚而不是与妻子结婚，它使我们的老婆生'孙子'而不是生儿子；它百倍地增加了新娘的义务。"⑤ 婚姻本应是两情相悦、水到渠成的结果，包办婚姻却让第三者越俎代庖，父母只给儿女们婚姻结果而抽空两情相悦之过程，结局往往是强不爱为爱，给婚姻双方造成难以磨灭的心理创伤。文学是苦闷的象征，不幸婚姻造成的心理创伤成就了深深镌刻着鲁迅印记的不朽文学。

封建制度是包办婚姻的幕后黑手，不幸婚姻让鲁迅对封建制度有了切肤之痛，经年累月，终于聚变而为文坛惊雷！鲁迅的第一篇白话小说《狂人日记》即以"表现的深切和格式的特别"震撼文坛：

---

① 俞芳：《我记忆中的鲁迅先生》，鲁迅博物馆，鲁迅研究室，《鲁迅研究月刊》选编：《鲁迅回忆录·专著》下册，北京出版社，1999年，第1577、1580页。
② 鲁迅：《热风·随感录四十》，《鲁迅全集》第一卷，人民文学出版社，2005年，第338页。
③ 许寿裳：《亡友鲁迅印象记》，鲁迅博物馆，鲁迅研究室，《鲁迅研究月刊》选编：《鲁迅回忆录·专著》下册，北京出版社，1999年，第260、259页。
④ 鲁迅：《书信·101115致许寿裳》，《鲁迅全集》第十一卷，人民文学出版社，2005年，第335页。
⑤ 林语堂：《中国人》，浙江人民出版社，1988年，第151页。

> 我翻开历史一查,这历史没有年代,歪歪斜斜的每叶上都写着"仁义道德"几个字。我横竖睡不着,仔细看了半夜,才从字缝里看出字来,满本都写着两个字是"吃人"!

这便是鲁迅借狂人之口发出的对封建制度的愤怒诅咒。按照马斯洛的需求层次理论,越是低级层次的需要,就越具有能量与活力。性的需要属于人的生理需要,是与生俱来的本能,属于最低一级的需要,因而也最具蓬勃的生命力。鲁迅所遭遇的是一场根本无爱的婚姻,因此连最基础的性爱都从无满足,需要搜采植物、翻类书、荟集古逸书以代醇酒妇人,其痛苦之深、压抑之烈,非常人所能忍受。其第一部白话小说为什么是《狂人日记》而不是别的作品?《狂人日记》为什么会将数千年来表面上温情脉脉的封建制度归结为充满血腥的"吃人"二字?联系鲁迅的包办婚姻,或许有其一定的必然性。须知,在火红的新民主主义革命年代,不少衣食无忧、生活悠闲的富家子弟,之所以义无反顾地背叛家庭,走上革命道路,最常见的导火索就是包办婚姻。有爱而不得,无爱却强成偶,情感之痛让他们明白,只有彻底埋葬不合理的制度,才能求得真正的爱情幸福。

毋庸置疑,"爱之痛"心理创伤体验是生成鲁迅小说反封建主题不可忽视的重要一因。如果说《狂人日记》是鲁迅小说反封建的总纲,是对吃人的封建制度第一声直截了当、毫不伪饰的呐喊,那么,之后的许多作品,则是娓娓道来,从不同角度更深入地对封建制度吃人本质做具象的展演。其中,对封建制度吃人本质揭露最为深刻的小说,窃以为,非《祝福》莫属。《祝福》"并不像一般作品那样仅满足于对封建礼教'吃人'的形象演示,而是追根刨底,一举揭穿了封建礼教杀人于无形的玄奥阴毒之手段——二律背反,从而赋予其他人作品难以企及的思想深度,无情扯下了数千年之久的封建礼教温情脉脉之面纱,坦露其凶恶丑陋的嘴脸"[①]。封建礼教既然要求妇女从一而终,做贞女节妇(祥林嫂嫁给贺老六便被判定是"失节"),就应无条件地赋予妇女"守节的自主权";但事实是,封建礼教又野蛮地剥夺了妇女们"守节的自

[①] 朱庆华:《二律背反,礼教"吃人"的阴毒玄妙手段——再论〈祝福〉思想的精奥性》,《江西社会科学》2002年第2期。

主权"(祥林嫂的婆婆可以肆无忌惮地把不愿再嫁的祥林嫂卖与贺老六为妻)。一方面要求祥林嫂"守节",另一方面又彻底夺取了祥林嫂的"守节权",最终还将守节不成的所有责任尽数推到了祥林嫂身上,礼教杀人真可谓是"兵不血刃"。《祝福》正是通过祥林嫂欲做"贞女节妇"而不得的悲惨故事,淋漓尽致地展现了一幅阴森恐怖的礼教"吃人"图,将封建礼教所隐含的二律背反充分暴露于光天化日之下。

二、"情之伤"心理创伤体验与鲁迅小说创作

鲁迅一生,为情所伤,可谓多矣。铭心刻骨的"情感创伤",深深融进了鲁迅的小说世界。

世人趋炎附势、落井下石,可谓是鲁迅情感创伤中的第一大痛。"我小的时候,因为家境好,人们看我像王子一样,但是,一旦我家庭发生变故之后,人们就把我看成叫花子都不如了,我感到这不是一个人住的社会,从那时起,我就恨这个社会。"[①] 鲁迅出生于小康之家,幼小时候,家有水田四五十亩,另有店面房子少许。出身翰林的祖父一度在京为官,父亲业已取得秀才功名,大门上钦点的"翰林"横匾更是炫示着周家的殊荣。绍兴城并不大,如此家境,自然赢得了众乡邻的敬畏。但在鲁迅十三岁时,因科场舞弊案,祖父被判"斩监候",身陷囹圄达七年之久;父亲被革去功名,罹患重病数年,不治而亡。遭此遽变,周家迅速败落,乃至落魄到只能靠典当为父亲买药治病,鲁迅最终只能选择到无须缴纳学费的南京水师学堂求学,母亲费尽心机也只能为赴学千里的爱子筹得川资八元。在这惨变之中,世人给予鲁迅一家的,不是春雨润物细无声,而是风刀霜剑严相逼:几乎是四年多的每一天,鲁迅"从一倍高的柜台外送上衣服或首饰去,在侮蔑里接了钱,再到一样高的柜台上给我久病的父亲去买药"[②];鲁迅去南京水师学堂求学,被奚落为走投无路之人,是将灵魂卖给鬼子……盛衰一瞬间,冰火两重天。身家变故,人情冷暖,给鲁迅造成了巨大的心灵伤痛,以致时隔多年,往事依然历历在目,难

[①] 薛绥之:《鲁迅生平史料汇编》,天津人民出版社,1983年,第359页。
[②] 鲁迅:《呐喊·自序》,《鲁迅全集》第一卷,人民文学出版社,2005年,第437—440页。

以释怀，一旦触及，愤激之情仍不免溢于言表："有谁从小康人家坠入困顿的么，我以为在这途路中，大概可以看见世人的真面目。"①

　　好。那么，走罢！

　　但是，那里去呢？S 城人的脸早经看熟，如此而已，连心肝也似乎有些了然。总得寻别一类人们去，去寻为 S 城人所诟病的人们，无论其为畜生或魔鬼。②

宁与"畜生或魔鬼"为伍，也绝不与"S 城人"同在一个屋檐下，这该是历经何等伤痛之后的毅然诀别呢？

亲人薄情寡义，可谓是鲁迅情感创伤中的又一大痛。距祖父科场贿赂案多年之后，那些年发生的事，鲁迅依然清楚如昨，耿耿于怀："但到我十三岁时，我家忽而遭了一场很大的变故，几乎什么也没有了；我寄住在一个亲戚家里，有时还被称为乞食者。"③ 据周作人回忆，家遭遽变之后，有着一定血缘关系的自家人，在情感上同样把鲁迅伤得不轻：在鲁迅往南京求学前的一年，"和本家会议'台门'的事情，曾经受到长辈的无理的欺压……鲁迅系是智兴房，由曾祖父苓年公算起，以介孚公作代表。这次会议有些与智兴房的利益不符合的地方，鲁迅说须要请示祖父，不肯签字，叔祖辈的人便声色俱厉的强迫他，这字当然仍旧不签，但给予鲁迅的影响很是不小，至少不见得比避难时期被说是'讨饭'更是轻微吧。还有一件……有本家的叔祖母一面教唆他可以窃取家中的钱物去化用，一面就散布谣言，说他坏话"④。这声色俱厉逼迫鲁迅签字的长辈，竟然是鲁迅平常一直怀着敬意和好感、为自己开蒙的老师周兆蓝，而那位谣言伤人的本家的叔祖母就是鲁迅从叔祖周子传的妻子行太太。于鲁迅而言，亲情之中，最令他伤心的，则是周作人。周作人初涉社会，鲁迅对他的提携可谓不少；兄弟分道扬镳之前，鲁迅在生活中对

---

① 鲁迅：《呐喊·自序》，《鲁迅全集》第一卷，人民文学出版社，2005 年，第 437—440 页。
② 鲁迅：《朝花夕拾·琐记》，《鲁迅全集》第二卷，人民文学出版社，2005 年，第 303 页。
③ 鲁迅：《集外集拾遗补编·鲁迅自传》，《鲁迅全集》第八卷，人民文学出版社，2005 年，第 342 页。
④ 周启明：《鲁迅的青年时代》，鲁迅博物馆、鲁迅研究室、《鲁迅研究月刊》选编：《鲁迅回忆录·专著》中册，北京出版社，1999 年，第 807—808 页。

作人的关爱可谓不浅。在事业上，"周作人后来的成长与职业选择，鲁迅是起到很大作用的。他把弟弟带到南京，又携至日本，而后回绍兴，再调至北京任教，其间出力甚多，弟弟亦广为受益"①。如辛亥革命前后，周氏兄弟一度沉浸于搜集金石、整理国故的乐趣中，期间，根据个人兴趣专长，都发表了不少有见地的文章。周作人写的许多文章，大多是经鲁迅过目并润色后才发表的。再如，周作人初到北京大学任教，讲授欧洲文学史与罗马文学史，是"才从地方中学出来，一下子就进到最高学府，有些不知如何是好，只有求助于鲁迅的合作。大抵是周作人在白天里把草稿起好，到晚上等鲁迅修正字句之后，第二天再来誊正并起草。如是继续下去，在六天里总可以完成所需要的稿件（约稿纸 20 张），交到学校油印备用。这样经过一年的光阴，计草成希腊文学要略一卷，罗马文学一卷，欧洲中古至 18 世纪文学一卷，合成一册欧洲文学史，作为北京大学丛书之三，由商务印书馆出版。这算是周作人的第一部学术著作"②。在生活上，鲁迅对作人真可谓是"长兄如父"，父爱如山。1917 年 4 月，周作人到京不久，便大病一场，先疑是猩红热，几经折腾，方由德国医生最终确诊是出疹子，患病整整二十天，一切均由鲁迅料理。四年后，周作人患了肋膜炎，病养达九个月之久。期间，鲁迅不但到处为二弟借钱治病，不时到医院探视，还亲自去西山碧云寺，为周作人寻找养病的房间。1906 年，周作人随鲁迅前往日本留学。从生活到社交之方方面面，在鲁迅的羽翼之下，周作人诸事较顺，心情颇好，宛有第二故乡之感，全无一介弱国生民在异国他乡所受到的种种欺辱和刺激："老实说，我在东京的这几年留学生活，是过得颇为愉快的，既然没有遇见公寓老板或是警察的欺侮，或有更大的国际事件，如鲁迅所碰到的日俄战争中杀中国侦探的刺激，而且开初的几年差不多对外交涉都是由鲁迅替我代办的，所以更是平稳无事。这是我对于日本生活所以印象很好的理由了。"③ 甚而是，为了在经济上资助行将与羽太信子结婚的周作人，本想在日本再从事一段研究工作的鲁迅，只得提前回国谋职赚钱，并每月给周作人寄钱差不多两年之久。总之，失和之前，

---

① 孙郁：《鲁迅与周作人》，辽宁人民出版社，2007 年，第 6、87、129 页。
② 钱理群：《周作人传》，北京十月文艺出版社，1990 年，第 194 页。
③ 周作人：《知堂回想录》上册，河北教育出版社，2002 年，第 220 页。

兄弟怡怡，鲁迅给了周作人无尽的关怀，以致有鲁学研究专家由衷感慨："周作人一生，牵动鲁迅的地方太多，生活的、工作的、学问上的，可谈的地方不知有多少。"① 但就是这样一个鲁迅给予了极大关爱的同胞弟弟，却残酷地伤害了鲁迅。1923 年 7 月 19 日，周作人突然丢给鲁迅一封断交信，且不给鲁迅任何沟通辩解之机会："上午启孟自持信来，后邀欲问之，不至。"② 鲁迅被迫搬出了自己亲自买进、亲自设计改进、凝聚着良苦用心的八道湾。1924 年 6 月 11 日下午，鲁迅往八道湾取书及什器，竟遭周作人夫妇暴力阻拦："比进西厢，启孟及其妻突出骂詈殴打，又以电话招重久及张凤举、徐耀辰来，其妻向之述我罪状，多秽语，凡捏造未圆处，则启孟救正之。"③ 乃致连自己多年辛苦收集而来的乡邦专甓及拓片都被"没收了"："以十余年之勤，所得仅古专二十余及打本少许而已。迁徙以后，忽遭寇劫，孑身逭遁，止携大同十一年者一枚出，余悉委诸窟中。"④ 鲁迅当时并无子息，他将周作人、周建人两兄弟的子女视同己出，极为钟爱，"在北京和周作人同住的时候，他常买糖果给周作人的小孩"⑤。当年之所以购买八道湾大宅院，原因之一便是"取其空地很宽大，宜于儿童的游玩"⑥。但周作人夫人讨厌鲁迅时，竟不让孩子们接受鲁迅所买糖果，把它扔掉，甚至"不准她的孩子们到我这里玩，叫作'给他冷清冷清，冷清得他要死！'"⑦ 对于鲁迅与许广平的结合，周作人则极为蔑视，指责鲁迅是色情心使然，系旧文人纳妾之举，多方挖苦鲁迅是多妻、纳妾、色情，等等。兄弟失和，对鲁迅的打击是极为沉重的。从生理层面而言，鲁迅愤然离开八道湾，蛰居砖塔胡同不久，便大病一场，时间长达一个

---

① 孙郁：《鲁迅与周作人》，辽宁人民出版社，2007 年，第 6、87、129 页。
② 鲁迅：《日记十二（一九二三年）》，《鲁迅全集》第十五卷，人民文学出版社，2005 年，第 475、516 页。
③ 同②。
④ 鲁迅：《〈俟堂专文杂集〉题记》，《鲁迅全集》第十卷，人民文学出版社，2005 年，第 68 页。
⑤ 增田涉：《鲁迅的印象》，鲁迅博物馆，鲁迅研究室，《鲁迅研究月刊》选编：《鲁迅回忆录·专著》下册，北京出版社，1999 年，第 1385 页。
⑥ 许寿裳：《亡友鲁迅印象记》，鲁迅博物馆，鲁迅研究室，《鲁迅研究月刊》选编：《鲁迅回忆录·专著》下册，北京出版社，1999 年，第 260、259 页。
⑦ 鲁迅：《且介亭杂文·从孩子的照相说起》，《鲁迅全集》第六卷，人民文学出版社，2005 年，第 82 页。

半月之久；从思想层面而言，鲁迅的内心充满了愤激，一度感到人生幻灭，乃至不顾许广平"恳挚的流泪的规劝"，酗酒以麻醉自己，"希望生命从速消磨"①。

友情的背叛，乃至恩将仇报，亦是鲁迅情感创伤中不容忽视的一大惨痛。"通观鲁迅的全部文字，可以发现，这种'被利用'的感受贯穿他的一生。就像他所形容的交'华盖运'，碰'鬼打墙'，他始终不能逃脱这种痛苦的折磨。"② 对朋友，鲁迅倾全力给予支持和帮助，但一些受惠者最终回馈的却是分道扬镳，甚至是无情的伤害。谁承想，在北京的补树书屋，因慕名于周氏兄弟之才学，时为《新青年》杂志六编辑之一的钱玄同几乎不几日便造访一次，有时一待就到后半夜，谈学问，讲时局，意兴盎然，其间最重要的一个话题便是力劝鲁迅给《新青年》撰稿。正是在钱玄同的一再鼓动之下，鲁迅的第一篇白话小说《狂人日记》呱呱落地，并以"表现的深切和格式的特别"轰动文坛，从此一发而不可收。一定意义上说，没有钱玄同，也许就没有日后的文坛巨子鲁迅。正是钱玄同的坚持，"失望""颓唐"中的鲁迅才毅然跃上了新文化运动的战车，焕发了青春。此后的一段时间，他们携手同行，并肩而战，一同致力于思想革命。但随着"五四运动"的落潮，新文化阵营很快分化，"有的高升，有的退隐，有的前进"③，鲁迅与钱玄同的情谊也由热而冷，直至交恶。钱玄同因鲁迅参加了中国左翼作家联盟，便讽刺其为"左翼公"和"左公"，说鲁迅的杂文集《三闲集》《二心集》是"无聊、无赖、无耻"，甚至在北平造谣说鲁迅在上海已经疯了。更有甚者，1932年11月，鲁迅到北平探亲，北京师范大学的学生闻讯，想请鲁迅到校讲演，便找时任国文系主任的钱玄同，钱玄同竟然很生气地大声叫嚷："我不认识有一个什么姓鲁的。"当同学们决定自行设法去找鲁迅的时候，他又威胁学生说："要是鲁

---

① 鲁迅：《两地书》，《鲁迅全集》第十一卷，人民文学出版社，2005年，第81、199、253—254页。

② 张永泉：《从被利用看鲁迅的性格》，《广播电视大学学报》（哲学社会科学版）2002年第1期。

③ 鲁迅：《南腔北调集·〈自选集〉自序》，《鲁迅全集》第四卷，人民文学出版社，2005年，第469页。

迅到师大来讲演，我这个主任就不再当了！"① 谁承想，身入左联，但左联的某些领导人表面上尊鲁迅为盟主，实际上却把他当作奴仆、傀儡，既要他为左联冲锋陷阵，又对他极不尊重，背地里不负责任地对他妄加议论指责，使他"总觉得缚了一条铁索，有一个工头在背后用鞭子打我，无论我怎样起劲的做，也是打，而我回头去问自己的错处时，他却拱手客气的说，我做得好极了，他和我感情好极了，今天天气哈哈哈……"②。谁承想，鲁迅不遗余力地提携高长虹：《狂飙》周刊被迫停刊后，鲁迅约其一同创办《莽原》，使《莽原》成为高长虹这一时期发表文章的主要阵地；鲁迅将高长虹的第一本散文与诗的合集《心的探险》同自己的《呐喊》等一起编入"乌合丛书"；鲁迅亲自给高长虹校稿子，并累得吐了血……但高长虹全然不念旧情，仅仅因为鲁迅对接办《莽原》的韦素园压下向培良的戏剧《冬天》、退了高歌的小说《剃刀》一事没有明确表态，就对鲁迅进行指名道姓的攻击与谩骂："我与鲁迅，会面不只百次，然他所给与我的印象，实以此一短促的时期为最清新，彼此时实在为真正的艺术家的面目。过此以往，则递降而至一不很高明而却奋勇的战士的面目，再递降而为世故老人的面目，除世故外，几不知其他矣"；"于是'思想界权威者'的大广告便在民报上登出来了。我看了真觉'瘟臭'，痛惋而且呕吐"；"鲁迅遂戴其纸糊的权威者的假冠入于心身交病之状况矣！"③ 谁承想，追随鲁迅由厦门而至广州的学生廖立峨，在鲁迅定居上海后，带着爱人来投奔他。鲁迅不仅提供食宿，而且负担零用，甚至和某书店商定，每月暗中出三十元钱作为廖立峨的工资，介绍廖立峨到书店工作。就因为当时创造社、太阳社正合力围剿鲁迅，廖立峨便对他说："我的朋友都看不起我，不和我来往了，说我和这样的人住在一处。"④ 几年后，见他没有被围剿掉，就又来信要求帮助，如此等等，不一而足。"我其实还敢站在前线

---

① 霍秀全：《鲁迅与钱玄同的交往及疏离探因》，《北方工业大学学报》2001年第2期。
② 鲁迅：《书信·350912 致胡风》，《鲁迅全集》第十三卷，人民文学出版社，2005年，第543页。
③ 长虹：《一九二五，北京出版界形势指掌图》，《董大中文集·第4卷·鲁迅与高长虹》，北岳文艺出版社，2017年，第270—285页。
④ 鲁迅：《三闲集·序言》，《鲁迅全集》第四卷，人民文学出版社，2005年，第4页。

上，但发见当面称为'同道'的暗中将我作为傀儡或从背后枪击我，却比被敌人所伤更其悲哀。我的生命，碎割在给人改稿子，看稿子，编书，校字，陪坐这些事情上者，已经很不少，而有些人因此竟以主子自居，稍不合意，就责难纷起。"① "我先前何尝不出于自愿，在生活的路上，将血一滴一滴地滴过去，以饲别人，虽自觉渐渐瘦弱也以为快活。而现在呢，人们笑我瘦弱了，连饮过我的血的人，也来嘲笑我的瘦弱了……我并没有略存求得称誉，报答之心，不过以为喝过血的人们，看见没有血喝了就该走散，不要记住我是血的债主，临走时还要打杀我……他们的这种办法，是太过的。"② 这是何等的悲愤不平之言，非亲身经历、非冤屈之深，绝不能作如此言。

社会学理论认为，人是社会性的，刚出生的人只是个"自然人"，仅仅是生理特征上具有人类特征的一个生物而已。只有经由社会化这一过程，自然人在适应社会环境、参与社会生活、履行社会角色的过程中，逐渐认识自我，并获得社会的认可，取得社会成员的资格，才能成为"社会人"，才能在社会上立足。作为社会人，不但有经济和物质方面的一定需求（满足人的生理、安全需要），更重要的是还有社会和心理方面的需求（满足人的社交、尊重、自我实现需要）。一定程度上说，在社会生活中，人与人之间的关系和组织的归属感远比经济、物质方面的诱惑更能激励人的行为。就此意义而言，纯真的友情是无价之宝，友情的丧失是人生的一大悲剧。友情背叛带给鲁迅的创痛是撕心裂肺的，铭心刻骨的"情之伤"创伤体验强烈催生了鲁迅小说的人际关系批判母题。统观鲁迅小说，对人际关系进行审美观照是其小说创作的一大重镇。就发生学来看，紧接《狂人日记》之后，鲁迅创作的第二篇白话小说便是《孔乙己》，有其一定的必然性。不幸婚姻让鲁迅对封建制度的"吃人"本质有了切身体会，致有《狂人日记》之雷鸣；"S城人"的脸与心肝，令由小康人家坠入困顿的鲁迅震惊于世人的真面目，致有《孔乙己》具象地

---

① 鲁迅：《两地书》，《鲁迅全集》第十一卷，人民文学出版社，2005年，第81、199、253—254页。

② 同①。

展示"一般社会对于苦人的凉薄"①。无论是婚姻之痛，抑或是世态炎凉，于鲁迅而言，都长期郁结于心，宛如毒蛇，死死缠住了其灵魂，不可不加驱除的。自《孔乙己》始，解剖旧中国恶劣的人际关系成为鲁迅小说反复书写的一个主题。《明天》叙写的是一个寡妇痛失爱子的悲惨故事：单四嫂子两年前死了丈夫，三岁的儿子宝儿不幸染病，求神许愿、吃单方、名医诊治全无济于事，最终不治身亡。偌大的鲁镇，竟无一人是真关心。宝儿病重，身为邻里的红鼻子老拱、蓝皮阿五等照样在隔壁的咸亨酒店里花天酒地。宝儿病急，庸医何小仙照样按号签顺序给宝儿诊治，面对单四嫂子充满期盼的焦急询问，他竟那么满不在乎和不耐烦，说了半句话，便闭上眼睛，让人不好意思再开口。蓝皮阿五表面上是要帮已精疲力竭的单四嫂子抱一程宝儿，实际上是趁机调戏单四嫂子，一旦揩油得手，便借故抽身而去。看病归来，路遇上了年纪、见多识广的王九妈，单四嫂子想请她用"法眼"看看宝儿该怎样，但王九妈除了"唔"两声，头点了两点、摇了两摇，别的什么反应也没有。宝儿死了，单四嫂子死活不肯盖上棺木，等得不耐烦的王九妈居然气愤愤地跑上前，一把将她拖开；咸亨的掌柜以单四嫂子的一副银耳环和一支裹金的银簪作抵押，作保半现半赊地买了一具棺木，并替单四嫂子雇了两名脚夫（"每名二百另十个大钱"当然要单四嫂子支付）；其他凡是动过手开过口的人都吃了饭，吃了饭便回家去了，洗劫一空的屋子里只剩下单四嫂子在独自思念着宝儿。《风波》一般被认为是通过张勋复辟事件在江南某水乡所引起的一场关于辫子的风波，描绘了辛亥革命后中国农村封闭、愚昧、保守的图景，反映了辛亥革命的不彻底性。如此解读《风波》，自然有一定的合理性，但联系鲁迅的生平经历，《风波》又何尝不是在观照人际关系，写出国民的某种生活状态呢？七斤撑船进城时被人剪去了辫子，后来听说皇帝坐了龙庭，而皇帝是要辫子的，没了辫子就是犯了皇法。如此，没了辫子的七斤就要大难临头了，甚至还有可能祸及家人。面对飞来横祸，七斤嫂身为妻子，不但不宽慰险境中的丈夫，反而不断破口大骂七斤是"活死尸的囚徒"，责怪其"带累了"家

---

① 孙伏园：《鲁迅先生二三事》，鲁迅博物馆、鲁迅研究室、《鲁迅研究月刊》选编：《鲁迅回忆录·专著》上册，北京出版社，1999年，第84页。

里人；曾被喝醉了酒的七斤骂过"贱胎"的赵七爷，如今特意穿上于他有庆而于仇家有殃、平时轻易不穿的竹布长衫找上门来，肆无忌惮地恐吓七斤，心怀叵测地制造紧张气氛；村人们"对七斤的犯法，也觉得有些畅快"，就因为七斤往常对大家讲述城中新闻的时候，含着根长烟管，显出那般骄傲的模样。从祖父到他，七斤已三代不捏锄头柄了，家虽然还在农村，但早有些飞黄腾达的意思，在村人里面，俨然已是个出场人物了，平日里是颇受村人尊敬的，想不到今日有难了，便是墙倒众人推，一个个都落井下石。想当年，鲁迅一家也发生了"祖父坐牢、父亲病故而造成家道中落的风波"，乡邻亲友也是一个个翻脸不认人，雪上加霜，刀口上撒盐。《风波》何尝不是对其家庭变故的艺术呈现？何尝不是对趋炎附势之丑恶世态的审美批判？家道中落所经受的情感伤痛一度让鲁迅耿耿于怀，不平则鸣；而兄弟反目再一次搅动了鲁迅渐渐平复的心海，让他不得不又一次去凝视人情世界。1923年7月19日，多年受惠于鲁迅的周作人断然致鲁迅绝交信，使鲁迅深受重击，愤然搬离八道湾，大病一个半月。1924年2月所作小说《祝福》，正是由兄弟失和所引发的对冷酷无情人际关系的全面艺术呈现。小说借助祥林嫂的悲苦命运，从四个维度对丑恶不堪的世态人情进行了一次最悲愤的尖锐审判。一是审判亲情之丑。婆媳本是一家人，最应相互扶持，但婆婆却把新寡的祥林嫂当成了摇钱树，为了筹钱给第二个儿子娶媳妇，硬是将祥林嫂像牲口一样卖掉了，而且，为了有个好价钱，竟将其卖进深山野墺，以致日后会发生白天里狼吃阿毛的悲剧。祥林嫂再嫁贺老六后，接连遭受了丧夫失子之剧痛，结果是，同族的大伯霸占了一切财产，祥林嫂净身而出，无家可归。二是审判友情之丑。柳妈与祥林嫂同在鲁四老爷家为佣，可算是战友、同事了。照理，吃素、不杀生的善女人柳妈对鸡、鸭等畜生都那么有怜悯之心，对人就更应心怀慈悲了。但事实是，面对厄运连连的祥林嫂，为逗一己之快意，柳妈竟然刀口撒盐，诡秘地告知祥林嫂，在阴间，她祥林嫂难逃"锯刑"，定被阎罗大王锯成两半，分给生前的两个男人。"锯刑"一说，本是无稽之谈，即使有，也不该向穷途末路之人说破，徒增其苦恼恐惧。见少识寡的祥林嫂本不知死后有此劫难，今被柳妈"点破"，顿时恐怖无比，惶惶不可终日。当祥林嫂明白捐门槛也无济于事时，她便彻底崩溃了。三是审判世情之丑。祥林嫂第一次在鲁四爷家做女佣时，全镇的人对祥林嫂都十分热情，甚至是不乏几分钦敬的，因为鲁四婶对祥林嫂很满意。祥林嫂再次来鲁四爷家做女佣时，镇上的人们尽管仍称她祥林嫂，但讲话的音调已很不相同，笑容也是冷冷的了。因为，这时的祥林嫂，不但为鲁四爷所鄙视，也为鲁四婶所不满。一冷一热，全是势利眼。狼吃阿毛的故事，祥林嫂百讲不厌，因为这是爱与痛的宣泄。鲁镇的人也很想听，甚至有些老女人非要特意寻来，听祥林嫂当面讲一讲狼吃阿毛的故事不可。但听过一两遍之后，人们也就再没兴趣了，躲之唯恐不及，生怕被祥林嫂缠住，再讲狼吃阿毛的故事。额头上的伤疤是祥林嫂"不贞"的耻辱标志，祥林嫂对此讳莫如深，但鲁镇的人却挖空心思想让祥林嫂开口。听与不听，都是在拿他人痛苦作赏玩。四是审判主仆情丑。鲁四婶对第一次来家为佣的祥林嫂是极为满意的，因为祥林嫂不论报酬，干得一手好活；但在得知祥林嫂被抢时，她却无动于衷，所关心的只是自家丢失的那个淘米箩而已。鲁四婶之所以接受祥林嫂再次为佣，实是因为女工太难找，且所用的女工大抵非懒即馋。待发觉祥林嫂干活已远不如从前、精神也不济时，尽管上工才那么两三天，鲁四婶便很是不满了。可见，主仆之间，仅是纯粹的"实利"关系而已，活儿干得好，主家自然高兴；反之，主家即刻便会翻脸。至于主仆情分，那是丝毫没有的。神话小说《奔月》中审视人际关系的内容也占据着相当的篇幅。大英雄羿几乎杀尽了飞禽走兽，因而很难再猎获美味以供嫦娥下饭。坐享其成的嫦娥因总是吃乌鸦炸酱面而怨气冲天，丝毫不谅解羿的困难，最终耐不住清苦的生活，偷服了道士送给羿的金丹，撇下为自己而终日辛苦的羿，独自飞升了。羿还受到了门徒逢蒙的暗算。逢蒙先是造谣诬蔑，让羿蒙受不白之冤，后是连放三支暗箭，要不是羿有"啮镞法"这一绝技，难免命丧箭下。在人际关系母题序列小说中，值得注意的是《一件小事》。《一件小事》的主题，绝大多数人的共识是：通过叙写一个人力车夫勇于直面"撞人"事故、"我"从中看到生活的希望和获得改造自己的力量的故事，热情歌颂劳动人民正直无私、勇于承担责任的高贵品质，批判小资产阶级知识分子的个人主义劣根性（或狭隘自私的品性），表现了进步的知识分子严于解剖自己并决心向劳动人民学习的精神。如此解说，当然没错，但也不妨碍做别样的论断。其实，把《一件小事》解读为对人际关系的诗意言说，也许更契合鲁迅的创作本意。1917年冬天的某日,"我"雇了辆人力车前往S门。路上,人力车的车把带倒了一位衣衫破烂的老女人。"我"料定这老女人并没有伤,且又没有别人在场,于是便叫车夫快走。想不到车夫完全不理会"我",停下车子,扶起老女人,耐心询问伤势,最后竟毫不踌躇地搀着伊的臂膊走进了附近的一所巡警分驻所。是老女人自己突然横穿马路的,是老女人单方面说"摔坏了",再加上此时的路上并无他人,车夫完全可以一走了之。但车夫毫不犹豫地选择相信老女人,并心甘情愿承担责任。车夫身上所闪现出来的这种善良质朴的品性、正直无私的情怀,不正是被"情感"伤透得几近体无完肤的鲁迅所渴望的吗?完全有理由说,《一件小事》正是饱受心理创伤的鲁迅呼唤人间真情时所做的一场"白日梦",是鲁迅对理想人际关系的诗意倡导。

三、"国之病"心理创伤体验与鲁迅小说创作

自1840年鸦片战争失败始,中国经历了近百年任人宰割的屈辱史。这屈辱不仅让曾经的泱泱大国逃无可逃,而且是每一个国民也势所难免的。鲁迅生逢乱世,弱国带给他的屈辱是难以言表的。留学日本,鲁迅愤慨于日本人将中国留学生头上所扎的长辫子讥称为"猪尾巴",便冒着"取消官费、送回国内"之风险,毅然剪去辫子,并作《自题小像》以明志。仙台学医,鲁迅很认真,一年下来,成绩在百余名同学里居中,便被怀疑是老师把考题透露给他了。有人以"借看"一下为名,特意翻检他的讲义。更有甚者,公然寄匿名信给他,诬陷说解剖学试验的题目,是藤野先生在讲义上做了记号,鲁迅预先知道的,所以才有这样的成绩。这让鲁迅很受伤,冤屈之声脱口而出:"中国是弱国,所以中国人当然是低能儿,分数在六十分以上,便不是自己的能力了。"[①] 但不堪承受之重的长期性屈辱还在后头,对此,鲁迅自己有过具体的记载:

> 第二年添教霉菌学,细菌的形状是全用电影来显示的,一段落已完

---

① 鲁迅:《朝花夕拾·藤野先生》,《鲁迅全集》第二卷,人民文学出版社,2005年,第317页。

而还没有到下课的时候，便影几片时事的片子，自然都是日本战胜俄国的情形。但偏有中国人夹在里边：给俄国人做侦探，被日本军捕获，要枪毙了，围着看的也是一群中国人；在讲堂里的还有一个我。

"万岁！"他们都拍掌欢呼起来。

这种欢呼，是每看一片都有的，但在我，这一声却特别听得刺耳。①

更为残酷的是，"我在这一个讲堂中，便须常常随喜我那同学们的拍手和喝采"②。这已远远不是一己之荣辱，而是一个弱国无处申诉的羞辱。"低能儿"标签、"幻灯片"事件，国家的耻辱宛如磐石压身，让鲁迅感受到了一种从未有过的难受和痛楚——要雪耻必须先强国，要强国必须先新民，要新民必须要改造国民性：

我便觉得医学并非一件紧要事，凡是愚弱的国民，即使体格如何健全，如何茁壮，也只能做毫无意义的示众的材料和看客，病死多少是不必以为不幸的。所以我们的第一要著，是在改变他们的精神，而善于改变精神的是，我那时以为当然要推文艺，于是想提倡文艺运动了。③

覆巢之下，焉有完卵？锥心裂肺的"国之病"心理创伤体验，使鲁迅切身感受到，国泰方能民安，国弱必致民辱。而一个国家强盛与否，最终取决于全体国民之素质："是故生存两间，角逐列国是务，其首在立人，人立而后凡事举"④，"今日之中国，故非一华盛顿、一拿破仑所克有济也。然必制造无量无名之华盛顿、拿破仑，其庶乎有济"⑤。但放眼天下，我们又有着怎样的国民呢？"国之病"心理创伤体验水到渠成地孕育出了鲁迅小说的国民性批判母题。如：《示众》以一幅首善之区围观示众的街头速写，鞭挞了"看客"的空虚无聊，拿他人痛苦做赏玩，只要有"戏"可看，便蜂拥而至，席卷而去。

---

① 鲁迅：《朝花夕拾·藤野先生》，《鲁迅全集》第二卷，人民文学出版社，2005年，第317页。
② 鲁迅：《呐喊·自序》，《鲁迅全集》第一卷，人民文学出版社，2005年，第437—440页。
③ 同②。
④ 鲁迅：《坟·文化偏至论》，《鲁迅全集》第一卷，人民文学出版社，1981年，第58页。
⑤ 邹容：《革命军》，中华书局，1971年，第23页。

看客们可以不问是非，麻木到连示众者犯了什么事都没有弄清楚，便争先恐后地进行围观，有的伸长了脖子，有的张大了嘴巴，有的甚至指点着犯人说："看呀！多么好看哪！"直到不远处一个洋车夫摔倒在地了，才吸引了大家的注意力，于是又形成了一场新的围观。《故乡》通过离乡多年后返乡之"我"的所见所闻，在抒发物是人非感慨的同时，批判了国民心中根深蒂固的"奴性"观念。少不更事的闰土，是那么的活泼可爱、充满活力，与"我"哥弟相称。二十多年后再相见，闰土非得叫"我"一声"老爷"不可，认为当年的称兄道弟是因为"那时是孩子，不懂事"。《长明灯》批判了国民"保守崇古"之顽疾。吉光屯中那盏从梁武帝起便点着的长明灯，正是衰老僵化之封建传统的象征，三角脸、方头、阔亭、庄七光、灰五婶等屯中众人，在恐吓、欺骗等手段无效之后，便强行将一心想要扑灭长明灯的疯子囚禁于庙中。小说把先觉者的悲剧命运同愚昧守旧的群众联结起来，明示改造国民性之迫切性。《阿Q正传》旨在"画出这样沉默的国民的魂灵来"[1]，是"想暴露国民的弱点"[2]。阿Q的"精神胜利法"，是借助自欺欺人之手法，将事实上的失败转化为精神上的胜利，把客观存在的屈辱变成主观想象的自豪，以此维系心理平衡，麻醉自己，放弃抗争，安心做奴隶。《阿Q正传》不仅暴露了当时中国国民的弱点，也揭示了民族衰败的根源。"精神胜利法"不除，"阿Q"满天飞，长此以往，则必定使国力日衰，而国民只能永如大石重压下的小草一样扭曲生长、畸形萎黄、枯死。阿Q的失败，不仅暗含国民的失败史，更暗含民族的失败史。《阿Q正传》也可说是对当时中国病态国民性的一次集中展示和系统的大清算，欺软怕硬、奴性十足、盲目自大、死要面子、二重人格、怯弱圆滑等国民劣根性，其实质都是"精神胜利法"在不同环境中的具体表现。鲁迅不但严厉地鞭挞当时中国丑陋的国民性，用力"把那些坏种的

---

[1] 鲁迅：《集外集·俄文译本〈阿Q正传〉序及著者自叙传略》，《鲁迅全集》第七卷，人民文学出版社，2005年，第84页。

[2] 鲁迅：《伪自由书·再谈保留》，《鲁迅全集》第五卷，人民文学出版社，2005年，第154页。

祖坟刨一下"①，也深情地呼唤着伟大的国民性，那便是热烈地褒扬"中国的脊梁"②。他接连创作了《非攻》和《理水》两篇历史小说，通过大禹治水和墨子止楚攻宋的故事，大力颂赞大禹居外十三年、过家门而不入之实干精神以及墨子不顾安危、只身涉险罢干戈的兼爱精神。"我们民族最缺乏的东西是诚和爱"③，大禹、墨子身上闪现出了鲁迅所渴望的国民性——"诚和爱"，与圆滑、势利、懦弱等病态国民性是格格不入的。

四、余论

如上分别论述了"爱之痛""情之伤""国之病"心理创伤体验对鲁迅小说创作的深刻影响，这只是为了能更清晰、深入地探究此种心理创伤体验对鲁迅小说创作的制约情况。其实，在创作之时，这些心理创伤体验并非彼此孤立地起作用，而是交织在一起，共同产生整体性作用。如《祝福》，既有"爱之痛"心理创伤体验所引发的对封建制度"吃人"本质的深刻认识（揭露封建礼教戕害妇女之"二律背反"的残酷性），具有鲜明的反封建主题；又有"情之伤"心理创伤体验所引发的对当时中国恶劣人际关系的耿耿于怀，从亲情之丑、友情之丑、世情之丑、主仆情之丑四个维度对丑恶不堪的世态人情进行了尖锐的审判；还有"国之病"心理创伤体验所引发的对国民性的强烈关注，通过对鲁镇民众对祥林嫂先后两次到鲁四老爷家为佣之不同态度及围观落难中的祥林嫂事件的艺术展现，解剖了自私、旁观、愚昧、盲从等国民劣根性。

鲁迅之小说，既深烙着时代的印记，亦是"他生命体验的结晶，是他生命成长的思想果实"④。独一无二的心理创伤体验，正是鲁迅小说鲜明个性的

---

① 鲁迅：《书信·350104 致萧军、萧红》，《鲁迅全集》第十三卷，人民文学出版社，2005 年，第 330 页。

② 鲁迅：《且介亭杂文·中国人失掉自信力了吗》，《鲁迅全集》第六卷，人民文学出版社，2005 年，第 122 页。

③ 许寿裳：《我所认识的鲁迅》，鲁迅博物馆、鲁迅研究室、《鲁迅研究月刊》选编：《鲁迅回忆录·专著》上册，北京出版社，1999 年，第 487 页。

④ 王学谦：《精神创伤的升华——鲁迅"改造国民性"思想形成的心理因素》，《齐鲁学刊》2002 年第 1 期。

强烈定型剂。

  心理防御机制是人的一种本能，一旦遭遇挫折而心理失衡，绝大多数人都会本能地启动心理防御机制以缓解心理焦虑，求得心理平衡与稳定。心理防御机制是把双刃剑，积极运用，能使主体减轻甚至免除因挫折而产生的精神压力，恢复心理平衡，乃至激励主体以顽强的意志战胜困难；消极运用，则可能使主体因压力得以缓解而自足，安于现状，畏葸不前。理想的心理防御机制是升华——将一些本能冲动或遭遇挫折后的怨愤、痛苦转化为有益社会的行动，以合乎社会伦理道德的方式呈现出来。这是一种富有建设性的心理调节，也是维护心理健康的必需品。因特殊的人生经历，鲁迅遭受了爱之痛、情之伤、国之病，留下了巨大的心理创伤。"只是我自己的寂寞是不可不驱除的，因为这于我太痛苦。我于是用了种种法，来麻醉自己的灵魂，使我沉入于国民中，使我回到古代去，后来也亲历或旁观过几样更寂寞更悲哀的事，都为我所不愿追怀，甘心使他们和我的脑一同消灭在泥土里的。"① 新文化运动的蓬勃气象，一度使得消沉、颓唐中的鲁迅又有了"青年时候的慷慨激昂"。其别具一格的小说，既是鲁迅内心痛苦的宣泄口，也是其心理创伤的升华。

---

① 鲁迅：《呐喊·自序》，《鲁迅全集》第一卷，人民文学出版社，2005年，第437—440页。

第二节　经典文本《小二黑结婚》面面观

1943年5月，赵树理创作了《小二黑结婚》。赵树理一举成名，成为抗日根据地文坛的一匹黑马。《小二黑结婚》也成了赵树理小说中最为经典的文本。赵氏小说的成败之处几乎都能在此得以体现。

《小二黑结婚》是一部典型的"问题小说"。赵树理首先是一名党的农村工作者，其次才是一位作家。他对农村工作的兴趣，远胜于创作兴趣。"他能够深入到实际生活的深处，去揭示和针砭社会变革中的偏差与弊端；共产党所领导的农村变革与其相应的方针政策对农民命运、心理、情绪的影响，成为赵树理观察与表现农村生活的重心所在。"[①] "他在生活于革命根据地以来的几十年中，并不只专注于自己所写大量小说、剧本、曲艺以及论文、杂文等作品，而是同时还做了大量的减租、土改、办社、整社、生产等工作；况且后一方面的工作虽然为他的创作提供了不竭的原料，但他自己却往往把那些工作的效果看得比创作的影响还重要，并因而在几十年中又还写下过不少对农村各方面工作的种种书面建议和理论探讨文字，直到他身后劫余的文稿、纸片中也还有这类文字。"[②] 为此，赵树理往往视创作为推动工作的一种特殊手段："我在作群众工作的过程中，遇到了非解决不可而又不是轻易能解决了的问题，往往就变成我要写的主题。"[③] "感到那个问题不解决会妨碍我们工作的进度，应该把它提出来。"[④] 《小二黑结婚》正是为了揭露农村基层政权不纯、坏分子混入干部队伍的严重问题。抗战之初，坏分子金旺和兴旺趁着刘

[①] 钱理群，温儒敏，吴福辉：《中国现代文学三十年》，北京大学出版社，1998年，第477页。

[②] 康濯：《〈赵树理文集〉跋》，《赵树理文集》第4卷，中国工人出版社，2000年，第2228页。

[③] 赵树理：《也算经验》，《赵树理文集》第4册，中国工人出版社，2000年，第1592页。

[④] 赵树理：《当前创作中的几个问题》，《赵树理文集》第4册，中国工人出版社，2000年，第1882页。

家峧建立民主政权的时机，抓住村民们胆子小都不敢出头的心理，分别当上了村政委员和武委会主任，一度在刘家峧为所欲为，以致发生了自由恋爱的二黑、小芹被"斗争""拿双"的闹剧。在此后创作的《李有才板话》《邪不压正》等小说中，通过引入阎喜富、小旦等人物，赵树理一再揭露了干部队伍不纯、阻碍工作开展的严重问题。

《小二黑结婚》又是一部厚重的"启蒙小说"。赵树理自小成长于封建迷信浓得化不开的偏僻山村——山西省沁水县尉迟村，这里的男女老少匍匐于"举头三尺有神灵"的鬼神迷信之中，蛮风恶俗，骇人听闻。如与沁水相邻的翼城东山里，人们笃信有个东山大王要享受初夜权，于是在洞房花烛之夜，新娘要被自家亲人按住，让新郎当众为所欲为，而围观者则是多多益善，因为人越多，就越能吓走东山大王，新娘就越可幸免于难。这一带形形色色的宗教、会道门多如牛毛，赵树理的祖父、祖母信奉"三圣教道会"，母亲及其娘家信奉"清茶教"，父亲赵和清则迷恋于传统的阴阳卦术，赵树理也曾和前妻一道加入过"太阳教"。在他六岁时，祖父为其开蒙的读物乃是三圣教道会经书，热衷卦术的父亲平时不断传授他的是《麻衣神相》等算命先生的看家本领。生活在这种浓得化不开的迷信氛围中，老百姓深受其害，以致多年后，赵树理还不无沉痛地说："抗战期间，日本人把我们的人压在茅坑里，青年人往外救，还要先问问阴阳先生。"① 在入学长治省立第四师范学校后，赵树理开始受到新思想的熏陶。走上文学之路的赵树理坦言其创作"初心"："我不想上文坛，不想做文坛文学家。我只想上'文摊'，写些小本子夹在卖小唱本的摊子里去赶庙会，两三个铜板可以买一本，这样一步一步地去夺取那些封建小唱本的阵地，做这样一个文摊文学家，就是我的志愿。"② 小说中，二黑、小芹自由婚姻的阻力，主要来自家长三仙姑和二诸葛。二诸葛反对的理由有三：第一，小二黑是金命，小芹是火命，恐怕火克金；第二，小芹生在十月，是个犯月；第三，三仙姑的名声不好。装神弄鬼、作风轻佻的三仙姑，其反

---

① 赵树理：《农村中两条道路斗争的问题》，《赵树理文集》第4册，中国工人出版社，2000年，第2056页。

② 李普：《赵树理印象记》，黄修己：《中国文学史资料全编（现代卷）29 赵树理研究资料》，知识产权出版社，2010年，第15页。

对的理由主要是怕二黑一旦成了女婿，自己连跟他说话都不方便了。通过对这两位满脑子封建思想的家长的塑造，小说表达了移风易俗的主题，实现了抨击封建意识的"启蒙"目的。此后，《李有才板话》《邪不压正》《传家宝》《求雨》等小说，通过塑造等级观念严重的老秦，蜕变分子小元、小昌，思想保守的李成娘，以及迷信思想浓厚的于天佑等典型人物，继续抨击腐朽的封建意识，实现文学启蒙。

《小二黑结婚》"化用"了诸多传统文学的技法：

一是升华"大团圆"。"吾国人之精神，世间的也，乐天的也，故代表其精神之戏曲小说，无往而不着此乐天之色彩。始于悲者终于欢。始于离者终于合，始于困者终于亨，非是而欲餍阅者之心难矣！"① 中国传统之叙事文学，尤其是在元代及之后，"大团圆"结构是一种普遍模式。《小二黑结婚》借鉴了传统文学的这种"大团圆"结构，将岳冬至、智英祥的恋爱悲剧置换成了有情人终成眷属的喜剧。《小二黑结婚》开启的这种"大团圆"模式，基本上成为赵树理后来小说创作的一种固化结构。如《孟祥英翻身》中，在婆家受尽磨难、数番自尽以了却困苦人生的农妇孟祥英，最终苦尽甘来，不但冲出了黑暗家庭，还成了一名自由自立的劳动英雄；再如《登记》中，艾艾与小晚、燕燕与小进两对青年男女，最终都破解了来自封建家长、村民事主任、区政府助理员等不同方面的阻力，双双喜结连理。但是，赵树理笔下的"大团圆"并不是传统文学中"大团圆"的翻版，两者之间有着本质差异。在新文化运动中，传统文学的"大团圆"颇为那时胡适、鲁迅、蔡元培等知识精英所诟病。赵树理以"大团圆"模式结构作品，有着深刻的个人及时代的原因。在加入革命队伍之前，赵树理生活无定，如萍草一样漂泊，甚至一度因精神异常而"在海子边跳水自杀"②。正是在参加革命之后，赵树理才有了归属感和安全感。巨大的反差，使赵树理对革命、对中国共产党有了极为深厚的感情，"作家要表现生活，首先要看这对革命事业，对人民有利还是有害，下笔要讲究分寸……我们的作家要对向上的、向幸福方向发展的社会负责，

---

① 王国维：《〈红楼梦〉评论》，《美在境界——王国维美学文选》，山东文艺出版社，2020年，第122页。

② 董大中：《赵树理评传》，百花文艺出版社，1986年，第66页。

对党负责,对人民负责。'咱的江山,咱的社稷',遇上了尚未达到理想的事物,只许打积极改进的主意,不许乱踢摊子!"① 正是基于这样一种创作理念,在揭露矛盾、反映问题时,赵树理始终满怀信心,"大团圆"是其最理想的表达方式。另外,无论是硝烟弥漫的战争年代,还是热火朝天的建设时期,文学都有责任传播正能量,承担起聚人心、坚信心、鼓干劲的特殊使命。赵树理有意为之的"大团圆",在某种意义上说,与鲁迅为了"听将令"、为了"呐喊"而在夏瑜的坟墓之上凭空添上一个花圈有异曲同工之妙。《小二黑结婚》如果拘于原型照实写,就"不能指导青年和封建习惯作斗争的方向"②。

二是模拟书场格局。在历史上,占人口绝大多数的平民百姓,文化程度较低,基本上处于文盲或近于文盲的状态,且经济窘困,所以,无须借助文字、消费低廉的说唱艺术成为他们获取精神食粮最常见的渠道。"对于文人墨客、馆阁大臣来说,儒家经籍是其走向事业和人生巅峰的文化依托;对于民众而言,说唱小曲是可以沉浸其中的感性文化,是日常生活的一部分。"③《小二黑结婚》刻意营造了一种书场的讲故事氛围:

> 刘家岭有两个神仙,邻近各村无人不晓:一个是前庄上的二诸葛,一个是后庄上的三仙姑。二诸葛原来叫刘修德,当年做过生意,抬脚动手都要论一论阴阳八卦,看一看黄道黑道。三仙姑是后庄于福的老婆,每月初一十五都要顶着红布摇摇摆摆装扮天神。

这是小说的开头。无须任何阐释,只需自己读上一遍,或者听人读上一遍,一个彬彬有礼、从容不迫、干练老成的"说书人"形象,以及一群聚精会神、充满期待的听众形象便赫然如在眼前。同时,一个简朴或雅致的书场也一并出现于脑海之中。综观赵树理之小说,绝大多数存在一个潜在的"说书人",致使赵树理小说有着显在的"拟书场格局"或"隐含书场格局"。

---

① 赵树理:《做生活的主人——在广西壮族自治区文艺创作座谈会上的发言》,《赵树理文集》第4册,中国工人出版社,2000年,第1988页。
② 董均伦:《赵树理怎样处理〈小二黑结婚〉的材料》,黄修己:《中国文学史资料全编(现代卷)29 赵树理研究资料》,知识产权出版社,2010年,第188页。
③ 崔蕴华:《消逝的民谣:中国三大流域说唱文学研究》,中国政法大学出版社,2011年,第6页。

三是创新"清官断案模式"。对百姓而言,封建社会再长,也无非是"想做奴隶而不得的时代"或"暂时做稳了奴隶的时代"①而已。在这样一种人生境况之下,清官无疑就是救苦救难的"活菩萨",呼唤清官、祈盼清官为民请命便成了广大百姓的普遍心理。即使现实生活中没有遇到伸张正义的清官,退而求其次,文艺作品中虚幻的清官也能让饱受欺凌的底层民众一解心中之气。"正是由于弱势国民群体在现实中根本无法消解专制权力的巨大压迫,所以他们才转而创造出一种广泛而'有效'的心理补偿机制,试图通过对清官的企盼、幻想、艺术张扬等神化方式,以使自己得以在心理上勉强抗衡周围无处不在的黑暗与腐败。这种机制造就了亿万下层国民心中的清官情结和通俗文艺中许许多多的清官故事。"②天长日久,对清官文学情有独钟就积淀为中国百姓的一种集体无意识。为达到"老百姓喜欢看"之目的,《小二黑结婚》创造性地继承了传统"清官文学"之精华。传统清官文学的情节结构大致由"苦主蒙冤—清官审冤—冤案昭雪"三大板块蝉联而成。与其相对应,《小二黑结婚》的故事情节由"恋爱受阻—区长干预—喜结连理"三大部分一气贯通。二黑、小芹的自由恋爱,遭到了二诸葛、三仙姑、金旺兄弟三方面的干涉,一直好梦难圆,直到被"拿双"到区公所,区长出场主持公道,情节陡转,金旺兄弟被抓,二诸葛、三仙姑各自放弃了对子女婚姻的干涉,二黑、小芹终于梦想成真。

四是化用传统文学常见的"才子佳人"故事。二黑是村里的干部,在某次反"扫荡"中打死了两个敌人,获得了特等射手的奖励。小芹是村里的大美人,比她娘三仙姑年轻时候还要好看。村里的青年小伙子们,有事没事,总想跟小芹说句话。小芹去洗衣服,青年们便都去洗;小芹上树采野菜,青年们也都去采。二黑与小芹,郎才女貌,两人你情我愿,演绎着一场好事多磨的才子佳人故事。

五是妙用"扣子"艺术。"扣子"艺术在中国传统小说中俯拾皆是,无论是数十万乃至上百万字的长篇章回小说,还是寥寥数千字的短篇小说,都不

---

① 鲁迅:《灯下漫笔》,《鲁迅全集》第一卷,人民文学出版社,1981年,第213页。
② 王毅:《明代通俗小说中清官故事的兴盛及其文化意义:兼论皇权制度下国民政治心理幼稚化的路径》,《文学遗产》2000年第5期。

乏"扣子"的身影，长篇章回小说甚至形成了"欲知后事如何，且听下回分解"的固化模式。《小二黑结婚》"采用扣子式大故事嵌套小故事的艺术手法"①。整篇小说的"总扣子"是"小二黑与小芹几经磨难有情人终成眷属"。此一"总扣子"又由三个"小扣子"组成：二黑、小芹的婚姻遭到村中恶霸金旺弟兄"斗争会""拿双"等行为的恶意破坏，金旺弟兄最后被绳之以法；二黑的父亲二诸葛因"火克金"等忌讳，极力反对二黑与小芹的婚姻，后在区长的教育下中止了干涉，并放弃了"神课"；小芹的母亲三仙姑因对二黑有非分之想，故而从中作梗，后也经区长的教育，转变了思想，同意了小芹的自由恋爱并撤了三十多年来装神弄鬼的香案。可以说，整篇小说共十二节，节节有标题，如"神仙的忌讳""三仙姑的来历"等，十分近似于传统章回小说的"回目"，而上下节之间，又常以"扣子"承上启下，无缝对接。如小说第二节是"三仙姑的来历"，结尾时写道："三仙姑有什么本领能团结这伙青年呢？这秘密在她女儿小芹身上"，于是乎，便水到渠成地引出了小说的第三节——"小芹"。

六是巧用"绰号"艺术。一个恰当的绰号，往往如画龙点睛，能极生动形象地凸显人物某一方面的性格或特征，给人以深刻印象。《小二黑结婚》中，"二诸葛""三仙姑"两个绰号高度概括了人物的性格特征。爱用绰号成了赵树理下笔的一种习惯，"铁算盘""常有理""翻得高""使不得""糊涂涂""气不死""小腿疼""吃不饱""小飞蛾"……一个个趣味盎然的外号令人过目不忘。

如上种种，确保了赵树理小说在内容上关切群众"实利"（"问题小说"的属性）、传播新思想（"启蒙小说"属性），在艺术上具有中国作风和中国气派，契合广大百姓的审美习性，以"旧瓶装新酒"，达到了内容的吸引性和形式的通俗性的完美结合，从而一度创造了文坛上的"赵树理神话"。

但是，《小二黑结婚》也存在明显的缺憾——头重脚轻。这一缺憾绝非个例，而是赵树理小说所共有的。赵树理小说是一种"问题小说"，通常由"问题生成—清官干预—问题解决"三大部分一气贯通。在作品中，"问题生成"

---

① 商雪晴：《赵树理〈小二黑结婚〉创作特色浅析》，《名作欣赏》2014年第6期。

这一板块往往写得游刃有余，大有"山重水复疑无路"之气韵，差不多占了文本篇幅的三分之二；而"清官干预""问题解决"两个部分，总共不过是三分之一的篇幅而已，写得急于求成，操之过切，似有"一泻千里"的草率之憾，对问题解决的复杂性、艰巨性缺乏必要的曲折与渲染，与其所坦言的"遇到了非解决不可而又不是轻易能解决了的问题"严重相背离。这就有可能产生情节的虚假性问题。二黑、小芹的自由恋爱，阻力主要来自封建家长二诸葛、三仙姑。这两位封建思想根深蒂固、愚昧落后的老一代农民，一个迫于赫赫威势的"区长"之寥寥数语，一个无颜于区公所一场无地自容的难堪"围观"以及"区长"简短的法律宣传，立马转变态度，不但不再干涉儿女的自由婚姻，而且从此收起了笃信多年的阴阳八卦，撤掉了装神弄鬼的香案。改造思想是一个长期的、艰巨的任务，绝不是一朝一夕可以完成的。迫于形势，二诸葛、三仙姑也许表面上可以不再干涉子女的自由婚姻，但二诸葛能把几千年封建制度积淀下来的"包办婚姻"之陈腐思想以及抬手动脚必论黄道黑道的多年习惯那么神速地清除干净吗？作风轻佻的三仙姑真会因为区公所的一次"丢人现眼"就彻底洗心革面吗？二黑、小芹的自由婚姻也许不会再遭到二诸葛、三仙姑明目张胆的干涉，但极有可能会遇到他们在潜意识的支配下无意为之的种种刁难，毕竟"灵魂"的脱胎换骨是极其缓慢而艰巨的。遗憾的是，赵树理没能把这一艰难的"灵魂蜕变"过程充分展开，而是快刀斩乱麻般地让他们幡然醒悟了。在此，故事情节发展的逻辑性、合理性令人难以置信。

第三节　赵树理、高晓声农村题材小说之异趣①

自中国现代文学的奠基者鲁迅创造性地将农民引进小说领域、真诚地将他们奉为作品的主人公之后，农民成了中国现当代文学始终不渝的审美对象，农村题材小说川流不息，蔚为大观。其间，赵树理、高晓声脱颖而出，自成一家，业绩卓著。因创作立场、创作目的、时代环境、个性才情等因素之差异，赵树理、高晓声之农村题材小说呈现出一系列不同的创作风格。

一、散点透视与追踪反映

赵树理极坦诚而直率地称自己的小说是"问题小说"："我的作品，我自己常常叫它是'问题小说'。为什么叫这个名字，就是因为我写的小说，都是我下乡工作时在工作中碰到的问题，感到那个问题不解决会妨碍我们工作的进度，应该把它提出来。"② 工作中所遇到的形形色色的问题是赵树理小说创作取之不尽、用之不竭的源泉。反映问题并试图解决问题，这既是赵树理小说创作的原动力，也是赵树理小说创作的根本宗旨之所在。小说成了赵树理反映自己在工作中所遭遇的形形色色之问题的载体，这势必导致赵树理的小说创作始终围着"问题"转。当赵树理发现有的基层政权被坏分子钻了空子、腐朽的封建思想仍在农村大行其道时，他便写了《小二黑结婚》；当赵树理发现工作中存在官僚主义作风、脚踏实地的务实精神需要大力倡导时，他便写了《李有才板话》；当赵树理发现党的土改政策被曲解、中农的正当利益被侵害时，他便写了《邪不压正》；当赵树理发现农村妇女的地位仍极其低下、其正当权益常被践踏，妇女们应勇敢地争取自己做人的地位时，他便写了《孟

---

① 本节内容，曾以论文《赵树理、高晓声农村题材小说之异趣》刊于《学术交流》2010 年第 3 期。
② 赵树理：《当前创作中的几个问题》，《赵树理文集》第 4 册，中国工人出版社，2000 年，第 1882 页。

祥英翻身》……矛盾是绝对而永恒的，这是马克思主义的一个基本观点，因此，在工作中，矛盾（问题）也必定无处不在、无时不在，哪里有工作，哪里就必定有矛盾（问题）。而由于问题（矛盾）总是层出不穷、异态纷呈，彼此间往往缺乏较直接而必然的关联，问题的杂乱性特点决定了赵树理以反映问题为宗旨的小说具有强烈的散点透视之特征：一部部精彩的作品通过一个个具体的工作问题反映了农村翻天覆地的时代巨变，这些作品犹如一颗颗晶莹的珍珠，虽光彩夺目，却是散在的，未能自成一体，成串成条。

新时期复归文坛的高晓声"一直致力于描写和反映中国农村经济体制改革和农村命运，对普通农民在农村各个历史时期的物质和精神变化做追踪式的描写"①。《李顺大造屋》虽使其一夜成名，但真正确立起高晓声在中国当代文坛重要地位的却是为世人所津津乐道的"陈奂生系列"小说。"陈奂生系列"小说的创作时间前后历时十余年，横跨20世纪八九十年代，主要包括《"漏斗户"主》《陈奂生上城》《陈奂生转业》《陈奂生包产》《战术》《种田大户》《陈奂生出国》等作品，通过对作品主人公陈奂生的跟踪式描绘，"深刻地概括了新中国30年的农民的命运。特别是突出了农村改革全过程中农民心理变化的全过程"②。正如著名评论家阎纲所言："我们认识了陈奂生，从而认识了一个时代。"③ 与赵树理的散点透视方式相比，在以文学为时代立传时，高晓声选取的是追踪式反映这一模式，给人一种强烈的历史纵深感。

二、观照问题与审视灵魂

尽管赵树理的成就主要得益于他那独树一帜的文学创作，但于赵树理而言，创作仅是其革命事业中一个小小的部分。在某种程度上说，赵树理首先是一名党的农村基层工作者，其次才是一名文艺工作者。事实上，与其对文艺工作的兴趣相比，赵树理对农村工作的热情更高、兴趣更浓："他平时从来不谈文艺工作，也不见他写什么东西，却爱参与社里的工作，事无巨细，都

---

① 陈思和、李平：《中国当代文学》，中央广播电视大学出版社，2000年，第326页。
② 金汉等：《新编中国当代文学发展史》，杭州大学出版社，1997年，第504页。
③ 阎纲：《论陈奂生》，《北京师范学院学报》1982年第4期，第28—38页。

要了解得一清二楚。"① 当一位一同下乡的作家无意间抱怨个把月来几乎没写过一个字时，赵树理却认真地说道："你是说没写创作？可是这个把月，你在农村做了多少具体工作啊！""写一篇小说，还不定受不受农民欢迎；做一天农村工作，就准有一天的效果，这不是更有意义么！可惜我这个人没有组织才能，不会做行政工作，组织上又非叫我搞创作；要不然，我还真想搞一辈子农村工作呢！"② 赵树理在其一生中，"写下过不少对农村各方面工作的种种书面建议和理论探讨文字，直到他身后劫余的文稿、纸片中也还有这类文字"③。于赵树理本人而言，农村工作与文学创作两者，他更注重、更向往的恰恰不是曾给他带来莫大荣耀的文学创作，而是现实的农村工作。正因如此，我们也就不难理解赵树理何以竟能在全国上下一片狂热的 1959 年写出了石破天惊的万言书《公社应该如何领导农业生产之我见》。赵树理之所以要执笔为文，主要的并不是为了审美，为人们提供精神食粮，而是为了"干预生活"，是为了借文学这一特殊的载体来反映工作中的问题，唤起人们对问题的注意和解决。"我在做群众工作的过程中，遇到了非解决不可而又不是轻易能解决了的问题，往往就变成所要写的主题。"④ 赵树理之文学创作，尽管所书写的故事形形色色、各不相同，但有一点却是一成不变的，那就是以小说为载体，对工作中必须加以解决而又一时解决不了的焦点问题及时予以审美观照。文学仅是形，问题方是实。

1957 年，高晓声因"探求者"一案而被遣送回乡劳动。时隔二十余年后，重返文坛的高晓声再度执笔事文的目的是"促使人们的灵魂完美起来"⑤，实现文学的"摆渡"作用："启发农民进行自我认识……使自己不但具有当国家主人翁的思想，而且确确实实有当国家主人翁的本领。"⑥ 高晓声之文学创作，

---

① 戴光中：《赵树理传》，北京十月文艺出版社，1993 年，第 283 页。
② 康濯：《写在〈赵树理文集续编〉前面》，陈荒煤，黄修己等：《赵树理研究文集》上卷，中国文联出版公司，1996 年，第 146 页。
③ 康濯：《〈赵树理文集〉跋》，《赵树理文集》第 4 册，中国工人出版社，2000 年，第 2228 页。
④ 赵树理：《也算经验》，《赵树理文集》第 4 册，中国工人出版社，2000 年，第 1592 页。
⑤ 高晓声：《且说陈奂生》，《高晓声自述》，江苏凤凰文艺出版社，2016 年，第 306 页。
⑥ 高晓声：《开拓眼界》，《高晓声自述》，江苏凤凰文艺出版社，2016 年，第 340 页。

尽管也以清醒的现实主义创作方法真实地表现了中国农民的喜怒哀乐，出色地描绘出一幅幅跃然纸上的农村生活的真实画面，但他"更注重于对他们心灵世界的探索"，更着力于"摄录下社会迈步的足音和人物灵魂的演进"①。这正是高晓声文学创作的深刻之处，也是高晓声高于同时代反映农村生活的别的作家的地方。在谈及《李顺大造屋》时，高晓声坦言："李顺大在十年浩劫中受尽了磨难，但是，当我探究中国历史上为什么会发生这种浩劫时，我不禁想起像李顺大这样的人是否也应该对这一段历史负一点责任。""我本想让读者看完这篇小说之后，能想到：我们的国家，在共产党的领导下，只有九亿农民有了足够的觉悟，足够的文化科学知识，足够的现代办事能力，使他们不仅有国家主人翁的思想而且确实有当主人翁的本领，我们的社会主义事业才会立于不败之地，我们的四化建设才会迅猛前进。如果我的话不能引导读者去想到这一点，那么，小说的缺陷就是严重的了。"② 不难看出，高晓声创作《李顺大造屋》的动机主要在于解剖主人公的灵魂。作者认为，倘若作品不能对主人公灵魂做出成功的深刻剖析，没能引导读者走进主人公的灵魂世界，那么，作品就是存在严重缺陷的失败之作。从表层上看，小说《李顺大造屋》通过李顺大千辛万苦、用近三十年的时间最后建成三间普通房屋这一荒诞滑稽的故事，深刻揭露了"左"倾错误给中国农民带来的深重灾难。但从更深层来看，小说真正撼人心魄的却是：作者以如椽大笔，尖锐地揭示了李顺大身上那种严重匮乏主人翁精神的"跟跟派"思想及其逆来顺受的奴性意识。可见，阔别文坛二十余年的高晓声一经复出，便将创作动机锁定在对人物灵魂的审视上。此后，高晓声坚定不移地沿着这一道路勇往直前，"陈奂生系列"小说、《水东流》《老友相会》等不少佳作，无不在审视人物灵魂方面有不俗的表现。总之，于高晓声而言，审视灵魂是其创作首要而不变的追求。

---

① 吴宏聪，范伯群：《中国现代文学史》，武汉大学出版社，1991年，第597页。
② 高晓声：《〈李顺大造屋〉始末》，《高晓声自述》，江苏凤凰文艺出版社，2016年，第296—301页。

三、凡人大事与奇人奇事

"我在做群众工作的过程中，遇到了非解决不可而又不是轻易能解决了的问题，往往就变成所要写的主题。""感到那个问题不解决会妨碍我们工作的进度，应该把它提出来。"由此可见，赵树理笔下之事，决非轻而易举所能解决的小事，而是须下决心、花大力，不解决就可能直接危害革命工作的大事、要事。赵树理笔下的人物，无论是在党的培育下茁壮成长起来的一代新人如二黑、小芹、孟祥英，还是背负着数千年因袭之重轭但正逐渐走向觉醒的中间人物如二诸葛、三仙姑、老秦，抑或是被历史无情淘汰出局的反派人物如金旺、兴旺、阎恒元，他们都是芸芸众生中平凡而普通的一个，身上不带半点神光异彩。凡人大事是赵树理小说创作在取材上的一大特色。例如，成名作《小二黑结婚》中的人物，无论是农村新人如二黑，还是落后的老一辈农民如二诸葛，或者是反动人物如金旺，都是同类人物中普通的一分子，但作品所反映的问题，却事关革命之成败：通过金旺、兴旺，作品尖锐地揭露了有的基层政权被坏人钻了空子的严重问题，倘若不能保持红色政权的纯洁性，中国共产党终究有一天会失去民心，革命必将惨遭颠覆；通过二诸葛、三仙姑，作品又形象地说明了封建流毒仍在农村肆虐的严峻性，倘若不能及时地引导农民，教育农民，促使广大农民真正觉悟起来，革命事业就难以乘风破浪、勇往直前。

与赵树理之取材于凡人大事相比，高晓声小说创作的取材特点可归纳为奇人奇事。着眼于一个"奇"字是高晓声创作的一个显著特点。高晓声农村题材的小说，其笔下之人、之事，往往染上些许传奇之色彩。《李顺大造屋》中，为造三间普通房屋，李顺大竟然经受了三起二落的磨难，耗去了三十来年的人生岁月，实乃中国版之天方夜谭。另外，李顺大为造房屋而采取的那种最原始、令人心酸的聚财方式，李顺大生怕自己一觉醒来后因变"修"而背上贻害无穷之黑锅的荒唐之举，李顺大看不懂世情而吟唱的稀奇歌等，也大大地加重了小说的传奇色彩。在《陈奂生上城》中，住五元钱一天的高级房间、坐过吴书记小车的奇遇，回家路上"阿Q式"的精神畅游，村里人前倨后恭的变脸,也给小说增添了浓重的传奇色彩。在高晓声笔下,即使作品整体缺乏传奇性,也尽可能要营造出局部的传奇性。例如,在小说《极其简单的故事》中,作者就局部地展现了主人公陈产丙的传奇色彩:中长个子、圆头、圆脸、圆身子、圆肩膀,雄浑壮实,直使人觉得他有一股大力气透过衣衫漫溢出来,咄咄逼人。五十岁了,参加集体劳动时从未觉得过劳累,钉耙、铁塔在他手里如舞灯草,一百五十斤的担子成天挑着还说"等于休息"。他和大家一样每天赚十分工,有力气也出不了,还得省点精神去找外快,因为他一个人要吃两个人的食。吃过夜饭,提一根扁担跑十里路上火车站做挑夫,搞上半夜,有时能赚块把钱。在现实生活中,要找出赵树理笔下的二黑、二诸葛、阎恒元之类的人和事,也许并不困难,但要找出高晓声笔下的李顺大、陈奂生、江坤大等人和事来,就没那么容易了,因为,其人其事,或多或少地染上了一抹奇光异彩。"奇"是高晓声创作的一个重要特点。正因如此,高晓声后来写出《山中》《鱼钓》《飞磨》等充满荒诞奇幻色彩的小说也就不难理解了。

四、明丽欢快与含泪微笑

无论是赵树理还是高晓声,他们都写"拨开乌云见太阳"这样的题材,这是他们的共同之处。但在具体创作时,二者又有显著不同。赵树理着力于"见太阳"这一重心,而高晓声则致力于表现"拨"之艰难。这就使赵树理之作品呈现出明丽欢快的特点,而高晓声之作品则呈现出冷峻苦涩之格调,是一种含泪的微笑。

赵树理创作的黄金时期当为20世纪的四五十年代。那时,中国人民在共产党的领导下,先是夺取了抗日战争、解放战争的最终胜利,紧接着便扬眉吐气地建设起自己当家作主的中华人民共和国。赵树理以其生花妙笔,生动地展现了中国农村在风云激荡的大变革时代所呈现出来的崭新风貌。在赵树理笔下,二黑、小芹、孟祥英、金桂、三喜等一代农村新人如雨后春笋般地涌现出来、成长起来;二诸葛、三仙姑、老秦、李成娘等背负着因袭之历史重轭的老一代农民正在势不可当的时代洪流裹挟下缓慢而艰难地转变着、前进着；而金旺、阎恒元、李汝珍等邪恶势力却被滚滚向前的历史车轮碾得粉身碎骨。进步战胜了落后、正义击溃了邪恶、团圆替代了悲剧、乐观消弭了感伤，明丽欢快成了赵树理小说最显著的格调，而行文的简洁明快、语言的风趣幽默，更使这明丽欢快的气息充溢于赵树理小说的字里行间。

  高晓声之农村题材小说不仅对中国农民之命运做了深刻揭示，更对农民之灵魂世界做了严肃解剖。尽管用语诙谐，故事富有传奇色彩，作品呈现出相当的喜剧性、幽默性，但在这喜剧与幽默之后，却不乏扑面而来的冷峻苦涩，是一种含泪之微笑。例如，在《"漏斗户"主》中，陈奂生背了一身的粮债，十几年来，年年亏粮，越亏越多，等一年口粮分下来后，还了债，差不多连做年夜饭的米都没有了。在那需要"改造肚皮"的年月，亏了粮，要能借得着吃还真不容易，因为各人都只有自己的一份粮，连填饱自己的肚皮都勉为其难。为此，陈奂生变得越来越沉默，表情也越来越木然了。有些黄昏，到朋友家闲逛，两手插在裤袋里，低着头默默坐着，整整半夜，不说一句话，把主人的心都坐酸了，叫人由不得不产生"他吃过晚饭没有"的猜测，由衷地发出一声轻微的叹息，而他则猛醒过来，拔脚就走，让主人关门睡觉。这样的时候，总给别人带来一种深沉的忧郁，好像隔着关了的大门，还听得到夜空中传来他的饥肠辘辘声。这可真是一口饭难倒顶天立地的英雄汉。然而，这落难的英雄还得不到一些人的理解，甚至遭受嘲讽："只要给他一支烟，他能跟你转半天。"一个星期只烧一顿米饭，背后也有人指责他"有了就死吃"。村上人对他的戏称"投煞青鱼"，不仅反映了他的性格，更表明了他的险恶处境：他就像一条围在网里的青鱼，心慌乱投了。最后，历尽磨难、渡尽劫波的"漏斗户"主陈奂生终于有了够他一家过日子的粮食，当"司称员开始工作起来，一箩箩过了称的粮食堆放到陈奂生指定的另一块干净的空地上，堆得越来越高，越来越大。陈奂生默默看着，看着……他心头的冰块一下子完全消融了；冰水汪满了眼眶，溢了出来，像甘露一样，滋润了那副长久干枯的脸容，放射出光泽来"。谁能说这不是一个"大团圆"式的美好结局。然而，与赵树理笔下《小二黑结婚》《李有才板话》《孟祥英翻身》中的"大团圆"相比，这样的"大团圆"不免令人心酸，心欲喜而泪先流，欢快之中又有几多惆怅唏嘘。

五、简笔勾勒与细节描绘

故事性强是赵树理小说创作的一大特色。这种从中国传统文学中继承发展而来的故事性,主要体现在情节的波浪起伏、环环相扣、头尾完整上,是以"情节"本身的魅力取胜,令人欲罢不能。至于细节描写,除偶有所为外,常常不被重视,与情节相形见绌。赵树理小说创作的一个重要叙述策略,就是对故事、人物往往只做简笔勾勒,很少有浓墨重彩的工笔描绘与细节刻画。例如,在《小二黑结婚》中,为刻画二诸葛真迷信这一性格特点,作品成功地嵌入了"不宜栽种"这一典型事例。但在叙述时,作者对这一能很好凸显二诸葛性格特点的典型事例却只用三言两语带过,未能做必要的重笔描绘。有人认为,赵树理"对于故事情节只是进行白描,人物常常是贴上标签的苍白模型,不具特色,性格得不到充分展开,最大的缺点是作品中所描写的都是些事件的梗概"[①]。赵树理之创作,故事之所以失之粗糙,人物之所以个性不够鲜活,与其简笔勾勒的叙述策略是颇有一些关联的。

塑造典型环境中的典型人物,力争让人物立起来,是高晓声小说创作的重要追求。为此,高晓声努力"要找到能够表现这个人物性格的特征性的细节"[②],通过富有生命力的细节来凸显人物个性。例如,在《李顺大造屋》中,写到李顺大全家为造屋而采用最原始的经营方式去积累每一分钱时,那精彩的白描令人过目不忘:有时候,李顺大全家一天的劳动甚至不敷当天正常生活的开支,他们就决心,每人每餐少吃半碗粥,把省下来的六碗看成了盈余。甚至还有这样的时候,例如连天大雨或大雪,无法劳动,完全"失业"了,他们就躺在床上不起来,一天三顿合并成两顿吃,把节约下来的一顿纳入当天的收入。烧菜粥放进几颗黄豆,就不再放油了,因为油本来就是从黄豆里榨出来的;烧螺蛳放一勺饭汤,就不用酒了,因为酒也无非是米做的……与赵树理之简笔勾勒的叙述策略不同,高晓声小说中,常有精彩的细节描绘,因而能使人物个性更鲜明突出,故事更生动有趣。

[①] 杰克·贝尔登:《中国震撼世界》,北京出版社,1980年,第117页。
[②] 高晓声:《漫谈小说创作》,《高晓声自述》,江苏凤凰文艺出版社,2016年,第267页。

主要参考书目

[1] 鲁迅.《鲁迅全集》：人民文学出版社，2005年版。

[2] 鲁迅博物馆，鲁迅研究室，《鲁迅研究月刊》选编.《鲁迅回忆录·专著》：北京出版社，1999年版。

[3] 鲁迅博物馆，鲁迅研究室，《鲁迅研究月刊》选编.《鲁迅回忆录·散篇》：北京出版社，1999年版。

[4] 赵树理.《赵树理文集》：中国工人出版社，2000年版。

[5] 孟昭连，宁宗一.《中国小说艺术史》：浙江古籍出版社，2003年版。

[6] 杨义.《中国现代小说史》：人民文学出版社，1986年版。

[7] 钱理群，温儒敏，吴福辉.《中国现代文学三十年》：北京大学出版社，1998年版。

[8] 黄修己.《中国现代文学发展史》：中国青年出版社，1997年版。

[9] 王嘉良，李标晶.《中国现代文学史新编》：上海社会科学院出版社，1990年版。

[10] 吴宏聪，范伯群.《中国现代文学史》：武汉大学出版社，1991年版。

[11] 郭志刚，孙中田.《中国现代文学史》：高等教育出版社，1999年版。

[12] 温儒敏，赵祖谟.《中国现当代文学专题研究》：北京大学出版社，2002年版。

[13] 杨匡汉，孟繁华.《共和国文学50年》：中国社会科学出版社，1999年版。

[14] 吴秀明.《转型时期的中国当代文学思潮》：浙江大学出版社，2001年版。

[15] 陈思和.《中国当代文学史教程》：复旦大学出版社，2005 年版。

[16] 洪子诚.《中国当代文学史》：北京大学出版社，2007 年版。

[17] 严家炎.《中国现代小说流派史》：人民文学出版社，1989 年版。

[18] 严家炎.《世纪的定音》：作家出版社，1996 年版。

[19] 刘忠.《思想史视野中的中国现当代文学》：上海人民出版社，2006 年版。

[20] 张福贵，黄也平，李新宇.《二十世纪中国文学的文化审判》：时代文艺出版社，1999 年版。

[21] 张志平.《中国二十世纪"四十年代"乡土小说研究》：中国社会科学出版社，2006 年版。

[22] 杨利娟.《时代诉求与革命规限下的乡村言说——解放区农村题材小说研究（1937—1949 年）》：新华出版社，2016 年版。

[23] 程凯华，李婷.《中国现代农村题材小说史（1917—1949）》：中国文史出版社，2015 年版。

[24] 冯光廉，刘增人，谭桂林.《多维视野中的鲁迅》：山东教育出版社，2002 年版。

[25] 戴光中.《赵树理传》：北京十月文艺出版社，1993 年版。

[26] 董大中.《赵树理评传》：百花文艺出版社，1986 年版。

[27] 黄修己.《赵树理评传》：江苏人民出版社，1981 年版。

[28] 黄修己.《赵树理研究》：山西人民出版社，1985 年版。

[29] 黄修己.《中国文学史资料全编（现代卷）29 赵树理研究资料》：知识产权出版社，2010 年版。

[30] 陈荒煤，黄修己等.《赵树理研究文集》：中国文联出版公司，1996 年版。

[31] 李怀中.《高晓声自述》：江苏凤凰文艺出版社，2016 年版。

[32] 朱净之.《高晓声的文学世界》：江苏凤凰文艺出版社，2015 年版。

[33] 彭聃龄.《普通心理学》（修订版）：北京师范大学出版社，2001 年版。

[34] 陈仲庚，张雨新.《人格心理学》：辽宁人民出版社，1986 年版。

后　记

1996年8月，我从丽水师专中文系毕业，进入杭州康桥中学任教。次年参加专升本考试，以全省第一的成绩被杭州师范学院中文系录取。毕业后回丽水大洋路学校任教。2002年进入丽水学院党政办担任秘书，虽事务繁忙，仍坚持一线教学，先后执教过《应用写作》《大学语文》《形象设计》等课程。2006年攻读浙江大学中文系中国现当代文学方向硕士学位，自此走上中国现代文学研究之路。

尽管在攻读硕士期间，比较喜欢徐訏小说亦真亦幻、虚实相生的艺术风格，但在完成硕士论文后，却突然迷上了鲁迅、赵树理、高晓声等"三农"题材小说。2009年1月，首篇研究论文《鲁迅、赵树理农村题材小说之反向互补特性》在《西北大学学报》发表；2010年3月，《赵树理、高晓声农村题材小说之异趣》在《学术交流》上发表；2010年4月，《阿Q革命在〈阿Q正传〉中的能指与所指》在《鲁迅研究月刊》上发表；2020年1月，《赵树理小说的民族传统艺术因子探寻》在《中国现代文学研究丛刊》上发表；2020年3月，《阿Q"精神胜利法"的误读与正义》在《鲁迅研究月刊》上发表；2022年9月，《心理创伤体验制约下的鲁迅小说》在《中国现代文学研究丛刊》上发表。除了论文创作，本人也致力课题研究：《赵树理、高晓声笔下的农村题材小说比较研究》获浙江省教育厅科研项目立项；《鲁迅、赵树理、高晓声"三农"小说比较研究》获浙江省哲学社会科学规划课题立项。论文《文艺批评之病象与匡救》被中国人民大学复印资料《文艺理论》2017年第8期全文转载，荣获丽水市社会科学优秀成果一等奖；《赵树理小说的民族传统艺术因子探寻》荣获丽水市社会科学优秀成果二等奖。新近发表的论文《基于"文化自信"的赵树理之文艺大众化实践》又被《新华文摘》2022年第24

期、《中国社会科学文摘》2022 年第 12 期所摘要。多年来的研究和探索，对鲁迅、赵树理、高晓声等作家的小说思想艺术、创作风格、文学史地位等都有了一得之见。

感谢所有曾经给予我帮助的同事、朋友，尤其要感谢李力、朱庆华两位恩师。2006 年，我进入浙江大学攻读现当代文学硕士学位，师从李力先生。她的博学、睿智以及对我的热情和耐心，让我对文学研究有了信心和动力，使我明确了研究的方向。朱庆华先生是我的大学老师，对鲁迅、赵树理颇有研究，且硕果累累。我经常前往讨教，朱老师细心指导，毫无保留。特别是这本专著，朱老师更是提了很多宝贵的建议和意见，让我受益匪浅。

从专科毕业走到现在，虽起点低但从不轻易言败，终于完成生平第一本专著，于我这不仅是一种鼓励，更是一种鞭策。前路虽然漫漫，我相信，行则将至。在未来的学术研究之路上，我将上下求索，以更好的学术成果回馈帮助过我的老师和同事。

感谢浙江省社会科学界联合会！

感谢丽水学院！

陈俊
2022 年 12 月
于莲都